ULLSTEIN

Das Buch

Serienmörder, abstoßend und faszinierend zugleich, haben unzählige berühmte Filme wie *Das Schweigen der Lämmer, Sieben* oder *Psycho* inspiriert. Doch welche Art von Zwang läßt diese Menschen wie Jäger umherstreifen und sich immer wieder gezielt ein Opfer suchen? Warum können sie oft jahrelang unentdeckt morden? Hans Pfeiffer hat zwölf authentische Kriminalfälle gesammelt und dokumentiert, in denen Täter unvorstellbar grausame Morde serienmäßig begangen haben. Sie töteten aus Geldgier, sexuellem Trieb oder Haß. Eine packende Sammlung der spektakulärsten Serienmörder.

Der Autor

Hans Pfeiffer wurde 1925 geboren. Er studierte in Leipzig Germanistik und Philosophie bei Ernst Bloch. Bis 1990 war er Rektor des Leipziger Literaturinstituts. Er starb am 27. September 1998. Hans Pfeiffer schrieb Hörspiele, Fernsehfilme und Kriminalerzählungen und erreichte damit ein Millionenpublikum. Seine Bücher zu authentischen Kriminalfällen wurden zu Bestsellern.

In unserem Hause ist von Hans Pfeiffer bereits erschienen:
Der hippokratische Verrat

Claudia / Darstellung einzelner auth. Täterprofile

Hans Pfeiffer

Der Zwang zur Serie

Serienmörder ohne Maske

Ullstein

Der Ullstein Taschenbuchverlag ist ein Unternehmen der
Econ Ullstein List Verlag GmbH & Co. KG, München
1. Auflage 2001

Umschlagkonzept: Lohmüller Werbeagentur GmbH & Co. KG, Berlin
Umschlaggestaltung: Init GmbH, Bielefeld
Titelabbildung: Image Bank, München
Gesetzt aus der Esperanto
Satz: Josefine Urban – KompetenzCenter, Düsseldorf
Druck und Bindearbeiten: Ebner Ulm
Printed in Germany
ISBN 3-548-36227-3

Inhalt

Vorwort

In den Jahrhunderten ihrer bewußten Existenz hat die Menschheit den Mord als unaustilgbare Lebenstatsache hingenommen. Mythen und Märchen künden von vorzeitlichen Bluttaten, die Geschichtsbücher von Kriegsgreueln und der Ausrottung ganzer Völker, die Gerichtsakten von ungezählten Morden, die sich Tag und Nacht und überall ereignen.

Und heute scheint es, als überschreite die Mordstatistik immer mehr alle vorstellbaren Grenzen, als sei unser Jahrhundert das Zeitalter der Massenmörder geworden.

Massenmörder – schon bei diesem Wort stockt der Chronist. Es ist ein schillernd vieldeutiges Wort. Es bezeichnet Täter, die eine große Anzahl von Menschen umbringen. Der Amokläufer, der mit dem Messer oder dem Gewehr in der Hand eine Spur des Todes hinter sich läßt, ist ebenso ein Massenmörder wie der, der am Schreibtisch die Ermordung Tausender plant oder befiehlt. Der Gangster, der eine konkurrierende Bande niedermäht, der Terrorist, der mit einer Autobombe Dutzende Unschuldiger zerfetzt, sind ebenso Massenmörder wie der perverse Frauenmörder, der seine Opfer im Dschungel der Großstadt abschlachtet.

Vielschichtig auch sind die Motive der Massenmörder. Sie töten aus materiellen, politischen, religiösen, rassistischen oder sexuellen Gründen.

Von all diesen Massenmördern berichte ich in diesem Buch nicht. Ich berichte hier nur über einen einzigen, einen besonderen Typ des Massenmörders: über den Serienmörder.

Wie der Name besagt, erfolgen die Morde als Serie, also als eine zeitlich unterbrochene Aufeinanderfolge gleichartiger Handlungen. Der Amokläufer oder der Bombenleger tötet wahllos viele Menschen auf einmal. Der Serienmörder tötet ausgewählte einzelne Opfer in bestimmten Zeitabständen auf immer gleiche Weise.

Häufig wird der Begriff des Serienmörders eingeschränkt und auf den Lustmörder begrenzt. So definiert das FBI den *serial killer* als einen Mörder, der aus sexuellen Motiven nach einem rituellen Muster tötet. Der Mord wird zum Ersatz für den normalen Geschlechtsverkehr, den der Täter nicht ausüben kann. Der Mord allein verschafft ihm sexuelle Befriedigung.

Mein Bericht über Serienmörder beschränkt sich nicht auf diesen Typ des Lustmörders, sondern erzählt von Tätern, die aus verschiedenen Motiven serienmäßig gemordet haben: die HABGIERIGEN, um sich zu bereichern, die BELEIDIGTEN, um sich für Demütigungen zu rächen, die VEREINSAMTEN, die mit den Toten und von ihnen leben, die TRIEBTÄTER, um sich höchste sexuelle Lust zu verschaffen. Trotz unterschiedlicher Motive ist all diesen Serienmördern eines gemeinsam. Sie können, wie der amerikanische Kriminologe R. Ressler sagt, nicht mehr aufhören zu morden. Sie haben sich dem Zwang zur Serie unterworfen.

Ich berichte hier über unvorstellbar grauenhafte Morde. Dabei ist meine Rolle weder die des Anklägers noch die des Verteidigers. Jede dieser Rollen ist naturgemäß einseitig. Der Ankläger sucht die Schuld, der Verteidiger die Unschuld eines Täters zu beweisen. Die Wahrheit liegt in der Einheit dieses Widerspruchs. Der Schuld eines Täters für sein Verbrechen steht auch eine Un-Schuld entgegen, ein unverschuldeter Defekt seiner Persönlichkeit, den andere Mächte zu verantworten haben, die gesellschaftlichen und familiären Verhältnisse und ererbte Anlagen.

Erschreckend an den Serienmördern ist immer wieder, daß sie so lange und so oft ungestört töten konnten. Daher ist auch bei jedem Fall zu fragen, welche gesellschaftlichen und sozialen Mißstände das blutige Handwerk der Täter begünstigten.

Wenn Schuld auf freier Willensentscheidung des Täters beruht und seine Un-Schuld auf Einwirkungen, für die er selbst nicht verantwortlich ist oder die ihm sein verbrecherisches Handeln erleichtern, dann entspricht der Schuld des Mörders die Unschuld der Gesellschaft und der Schuld der Gesellschaft die Unschuld des Mörders.

Ich teile die Ansicht Schillers, der Kriminalschriftsteller solle mehr den Gedanken des Täters als seinen Taten Beachtung schenken, mehr den Quellen seiner Gedanken als den Folgen seiner Taten. Deshalb habe ich in die meisten Fälle die subjektive Sicht des Täters einbezogen, wie sie im wesentlichen aus seinen eigenen Äußerungen belegt ist. Ob man damit den wirklichen Motiven näher kommt, bleibt problematisch. Je tiefer der Abgrund, desto dunkler sein Grund.

Denn nicht nur wir, die diese Morde befremdet und entsetzt zur Kenntnis nehmen, suchen ratlos nach ihren Ursachen. Dem Täter selbst bleiben die Triebkräfte seines Handelns oft ebenso rätselhaft, auch wenn er versucht, sie sich und uns rational verständlich zu machen. Sie sind zu tief im Unterbewußtsein vergraben und verwest, als daß sie unversehrt wieder ins Licht des Bewußtseins gehoben werden könnten.

Die vier Kapitel dieses Tatsachenberichts ordnen die Fälle nach den subjektiven Motivationen der Täter: Habgier, sozialer Frust, Fetischismus und sexuelle Perversion. Diese Motive treten in Wirklichkeit aber nicht als reiner Typ auf. Die Motive der Serienmörder sind immer komplexer Natur. Ein Hauptmotiv mischt sich mit noch anderen. So war Dahmer beispielsweise sozial Frustrierter, perverser Triebtäter, Fetischist, Kannibale oder Kürten in einer Person Lustmörder, Brandstifter, Tierquäler, Vampir. Die Einteilung der Kapitel folgt also einem mehr publizistischen Prinzip.

Der Absicht des Buches entsprechend, stehen im Scheinwerferlicht des Interesses die Serienmörder und ihre Demaskierung. Die Opfer bleiben im Schatten. Sie dürfen dabei nicht übersehen, nie vergessen werden.

1. Kapitel

Die Habgierigen

Nachtlogis

An einem Oktobermorgen des Jahres 1828 verläßt Mrs. Hare, Inhaberin eines Gasthauses in Edinburgh, ihr Haus, um auf dem Markt einzukaufen. Während sie noch zwischen den Verkaufsständen umhergeht, um die Preise zu vergleichen, berührt jemand ihren Arm. Sie wendet sich um. Vor ihr steht ein Junge: »Mrs. Hare, haben Sie meine Momie gesehen? Ist mir verlorengegangen.«

Mrs. Hare lächelt. Der sechzehnjährige Jamie ist schwachsinnig. Seine Äußerungen sind ungewollt komisch und zwingen zu gutmütigem Spott. Gerade deshalb ist der harmlose Bursche bei den Leuten beliebt. Man kann sich einen Spaß mit ihm machen und dabei herrlich überlegen fühlen.

»Ist dir verlorengegangen?« äfft Mrs. Hare Jamie in weinerlichem Ton nach. Jamie nickt. Mrs. Hare mustert den kräftigen Jungen und blickt sich nach allen Seiten um. Jamies Mutter ist nirgends in Sicht. »Hast du aber ein Glück, Jamie, deine Mom ist bei mir. Komm nur mit. Sie hat dich schon gesucht!«

Mit leerem Einkaufskorb, Jamie zur Seite, kehrt Mrs. Hare in ihre Gastwirtschaft zurück.

Am Tresen hockt William Hare, ihr Mann, vor sich eine halbgeleerte Flasche Whisky. Vor zwei Jahren hatte die verwitwete Frau den Hafenarbeiter Hare geheiratet. Obwohl sie nicht daran zweifelte, daß Hare mehr an ihrem Gasthaus als an ihr interessiert gewesen war, verargte sie ihm diese berechnende Absicht längst nicht mehr. Während die Gastwirtschaft nur kümmerliche Einnahmen brachte, verdient Hare jetzt anderweitig das große Geld.

Mrs. Hare tritt zu ihrem Mann. Der starrt sie glasigen Blicks an. Wenn er betrunken ist, wirkt er mit seinen aufgeworfenen Lippen und den hohlen Wangen noch abstoßender. Mrs. Hare greift sich die Flasche, nimmt einen kräftigen Schluck und flüstert: »Ich bringe uns einen Gast.«

Hare wendet sich um, blickt zur Tür. Dort steht noch immer Jamie, anscheinend enttäuscht, daß er seine Mutter hier nicht vorfindet.

»Jamie?« murmelt Hare. Dann begreift er plötzlich. »Gut«, sagt er und strafft sich, »gut. Ein guter Gedanke.«

Er winkt Jamie zu sich heran. Jamie tritt zögernd näher. »Meine Momie. Nicht da.«

»Nicht da, nicht da! Natürlich ist sie da. Ist bloß mal weggegangen!« tröstet ihn Mrs. Hare. »Sie sucht eben nach dir. Wird gleich wieder zurück sein. Bis dahin bist du unser Gast, Jamie.« Sie wendet sich an ihren Mann: »Willst du unsern Gast verdursten lassen?«

Hare gießt Whisky in einen Holzbecher und schiebt ihn Jamie zu. Jamie schnüffelt am Becher, verzieht das Gesicht. »Schnaps macht dumm. Sagt Momie.«

»Dümmer geht's nimmer«, murmelt Mrs. Hare. Laut sagt sie: »Whisky macht nicht dumm, Jamie. Whisky macht lustig, und wenn du lustig bist, freut sich deine Mom. Also trink schon, Jamie.«

Jamie überwindet sich und trinkt. Er schüttelt sich: »Brennt!«

»Wenn's brennt, mußt du's löschen«, rät ihm Hare väterlich, »mit noch 'nem Schluck.«

»Paß auf ihn auf«, sagt Mrs. Hare leise zu ihrem Mann, »ich hole jetzt Burke.«

Sie geht hinaus, über den Hausflur zur Kellertreppe. Im Keller hatte sich der Schuhmacher William Burke eine Schusterwerkstatt eingerichtet. Burke ist Ire wie Hare, mit seinen fünfunddreißig Jahren auch gleichen Alters. Aber Burke gibt sich längst nicht mehr mit einer so niedrigen Arbeit wie Schuhflickerei ab. Zusammen mit Hare hat er kürzlich ein Geschäft gegründet, das den beiden Jungunternehmern hohe Gewinne bringt. Der untersetzte muskulöse Burke lebt mit Helen zusammen, einer häßlichen mageren Megäre. Da er sich geweigert hatte, sie zu heiraten, hatte ihn die katholische Kirche ausgestoßen. Die Exkommunizierung hatte Burke zwar nicht umgestimmt, aber sehr bedrückt. Er ist fromm und betet regelmäßig.

Hare und Mrs. Hare verbindet mit Burke und Helen zweierlei: das Geschäft und der Whisky. Man kann auch sagen: der Alkohol ist das Opium, das sie in der Stunde des Geschäfts die Gefahren des Geschäfts vergessen läßt. Ihr verschwiegenes Unternehmen ist in einem Hinterzimmer von Hares Gasthaus und Nachtlogis *Tanners Close* etabliert. Man würde das Geschäft vergebens im Handelsregister der Stadt suchen.

Mrs. Hare hat Burkes Kellerwohnung erreicht. Sie tritt ein, ohne anzuklopfen. Burke und Helen liegen noch im

Bett und gehen gerade ihrem ungesegneten nichtehelichen Vergnügen nach. Mrs. Hare packt Burke an der Schulter: »He, Burke, erst das Geschäft und dann der Spaß. Wir haben Kundschaft.«

»Scher dich zum Teufel!« giftet Helen.

»Halt's Maul, du Schlampe«, erwidert Mrs. Hare gelassen.

Burke kriecht aus dem Bett. »Ohne Geschäft kein Vergnügen, Helen«, tröstet er sie. »Schließlich liegst du mir schon seit Tagen wegen der Seidenstrümpfe in den Ohren.«

Er kleidet sich rasch an, verläßt mit Mrs. Hare die Kellerwohnung und geht hinauf in die Gaststube. Hare sitzt noch immer am Tresen, Jamie, der einzige Gast, neben ihm. Burke gesellt sich dazu. Hare schenkt auch ihm einen Becher voll ein. Jamie, nicht an Alkohol gewohnt, hat sich schon nicht mehr unter Kontrolle, er kichert und schwätzt sinnlos vor sich hin. Hare drängt ihm wieder einen Becher auf. Jamies Hand zittert, als er den Becher ergreift, er schwankt schon bedenklich auf dem Hocker hin und her.

Hare nickt seiner Frau zu. Sie weiß, daß sie jetzt das Haus verlassen muß. Sie gönnt sich noch einen großen Schluck aus der Flasche, nimmt den Einkaufskorb und geht hinaus. Hare füllt Jamie erneut nach. Jamie greift nach dem Becher, er entfällt seiner Hand. Jamie schüttelt verwundert den Kopf, beugt sich hinunter, um den Becher aufzuheben, und stürzt vom Hocker. Vergebens sucht er sich aufzurichten, er sinkt wieder um. Jamie beginnt fassungslos zu schluchzen.

»Nur ruhig Blut, Jamie«, sagt Hare, »wir bringen dich jetzt ins Bett, da kannst du dich ausschlafen. Und wenn deine Mom kommt, bist du wieder flott auf den Strümpfen. In Ordnung, Jamie?«

»In Ordnung«, murmelt Jamie.

Burke greift Jamie unter die Arme, Hare packt seine Beine. Sie tragen ihn in die Kammer gleich hinter dem Tresen. In dem fensterlosen Raum steht nur ein Bett, daneben ein Stuhl. In der Ecke ein Haufen Wäsche und Kleidungsstücke. Hare und Burke schieben Jamie aufs Bett. Jamie brabbelt vor sich hin. Die beiden kehren in die Gaststube zurück.

Nachdem sie sich nochmals mit Whisky gestärkt haben, begeben sie sich wieder in die Kammer. Jamie ist eingeschlafen.

»Nun denn!« sagt Hare.

Burke wirft sich mit einem Sprung auf Jamie. Mit der rechten Hand drückt er ihm die Nase zu, mit der linken verschließt er ihm den Mund. Jamie schreckt empor. Trotz seiner Trunkenheit spürt er instinktiv die Todesgefahr. Jamie ist jung und kräftig. Er schüttelt Burke ab und springt taumelnd aus dem Bett. Burke nimmt Anlauf, um Jamie umzustoßen. Jamie wehrt ihn ab. Burke umklammert Jamies Hals. Jamie ist jetzt hellwach und entwickelt ungeahnte Kräfte. Er schlägt Burke ins Gesicht, Burke schreit vor Schmerz auf.

»Ein Messer!« ruft Burke Hare zu, »ich stech' ihn ab!«

Jetzt endlich greift Hare ein. Von hinten nähert er sich Jamie und tritt ihm in die Kniekehle. Jamie verliert den Halt und fällt auf den Rücken. Hare setzt sich auf Jamies Beine, packt die Arme des um sich schlagenden Jungen und hält sie eisern fest. Burke verschließt ihm erneut Nase und Mund.

Bald läßt Jamies Widerstand nach. Die Zuckungen der Arme und Beine werden schwächer, der Körper erschlafft, nur ab und zu durchfährt ihn noch ein kurzer Krampf. Schließlich regt sich Jamie nicht mehr.

Burke und Hare erheben sich, betrachten den Toten. »Das mit dem Messer war kein guter Einfall!« sagt Hare vorwurfsvoll. »Du weißt doch, keine nasse Leiche.«

»Hättest ja auch früher eingreifen können«, verteidigt sich Burke.

In den nächsten Tagen sucht Jamies Mutter verzweifelt nach ihrem Sohn. Sein Verschwinden erregt die Menschen, die in diesem Stadtteil wohnen. Der »dumme Jamie«, wie er genannt wird, gehört zum Marktplatz wie die Trödler und Gemüsehändler und Zigarrenverkäufer. Er ist eine Art Original, das die Leute amüsiert hat. Sogar die Zeitungen berichten über Jamies Verschwinden. Die Polizei forscht nach, aber niemand hat gesehen, wohin Jamie gegangen ist.

*

So vergeht der Sommer, die Spur des vermißten Jungen endet im Nichts.

Am 31. Oktober geht Burke in Rymers Shop, um sich Zigarren zu kaufen. Während er noch mit Rymer schwatzt, betritt eine alte Frau den Laden. Sie ist Irin und will in Edinburgh ihren Sohn besuchen. Sie fragt Rymer nach dem Weg. Rymer gibt ihr Auskunft. Als die Frau den Laden verläßt, folgt ihr Burke und fragt teilnahmsvoll: »Wissen Sie nun genau, wie Sie die Wohnung Ihres Sohnes finden?«

Die Frau blickt ihn unschlüssig an. »Ich werde Sie begleiten«, verspricht ihr Burke, »aber zuvor trinken wir zusammen noch ein Gläschen. Wir Iren in Schottland müssen zusammenhalten, nicht wahr?«

Eine Irin schlägt keinem Iren einen Freundschaftstrunk ab. Mary Campbell, so stellt sich die Alte vor, wärmt sich gern an einem nebligen Herbsttag mit einem Whisky auf. Sie folgt ihrem Begleiter in Hares Gaststätte. Hare ist nicht anwesend, deshalb will Burke ihn suchen gehen. Er bringt Mary in seine Kellerwohnung, dort soll sie es sich zusammen mit Helen gemütlich machen. Helen weiß sofort, was Burke mit der alten Frau vorhat, und lädt sie aufs liebenswürdigste ein, für einen Trunk und einen Imbiß bei ihr zu bleiben.

Gegen Mittag kehrt Burke mit Hare zurück. Befriedigt stellen sie fest, daß die Irin noch da ist. Sie hat inzwischen mit Helen die Wohnung gesäubert, aufgeräumt und Fenster geputzt. »So viel Fleiß muß gefeiert werden!« lobt Burke die Alte. »Wir machen uns einen lustigen Abend.«

Mary wendet zwar ein, sie wolle doch ihren Sohn besuchen, doch als Burke erwidert, morgen sei auch noch ein Tag und sie werde doch nicht auf ein leckeres Abendessen verzichten, läßt sie sich nicht länger bitten und verspricht zu bleiben. In froher Erwartung sieht sie ihrer Henkersmahlzeit entgegen.

Es ist Abend geworden. Wieder senkt sich der Nebel über die Stadt. Hare hat inzwischen den Gastraum geheizt und die Öllampen entzündet. Mary steht am Fenster und blickt in die Dunkelheit hinaus. Ein wohliger Schauer durchfährt sie. Was für liebe Menschen hier, und wie gemütlich! Der Tisch ist gedeckt, Brot, gebratenes Huhn,

Räucherfisch, Obst. Burke und Helen erscheinen in Feiertagskleidung. Hare verläßt den Tresen und stellt einige Flaschen Whisky auf den Tisch. Mrs. Hare geht zur Tür und schließt sie ab. »Niemand soll uns stören!« Was allerdings nicht ganz wörtlich zu nehmen ist. Zwei Logisgäste, das Ehepaar Gray, dürfen auch an der Festlichkeit teilnehmen. Mr. Gray ist ein invalider Soldat, der eine kleine Rente bekommt und mit seiner Frau einige Tage in Edinburgh verbringt.

Zur Feier des Tages serviert Hare den Whisky nicht in Holzbechern, sondern in Gläsern. Er schenkt jedem reichlich ein.

Burke hebt das Glas und bringt einen Trinkspruch auf die fleißige Landsmännin Mrs. Mary Campbell aus. Mary hebt ihr Glas und dankt gerührt.

Brot, Huhn, Whisky.

Whisky, Räucherfisch, Brot.

Und schließlich nur noch Whisky. Und gute Laune.

Burke steigt auf den Tisch und beginnt zu singen. Und weil er Ire ist und Mary Irin, kennt auch die alte Frau die Lieder und Balladen und Kneipensongs, die Burke jetzt mit seiner rauchigen Stimme vorträgt. Und stimmt selig in seine Lieder mit ein: von der Schenke zum Vollmond, wo der Mond nur eine trübe Laterne ist, und von der Hure Joan, in die sich ein Graf verliebte und aus Eifersucht ihretwegen zum Mörder wurde. Und vom Kind, das zwei Köpfe hatte, und der eine konnte nur Irisch sprechen und der andere nur Englisch, und das Kind wurde aus England verjagt und aus Irland ebenso.

»Und nun, wo wir uns satt gegessen und müde gesungen haben, wollen wir uns wieder etwas munter machen!«

ruft Burke ausgelassen und fordert Mary zum Tanz. Kichernd und whiskyumnebelt erhebt sich die Alte und walzt steifbeinig mit Burke durch den Raum, bis sie erschöpft auf den Stuhl niedersinkt. Hare beeilt sich, ihr Glas nachzufüllen.

Die Grays sind müde. Sie bedanken sich für die Einladung, erheben sich und gehen in ihr Zimmer. Hare wünscht ihnen gute Nacht: »Hoffentlich könnt ihr gut schlafen, hier wird es noch eine Weile etwas lärmig zugehen!«

Lärmig allerdings nicht wegen der übermütigen Stimmung. Burke und Hare haben nicht vor, noch länger mit der betrunkenen Irin zu feiern. Sie haben Ausgaben gehabt für Fleisch und Fisch und Whisky, nun müssen die Jungunternehmer daran denken, ihr Passivsaldo wieder auszugleichen.

»Noch einen Schluck zum Abschluß, Mary?« fragt Hare.

Mary schüttelt den Kopf. Ihr ist übel. Sie spürt Brechreiz. Hare, die Whiskyflasche in der Hand, tritt zu ihr. »Du willst mich doch nicht beleidigen, Mary.« Er hält ihr die Flasche an den Mund.

Mary atmet schwer und preßt die Lippen zusammen. Hare stößt ihr mit dem Flaschenhals den Mund auf, schüttet Whisky hinein. Mary schluckt krampfhaft, um nicht zu ersticken, hustet, schlägt auf Hares Hand.

Hare nickt Burke zu. Burke springt vom Stuhl und baut sich drohend vor Hare auf: »Laß meine Mary in Ruhe!«

Hare grinst: »Sie will noch mehr, was, Mary, du hast noch nicht genug?«

Burke täuscht vor, Hare die Flasche entreißen zu wollen.

Hare schleudert Burke an die Theke.

Burke stürmt mit gesenktem Kopf und erhobenen Fäusten gegen Hare an.

Mary sieht erschrocken dem vermeintlichen Kampf zu. So darf der friedliche Abend nicht enden! Sie tritt schwankend zwischen die beiden Kampfhähne. Burkes Faustschlag trifft nicht Hare. Er trifft wohlgezielt Marys Kopf. Sie stürzt auf den Steinboden, windet sich stöhnend.

Hare befiehlt Helen und seiner Frau: »Ihr verschwindet jetzt!«

Die beiden verlassen die Gaststube. Hare und Burke schleppen Mary in die Kammer hinter dem Tresen und legen sie aufs Bett. Hare hält Arme und Beine fest, Burke erstickt sie. Nachdem sie sich überzeugt haben, daß Mary tot ist, legen sie die Leiche in eine Ecke. Dabei entdeckt Hare Würgemale am Hals der Toten. »Warum hast du so unsauber gearbeitet?« herrscht er Burke an.

»Habe eben auch mal die Kehle zugedrückt, damit es schneller ging«, erklärt Burke.

»Das mindert mit Sicherheit den Preis«, nörgelt Hare.

Sie bedecken die Leiche mit Stroh.

Bald darauf kehren die Frauen zurück. »Alles in Ordnung?« fragt Mrs. Hare.

»Nichts ist in Ordnung«, knurrt Hare. »Burke war unvorsichtig. Wir werden Absatzschwierigkeiten haben.«

Die gute Laune ist verflogen, schweigend machen die vier Ordnung in der Gaststube und gehen dann schlafen.

Am nächsten Morgen erscheinen die Grays zum Frühstück. In der Gaststube erinnert nichts mehr an die Feier gestern nacht. Mrs. Hare hat schon den Tee bereitet. Während sie das Frühstück bringt, fragt Mrs. Gray: »Wie geht es der kleinen alten Frau?«

»Wie soll es ihr gehen«, antwortet Mrs. Hare mürrisch, »warum fragen Sie?«

»Sie schien ziemlich betrunken gewesen zu sein. Und ich hätte mich nicht gewundert, wenn sie eine üble Nacht gehabt hätte.«

»Sie hatte eine gute Nacht, Mrs. Gray. Und sie hat uns schon in aller Frühe verlassen, um ihren Sohn aufzusuchen.«

»Kommt sie nicht mehr zurück? Schade, sie war eine so liebe, lustige Frau.«

»Sie kommt nicht mehr wieder, sie wohnt bei ihrem Sohn.«

Mrs. Hare zeigt sich heute morgen wenig gesprächig und verschwindet rasch in die Küche. Mrs. Gray folgt ihr bald und entzündet am Küchenherd einen Holzspan, um damit ihre Tabakspfeife in Brand zu setzen. Als sie in die Gaststube zurückkehrt, bemerkt sie, daß die Kammertür hinterm Tresen einen Spalt offensteht. Sie schließt die Tür. In diesem Augenblick sieht sie Hare sich dem Tresen nähern.

»Was suchen Sie in der Kammer?« brüllt Hare.

»Warum schreien Sie mich so an, Mr. Hare? Ich war nicht in der Kammer.«

Hare steht mit geballten Fäusten vor ihr. Mr. Gray kommt seiner Frau zu Hilfe. Vom Tisch aus ruft er: »Sie war wirklich nicht drin, Mr. Hare!«

Ruhig, aber unüberhörbar drohend verbietet Hare den Grays, die Kammer zu betreten. Mrs. Gray setzt sich wieder an den Frühstückstisch. Schweigend stößt sie Rauchringe aus ihrer Tabakspfeife in die Luft. »Warum ist Hare so zornig geworden?« fragt sie schließlich ihren Mann. Gray zuckt die Schultern und schlägt ihr einen Spaziergang vor. Später vielleicht, sagt sie, zuvor will sie das Geheimnis der Kammer ergründen.

Sie horcht. Mrs. Hare hantiert in der Küche, Hare ist anscheinend in den Keller gegangen. Sie schleicht hinter den Tresen und ergreift die Klinke der Kammertür.

»Komm zurück!« ruft Gray halblaut.

Sie drückt die Klinke nieder. Die Tür öffnet sich. Vielleicht jage ich nur einem Phantom nach, denkt Mrs. Gray. Hätte Hare etwas zu verbergen, hätte er die Kammer zugeschlossen. Sie tritt in einen fensterlosen Raum und läßt die Tür offen, damit etwas Licht hineinfällt.

Ein Bett, ein Stuhl, Lumpen, ein Strohhaufen in der Ecke.

Die Kammer birgt kein Geheimnis.

Aber warum hat Hare ihr verboten, sie zu betreten?

Sie geht zum Strohhaufen und schiebt ihn mit dem Fuß auseinander. Sie erblickt einen menschlichen Arm. Sie eilt hinaus und holt ihren Mann. Gray hebt eine Schicht Stroh ab. Mary Campbells Leiche kommt zum Vorschein. Am Hals sind dunkle Flecken zu erkennen. Ist Mary ermordet worden?

Mrs. Gray spürt panische Angst. Wenn Hare merkt, daß sie die Leiche entdeckt haben, wird er auch sie umbringen. Nur hinaus jetzt! Gray wirft wieder Stroh auf die Tote, dann verlassen sie leise die Totenkammer.

Niemand hat sie gesehen. Sie eilen in ihr Zimmer hinauf, packen hastig ihre Sachen zusammen, öffnen die Tür und lauschen. Unten im Gastzimmer regt sich nichts. Vorsichtig gehen sie mit ihrem Gepäck die Treppe hinunter und stoßen erschreckt im Flur auf Hare, der gerade aus dem Keller kommt.

Hare fragt die Grays erstaunt, ob sie ausziehen wollten.

Gray bleibt stehen: »Ja, wir ziehen aus. Wir wissen, was heute nacht mit der armen alten Frau geschehen ist.«

Hare starrt ihn an: »Was soll denn mit ihr geschehen sein?«

»Wir haben ihre Leiche gesehen. Mary ist erwürgt worden.«

»Erwürgt? Nun, Mr. Gray, da täuschen Sie sich. Mary ist tot, das ist leider wahr. Aber sie hat einfach zuviel gesoffen. Schnapsvergiftung, verstehen Sie? Davon können gerade wir Gastwirte ein Lied singen.«

»Sie ist erwürgt worden!«

Hare blickt ihn kalt an. Dann sagt er: »Ich mache Ihnen einen Vorschlag, Mr. Gray. Sie schweigen. Sie bleiben hier wohnen. Kostenfrei. Und ich helfe Ihnen, sich jede Woche ein hübsches Sümmchen hinzuzuverdienen.«

Gray horcht auf. Liegt hier das Geheimnis des unbegreiflichen Mordes? »Was für ein einträgliches Geschäft ist denn das?«

»Sie müssen mir zuvor absolutes Stillschweigen versichern.«

Gray schwankt zwischen Neugier und Angst. Die Angst ist stärker. Als Mitwisser eines Mordes hat er doppelte Angst: vor den Mördern und vor der Polizei. Er nimmt seine Frau am Arm. »Komm, wir gehen jetzt zur Polizei.«

Und bevor Hare noch reagieren kann, haben die beiden das Haus verlassen.

Hare tritt vor die Haustür und blickt ihnen nach. Noch ist kein Anlaß zur Sorge. Ehe die Polizei die Anzeige aufgenommen und einen Polizisten hierhergeschickt hat, ist die Leiche längst verschwunden. Burke muß jeden Augenblick mit der Teekiste zurückkehren, die er bei Rymers holen wollte.

Bald darauf trifft Burke mit dem Handwagen ein. Zusammen mit Hare lädt er die Teekiste ab und bringt sie in die Todeskammer. Nachdem sie Mary in die Kiste gelegt und diese mit dem Deckel verschlossen haben, tragen sie ihre Fracht hinaus auf den Handwagen und fahren davon.

Wenig später biegen sie auf den *Surgeon's Square* ein. Hier steht ein düsterer roter Ziegelbau. Ein verwittertes Schild weist ihn als MEDIZINISCHE SCHULE aus. Burke und Hare fahren den Handwagen auf den Hof. Während Hare als Wache am Wagen zurückbleibt, geht Burke durch den Hintereingang in das Gebäude, um den Schuldiener Ferguson zu suchen. Er findet ihn in einer Kammer, wo er chirurgische Instrumente reinigt.

»Wir haben wieder eine Ware, Ferguson.«

Ferguson fordert Burke auf, draußen zu warten. Er werde den Professor benachrichtigen. Burke kehrt zu Hare auf den Hof zurück. Die beiden brauchen nicht lange zu warten. Ferguson tritt aus der Haustür und fordert sie auf, die Ware hereinzubringen.

Burke und Hare laden die Kiste auf die Schultern. Sie kennen den Weg, sie sind ihn schon oft gegangen, wenn sie frische Ware brachten. Über eine Treppe und mehrere Gänge gelangen sie zum Anatomiesaal.

Ferguson öffnet ihnen die Tür. Burke und Hare treten

ein. Auch die großen hohen Fenster geben an diesem düsteren Novembertag dem Raum nur wenig Helligkeit. An einem Tisch neben einem Fenster stehen mehrere Studenten. Sie hantieren mit Skalpellen an irgendeinem menschlichen Körperteil und beachten Burke und Hare kaum. Sie wissen, was die beiden bringen, das schafft eine Art kumpelhafter Vertrautheit.

Ferguson läßt die Teekiste in einem Nebenraum abladen. Hier entnehmen Burke und Hare der Kiste Marys Leiche und legen sie auf einen Tisch. Zusammen mit Ferguson entkleiden sie die Tote. Die Kleidungsstücke werfen sie in die Teekiste, die sollen noch an den Trödler verkauft werden.

Dann warten sie schweigend auf den Professor.

Endlich erscheint Professor Knox. Es ist nicht sein massiger, in einen dunkelgrauen Frack und eine hellblaue Hose gezwängter Körper, der selbst in den mörderischen Seelen eines Burke und Hare Schauder erweckt. Es ist die Aura der Wissenschaft, die den Professor unsichtbar umgibt und ihn zum Herrn über die Geheimnisse des Lebens und des Todes macht. Knox ist Anatom. Er lehrt Anatomie und lebt von der Anatomie. So wie auch Burke und Hare von ihr leben. Das verbindet sie mit dem Professor. Trotzdem ist ihnen dumpf bewußt, daß Welten sie vom Professor trennen, sie, die ihm die Toten liefern, von ihm, der sie aufschneidet und ihr Inneres bis in die letzten Verästelungen erforscht.

Burkes und Hares junges Unternehmen erwächst auf dem Sumpfboden gärender gesellschaftlicher Widersprüche. Britannien steht an der Schwelle der industriellen Revolution. Das Maschinenzeitalter ist angebrochen. Technischer Fortschritt auf der einen Seite wird mit unvorstellbarem Elend auf der anderen Seite bezahlt. Die Naturwissenschaften entwickeln sich zugleich mit neuen technischen Bedürfnissen und treiben hinwiederum diese voran. Für Chemie, Physik und Medizin beginnt eine neue Epoche von Entdeckungen und Erkenntnissen.

Nur ein Bereich der Medizin ist noch vom wissenschaftlichen Fortschritt ausgeschlossen: die Anatomie.

Schon im Altertum suchten Ärzte das Innere des menschlichen Körpers, den rätselhaften Zusammenhang seiner Lebensfunktionen, zu ergründen. Sie gewannen einzelne, oft noch groteske Einsichten. Die Entdeckerfreude zur Zeit der Renaissance erschloß sich rasch immer neue Erkenntnisse über den Bau und das Zusammenspiel der Organe.

Kühn setzten sich die Anatomen des 16. und 17. Jahrhunderts über das Sektionsverbot der mittelalterlichen Kirche hinweg. Das Dogma von der Auferstehung des Leibes am Jüngsten Tag erforderte, den toten Körper unversehrt dem Grab und der künftigen Auferstehung zu übergeben. Nur wenige Päpste waren aufgeklärt genug, anatomische Studien zuzulassen.

Ansonsten jedoch bestand das Sektionsverbot weiterhin und konnte nur allmählich im Lauf von Jahrhunderten in kirchenunabhängigen Forschungszentren wie Brüssel, Paris, Padua, Bologna aufgeweicht und damit praktisch beseitigt werden. Nur in Britannien blieb das Sektionsverbot unangetastet, selbst noch zu Beginn des 19. Jahrhunderts, während sich auf dem europäischen Festland die Anatomie bereits zu einer wesentlichen Grundlage medizinischen Fortschritts entwickelt hatte.

So standen englische Anatomen im Konflikt zwischen mittelalterlichem Gesetz und modernen wissenschaftlichen Bedürfnissen. Sie wollten und sie konnten sich nicht mit der Fesselung der Wissenschaft abfinden. Wenn sie nicht legal anatomische Studien betreiben durften, mußten sie nach illegalen Möglichkeiten suchen. So begann die zynische Jagd nach Leichen, die heimlich seziert werden konnten. Die Ärzte verbündeten sich mit Totengräbern und Leichenfrauen, damit sie in Totenkammern und Friedhofskapellen Zugang zu Leichen erhielten. Bald gewann der Drang nach Sektionsobjekten seine Eigengesetzlichkeit. Das Bedürfnis schuf sich neue Formen der Bedürfnisbefriedigung. Leichen wurden zur Ware, die dem Verkäufer Gewinn brachte. Der Profit war um so höher, je weniger ihn die Beschaffung der Ware kostete. Er betrug hundert Prozent, wenn er die Ware umsonst erhielt. Deshalb bildeten sich bereits Ende des 18. Jahrhunderts Banden, die soeben erst bestattete Tote aus den Gräbern rissen und an interessierte Anatomen verkauften. Auf den Friedhöfen spielten sich regelrechte Kriege zwischen Leichenräubern und den Verwandten der Toten ab, die den Diebstahl zu verhindern suchten. Aber die »Auferstehungsmänner« (so genannt, weil sie den Toten vorzeitig zur Auferstehung verhalfen) waren erfinderisch und entdeckten immer neue Tricks, sich Leichen zu verschaffen.

Diese Zustände setzten sich zu Beginn des 19. Jahrhunderts fort. Burke und Hare waren schon erfahren im Leichenraub, als Hare, bereits Besitzer von *Tanners Close*, durch Zufall eine ungefährlichere, aber weit einträglichere Möglichkeit fand, Leichen zu bekommen. *Tanners Close* war nicht nur Gaststätte, sondern auch eine billige Herberge für Bettler, Obdachlose, Wanderburschen.

Eines Tages nächtigte in Hares Nachtlogis ein alter Mann. Er verstarb, wahrscheinlich an Altersschwäche. Er schuldete Hare noch die Logiskosten, und Hare wollte nicht darauf verzichten. Er wußte aus der Zeit seiner Leichenräuberei, daß die *Medizinische Schule* des Professors Knox ständig Leichen kaufte. Zusammen mit Burke brachte er den Toten hin, und Knox ließ ihnen dafür sieben Pfund und zehn Schilling auszahlen. Das war ein märchenhaftes Honorar. Und als Knox erwähnte, er würde auch künftig Leichen von ihnen kaufen, hatten die beiden die Grundlage eines neuen Unternehmens erkannt: im Nachtlogis mußten Leichen produziert und an Knox verkauft werden.

Natürlich war nicht zu erwarten, daß sich bei einem Gast der Zufall eines natürlichen Todes so bald wiederholte. Man mußte schon nachhelfen.

Dabei gab es aber noch ein Risiko: Würde Knox auch Ermordete kaufen?

Burke und Hare erprobten es alsobald. Sie erwürgten Abigail Simpson, eine trunksüchtige alte Frau, die sich im Nachtlogis einquartiert hatte. Sie brachten die Leiche zu Knox, der sie besichtigte und ohne eine Bemerkung wiederum sieben Pfund zahlte.

Weitere Morde folgten. Dabei kamen den Mördern die Zustände in der großen Stadt zugute. Ein zeitgenössischer Bericht von Friedrich Engels schildert sie so: »Die brutale Gleichgültigkeit, die gefühllose Isolierung jedes einzelnen auf seine Privatinteressen tritt um so widerwärtiger und verletzender hervor, je mehr diese einzelnen auf den kleinen Raum zusammengedrängt sind; und wenn wir auch wissen, daß diese Isolierung des einzelnen, diese bornierte Selbstsucht überall das Prinzip unserer heutigen Gesellschaft ist, so tritt sie doch nirgends so schamlos unverhüllt, so selbstbewußt auf als gerade hier in dem Gewühl der großen Stadt. Die Auflösung der Menschheit in Monaden, deren jede ein apartes Lebensprinzip und einen aparten Zweck hat, die Welt der Atome ist hier auf ihre höchste Spitze getrieben. Daher kommt es denn auch, daß der soziale Krieg, der Krieg Aller gegen Alle, hier offen erklärt ist.«

Diese soziale Isoliertheit der Opfer, ihre Anonymität in der großen Stadt begünstigte die Mörder. Niemand vermißt die Toten, niemand findet ihre Spuren, solange er auch sucht. Sie, die »Opfer der Wunder der Zivilisation«, sind auch die Opfer einer sinnlos gefesselten Wissenschaft geworden, was sie auch tun, wie sie auch heißen, die Toten im Nachtlogis: der Müller Joseph, der Zündholzverkäufer Smith, die Bettlerin Mary Haldane und ihre Tochter Margret und ihr Enkel, dem Burke das Rückgrat brach. Manche der Opfer sind namenlos, andere in monströser Weise prominent. So beispielsweise Mary Peterson, eine junge Straßenhure von noch außergewöhnlicher Schönheit, allseits deshalb in Edinburgh bekannt. Burke hatte Mary in einem Lokal kennengelernt und ihr angeboten, in *Tanners Close* weiterzutrinken. Das Mädchen folgte ihm und trank dort bis zur Besinnungslosigkeit, Burke und Hare erdrosselten sie und brachten sie zu Knox. Sie erklärten dem Professor, sie hätten die Leiche auch nur gekauft, das Mädchen sei an Alkoholvergiftung gestorben. Knox stellte keine Fragen und zahlte zehn Pfund.

Mary Petersons Schönheit und makellose Figur versetzten Knox in helles Entzücken. Er ließ die Leiche von allen Studenten bewundern und beauftragte einen Maler, sie zu zeichnen. Der Maler verglich die Tote mit einer Göttin, wie sie in solcher Vollkommenheit nur von griechischen Künstlern geschaffen worden sei. Knox legte dann die Leiche in Spiritus und bewahrte sie noch längere Zeit als Demonstrationsobjekt auf.

Die schöne Mary war so manchem Medizinstudenten bekannt. So war es nicht verwunderlich, daß ihr Tod bald in der Öffentlichkeit bemerkt und heftig diskutiert wurde. Merkwürdigerweise aber interessierte sich die Polizei weder für die Gerüchte über Marys Ermordung, noch forschte sie an ihrem letzten Aufenthaltsort nach, im Sektionssaal der Anatomie. Von hier aus hätte sie die Spur zum Tatort zurückverfolgen können.

Auch heute fragt Professor Knox nicht nach der Herkunft der Leiche von Mary Campbell. Er beugt sich zwar zum Hals der Toten hinab und betrachtet die Würgemale, zahlt aber dann den üblichen Preis. Der Preis ist inzwischen gestiegen, dank der verläßlichen Geschäftsbeziehung zwischen der Anatomie und der Leichenhandelsgesellschaft Burke und Hare. Knox zahlt jetzt zehn Pfund.

Das ist der letzte Verdienst der beiden Jungunternehmer.

Während Burke und Hare die Leiche Mary Campbells in die Anatomie gebracht hatten, waren die Grays zum Polizeirevier gegangen und hatten gemeldet, im Nachtlogis *Tanners Close* sei eine alte Frau ermordet worden. Sergeant-Major Fisher hört sich den Bericht ungläubig an. Der ehrbare Wirt von *Tanners Close* ein Mörder! Und auch Mr. Burke hatte sich niemals etwas zuschulden kommen lassen! Ein bescheidener Schuhmacher erwürgt doch keine arme alte Frau! Die Grays beharren auf ihrer Aussage. Fisher beauftragt den Konstabler Finlay, sich im Nachtlogis umzusehen und Grays Aussage zu überprüfen.

Finlay begibt sich mit den Grays zum *Tanners Close*. Dort trifft er nur Burke an, der inzwischen aus der Anatomie zurückgekehrt ist. Finlay macht Burke mit Grays Anschuldigung vertraut. Eine üble Denunziation, erwidert Burke, aus Rache, weil den Grays das Quartier wegen schlechten Benehmens gekündigt worden sei. Finlay verlangt, Mary Campbell zu sprechen. Burke erklärt, sie sei bereits heute früh weggegangen, um ihren Sohn zu besuchen. Daraufhin besichtigt Finlay die Kammer, in der die Leiche gelegen haben soll. Er entdeckt Blutflecke auf dem Bett, auf dem Fußboden und am Stroh in der Ecke. Verdächtig erscheint Finlay auch ein Haufen Kleider, die von verschiedenen Personen zu stammen scheinen.

In der Küche trifft Finlay auf Helen und fragt sie, wann Mary Campbell weggegangen sei. Schon gestern abend, erwidert Helen. Der Widerspruch in der Aussage von Burke und Helen verstärkt Finlays Mißtrauen. Kurzerhand erklärt er Burke und Helen für verhaftet und nimmt sie mit zum Revier.

Bei einer ersten Vernehmung durch Sergeant-Major Fisher leugnen Burke und Helen hartnäckig, Mary Campbell sei im Nachtlogis ermordet worden. Irgendwann jedoch macht Burke eine unvorsichtige Bemerkung, aus der Fisher schließt, Burke habe eine Geschäftsbeziehung zu Professor Knox.

Jedenfalls, so geht aus den zeitgenössischen und späteren Berichten hervor, sucht der Sergeant-Major Knox auf und überprüft den Sektionssaal. Im Nebenraum entdeckt er eine Teekiste, in der die Leiche einer alten Frau liegt. Gray wird hinzugeholt, um sie zu identifizieren. Er erkennt sie als Mary Campbell wieder. Knox behauptet, er sei nicht in der Lage, etwas über Herkunft und Erwerb der Leiche zu sagen. Fisher begnügt sich mit dieser Erklärung. Er läßt Marys Leiche ins Polizeirevier bringen und ordnet auch die Verhaftung von Hare und seiner Frau an. Dann konfrontiert er die vier Häftlinge mit der Toten in der Teekiste.

»Wir kennen sie nicht. Haben sie nie gesehen, weder lebend noch tot!« erklären sie einstimmig. Die Verhaftung der vier Mordverdächtigen erregt in Edinburgh großes Aufsehen. Man erinnert sich wieder an das Verschwinden des sechzehnjährigen Jamie und der schönen Mary Peterson. Und die Presse stellt eine Frage, die bisher niemand so offen zu äußern gewagt hatte: Ist das Geheimnis dieses Mordes in der Anatomie zu suchen? Die Wissenschaftler mußten doch erkannt haben, daß ihnen Ermordete geliefert worden waren!

So ergibt sich in diesen Tagen nach der Verhaftung der beiden Mörderpaare ein verwirrendes Bild. Die Polizei hält Burke und Hare für schuldig des Mordes, doch sie hat keine Beweise. Beweise könnte ihr nur Knox liefern, aber die Polizei vermeidet es, den bekannten Wissenschaftler in die Affäre hineinzuziehen. Die Presse nennt die Anatomen mitschuldig. Die Anatomen schweigen. Und die Täter schweigen auch.

Aber Hare spürt, daß Schweigen und Leugnen ihm auf die Dauer nicht helfen werden. Die Polizei vernimmt Dutzende von Zeugen, und wenn es vielleicht auch die falschen sind, die sie befragt, irgendwelche Beweise werden sich eines Tages finden. Hare sieht nur eine Möglichkeit, dem Galgen zu entgehen: als Kronzeuge gegen Burke auszusagen. Als Kronzeuge wird er nicht unter Anklage gestellt, als Kronzeuge erhält er Straffreiheit zugesichert, er und seine Frau. Es gibt etwas, das ist größer als Freundschaft, sagt sich Hare, das ist das Geschäft. So erklärt er sich bereit, als Kronzeuge auszusagen.

Der Bezirks-Sheriff nimmt Hares Angebot dankbar an. Endlich kommt Bewegung in den Fall. Nach dem detaillierten Geständnis Hares, vierzehn Menschen ermordet zu haben, klagt die Krone Burke und Helen des gemeinschaftlichen Mordes an Mary Campbell, Mary Peterson und Jamie an. Die Gerichtsverhandlung soll am 24. Dezember 1828 beginnen.

Obwohl nur diese drei Morde verhandelt werden, ahnt die Öffentlichkeit, daß die Serienmörder weit mehr Menschen getötet und an die Anatomie verkauft haben. Für die Bevölkerung Edinburghs wird der Prozeß zu einer wahren Sensation. Das Gericht befürchtet Ausschreitungen gegen die Angeklagten und auch gegen den Kronzeugen Hare. Deshalb umstellen am Weihnachtsmorgen Hunderte von Polizisten das Gerichtsgebäude. Soldaten zu Fuß und zu Pferde sind in Alarmbereitschaft. Tausende von Zuschauern versammeln sich und hoffen Einlaß in den Gerichtssaal zu finden – vergeblich. Der Gerichtssaal ist längst überfüllt. Vor allem die Angehörigen der oberen Klassen haben Eintrittskarten erhalten.

Die Verhandlung dauert bis zum Abend. Dutzende von Zeugen werden vernommen. Professor Knox ist nicht dabei. Das Gericht hat nur eine Frage zu beantworten: Wer hat Mary Campbell getötet? Die Morde an Mary Peterson und an Jamie sind bereits aus der Anklage herausgenommen worden. Vor allem der Mord an der schönen Mary hätte eine Zeugenaussage von Professor Knox erfordert, und die war im Interesse der bürgerlichen Klasse unerwünscht. Die umfassendste Aussage gegen Burke und Helen macht der Kronzeuge Hare.

Am 25. Dezember verkündet das Gericht das Urteil. Eine Zeitung berichtet darüber: »Die Szene war schrecklich und eindrucksvoll zugleich. Ruhig und selbstsicher erhob sich der Angeklagte. Kein Muskel zuckte in seinem Gesicht, während der Lordrichter sein Urteil verkündete. Die Frau hingegen war äußerst aufgeregt und weinte während der Ansprache.«

Das Gericht erklärt Burke des Mordes an Mary Campbell für schuldig. Dagegen sei Helens Mittäterschaft nicht erwiesen.

Burke flüstert Helen zu: »Du bist aus dem Schneider, Helen.«

Er selber nimmt das Todesurteil kühl entgegen. Die Zuschauer applaudieren. Die Menschenmenge draußen bricht in Jubel aus.

Das Todesurteil entbehrt nicht einer makabren Ironie: Nachdem Burke gehenkt worden ist, soll seine Leiche der Anatomie übergeben und öffentlich seziert werden.

Aber die Bevölkerung gibt sich mit diesem Ausgang des Prozesses nicht zufrieden. Die Mitschuld der Ärzte steht außer Zweifel, doch sie wurde in der Gerichtsverhandlung ausgeklammert.

Am 28. Dezember versammelt sich eine Menschenmenge vor dem Haus des Professors Knox und droht, es zu stürmen. Ein massives Polizeiaufgebot vertreibt die Belagerer, die dabei noch die Fensterscheiben des Hauses einwerfen.

Auch Burkes Geliebte Helen hat die Wut des Volkes zu fürchten. Wo sie erscheint und erkannt wird, muß sie fliehen, um nicht gelyncht zu werden. Ebenso ergeht es Mrs. Hare. Nachdem sie das Gefängnis verlassen hat, ist sie ihres Lebens nicht mehr sicher. Da die Polizei nicht in der Lage ist, die beiden Frauen vor einem Lynchmord zu schützen, verhilft sie ihnen zur Flucht aus Edinburgh.

Währenddem sitzt Hare noch im Gefängnis. Obwohl ihm das Gericht als Kronzeugen Straffreiheit zugesichert hatte, behält es ihn noch in einer Art Schutzhaft, denn die Öffentlichkeit fordert auch seinen Tod. Zudem hofft das Gericht, doch noch einen Weg zu finden, um auch Hare abzuurteilen.

Für Burke naht der Tag der Hinrichtung. Zuvor hatte er sich zu einem Geständnis entschlossen und sich als letztes Opfer des Hauptschuldigen, seines Kompagnons Hare, bezeichnet. Hare habe die Mordpläne entworfen und ihn zur Teilnahme verleitet. Burkes Haß gegen Hare ist grenzenlos, weil er gehenkt werden und Hare straflos davonkommen soll.

Am 28. Januar 1829 findet die öffentliche Hinrichtung Burkes statt. Sie wird zum letzten Paukenschlag dieser Todessinfonie. Etwa fünfundzwanzigtausend Zuschauer drängen sich auf dem Hinrichtungsplatz. Die Fensterplätze in den umliegenden Häusern werden zu Höchstpreisen vermietet. Auch der berühmte Schriftsteller Sir William Scott läßt es sich nicht nehmen, von einem der reservierten Fensterplätze aus der Hinrichtung zuzuschauen.

So kalt und gelassen, wie Burke das Todesurteil aufnahm, geht er nun nicht in den Tod. In Gesprächen mit katholischen Geistlichen hat er seine Taten bereits bereut. Er hatte um Gottes Gnade und Erbarmen gebetet und geäußert, ein Ungerechter, der zum HERRN zurückfinde, sei diesem lieber als tausend Gerechte.

Dramatische Szenen begleiten Burkes Hinrichtung. Als er zum Galgengerüst geführt wird, bricht die Menge in höllisches Geschrei aus. Sie stürmt gegen die Absperrkette der Polizei. Hände greifen nach Burke, drohen ihn zu zerreißen. Hysterische Rufe hallen in seine Ohren: »Schlagt ihn tot! Erwürgt ihn!« Andere fordern, auch Hare neben ihm aufzuhängen. Und wieder andere schreien: »Hängt Knox! Er ist ein gefährliches Geschwür!«

Burke steigt auf das Gerüst und versucht, sich durch Gebete zu beruhigen. Um viertel neun öffnet sich die Falltür. Die Menge tobt vor Begeisterung. Gegen neun schneidet der Henker Burkes Leiche vom Strick. Sie wird unter starkem Polizeischutz in die Anatomie der Universität gebracht.

Dort nimmt Professor Munro, assistiert von mehreren Ärzten, die Obduktion vor. Er eröffnet den Schädel und entfernt das Gehirn. Burkes Körper wird in Stücke geschnitten und zwecks späterer Demonstration eingesalzen in Fässern aufbewahrt. Noch Jahre danach gibt es leidenschaftliche Diskussionen, ob sich in Burkes Gehirn und aus den Maßen seines Schädels seine mörderische Veranlagung entdecken lasse.

Burke wurde zu einer nationalen Berühmtheit. Er hat sogar sprachschöpferisch gewirkt. Im Volksmund wurde noch lange nach seinem Tode das Erwürgen eines Menschen als burkieren bezeichnet. Letzten Ruhm errang der Serienmörder durch eine öffentliche Ausstellung seiner eingepökelten Leichenteile. Zwanzigtausend Neugierige sollen diese *curious exhibition* gesehen haben. Darüber berichtete Sir Walter Scott: »Die Leiche des Mörders liegt nun in der anatomischen Klasse des College, und alle Welt strömt hin, sie zu sehen. Die schreckliche Art dieses Halunken, sein Geld zu verdienen, ist kaum widerlicher zu nennen als die geradezu abstoßende Begierde, mit der die Öffentlichkeit alle abscheulichen Details seines Geschäfts aufsog.«

Hare wird dann doch noch aus dem Gefängnis entlassen. Er flieht von Ort zu Ort, immer vom Lynchmord bedroht. Ebenso wie die Spur seiner Frau verliert sich sein weiterer Lebensweg im Ungewissen.

Professor Knox sucht unter dem starken öffentlichen Druck seine Unschuld zu beweisen. Ein Untersuchungsausschuß ärztlicher Kollegen kommt zu dem Ergebnis, »daß Dr. Knox und seine Assistenten nicht wissen konnten, daß die ihnen überbrachten Objekte ermordet worden waren«. Das Untersuchungskomitee bescheinigt damit Knox indirekt seine absolute Unfähigkeit als Anatom. Denn für einen Pathologen sind die Merkmale eines Mordes durch Erdrosseln unübersehbar. Knox kann sich seiner Rehabilitierung nicht erfreuen. Er verläßt Edinburgh, erhält aber nirgends mehr eine Anstellung.

1832 wird in England das Sektionsverbot aufgehoben. Dem Leichenraub und dem Mord zum höheren Ruhm der Wissenschaft ist damit der materielle Anreiz entzogen.

Der Fall Burke und Hare zeigt in geradezu klassischer Weise, wie sich beim Serienmord objektive Bedingungen und subjektive Antriebe miteinander verbinden. Die Serienmorde Burkes und Hares sind nur die eine, die sichtbare abstoßende Seite des beginnenden industriellen Kapitalismus, die Zustände in den Großstädten seine unsichtbare, aber nicht weniger grausame Seite. Im Kampf aller gegen alle sind religiöse Gebote und moralische Grundsätze nur ein Ballast. Diebstahl, Raub und Mord werden für die Hoffnungslosen ein natürliches Mittel, um zu überleben. Die britische Nation, schrieb Friedrich Engels damals nach seinem ersten Aufenthalt in England, sei die verbrecherischste der Welt geworden. Beide, Hare wie Burke, waren Iren und suchten sich in Schottland als Arbeiter durchzuschlagen. Beide waren dem Alkohol verfallen, dem letzten Trost eines sinnentleerten Lebens. Wurde das eigene Leben schon als minderwertig empfunden, wieviel weniger noch galt ein fremdes anonymes im Hexenkessel der großen Städte. Und nun spielte ihnen der Zufall eine Leiche in die Hände. Und sie wußten – was damals jeder wußte –, die Leiche ist eine Ware, ihr Verkauf bringt mehr ein als zwei Monatslöhne eines Hafenarbeiters. Und solange veraltete Gesetze das Angebot dieser Ware niedrig hielten und die Nachfrage hoch, waren die Anatomen auch bereit, den entsprechenden Preis zu zahlen – hing doch ihr berufliches Ansehen vom Erwerb dieser Ware ab. Der Anreiz für demoralisierte Existenzen am Rande der kapitalistischen Gesellschaft war gegeben, eine solche gewinnbringende Ware zu produzieren. Burkes und Hares Serienmorde waren die Konsequenz dieser Verlokkung.

*

Das geschah vor 170 Jahren. Heutzutage stellen sich den Pathologen Hemmnisse anderer Art entgegen. Kürzlich berichtete *dpa* über die 80. Tagung der Deutschen Gesellschaft für Pathologie in Dresden: »Die deutschen Pathologen dürfen immer seltener obduzieren. Eine Obduktion sei laut Bestattungsgesetz nur noch mit Einwilligung der Angehörigen des Verstorbenen möglich, sagte Professor Martin Müller, Direktor des Instituts für Pathologie am Dresdner Universitätsklinikum. ›Die rechtlichen Grundlagen in der DDR haben uns einen größeren Spielraum gelassen‹, sagte Müller. Wenn die Obduktionszahlen weiter abnehmen, sei die Behandlungsqualität in den Kliniken und Praxen gefährdet. ›Wichtige Erkenntnisse bleiben uns verschlossen‹, erklärte der Mediziner.«

Privatkrematorium

Am Eingang seiner Pariser Praxis in der *Rue Caumartin* hängt das Schild: DR. MARCEL PETIOT, RADIOTHERAPIEN.

Auch heute, an einem naßkalten Dezembertag des Jahres 1940, drängen sich in Petiots Wartezimmer die Patienten. Sie alle, mit den unterschiedlichsten Leiden, erhoffen sich Hilfe von Dr. Petiots Strahlentherapie. Ihr Vertrauen in Petiots Apparate, die Licht und Wärme auf Geschwülste, rheumatische Gelenke, Wunden und Ekzeme verbreiten, ist unbegrenzt. Man weiß auch, Petiot besitzt zugleich die ehrenhafte Funktion eines Amtsarztes. Das verschafft ihm unter den Patienten zusätzliche Autorität.

Und Petiot selbst weiß, was er an seinen Patienten hat. Allein im vergangenen Jahr nahm er eine halbe Million

Francs an Honorar ein. Und auch in diesem Jahr wird er dieselbe Summe verbuchen können.

Der große dunkelhaarige Arzt schaltet einen Lichtkasten aus, der die Knie eines alten Mannes bestrahlt hat, und verabschiedet den Patienten. Es ist Zeit für eine Kaffeepause. Er gießt sich aus der Thermoskanne eine Tasse ein, tritt ans Fenster und blickt in den Regen hinaus. Der Kaffee tut ihm wohl. Kaffee ist kostbar geworden, seit die deutsche Wehrmacht im Sommer Paris besetzt hat. Aber es gibt immer Patienten, die Beziehungen haben und ihren Doktor mit Liebesgaben versorgen. Ärzten geht es auch in schweren Zeiten gut, denkt Petiot zufrieden.

Auf der Straße, vor einem Haus gegenüber, scheint sich etwas Ungewöhnliches vorzubereiten. Einige Passanten sind an der Villa des Professors Cohen stehengeblieben. Petiot öffnet das regenblinde Fenster. Vor Cohens Haus hält ein Wagen mit deutschem Kennzeichen. In diesem Augenblick verlassen zwei Männer in Ledermänteln das Haus, zwischen ihnen der alte jüdische Professor. Er hat ein Köfferchen in der Hand, als wolle er verreisen. Die Gestapoleute führen ihn zum Wagen und fahren mit ihm davon. Wohin die Fahrt geht, weiß jeder in Paris: in die Deportation. Und manche flüstern sogar, niemand werde jemals wieder von dort zurückkehren. Fern im Osten gäbe es Todeslager.

C'est la guerre, denkt Petiot, Gott sei gedankt, mich trifft es nicht. Er öffnet die Tür zum Wartezimmer. »Der Nächste!«

Am Abend verläßt Petiot die Praxisräume und geht in seine danebenliegende Wohnung. Er bereitet sich ein karges Mahl, zur Zeit ist er allein, seine Frau ist bei seinem

Bruder in der Provinz zu Besuch. Dort, in Villeneuve, ist der Mangel nicht so groß wie hier in der Hauptstadt.

Nach dem Essen geht Petiot ins Arbeitszimmer. In den Sessel zurückgelehnt, ein Glas Rotwein vor sich, überdenkt er den vergangenen Tag. Das Bild von der Verschleppung des jüdischen Professors durch die Gestapo drängt sich in seine Erinnerung. Was man als Pariser über die Verfolgung der Juden in Deutschland gehört hat, ist nun plötzlich auch hier im besetzten Teil Frankreichs Wirklichkeit geworden. Ob der Professor jemals wiederkehren wird? Was wird aus seiner Wohnung? Seinen Büchern und Gemälden, den antiken Möbeln? Schade, denkt Petiot, daß ich nicht einfach hinübergehen und mir das alles krallen kann. Was geht da alles verloren, wird verschleudert oder fällt den Nazis in die Hände. Ob die Wohnung des Professors versiegelt ist? Oder bewacht wird? Eine chaotische Zeit. Ein Mensch verschwindet im Nichts. Seine Heimstatt löst sich auf, zerfällt, nichts bleibt. Dabei hätte der Professor wirklich klüger sein müssen. Hätte er das alles verkauft und mit dem Geld einen Schlepper bezahlt, der hätte ihn dann aus der deutschen Besatzungszone in die unbesetzte Zone gebracht. Dort hätte er in Sicherheit gelebt. Aber die menschliche Trägheit! Jeder hofft, das Gewitter wird vorüberziehen und ihn nicht treffen. Das hat der Professor auch gehofft. Man müßte Schlepper sein, die verdienen sich heutzutage eine goldene Nase. Allerdings unter steter Lebensgefahr. Die Deutschen knallen jeden ab, der illegal die Besatzungszone verläßt und sogar noch Juden hinüberschmuggelt.

Allerdings …

Petiot springt auf. Er springt immer auf, wenn er einen genialen Einfall hat.

Schließlich könnte auch ich als Schlepper arbeiten! Und ohne jedes Risiko! Natürlich müßten es reiche Juden sein, denen ich zur Flucht verhelfen will. Sie werden alles dafür geben, um sicher in die NONO zu kommen, in die *Zone nonoccupée*, die unbesetzte Zone, die jenseits der Demarkationslinie liegt. Jenseits! Und die Demarkationslinie, die das Diesseits vom Jenseits trennt, würde hier sein, in meinem Haus. Und niemand wird nach denen fragen, die ich ins Jenseits hinübergebracht habe. Irgendwann würden sie sowieso vernichtet, wie lästiges Ungeziefer.

Die schöpferische Idee ist geboren. Nun gilt es, sie praktisch umzusetzen. Er überlegt sich, daß es unklug wäre, die Grenze zum Jenseits in seine Räume in der *Rue Caumartin* zu legen. Wie soll er seine Opfer unauffällig hierher bringen? Wie sich der Leichen entledigen? Er braucht ein eigenes einsames Schlachthaus.

Nach sorgfältiger Suche hat er das dafür geeignete Grundstück gefunden: eine Villa in der *Rue Lesueur* mit Garten und mehreren Nebengebäuden. Das Haus Nr. 21 stammt aus dem vorigen Jahrhundert und ist seit Jahren verödet. Die Ställe, Schuppen, Remisen dahinter sind ungenutzt und halb verfallen. Petiot bezahlt insgesamt 450 000 Francs für den gesamten Komplex.

Petiot beschafft sich Baumaterial und Maurer. Er läßt eine hohe Mauer um das Grundstück errichten, das nun wie eine Festung gesichert ist. In einem Stall liegen zwei Gruben, welche die aus dem Haus hierhin abgeleiteten Fäkalien aufnehmen. Petiot läßt die Gruben entleeren, säubern und mit Kalk weißen. An der Decke über den Gruben wird ein Flaschenzug montiert. Damit lassen sich die schweren Steinplatten, die die Gruben verschließen, leicht heben und wieder senken.

Nebenan auf dem Hof befindet sich ein niedriger Ziegelbau. Auch hier erteilt Petiot den Handwerkern seltsame Rekonstruktionsaufträge. In das stallähnliche Gebäude werden zwei Räume eingefügt, der eine nur etwa zehn Quadratmeter groß. Er sei als Sprechzimmer vorgesehen, erklärt Petiot. Daran schließt sich ein noch kleinerer Raum an, in dem die Apparaturen untergebracht werden sollen. Die Bauverhältnisse erlauben für diesen Raum nur eine dreieckige Form. Er ist fensterlos, erhält eine schalldichte Tür und ist durch eine Klingel mit dem »Sprechzimmer« davor verbunden. In die Tür wird ein Okular eingebaut, damit Petiot die Tätigkeit der Apparate vom Sprechzimmer aus kontrollieren könne. Die Handwerker werden gut bezahlt und wundern sich längst nicht mehr über die verrückten Baupläne des Doktors.

Endlich, im November 1941, ist alles fertig. Die Kulisse, die Dr. Petiot für seine neue Rolle als Schutzengel der Verfolgten braucht, ist genau nach seinen Entwürfen hergerichtet worden. Das Schlachthaus kann in Betrieb genommen werden.

Nicht nur die Beendigung der Umbauten befriedigt Petiot. Auch die Chance, genügend Opfer zu finden, ist gestiegen. Der Kampf der französischen Widerstandsbewegung gegen die deutsche Besatzungsmacht verschärft deren Vergeltungsmaßnahmen. Massenmorde an Geiseln sind die Antwort. Die Verfolgung der Juden eskaliert. Die Überlebenden suchen nach einem Loch im tödlichen Netz. Es heißt: Flucht in die NONO im Süden Frankreichs.

Und da ist einer, ein seriöser ehrbarer Arzt, der ihnen

sichere Flucht verspricht, kostenlos, denn er ist ein Engel, voll Mitgefühl mit den Rechtlosen. Und ein Patriot, der die Deutschen haßt und verläßlich die Rettung der Todgeweihten organisiert. Es ist Dr. Petiot, dem die Verfolgten vertrauen.

Im Pelzhändler Joachim Guschinow findet Petiot sein erstes Opfer. Guschinow, ein polnischer Jude, ist schon lange in Paris ansässig und mit einer Französin verheiratet. Der zweiundfünfzigjährige Guschinow kennt Dr. Petiot seit langem, Petiots Frau hat bei ihm schon mehrmals einen Pelzmantel gekauft. Guschinow hat Angst. Und er hat Geld. Und er will nach Argentinien fliehen. Aber er zögert. Seine Frau ist viel jünger als er und nicht gefährdet wie ihr Mann und nicht gewillt, die Ungewißheit einer solchen Flucht auf sich zu nehmen. Sie möchte in Paris bleiben, den Laden weiterführen und warten, bis die Deutschen vertrieben sind und ihr Mann zurückkehren kann. Doch Guschinow fürchtet, seine Frau würde vielleicht doch nicht so lange auf ihn warten und sich mit einem anderen Mann trösten. So schwankt er seit Monaten zwischen Bleiben und Fliehen und fragt schließlich den guten Dr. Petiot vertraulich um Rat, was er tun solle. Und welch ein Wunder, Dr. Petiot gibt sich ihm als Fluchthelfer der Widerstandsbewegung zu erkennen! Guschinow kann sein Glück kaum fassen. Denn der Doktor hat ihn bald überzeugt, daß Flucht die einzige Rettung für ihn sei. Und wie er Frau Guschinow kenne, sei sie eine verläßliche Gattin, die auch ihrem fernen Mann die Treue halten werde.

Petiot teilt nun Guschinow mit, wie die Flucht vorzubereiten sei. Guschinow muß Fotos für falsche Pässe liefern und alle Wertgegenstände verkaufen, den Erlös möglichst in Gold, Devisen, Edelsteine umtauschen und in die Kleidung einnähen. Er darf nur zwei kleinere Koffer mit sich führen.

In den letzten Dezembertagen hat Guschinow alles getreu nach Petiots Anweisungen erledigt. Er besitzt genügend finanzielle Mittel, um in Südamerika Fuß zu fassen. Mit dieser Hoffnung rüstet er am 2. Januar 1942 zum Aufbruch. Petiot erscheint in seiner Wohnung und überprüft noch einmal die Vorbereitungen. Er begutachtet die Kleidungsstücke mit dem eingenähten Gold und den Edelsteinen und Devisen. Er nickt zufrieden, dann zieht er einen Hundertfrancschein aus der Tasche und zerreißt ihn in zwei Hälften. Die eine übergibt er Guschinow, die andere seiner Frau. Wenn Guschinow sicher in Argentinien angekommen sei, solle er als Zeichen dafür Frau Guschinow seine Hälfte zuschicken. Passen die Hälften zusammen, sei das der Beweis für die geglückte Flucht.

Petiot ist der Arzt, dem die Menschen vertrauen. Er verabschiedet sich und verspricht, am Abend Guschinow abzuholen. »Ich bringe Sie dann noch zu einem Kollegen, der Sie gegen Tropenkrankheiten impfen wird. Ohne diese Impfung erhalten Sie keine Einreise in Argentinien. Danach übergebe ich Sie einem unserer verläßlichen Schlepper, der Sie noch in derselben Nacht über die Grenze bringen wird.«

Und dann, am Abend, Guschinows schwerer Abschied von seiner Frau vor der Reise ins Ungewisse. Der Abschied wird nur erleichtert durch die Zuversicht, in letzter Stunde noch dem Tode entronnen zu sein. Die Ängste der Trennung weichen der Vorfreude auf das Wiedersehen in friedlicheren Zeiten. *C'est la guerre*, warum soll es mir anders ergehen, sagt Guschinow, denk an das Lied, das die Deutschen immer singen: Es geht alles vorüber, es geht alles vorbei, auf jeden Dezember folgt wieder ein Mai.

Mit seinen zwei Koffern geht Guschinow zum vereinbarten Treffpunkt. Petiot erwartet ihn schon. Nach wenigen Minuten erreichen sie die *Rue Lesueur*. Der Winterabend ist still. Verdunkelte Straßen und Häuser, kein Mensch begegnet ihnen. Vor einer hohen Mauer bleibt Petiot stehen. »Wir sind da.«

Guschinow setzt die Koffer ab. »Ist Ihr Kollege auch verläßlich?« fragt er besorgt.

Petiot zieht ein Schlüsselbund aus der Tasche und schließt das Tor auf. »Keine Angst. Ich nehme selbst die Impfung vor.«

»Aber warum haben Sie gesagt, das würde ein Kollege von Ihnen tun?«

Petiot lacht. »Reine Vorsichtsmaßnahme. Geheimhaltung, so ist das üblich in der Résistance.« Er führt Guschinow durchs Tor und verschließt es wieder. Über einen finsteren Hof gehen sie zu einem niedrigen Ziegelbau. Petiot öffnet eine Tür, schaltet im Flur Licht an, läßt Guschinow die Koffer abstellen und fordert ihn auf, ihm ins Sprechzimmer zu folgen.

»Setzen Sie sich doch.« Petiot weist auf einen Ledersessel. Er selbst nimmt hinter dem Schreibtisch Platz. Guschinows Blick durchstreift den kleinen Raum. Guschinow kennt Petiots Praxis in der *Rue Caumartin*. Die ist elegant eingerichtet, aber dieses Sprechzimmer mit seinen alten Möbeln wirkt ärmlich, sogar etwas verwahrlost.

»Monsieur«, erklärt Petiot, »Sie erhalten jetzt die Kompleximpfung gegen Tropenkrankheiten, außerdem die

Impfbescheinigung für die Einwanderungsbehörde in Argentinien. Die Injektion selbst ist nicht weiter schmerzhaft. Aber sie könnte möglicherweise ein leichtes Unwohlsein hervorrufen. Das geht rasch wieder vorüber. Sie können sich dann solange im Ruheraum niederlegen. Alles klar?«

Guschinow nickt tapfer. Nach dieser Ankündigung ist ihm nun vor der Impfung doch etwas bange.

Petiot erhebt sich. Er öffnet eine Tür. »Gehen Sie schon in den Ruheraum. Ich bereite die Impfung vor. Machen Sie inzwischen den Oberarm frei.«

Guschinow betritt den Ruheraum: ein winziges dreieckiges Zimmer ohne Fenster. Gegenüber dem Eingang eine zweite Tür. Der Raum wird fast ganz von einer Liege ausgefüllt. Guschinow legt den Mantel ab, das Jackett, streift den Hemdsärmel empor, wartet mit Herzklopfen.

Der Doktor erscheint. Er trägt jetzt einen weißen Kittel. Die Injektionsspritze erscheint Guschinow recht groß.

»Weil es eine Kompleximpfung ist«, erklärt Petiot. »Hoffentlich finden wir eine schöne Vene.« Er bindet den Oberarm ab, desinfiziert die erwählte Ader und sticht die Kanüle ein. Guschinow ist erleichtert, daß er den Einstich kaum merkt. Petiot drückt den Kolben der Spritze hinab und entleert vorsichtig ihren Inhalt in die sich etwas aufblähende Vene.

Er zieht die Injektionsnadel heraus, tupft einige Blutstropfen ab. »Und nun legen Sie sich nieder und ruhen sich etwas aus.« Dann verläßt Petiot den Raum.

Guschinow legt sich hin. Bald spürt er seltsame Vorgänge in seinem Körper. Schweiß bricht ihm aus allen Poren, ein wahnsinniger Schmerz durchfährt seinen Leib.

Krämpfe schütteln ihn. Er ruft nach dem Doktor, doch der Doktor scheint ihn nicht zu hören. Er taumelt empor, will die Tür aufreißen.

Die Tür hat innen keine Klinke. Sie ist verschlossen.

Er schreit. Er donnert mit Fäusten an die Tür. Sie ist schalldicht abgepolstert.

Er wankt zur gegenüberliegenden Tür. Es ist keine Tür, nur eine Attrappe.

Er drückt auf den Klingelknopf. Die Klingel bleibt stumm.

Guschinow fällt zuckend, röchelnd auf die Liege. Er sieht nicht mehr, daß das Auge des Doktors ihn durch das Okular in der Tür anstarrt ...

Wenig später fährt Petiot Guschinows Leiche mit einem Schubkarren ins Hauptgebäude. Er schleppt sie in die Küche, legt sie auf einen langgestreckten Küchentisch und entkleidet sie. Dann bindet er sich eine Gummischürze um.

Skalpelle, Knochensägen, Mehrzinkerhaken, lange Scheren, Winkelscheren und weitere chirurgische Instrumente liegen bereit, um die Arbeit fortzusetzen. Petiot trennt Kopf, Arme und Beine vom Rumpf und zerteilt diesen ebenfalls. Die ausgebluteten Körperteile wickelt er in Packpapier.

In den nächsten Tagen fährt Petiot mit dem Bus oder der Metro in verschiedene Vororte, die an der Seine liegen. Stets trägt er eine schwere Tasche mit sich. An einsamen Stellen entnimmt er der Tasche die eingepackten Leichenteile. Guschinows Kopf wirft er in den Fluß. Andere Pakete legt er ins Gebüsch der Wiesen und Wälder.

Guschinows Kopf wird eines Tages aus der Seine gefischt. Der lange Aufenthalt im Wasser hat ihn aufquellen lassen. Er ist nicht zu identifizieren.

Im Frühjahr häufen sich die Leichenfunde an der Seine.

Im Sommer vergeht kein Wochenende, an dem Spaziergänger nicht auf abgetrennte Arme, Beine, Köpfe, Rumpffragmente stoßen. Die Polizei ist ratlos. Kommissar Massu, der Chef der Pariser Kriminalpolizei, zweifelt nicht mehr daran, daß ein Serienmörder am Werk ist. Die Bevölkerung, schon durch die Untaten der Besatzer erregt, ist schockiert. Aber wer sind die Opfer? Ein Kind ist sogar dabei, ein Junge mit rotblondem Haar. Doch es liegt keine Vermißtenmeldung vor, die zur Identifizierung auch des Kinderkopfes führen könnte. Außerdem besitzt die Polizei überhaupt keinen Überblick über die wirkliche Anzahl vermißter Personen. Geiseln werden genommen und erschossen, Menschen tauchen in den Untergrund, andere fliehen aus der Stadt. Sind die Toten vielleicht Kollaborateure der Nazis, hingerichtet von der *Résistance*? Oder deutsche Soldaten?

Der Gerichtsmediziner Dr. Paul weiß es besser. Er weiß zumindest, wo der Täter zu suchen wäre. Die Leichen sind chirurgisch fachgerecht zerlegt worden. Der Täter ist ein Arzt. Aber trotz verstärkter Kontrolle der Seinegegend ist der Mörder nicht zu fassen.

Und der Mörder betreibt sein einträgliches Geschäft ruhig weiter. In der *Rue Lesueur 21* türmen sich die Koffer der Ermordeten. Im Safe stapeln sich die Dollars und Schweizer Franken, die Beutel mit Diamanten und Schmuck. Und im Schuppen, in den früheren Abortgruben, reihen sich die Leichen aneinander. Längst ist es für Petiot zu umständlich geworden, die Leichen zu zerstückeln und in den Wäldern zu verstreuen. Und auch zu gefährlich, seit Polizei und Bevölkerung wachsamer geworden sind. So hat Petiot eine rationellere Methode entwickelt, die Leichen verschwinden zu lassen. Die Abortgruben, mit schweren Steindeckeln verschließbar, sind zum Friedhof seiner Opfer geworden.

Wie jeder Serienmörder hat Petiot seine Todesmaschinerie immer mehr vervollkommnet, immer effektiver werden lassen. Er hat sich nicht nur die Beseitigung der Toten erleichtert, sondern auch die Beschaffung immer neuer Opfer. Er hat sich eine Agentur geschaffen, die ihm, wie ein Reisebüro, Touristen für die Reise ins Jenseits vermittelt. Der Friseur und Perückenmacher Verrier arbeitet in diesem Sinne für Petiot, natürlich im Glauben, Gutes zu tun und den Geächteten zu helfen. Als Haarkünstler erfährt er vieles, und als Patriot auch manches Geheimnis. Bald wissen die Kunden und die Kundigen, daß Verrier für einen gewissen Dr. Eugène tätig ist, der fluchtbereiten Juden über die Grenze hilft. Verriers Agentur hat bisher erfolgreich gearbeitet und konnte Petiot schon eine Anzahl Reisewilliger vermitteln.

Aber die Gestapo sieht es gar nicht gern, wenn ihr Menschen entrissen werden, für die sie ein anderes Reiseziel vorgesehen hat. Sie weiß von geheimer Flucht in die Zone NONO und sucht die Fluchthelfer. Und einer ihrer Spitzel bekommt heraus, daß der Friseur Verrier der Agent eines Fluchthelfers namens Dr. Eugène ist. Verriers Laden gerät ins Blickfeld der Gestapo.

Am 21. Mai 1943 hat Verrier dem Doktor mitgeteilt, ein Reisewilliger erwarte ihn in seinem Laden. Petiot verspricht, ihn gegen Mittag dort in Empfang zu nehmen.

Alle drei Beteiligten – Petiot, Verrier und der Flüchtling namens Dreyfus – wissen nicht, daß die Falle für sie bereits aufgestellt ist und gleich zuschnappen wird.

Noch kennt die Gestapo die wirkliche Identität des Dr. Eugène nicht. Den will sie fangen. Und sie hat Dreyfus als Köder für den Fluchthelfer Dr. Eugène bestimmt. Dreyfus, ein reicher junger Jude, hatte sich der Widerstandsbewegung angeschlossen und bei einem ihrer Geheimsender mitgearbeitet. Der Sender wurde entdeckt, aber Dreyfus konnte sich noch in Sicherheit bringen. Er entschloß sich, mit einigen anderen jungen Männern über die Zone NO-NO und Spanien nach Nordafrika zu fliehen und sich dort de Gaulles Befreiungsarmee anzuschließen. Die Flüchtlinge wurden gefaßt. Dreyfus kam in das Konzentrationslager *Compiègne*, die Durchgangsstation für das Vernichtungslager *Lublin*. Frau Dreyfus ließ nichts unversucht, ihren Ehemann zu retten. Schließlich gelang es ihr, mit mehr als drei Millionen Francs Leute zu bestechen, die die Freilassung von Dreyfus veranlassen konnten. Dreyfus mußte eine Verpflichtung unterschreiben, für die Gestapo zu arbeiten. Dieser Verpflichtung wollte er sich jedoch entziehen und erneut eine Flucht wagen. Die Gestapo mußte von dieser Absicht erfahren haben. Eines Tages kamen in einem Bistro zwei Männer mit Dreyfus ins Gespräch. Dabei erwähnten sie, es gebe eine geheime Anlaufstelle für Flüchtlinge – den Friseurladen von Verrier. Dreyfus weiß nicht, daß die beiden Ratgeber Gestapoagenten sind.

Von nun an beobachtet die Gestapo jeden seiner Schritte.

Wenige Tage später verläßt Dreyfus mit einem Lederkoffer seine Wohnung. Zwei französische Gestapoagenten folgen ihm. Zweifellos ist Dreyfus auf dem Weg zu Verriers Laden.

Zur gleichen Zeit begibt sich auch Petiot, wie vereinbart, zu Verrier. Dort soll ihn Dreyfus erwarten.

Petiot trifft sich in einem Hinterzimmer des Ladens mit Dreyfus. Bei einem Blick in seinen Koffer überzeugt sich Petiot, daß Dreyfus ein millionenschwerer Kunde ist. Er erklärt sich bereit, ihm zu helfen, und fordert ihn auf, mit ihm zu kommen.

Die Gestapoagenten beobachten, wie Dreyfus mit einem großen dunkelhaarigen Mann den Laden verläßt. Sie zweifeln nicht, daß das der gesuchte Fluchthelfer Dr. Eugène ist. Sie folgen den beiden.

Plötzlich werden die beiden Agenten von einem Bekannten angesprochen. Sie machen ihm klar, daß sie keine Zeit für ihn haben, verlieren dabei aber kostbare Sekunden. Als sie weitereilen, sind Dr. Eugène und Dreyfus ihren Blicken entschwunden.

Dreyfus ist seinen Beobachtern entkommen. Er entkommt nicht seinem Mörder. Seine Flucht nach Afrika endet bereits in der *Rue Lesueur*, in einem kleinen dreieckigen Todeszimmer.

Und für Petiot endet dieser Tag in der Zelle eines Gestapokerkers. Noch am Abend war Friseur Verrier verhaftet worden und hatte die Identität des Dr. Eugène preisgegeben.

Petiot macht es der Gestapo nicht leicht. Sie hat keinen Beweis, daß er auch nur einen einzigen jüdischen Flüchtling über die Grenze geschleust hat. Er gibt nur eines zu: Flüchtlinge weitervermittelt zu haben. An wen? Das wisse er nicht. Die Fluchtorganisation arbeite nach geheimdienstlichen Grundsätzen. Er habe auf der untersten Stufe der Organisation gestanden und keinen Einblick in die höheren gehabt.

Daß Petiot Dutzende Juden umgebracht hat, davon ahnt die Gestapo nichts. Und Petiot spricht davon lieber nicht. Vielleicht, so denkt er zwar einmal, hätte ich dafür einen Orden bekommen. Aber dessen ist er sich nun doch nicht sicher. Nach unergiebigen Vernehmungen wird er schließlich wieder in eine Zelle des Gestapogefängnisses verbracht. Dort läßt man ihn monatelang schmoren.

Doch das macht Petiot nichts aus. Im Gegenteil: die Gefangenschaft erweist sich bald als sehr hilfreich. Das Jahr 1943 geht zu Ende, der fünfte Kriegswinter beginnt. Stalingrad ist gefallen, die deutschen Armeen sind überall auf dem Rückzug, in Rußland, auf dem Balkan, in Italien, in Afrika. Die Franzosen warten auf die Invasion der Alliierten, die Frankreich befreien soll. Bald wird kein deutscher Soldat mehr auf französischem Boden stehen. Petiot muß an seine Zukunft denken. Es kann eine rosige Zukunft werden, denn er hat unermeßliche Schätze angehäuft. Die Zukunft kann aber auch pechschwarz werden, würden seine Morde jemals entdeckt. Er muß jetzt kluge Vorsorge treffen.

Die Zellen des Gestapogefängnisses sind überfüllt. Unter den Gefangenen sind auch Widerstandskämpfer, die auf ihr Urteil warten. An diese macht sich Petiot heran, gibt sich selber als Widerstandskämpfer aus, gewinnt Vertrauen, läßt sich über Erlebnisse, über Taktik und Organisation der *Résistance* erzählen, speichert Namen in seinem Gedächtnis.

Am 8. Februar 1944 wird Petiot aus der Zelle geholt.

Man wird ihn aus der Haft entlassen, wenn er sich verpflichtet, als Informant für die Gestapo zu arbeiten.

Petiot unterschreibt. Er wird noch am selben Abend entlassen.

Die Freiheit – aber wie lange? Der Krieg geht sichtbar seinem Ende entgegen. Die Russen dringen unaufhaltsam vorwärts, die Invasion der Alliierten wird in den nächsten Monaten erwartet. Die deutschen Besatzer werden nervös. Und wenn sie erst vertrieben sind und normale Zeiten wiederkommen, aber keiner der Flüchtlinge zurückkehren wird – dann wird sich auch offenbaren, daß Petiots Unternehmen nichts anderes gewesen ist als eine Reiseagentur in den Tod.

Petiot denkt nach. Und kommt zur Erkenntnis, daß er drei Maßnahmen treffen muß. Er muß zuerst die im Gestapogefängnis geknüpften Kontakte mit Widerstandskämpfern nutzen und Verbindung zu einer Widerstandsgruppe aufnehmen. Er muß das Geld, die Devisen, Schmuck und Diamanten in ein sicheres Versteck bringen. Und er muß die Leichen in der *Rue Lesueur* beseitigen.

Daß die Leichen sehr viel schneller verschwinden müssen, als er kalkuliert hatte, erfährt er bei seiner Rückkehr in die *Rue Lesueur*. Eine Nachbarin teilt ihm mit, während seiner Haft habe die Wehrmacht das Haus beschlagnahmt und werde es ab 1. April benutzen.

Ab 1. April! Das ist in sechs Wochen! Wie soll er in dieser Zeit die Dutzende von Leichen beseitigen, die unter den Steindeckeln in den Abortgruben liegen? Soll er die Toten wieder zerstückeln und wie damals die Leichenpakete irgendwo verstreuen? Zu aufwendig und zu gefährlich. Er muß eine rationellere Methode ersinnen. Schließlich kommt er auf den Einfall, Löschkalk über die Leichen zu schütten. Der entzieht dem Gewebe die Flüssigkeit, die Körper trocknen aus und lassen sich dann wie Holz in den großen Heizungsöfen verbrennen.

Aber woher im fünften Kriegsjahr Kalk für die Leichengruben und Koks für die Öfen besorgen? Ein Arzt hat seine Verbindungen, die helfen ihm auch jetzt weiter. Bald türmen sich Berge von Kalk und Koks im Hof.

Petiot geht an die Arbeit. Er schaufelt und schaufelt und trägt die Berge ab, fährt mit der Schubkarre den Koks in den Heizungskeller und verbringt den Löschkalk in den Stall, schüttet ihn auf die Leichen. Aber auch der Kalk braucht seine Zeit. Erst am Ende der ersten Märzwoche scheinen die Körper für die Verbrennung vorbereitet zu sein. Wieder hebt der Flaschenzug die schweren Deckel über den Leichengruben empor. Petiot schützt sich mit einer Gasmaske und Gummihandschuhen gegen den ätzenden Kalk. Mit Hilfe einer Leiter steigt er in die Gruben hinab, befestigt die starren Körper am Flaschenzug, windet sie heraus und zerkleinert sie mit Axt und Säge. Manche Gliedmaßen sind bereits skelettiert. Arme, Beine, Schädel, Rumpfteile schichtet er an den Stallwänden auf und transportiert sie nach Bedarf schubweise in den Heizungskeller im Haus.

Die beiden Öfen brennen Tag und Nacht und strahlen unerträgliche Glut aus. Schweißgebadet beschickt Petiot sie mit den ausgetrockneten Leichenteilen. Und muß feststellen, daß nicht nur der Kalk, sondern auch das Feuer seine Zeit braucht zur Zerstörung. Die Knochen, vor allem die Schädel, sind erst nach vielen Stunden verglüht und zu Asche zerfallen. Auch wenn ihm diese Komplikation noch mehr Anstrengung abfordert, bleibt Petiot gelassen. Er hat bisher Glück gehabt, es wird auch weiter gut gehen. Nur eines bereitet ihm etwas Sorge: der fettige schwarze Rauch, der aus seinem Privatkrematorium durch den Schornstein steigt und sich in eklen Flocken überall niederläßt.

Bald erweist sich diese Sorge als berechtigt. In seinem Bemühen, bis Ende März die Leichen zu beseitigen, dehnt Petiot seine nächtliche Schichtarbeit nun auch auf die Vormittagsstunden aus. An einem Samstag nachmittag – es ist der 11. März 1944 – verläßt Petiot das Grundstück mit dem Fahrrad, um einige Besorgungen zu erledigen. Die Zentralheizungsöfen sind voll beschickt, der Schornstein speit dicke Rauchwolken aus.

Nach zwei Stunden kehrt Petiot zurück. Entsetzt springt er vom Fahrrad. Vor dem offenen Tor seines Hauses steht ein Löschzug der Feuerwehr. Auf dem Hof laufen Polizisten aufgeregt hin und her. Einige Nachbarn und Passanten sehen neugierig dem Treiben zu.

In diesem Augenblick weiß Petiot: es ist alles entdeckt. Jetzt heißt es Ruhe bewahren. Auch vor der Gestapo war er kaltblütig geblieben.

Er lehnt das Fahrrad ans Tor und tritt zur Nachbarin, die ihm vor Wochen die Beschlagnahme des Hauses durch die Wehrmacht mitgeteilt hatte. Was ist denn hier los? fragt Petiot. Die Nachbarin berichtet, jemand habe die Feuerwehr alarmiert, weil der starke Rauch einen Brand vermuten ließ. Und die vielen Polizisten? Das weiß sich die Nachbarin auch nicht zu erklären.

Petiot geht auf das Haus zu. Am Eingang versperrt ihm ein Polizist den Weg. Petiot sagt, er sei ein Verwandter des

Hauseigentümers. Der Polizist läßt ihn passieren. Petiot steigt in den Heizungskeller hinunter. Noch immer glühen die Öfen. Daneben gestapelt der Nachschub: Schädel, Arme, Beine. An der Wand lehnen totenblaß drei Polizisten. Sie starren Petiot an. Vielleicht halten sie ihn für einen Kriminalbeamten.

Petiot fragt: »Seid ihr Patrioten?«

Das Wort wirkt magisch. In dieser Endzeit will man gern ein guter Patriot sein. Die Polizisten nicken, sie sind gute Patrioten.

»Dann will ich euch ein Geheimnis verraten.« Petiot weist auf die Leichenteile. »Das waren Deutsche. Nazis! Und Kollaborateure! Hingerichtet alle von der Résistance!«

Résistance – auch das ein magisches Wort. Wer will sich jetzt noch gegen die *Résistance* stellen! Die Polizisten nehmen Petiots Mitteilung erschreckt und stumm zur Kenntnis. *C'est la guerre ...*

Petiot legt den Zeigefinger an die Lippen. Wendet sich um und verläßt ungehindert das Haus. Er weiß, jetzt muß er untertauchen. Bei einem Bekannten findet er vorerst Unterschlupf.

In den nächsten Tagen liest er in den Zeitungen über das schreckliche Geheimnis in der *Rue Lesueur 21*. Und daß nach dem Massenmörder Dr. Petiot gefahndet werde.

Petiot verändert sein Äußeres. Ein mächtiger Bart tarnt bald sein Gesicht. Er nutzt die Kontakte aus seiner Gefängniszeit, verschafft sich falsche Papiere, gibt sich als Arzt der *Résistance* aus. Unbehelligt übersteht er den Sommer und erlebt am 29. August die Befreiung von Paris durch die Alliierten.

Wenige Wochen später wird er von einem Militärpolizisten als Dr. Petiot erkannt und verhaftet.

Im März 1946 findet der Prozeß gegen Petiot statt.

Die Beweise gegen ihn sind erdrückend. Zeugen, meist überlebende Verwandte der Ermordeten wie Frau Guschinow, sagen gegen ihn aus. Materielle Beweise gibt es massenhaft. 76 Koffer, 57 Paar Schuhe, ferner Anzüge, Kleider, Hüte, Unterwäsche sprechen von der mutmaßlichen Anzahl der Opfer. Der Gerichtsmediziner Dr. Paul zählt detailliert auf, wie viele und welche Leichenteile in den Kalkgruben und im Heizungskeller noch gefunden worden sind.

Petiot hat schätzungsweise dreißig Menschen ermordet.

Petiot selber berühren die Beweise nicht. Im Gegensatz zu anderen Serienmördern, die sich am Ende durch ein Geständnis zu entlasten oder interessant zu machen versuchen, verschweigt Petiot hartnäckig die wahren Motive seines Verbrechens. Kalt und störrisch wiederholt er immer wieder: »Ich habe im Auftrag der Widerstandsgruppe *Fliegengift* Hinrichtungen vollzogen. Genau zweiundsechzig.«

Aber Angehörige dieser Widerstandsgruppe, die als Zeugen geladen sind, kennen Petiot nicht.

So schleppt sich der Prozeß über mehrere Wochen hin. Der Arzt, dem die Verfolgten vertrauten, wird als eiskalter verlogener Killer demaskiert. Nicht erst die blutigen Zeiten unter deutscher Besatzung ließen ihn zum Verbrecher werden. Petiots kriminelles Doppelleben begann schon viel früher. Nach dem Medizinstudium ließ er sich als Arzt in einer Kleinstadt nieder, trat der Sozialistischen Partei bei, wurde Chefarzt einer Klinik und dann zum Bürgermeister gewählt. Er gehörte sogar der Liga für Menschenrechte an und beeindruckte durch salbungsvolle Reden. Mehrere Diebstähle brachten ihn um Amt und Praxis.

In Paris suchte er einen Neuanfang. Hier trieb er zwielichtige Geschäfte mit Kriminellen und wurde wegen mehrerer Rauschgiftdelikte verurteilt. Die Strafe wurde dann auf Bewährung ausgesetzt. Es ist nie geklärt worden, warum er ein so angesehener Arzt war, der sogar zum Amtsarzt berufen wurde. Die Erfolge seiner Bestrahlungstherapien sind umstritten. Vielleicht war er nur ein charmanter Scharlatan, der seine Patienten beeindrucken konnte. Jedenfalls hatte Petiot ein hohes Einkommen, als er mit seinen Morden begann. Deshalb beschäftigte die Prozeßteilnehmer ebenso wie die Presse immer wieder die Frage: Was hat diesen Menschen zu einem Serienmörder solchen Umfanges gemacht?

Feinsinnige und tiefschürfende psychiatrische Analysen interessierten damals nicht. Wenige Monate nach der Befreiung Frankreichs, da die Erinnerung an die Besatzungszeit noch frisch war, konnte man Petiots Verbrechen nur im Zusammenhang mit den nazistischen Massenmorden am jüdischen Volk sehen. R. A. Stemmle formulierte es in seinem Petiot-Report *Reise ohne Wiederkehr* so: »Petiot schaltete sich gleich dem Terror, der hier den Namen Gestapo trug. Er beschloß, ein Unteragent zu werden im Geschäft des Todes. Ein kleiner bescheidener Privatschlächter nur, abseits, unauffällig.«

In diesem Sinne war Petiot eine Art Kriegsverbrecher. Seine mit eigener Hand vollzogenen Morde psychologisch zu erklären, wäre als Blasphemie erschienen. Natürlich wurde Petiot auch von Psychiatern untersucht. Sie kamen zum Ergebnis, er sei überdurchschnittlich intelligent und für seine Taten voll verantwortlich. Der Psychiater Dr. Gouriou nannte Petiot pervers, amoralisch und zutiefst verlogen: »Ich halte ihn nicht von Natur aus für ein Ungeheuer. Er hat jedoch einen Hang zum Bösen.«

Petiots Bruder Maurice dagegen bezeichnete Marcel als geistig krank.

Und Stemmle fragte in seinem Bericht: »War Petiot geisteskrank? War es nur die Gier nach Geld, Schmuck, Reichtum? Das ist zu wenig für derart satanische, geschickte, überlegte Mörderei. War es die grauenhafte Lust an der Qual seiner Opfer, am Anblick ihrer letzten Zukkungen – eine Perversion des normalen Trieblebens?«

Sicherlich waren Petiots Motive komplexer Natur. Aber der Hauptantrieb für seine Morde war wohl doch die Habgier. Schon zur Zeit, als er noch Chefarzt und Bürgermeister war, wurde Petiot überführt, das städtische Elektrizitätsnetz angezapft und auch ständig Benzin für seinen Privatbedarf gestohlen zu haben. Später betrieb er unter Mißbrauch seines ärztlichen Berufes Rauschgifthandel. Bis er sich dann mit dem Serienmord eine anscheinend unversiegliche Quelle des Reichtums erschloß. Wahrscheinlich hat das Morden als Nebeneffekt seinen Sadismus befriedigt. Typisch auch für einen Serienmörder, daß er »klein« anfängt – mit Diebstahl, und »groß« endet, mit Mord. Und daß er den einmal »erlernten« *modus operandi* beibehielt: wie er seine Opfer auftrieb, anlockte, tötete und beseitigte.

In seiner Gesamtheit zeigt der Fall Petiot, der mit einem Todesurteil endete, sehr deutlich das Zusammenspiel objektiver Bedingungen und subjektiver Antriebe.

Petiot inszenierte perfekt sein Doppelleben. Seine Patienten ahnten hinter der Maske des verständnisvollen Arztes, die Bürger hinter der Larve des Bürgermeisters und Menschenrechtlers, die Mordopfer hinter seiner Rolle als rettender Engel nichts von seiner verbrecherischen Habgier. Der Täter Petiot war in dieser Hinsicht selbst wieder ein Opfer jener Macht der bürgerlichen Gesellschaft, die Marx die »verkehrende Macht des Geldes« nannte: »Was das Geld kaufen kann, das bin ich, der Besitzer des Geldes selbst. So groß die Kraft des Geldes, so groß ist meine Kraft. Die Eigenschaften des Geldes sind meine – seines Besitzers – Eigenschaften und Wesenskräfte. Was ich in der Eigenschaft als Mensch nicht vermag, was also alle meine individuellen Wesenskräfte nicht vermögen, das vermag ich durch das Geld. Das Geld macht also jede dieser Wesenskräfte zu etwas, was sie an sich nicht ist, d. h. zu ihrem Gegenteil.« Habgier, die Gier, Geld zu haben, ist das Mittel, die eigene arme Individualität zur Allmacht aufzublähen. Sie hat auch Petiots Menschlichkeit, zu der ihn sein ärztlicher Eid verpflichtet hatte, ins Gegenteil verkehrt, in die Unmenschlichkeit des Mörders.

Niemals jedoch hätte Petiots Habgier dieses mörderische Ausmaß angenommen, hätte nicht die nazistische Judenverfolgung ihm die Opfer zugetrieben. Die französische Polizei war in ihrer Ermittlung gehemmt. Die Presse durfte über Vorgänge, die Juden betrafen, nicht berichten. Es gab keine verläßlichen Listen über Vermißte. Die Verwandten der Opfer wagten nicht, bei den Behörden nachzufragen. Petiots Opfer waren Verfolgte, Rechtlose. Ihrem Verschwinden nachzuforschen war gefährlich oder sogar unmöglich.

2. Kapitel

Die Beleidigten

Wut

»Mein Kind! Mein Kind stirbt!« ruft die Frau, die sich in der Notaufnahme durch die Menge wartender Patienten einen Weg bahnt. Die Frau trägt einen leblosen Säugling im Arm.

Eine Schwester erscheint. »Mein Gott, Mrs. Tinning! Nein! Nicht schon wieder!« Sie bringt Mutter und Kind sofort zu Dr. Mele. Daß beide dem Leiter der Kinderabteilung persönlich vorgestellt werden, verdankt Mrs. Tinning ihrer langjährigen Beziehung zum *St.-Clare-Hospital*. Marybeth Tinning ist für Dr. Mele keine Unbekannte. Im Verlauf von sieben Jahren sind ihr fünf Kinder gestorben, im Säuglingsalter an plötzlichem Kindstod.

Der plötzliche Kindstod ereilt bis dahin scheinbar gesunde Säuglinge, meist im Alter von zwei bis drei Monaten. Er wird durch plötzlichen Sauerstoffmangel hervorgerufen. Eine Fehlfunktion des Gehirns bewirkt den Ausfall der Atmung. Der plötzliche Kindstod tritt äußerst selten auf.

Voll tiefen Mitgefühls blickt Dr. Mele die Mutter an, als er ihr den Säugling abnimmt. Noch nie in seiner jahrzehntelangen Praxis hat Dr. Mele eine Familie kennengelernt, die ein so düsteres, ja tragisches Schicksal erdulden muß. Und nun schon wieder, wenn der erste Augenschein nicht trügt, ein neuer, vielleicht der sechste Todesfall!

Während er das Baby, ein Mädchen, untersucht, berichtet die Mutter schluchzend: »Ich fand Mary Frances bewußtlos in ihrem Körbchen. Und brachte sie sofort hierher.«

Dr. Mele vermutet die Gefahr plötzlichen Kindstodes. Er ordnet Wiederbelebungsversuche an. Der Atemstillstand führt zur Erstickung, die unrettbar das Hirn schädigen würde.

Es gelingt, Mary Frances wiederzubeleben. Das Baby soll zur Beobachtung noch einige Tage in der Klinik bleiben. Die Mutter ist sehr unglücklich, ihr Kind so lange entbehren zu müssen. Deshalb gestattet ihr Dr. Mele, bei ihrem Kind in der Klinik zu wohnen. Man stellt für sie eine Notliege neben Mary Frances' Bettchen. Nur für Stunden verläßt die Mutter das Krankenhaus, um nach Hause zu gehen. Sie wohnt nur Minuten vom Hospital entfernt. Daheim versorgt sie dann rasch ihr fünf Monate altes Adoptivkind Michael. Dann kehrt sie wieder in die Klinik zurück.

Manchmal, wenn eine Kinderschwester einen Augenblick Zeit hat, klagt ihr Marybeth Tinning ihr Leid. »Es ist Gottes Wille«, erklärt sie Schwester Patricia, »und Gottes Willen muß ich demütig hinnehmen. Aber glauben Sie mir, es fällt mir wahrlich schwer. Es ist grausam für eine Mutter, fünf Kinder zu verlieren. Um so glücklicher bin ich, daß mir Dr. Mele meine Mary Frances gerettet hat.«

Derweil grübelt Dr. Mele unablässig darüber nach, wie es zum unaufhaltsamen Sterben von fünf Kindern der

Familie Tinning und zum lebensbedrohenden Atemstillstand des sechsten Kindes kommen konnte. Ein dämonischer Fluch scheint das Dasein dieser ordentlichen und anständigen Familie zu überschatten. So oft Marybeth Tinning ein Kind zur Welt brachte, je mehr sie es unter dem Schmerz der vorangegangenen Verluste umsorgte, es niedlich kleidete, mit Spielzeug überhäufte, es voller Stolz ihren Freunden, Verwandten, Arbeitskolleginnen und Ärzten präsentierte – um so härter traf sie dann jedesmal der unausbleibliche Schicksalsschlag. Jennifer starb im Alter von sieben Tagen, vermutlich an einem Gehirnabszeß. Vierzehn Tage später folgte ihr der zweijährige Joseph in den Tod, wiederum sechs Wochen danach Barbara im Alter von fünf Jahren. Drei Todesfälle innerhalb von acht Wochen! Ein Jahr später erlitt Timothy im Alter von sechs Wochen den plötzlichen Kindstod, zwei Jahre später Nathan, der gerade fünf Monate gelebt hatte.

Dr. Mele ist ratlos. So unterschiedlich die Todesursachen auch gewesen sein mögen – ob Gehirnabszeß, Lungenentzündung, Herzstillstand, plötzlicher Kindstod – fünf Tote, das ist doch kein Zufall, hier muß irgendeine geheimnisvolle Macht tätig sein.

Seine Unfähigkeit, sie zu entdecken, verstört Dr. Mele. Eines Tages nimmt er zwei Kinderschwestern, Patricia »Trish« und Patricia »Pat« beiseite: »Habt ihr irgendeine Erklärung für die rätselhaften Todesfälle?«

Die Schwestern blicken einander schweigend an.

»Heraus mit der Sprache!« fordert der Doktor.

»Marybeth tut uns so leid«, erwidert Patricia »Pat«, »wenn sie uns von ihren toten Kindern erzählt. Wie hübsch sie waren, wie reizend. Und wie sie starben. Wie sie im Sarg lagen. Marybeth weint dann und kann sich nicht wieder beruhigen. Aber Doktor, fünf tote Kinder – wir glauben beide nicht, daß das ein Zufall ist.«

»Ich auch nicht«, gesteht Dr. Mele.

»Und auch nicht Gottes Wille, wie Marybeth behauptet. So grausam kann Gott nicht sein. Wir glauben eher – «

Sie verstummt.

»Nun?« drängt der Arzt.

»Wir glauben eher, Marybeth hat da nachgeholfen.«

»Nachgeholfen? Was meinen Sie damit?«

»Haben Sie Marybeth einmal bewußt beobachtet, wenn sie ihre Geschichten erzählt? Sie kann einem dabei nicht in die Augen blicken. Sie schaut immer weg. Sie lügt. Sie hat ihre Kinder umgebracht, uns kann sie nicht täuschen.«

Dr. Mele ist entsetzt. »Niemals!« Und wiederholt: »Niemals! Eine so liebevolle Mutter!« Er schüttelt abwehrend den Kopf, denkt nach, sagt dann: »Es gibt da etwas, was wir nicht kennen. Irgendeine rätselhafte Macht. Ich komme immer mehr zur Ansicht, es ist ein genetischer Fehler. Die Familie ist von einem Todes-Gen befallen.«

Er sieht die Skepsis im Gesicht der Schwestern. »Wir müssen es finden«, sagt er entschlossen, »sonst wird auch die arme Mary Frances sein Opfer.«

»Und wenn Mary Frances das Opfer einer Mißhandlung geworden wäre?« fragt Pat »Trish«.

»Ich habe das Kind sorgfältig untersucht. Keinerlei Verletzungen. Trauen Sie einer so fürsorglichen Mutter überhaupt zu, daß sie ihr Kind mißhandelt?«

Die beiden Schwestern geben sich nicht mit Dr. Meles Ansicht zufrieden. Sie benachrichtigen das Sozialamt von ihrem Verdacht. Das Sozialamt ist verpflichtet, einem Verdacht auf Kindesmißhandlung nachzugehen. Eine Mitarbeiterin sucht die Klinik auf, spricht mit Dr. Mele, der die Möglichkeit einer Mißhandlung entschieden verneint.

Mary Frances, behütet von ihrer liebevollen Mutter, geht es von Tag zu Tag besser. Das Sozialamt legt den Hinweis der Schwestern zu den Akten.

Einige Tage später könnte Mary Frances entlassen werden. Aber Dr. Mele will kein Risiko eingehen. Er rätselt noch immer über das Todes-Gen. Deshalb läßt er Mary Frances nach Boston in eine Spezialklinik bringen. Dort werden an dem Kind alle erdenklichen Tests, auch genetische, vorgenommen. Das Ergebnis ist negativ: Möglicherweise habe eine nicht erkannte Stoffwechselstörung die Erkrankung verursacht. Deshalb soll das Kind an einen Apnoe-Monitor angeschlossen werden. Dieses Gerät alarmiert die Mutter bei drohendem Atemstillstand.

Mit dieser Sicherheitsvorkehrung wird Mary Frances nach Hause entlassen.

Vier Wochen später wiederholt sich alles – diesmal aber mit tödlichem Ausgang.

Wieder stürmt Marybeth weinend mit dem leblosen Kind in die Klinik. Als das Alarmsignal des Apnoe-Monitors ertönte, so berichtet Marybeth, habe das Kind bereits bewußtlos im Körbchen gelegen. Dr. Mele stellt Herzstillstand fest. Eine Wiederbelebung hat Erfolg. Aber das Gehirn ist geschädigt, weil es zu lange ohne Sauerstoff geblieben war. Mary Frances wird an ein Atemgerät angeschlossen.

In den Gängen der Klinik läuft eine verzweifelt schluchzende Mutter hin und her, fragt immer wieder Ärzte und

Schwestern, ob ihr Kind nicht doch noch zu retten sei. Oder ob es in eine andere, besser ausgestattete Spezialklinik gebracht werden könnte.

Nein, erhält sie immer wieder zur Antwort, das Kind sei nicht zu retten, das Hirn sei zerstört. Marybeth möge mit ihrem Mann beraten, ob die Geräte, die Mary Frances noch an bewußtlosem Leben erhalten, nicht abgeschaltet werden sollten. Marybeth protestiert energisch gegen diesen Rat. »Und wenn ich jahrelang an Mary Frances' Bett wachen müßte!« ruft sie zornig. Man hält ihr entgegen, sie habe noch ein Kind daheim, im gleichen Alter wie Mary Frances, das brauche jetzt ihre Fürsorge.

Einige Tage später willigt Marybeth schließlich ein, das Lebenserhaltungssystem von Mary Frances abzuschalten.

In diesen Tagen herrscht in der Klinik eine unheilvolle Stimmung. Gerüchte gären, Marybeth habe ihr Kind getötet. Aber wie? Mit elektrischem Strom? Mit Gift? Mit einer Plastiktüte erstickt?

Dem Chefkinderarzt Dr. Lobovits kommt das Geflüster zu Ohren. Er hört sich Dr. Meles Hypothese von einem Todes-Gen an und ist nicht bereit, sie zu akzeptieren. Er veranlaßt Tests auf Gifte und Stoffwechselerkrankungen. Die Analysen sind negativ. Daraufhin ordnet er eine Obduktion an.

Die Obduzentin Dr. Christman, zuvor mit dem Verdacht auf einen Mord vertraut gemacht, sucht bei der Obduktion außerordentlich gründlich nach der Todesursache. Sie findet keine Anzeichen für die Einwirkung von elektrischem Strom, keine für eine Vergiftung, auch nicht für eine Erstickung. Dabei ist ihr bewußt, wie schwierig es ist, eine

Erstickung festzustellen, besonders dann, wenn sie mechanisch erfolgt ist. Wenn also jemand dem Opfer von außen durch einen weichen Gegenstand, ein Kissen etwa, die Atemwege verschließt. Das hinterläßt meist keine äußerlichen Spuren. Die inneren Anzeichen, die ein solcher gewaltsamer Erstickungstod hervorruft, sind aber auch bei einer nicht gewaltsamen Erstickung zu finden, wie sie bei natürlichem Tod entstehen kann. Gewaltsame und innerlich bedingte Erstickung lassen sich also nicht immer klar gegeneinander abgrenzen.

Dr. Christman kommt zur Schlußfolgerung, daß sich bei einem Baby wie Mary Frances eine gewaltsame Erstickung nicht nachweisen läßt und plötzlicher Kindstod nicht auszuschließen sei. Im Obduktionsbefund gibt sie an: »Keine anatomisch erklärbare Todesursache.«

Dr. Mele hat den Abschlußbericht zu schreiben. Dabei verändert er die von der Obduzentin offen gelassene Todesursache in die definitive des »plötzlichen Kindstodes«.

Trotzdem verstummen die Mordgerüchte nicht. Zwei Kriminalisten erfahren davon. Sie suchen den zuständigen Staatsanwalt auf und fordern eine Untersuchung. Das sei der sechste rätselhafte Todesfall in der Familie Tinning.

Der Staatsanwalt fragt den amtlichen Leichenschauarzt Dr. Sullivan um Rat. Dr. Sullivan liest die Berichte und erklärt dann, es läge plötzlicher Kindstod vor, das erfordere keine weitere Untersuchung.

Die Leiche von Mary Frances darf bestattet werden.

Marybeth begibt sich zum Bestattungsunternehmen Daly. Auch für Daly ist Marybeth keine Unbekannte. Er hat die Särge für die zuvor verstorbenen Kinder geliefert und die Beerdigungen arrangiert. Auch er hat sich über die Todesserie gewundert, von der die Tinnings heimgesucht werden. Er kennt die Gerüchte, die seit Jahren durch die Stadt Schenectady schwirren. Aber jeder Totenschein hatte bisher einen natürlichen Tod vermerkt, und deshalb war für Daly auch alles in Ordnung gewesen.

Als Marybeth diesmal bei Daly erscheint und die Beerdigung bestellt, erzählt sie, nun sei endlich das Geheimnis der Todesfälle gelöst. »Mein Mann und ich besitzen jeder ein Todes-Gen. Das haben wir an unsere unglücklichen Kinder vererbt.«

Daly ist von dieser Erklärung beruhigt. Nun kennt man die Ursache der Todesserie, vielleicht läßt sich jetzt etwas dagegen tun.

An einem kalten Februartag findet in Dalys Bestattungsheim die Trauerfeier statt. Neben den Verwandten haben sich zahlreiche Bekannte und Neugierige eingefunden. Wie alles durchdringende Scheinwerfer richten sich die Blicke der Leute auf Marybeth und ihren Mann Joe. Mary trägt ihren Beerdigungsmantel – den grauen Ledermantel mit Pelzbesatz, den sie bei jeder Bestattung anzieht. Fast alle Beerdigungen erfolgten zur Winterszeit. Marybeth und Joe sitzen in der vordersten Reihe vor dem offenen Kindersarg. Sie wirken ruhig und gefaßt. Die Trauergäste grübeln, ob diese Ruhe gottergebener Gelassenheit entspringt oder völliger Gleichgültigkeit.

Nach der Rede des Priesters wird der Sarg zu Grabe gebracht.

Mary tritt ans Grab und spricht laut ein Gebet. Darin bittet sie Gott, die Seele ihres Kindes zu sich zu nehmen.

Marybeth Tinning ist fünfunddreißig Jahre alt, als sie ihr sechstes Kind begräbt. Sie war neunundzwanzig, als ihr zum ersten Mal ein Kind starb, Jennifer, eine Woche nach ihrer Geburt. Im Verlauf der nächsten zwei Monate starben die beiden älteren Geschwister Jennifers, Barbara und Joseph. Wenig später folgten ihnen Timothy und Nathan in den Tod.

Nach ihrem High-School-Abschluß hatte Marybeth verschiedene berufliche Tätigkeiten ausgeübt. Sie hatte als Schwesternhelferin gearbeitet und dabei einige medizinische Kenntnisse erworben, auch die Technik der Wiederbelebung erlernt. Sie hatte, wenn eines ihrer Kinder in Lebensgefahr war, Wiederbelebungsversuche vorgenommen, leider immer erfolglos. Später war sie jahrelang im *Flavorland*, einem Lokal in Schenectady, als Kellnerin beschäftigt gewesen.

Marybeth – darüber waren sich ihre Kolleginnen im *Flavorland* einig – hat eine gute Figur. Sie wirkt immer gepflegt. Ihr Gesicht verrät kosmetische Sorgfalt, ihre Kleidung einen Hang zur Eitelkeit. Ihre Mitarbeiter halten Marybeth für launisch. Zuweilen ist sie sehr gesprächig, etwa wenn sie in überschwenglichem Stolz ihre Kinder präsentiert. Ein andermal fällt sie durch verstocktes und mürrisches Schweigen auf. Daß sie nach dem Tod eines Kindes in Depressionen verfällt, verstehen alle. Und alle kennen das Mittel, sie dann sofort wieder in beste Stimmung zu versetzen. Man braucht nur Mitgefühl mit ihrem schweren Schicksal zu äußern, Hochachtung vor ihrer seelischen Stärke, wie sie dieses Schicksal bewältigt – und Marybeth blüht geradezu auf.

Zuweilen aber gestattet sie sich Clownerien, die sich

eine Kellnerin nicht leisten darf. Einmal erscheint sie zur Arbeit mit völlig abrasierten Augenbrauen, die sie mit dicken schwarzen Zickzacklinien nachgezeichnet hat, die Lippen grellrot verschmiert, das Haar bunt gefärbt. Mehrmals trug sie Umstandskleidung, obwohl sie gar nicht schwanger war. Auch erzählte sie den Kolleginnen, ein Arzt habe ihr empfohlen, sich sterilisieren zu lassen, damit sie nicht fortwährend den Friedhof bevölkere. Dem Rat zufolge habe sie sich dann sterilisieren lassen. Bald darauf gebar sie das nächste Kind.

Marybeths Mann Joe arbeitet in einem Elektro-Großbetrieb. Wer das Ehepaar näher kennt, merkt bald, daß Joe nicht nur den Tod der Kinder, sondern auch Marybeths oft sonderbares Verhalten resigniert erträgt. Was man seiner stoischen Gemütsruhe zuschreibt, hat allerdings andere Ursachen. Wenn Marybeth ihren Willen durchsetzen möchte, tut sie das sehr nachdrücklich. Sie stampft mit den Füßen, schreit, heult stundenlang. Einmal hat sie Joe mit einer Handvoll Schlaftabletten zu vergiften versucht. Joe wurde bereits bewußtlos ins Krankenhaus gebracht. Dort erklärte er dann, er könne sich an nichts mehr erinnern. Man nahm einen Selbstmordversuch an, da er keine Anklage gegen seine Frau erhob. Joes Beziehung zu Marybeth ist von Angst geprägt. Er bewahrt seinen Seelenfrieden durch eine Art Totstellreflex.

Einen Monat nach Mary Frances' Tod ist Marybeth wiederum schwanger – eine perfekte Sensation für Schenectady. Marybeth steht wieder im Mittelpunkt öffentlicher Aufmerksamkeit. Die ewig Mißtrauischen prophezeien den baldigen nächsten Todesfall. Die Arglosen bewundern Marybeths Mut zu einem weiteren Kind.

Das Baby, das sie dann im November 1979 zur Welt bringt, ist ein Junge. Es erhält den Namen Jonathan. Im Unterschied zu den zuvor geborenen Kindern Marybeths ist Jonathan seit der Geburt etwas kränklich. Er verbleibt deshalb noch in der Klinik. Den Kinderschwestern fällt auf, daß Marybeth keinerlei Interesse für das Kind zeigt. Sie erklärt, sie sei sehr deprimiert, weil ihr nachgesagt werde, sie habe ihre anderen Kinder umgebracht.

Jonathan ist vier Monate alt, als Marybeth ihn anscheinend leblos in der Notaufnahme des *St.-Clare-Hospitals* einliefert. Sie berichtet, ihr Mann habe das Baby blau angelaufen vorgefunden, woraufhin sie es sofort in die Klinik gebracht habe. Wie damals Mary Frances kann auch Jonathan wiederbelebt werden. Man behält ihn zu weiterer Beobachtung in der Klinik.

Dr. Mele sieht seinen Verdacht auf ein gefährliches genetisches Erbe bestätigt. Er will nun endlich den Ursachen auf die Spur kommen. Unterstützt von einer Fachärztin für Genetik, läßt er Jonathan mit einem Flugzeug in eine Spezialklinik nach Boston bringen. Die aufwendigen Untersuchungen erbringen keinen Hinweis auf irgendeine genetische Schädigung. Dr. Mele ist bitter enttäuscht. Jonathan kehrt in die Klinik von Schenectady zurück und wird, wie damals Mary Frances, mit einem Alarmgerät ausgestattet und bald nach Hause entlassen.

Drei Tage später bringt Marybeth das Kind sterbend ins Hospital. Das Herz steht bereits still. Künstliche Beatmung stabilisiert das Kind noch einmal, aber der Hirnschaden ist unübersehbar. Noch immer im Koma, wird Jonathan in eine benachbarte Klinik verlegt, in der Hoffnung, deren bessere technische Ausstattung könnte doch noch die Ursache der tödlichen Erkrankung finden lassen. Wiederum führen Spezialisten alle erdenklichen Tests an dem bewußtlosen Kind durch. Die Untersuchungen ziehen sich über Wochen ergebnislos hin. Täglich kommt Marybeth in die Klinik, beklagt weinend ihr trauriges Geschick und plaudert mit den Schwestern. Mehrmals äußert sie, sie würde gern als Leichenbestatterin arbeiten.

Nach vier Wochen stirbt Jonathan.

Der Pathologe, der Jonathan obduziert, weiß nichts von den sechs anderen Todesfällen. Da die Klinik, in der Jonathan verstorben ist, zu einem anderen Bezirk gehört, erhält er keinen Einblick in die Akten. Was die Kommunikation zwischen den amtlichen Leichenbeschauern betrifft – die in diesem Fall nur 25 km voneinander entfernt arbeiteten –, »so hätten sie genauso gut an den entgegengesetzten Enden der Welt tätig sein können.« So kritisiert Joyce Egginton in ihrem Bericht die prinzipiell behinderte Zusammenarbeit zwischen den Institutionen.

Jonathans Todesursache, so vermerkt der Leichenschauarzt, sei unbestimmt. Auf dem Totenschein gibt er Herzstillstand an. Diese Diagnose besagt gar nichts, denn bei jedem Tod steht das Herz still.

Der Befund versetzt das Personal des *St.-Clare-Hospitals* in helle Aufregung. Die Schwestern sind überzeugt, daß Jonathan von seiner Mutter erstickt worden ist. Die Ärzte sind hin und her gerissen zwischen Glauben und Zweifel an einer natürlichen Todesursache. Einige Ärzte nehmen sogar an Jonathans Beerdigung teil und sprechen Marybeth ihr Mitgefühl aus. Eine Ärztin berichtet über Marybeths Verhalten während der Bestattung: »Die Mutter hätte ebenso gut mit Orangen vor der Kasse eines Supermarktes stehen können, ohne jede emotionale Anteilnahme.«

Nun besitzen die Tinnings noch ein Kind, den zweieinhalbjährigen Michael. Sie hatten den Jungen wenige Wochen vor der Geburt von Mary Frances adoptiert. Michael ist ein sehr kräftiges gesundes Kind mit südländischem Temperament.

An einem Montagmorgen im März trifft Marybeth laut schreiend in der Praxis von Dr. Mele ein. Der in eine Decke eingewickelte Michael ist tot. Seine Haut ist grau, aus dem Mund fließt blutiger Schleim. Marybeth erzählt, sie habe Michael schlaff und reglos in seinem Bett gefunden. Bei genauerer Nachfrage stellt sich heraus, daß sie dann zwei Stunden gewartet hatte, bis sie den Arzt aufsuchte. Und da war alles zu spät, das Kind kann nicht wiederbelebt werden.

Leichenschauarzt Dr. Sullivan obduziert die Leiche. Als Todesursache gibt er Virus-Lungenentzündung an, fügt jedoch hinzu, das sei innerhalb von zehn Jahren der achte Todesfall eines Kindes in der Familie. Michael sei das einzige adoptierte Kind. Die Autopsien der anderen Kinder hätten bei einigen eine bekannte, bei den übrigen eine unbekannte Todesursache ergeben. Bei Michaels Obduktion habe sich eine akute Pneumonie gezeigt. »Die Familiengeschichte ist bizarr«, schreibt Dr. Sullivan am Schluß seines Berichtes. Zweifellos hat Dr. Sullivan einen Verdacht gegen Marybeth, aber er geht ihm nicht weiter nach.

Und niemandem dämmert die Erkenntnis, daß Michaels Tod Dr. Meles Hypothese von einem Todes-Gen widerlegt hat. Als adoptiertes Kind konnte er ein solches Gen gar nicht besitzen.

Im Gegensatz zu den Ärzten gibt sich die Bevölkerung mit der Erklärung eines natürlichen Todes nicht zufrieden. Sie rebelliert, schreckt Polizei, Staatsanwaltschaft und Sozialamt mit empörten Anrufen auf. Auch einige Ärzte sprechen hinter vorgehaltener Hand von Mord. Die Pathologen der beiden Kliniken in Schenectady, Dr. Sim und Dr. Oram, werden beauftragt, gemeinsam eine neue Obduktion vorzunehmen. Im Unterschied zum Leichenschauarzt Dr. Sullivan stellen sie fest, daß die Lungenentzündung viel zu schwach entwickelt war, um zum Tode zu führen. Die Obduzenten vermuten, das Kind könne erstickt worden sein, was jedoch nicht zu beweisen wäre.

Marybeth bleibt der Verdacht gegen sie nicht verborgen. Sie drängt ihren Mann, aus Schenectady fortzuziehen. Sie verlassen bald Schenectady und übersiedeln zu Joes Eltern in die Kleinstadt Duanesburg.

Nun kann Marybeth aufatmen. Hier in Duanesburg stellt niemand unangenehme Fragen, keiner blickt sie mißtrauisch an. Schenectady mit seinen acht toten Kindern verblaßt in der Erinnerung. Wenn Marybeth zurückdenkt, verwechselt sie die Namen der Toten bereits miteinander. Sie übernimmt Gelegenheitsarbeit, als Kellnerin, als Packerin. Schließlich verschafft ihr Joes Vater eine neue Stellung, als Helferin bei der medizinischen Ambulanz.

Bald inszeniert Marybeth wieder einmal eine sonderbare Geschichte. Zu ihrem Ambulanzteam gehört der Pfarrer Waldo, der als Medizinisch-Technischer Assistent der Ambulanz seine Freizeit opfert. Eines Tages erzählt ihm Marybeth, jemand habe sie am Telefon beschuldigt, ihre Kinder ermordet zu haben. Waldo kennt Marybeths Lebensgeschichte. Er vermutet Verfolgungswahn oder eine andere seelische Störung. »Mal absolut kühl, mal reif für die Klapsmühle«, so sieht er Marybeth. Da er auch eine psychiatrische Ausbildung hat, fühlt er sich verpflichtet, sie therapeutisch zu betreuen. Er führt Gespräche mit ihr, über ihre Ehe, ihre Kinder, ihren verstorbenen Vater. Und muß bald erkennen, daß sich Marybeth wie eine Ertrinkende an ihn klammert und ihn zu jeder Tages- und Nachtzeit mit ihren Problemen zu beschäftigen sucht. Schließlich erfährt er, daß Marybeth sich brüstet, sie habe ein intimes Verhältnis mit ihm. Er kündigt ihr jede weitere psychotherapeutische Hilfe auf. »Ihr Blick wurde vor Zorn pechschwarz. Auf ihrem Gesicht zeigte sich solcher Haß, wie ich ihn noch nie zuvor gesehen habe.« Marybeth droht ihm Rache an.

Marybeth ist zweiundvierzig Jahre, als sie mit Joe nach Schenectady zurückkehrt. Wieder bringt sie hier ein Kind zur Welt, ein Mädchen, es wird Tami Lynne genannt.

Kurz vor Weihnachten kauft Marybeth zusammen mit ihrer Freundin Cynthia Geschenke für das vier Monate alte Baby ein: ein Stofftier mit Spieluhr, eine Rassel, ein Glöckchen-Mobile für den Kinderwagen und eine dunkle Decke. Gegen Abend kehrt sie mit Cynthia heim.

Marybeth bereitet Babynahrung für den Säugling, füttert ihn, legt ihn trocken. Die Windel, die sie abnimmt, ist völlig durchnäßt. Po, Damm und Scheide des Kindes sind chronisch entzündet. Der Urin brennt in den Wunden, Tami Lynne weint vor Schmerzen. Marybeth ist voll hektischer Unruhe. Verwandte wollen am Weihnachtsabend kommen, und sie fürchtet, sie werde die Arbeit nicht schaffen: einen Weihnachtsbaum beschaffen und schmükken, die Wohnung säubern, kochen und backen, Geschenke verpacken und das Kind versorgen. Außerdem steht nach Weihnachten noch ein Umzug bevor.

Marybeth nimmt das Baby aus dem Körbchen und setzt es auf ihren Schoß. Sie ist allein, Joe ist zum Kegeln gegangen. Marybeth beschäftigt sich eine Weile mit dem Baby, sucht es abzulenken, doch es fängt wieder an zu weinen. Sie bringt das Kind zu Bett. Das Kinderbett steht in einem kleinen Alkoven.

Als das Kind endlich eingeschlafen ist, will auch Marybeth schlafen gehen. Sie verläßt den Alkoven und begibt sich durch den langen schmalen Gang zum Elternschlafzimmer, das am anderen Ende der Wohnung liegt.

Gegen 23 Uhr erwacht Marybeth, als Joe heimkommt. Auch er geht bald zu Bett und schläft nach einer Viertelstunde ein. Mary liegt noch wach. Sie denkt wieder an die nahen Weihnachtstage, die Arbeiten, den Umzug.

Das Baby wimmert schon wieder. Sie müßte jetzt aufstehen und es beruhigen. Vielleicht sogar die Windeln wechseln. Und das in der kalten Winternacht. Warum weint Tami Lynne immer? Und warum ist Cynthias Baby immer so brav? Alles mache ich falsch. Ich bin eine schlechte Mutter. So wie ich ein schlechtes Kind war. Der Vater hat es mir immer gesagt. Du taugst zu nichts, du taugst zu gar nichts! Ein schlechtes Kind. Eine schlechte Mutter, unfähig, ein Kind zu beruhigen.

Marybeth steht auf, geht durch den langen dunklen Gang zum Alkoven. Sie spricht auf das Baby ein, fordert es auf, still zu sein. Sie nimmt es aus dem Bett und wiegt es auf den Armen. Vergeblich. Es schreit nur um so lauter. Marybeth gerät bei lauten Geräuschen in Panik. Schon als Kind haßte sie die laute Stimme ihres Vaters, der als

Stanzpressenarbeiter mit seiner Stimme den Maschinenlärm übertönen mußte. Tami Lynnes Weinen ist wie eine schrille Säge, die sich in Marybeths Hirn hineinfrißt.

Marybeth kehrt ins Schlafzimmer zurück, nimmt ihr Kopfkissen und geht wieder in den Alkoven. Tami Lynne weint lauter, trotziger als zuvor. Marybeth drückt ihr das Kopfkissen aufs Gesicht – so wie sie es bei Michael und Jonathan und Mary Frances und all den anderen getan hat.

Das Baby strampelt noch schwach. Sie lüftet das Kissen, hört einen gurgelnden Laut und drückt erneut zu.

Bald ist das Kind still.

Mary bringt das Kopfkissen in ihr Bett zurück und weckt Joe. Es ist kurz nach 1 Uhr.

Joe nimmt Tami Lynnes Tod ohne Kommentar zur Kenntnis und kleidet sich an. Mary ruft den Notdienst, dann läutet sie Cynthia, die nebenan wohnt, aus dem Schlaf. Wenige Minuten später erscheint Cynthia. Joe empfängt die Nachbarin schweigend. Marybeth schluchzt und ringt die Hände. Entsetzt blickt Cynthia auf die bläulichpurpurn verfärbte kleine Leiche. Cynthia ist Krankenschwester und beginnt sofort mit Wiederbelebungsversuchen.

Der Notdienst läßt auf sich warten. Endlich trifft er ein. Es läßt sich jedoch nicht klären, ob er sich in der Hausnummer geirrt oder Marybeth eine falsche Hausnummer genannt hat.

Cynthia begleitet Marybeth und Joe mit dem Rettungswagen ins Krankenhaus. Auch hier bleibt die Reanimation des Kindes erfolglos.

Die Eltern kehren mit Cynthia heim. In den nächsten

Stunden ist Marybeth sehr beschäftigt. Sie setzt sich ans Telefon und teilt Verwandten und Bekannten mit, daß Tami Lynne heute nacht verstorben sei. Sie ruft auch Sue Normington, eine frühere Kollegin, an, die jetzt ein Geschäft für Babyausstattung besitzt. Marybeth verkündet Sue Tami Lynnes Tod. Dem Kind sei im Krankenhaus das Haar geschoren worden, deshalb brauche sie für das Begräbnis ein Spitzenhäubchen.

Dann sucht Marybeth den Leichenbestatter Daly auf, der schon die anderen acht Kinder beerdigt hat. Man einigt sich auf einen preiswerten Sondertarif für Kleinstkinder. Daly übernimmt es auch, einen Pfarrer für die Trauerfeier zu gewinnen. Der Pfarrer besucht die Tinnings und ist tief beeindruckt von der Tragödie dieser Familie.

Und Mary tut auch alles, um ihre Tragödie so rasch wie möglich publik zu machen. Sie läßt in der *Schenectady Gazette* eine Traueranzige veröffentlichen: »Tami Lynne Tinning, dreieinhalb Monate, vielgeliebte Tochter von Joseph und Marybeth Tinning ...«. Zeiten für Beleidsbesuche und die Trauerfeier werden benannt. Geldspenden würden der Stiftung zur Erforschung des plötzlichen Kindstodes zugeleitet werden.

Marybeth ist bemüht, die Legende vom plötzlichen Kindstod am Leben zu erhalten.

Aber das wird ihr diesmal nicht mehr gelingen.

Die Nachricht von Tami Lynnes Tod ruft nicht nur in der Bevölkerung ungeheure Erregung hervor. Sie alarmiert endlich auch die Behörden. Das *St.-Clare-Hospital* informiert die Polizei von dem neuen Fall in der mysteriösen Todesserie. Detektiv O'Connor horcht auf. Er kennt die Gerüchte über Marybeth, er weiß von den vergeblichen

Versuchen, die wirkliche Ursache der früheren Todesfälle zu finden. O'Connor informiert sofort Staatsanwalt Sanders. Sanders kennt die Vorgeschichte nicht, schließt sich aber dem Verdacht des Detektivs an. Sanders beauftragt den Pathologen des *St.-Clare-Hospitals*, Dr. Sim, die Leiche zu obduzieren. Da möglicherweise ein unnatürlicher Tod vorliege, legt er Dr. Sim nahe, einen weiteren Pathologen hinzuzuziehen. Sanders denkt dabei an Dr. Oram, den Pathologen des *Ellis-Krankenhauses* in Schenectady. Im Unterschied zu vielen Klinikpathologen, die meist nur natürliche Todesfälle oder tödliche Unfälle medizinisch zu beurteilen haben, hat Dr. Oram auch spezielle gerichtsmedizinische Erfahrung. Und darauf kommt es Staatsanwalt Sanders im Hinblick auf einen möglichen Gerichtsprozeß an. Dr. Oram hatte schon Marybeths Adoptivsohn Michael obduziert, eine gewaltsame Erstickung vermutet, sie aber nicht beweisen können. Er wußte zwar, wie leicht ein Erwachsener ein Kleinkind ersticken kann, aber auch er war davor zurückgeschreckt, einer so liebevollen Mutter einen Mord zuzutrauen.

Deshalb geht er gemeinsam mit Dr. Sim äußerst gewissenhaft an die Obduktion – in der Hoffnung, Tami Lynnes Tod werde sich aus natürlichen Ursachen erklären lassen. Auch er hält, wie Dr. Mele, einen genetischen Schaden für möglich.

Bei der äußeren Besichtigung der Kinderleiche fällt der entzündete und vereiterte Zustand der After- und Genitalgegend auf. Die Obduzenten vermuten eine dadurch verursachte Blutvergiftung, finden dann aber keine Anzeichen dafür. Sie unternehmen eine Reihe von Tests, untersuchen Organschnitte, prüfen die Möglichkeit von

Infektionen und Vergiftungen. Verschiedene Organproben lassen sie in Speziallabors prüfen.

Schließlich müssen die Pathologen dem Staatsanwalt mitteilen: »Wir haben nach allem gesucht und nichts gefunden, bis auf die Asphyxie.« Asphyxie ist eine zentrale oder periphere Atemlähmung, die zu Erstickung führt. Sie ist vieldeutig, weil sie verschiedene Ursachen haben kann: gewaltsame oder unfallbedingte mechanische Verletzung der Atemwege, mangelhafte Lungenentwicklung, Unreife des Atemzentrums.

»Tritt sie auch bei plötzlichem Kindstod auf?« fragt Sanders.

»Auch dann.«

Doch das negative Ergebnis kann Marybeth nicht mehr retten. Im Gegenteil. Das offenbar gewordene Gesetz der Serie – neun tote Kinder – spornt nun Ärzte und Behörden zu intensivsten Überlegungen an. Während sich Marybeth auf den Umzug vorbereitet, setzt eine hektische Ermittlung ein.

Staatsanwalt Sanders schickt einen Detektiv und eine Sozialarbeiterin zu den Tinnings, um sie über den Tod Tami Lynnes zu befragen. Marybeth, die wohl schon geglaubt hatte, auch diesen Mord unangefochten hinter sich gebracht zu haben, verliert rasch die Fassung, beginnt zu weinen und fragt immer wieder, ob sie verhaftet werde.

Aber so weit ist es noch nicht.

Der mehrdeutige Obduktionsbefund läßt Dr. Oram keine Ruhe. Einerseits ist er froh, keinen Beweis für einen gewaltsamen Tod gefunden zu haben. Das hätte sein freundliches Weltbild von Mutterliebe und Familienglück zerstört. Andererseits zwingt ihn sein ärztliches Gewissen, eine mit der Diagnose Asphyxie durchaus vereinbare gewaltsame Erstickung zweifelsfrei auszuschließen. Er befragt Polizisten, Ärzte, Schwestern, Sozialarbeiter über das familiäre Umfeld der Tinnings. Er überprüft alle Krankenblätter und Autopsieberichte über alle toten Kinder. Nur der erste Todesfall Weihnachten 1971, der Tod der eine Woche alten Jennifer, scheint nach der Stärke der Gehirnabszesse tatsächlich ein natürlicher Tod gewesen zu sein. Bereits wenige Wochen danach starben zwei weitere Kinder …

Je weiter sich Dr. Oram mit dem Fall beschäftigt, desto mehr gelangt er zur Überzeugung, einer Mordserie auf der Spur zu sein. Warum hatte Tami Lynnes Bett im entgegengesetzten Ende der Wohnung gestanden? Das erschwerte ihre Betreuung nachts. War das Kind der Mutter lästig gewesen? Immer auch war es Marybeth einzig und allein gewesen, die jedes der Kinder tot aufgefunden hatte. Man kannte nur ihre Darstellung der Vorgänge.

Aber das sind noch keine Beweise für ein Verbrechen. Dr. Oram weiß, daß er seinen Verdacht nur medizinisch beweisen kann. Er muß die Möglichkeit des plötzlichen Kindstodes ausschließen. Aber er weiß zu wenig über den Ablauf dieser Erkrankung. Deshalb ruft er Prof. Beckwith an, einen früheren Kollegen, der als Kapazität in der Erforschung des plötzlichen Kindstodes gilt. Oram schildert ihm den Fall in allen Einzelheiten.

Prof. Beckwith zieht seine Schlußfolgerungen: »Ich habe 1200 Fälle plötzlichen Kindstodes untersucht. Nur sieben davon ereigneten sich zweimal in einer Familie.«

»In unserm Fall hätte er sich achtmal in der gleichen Familie ereignet.«

»Das ist absolut unmöglich. Plötzlicher Kindstod ist keine Familienkrankheit. Außerdem tritt er während des ersten und nach dem sechsten Lebensmonat sehr selten auf. Und nach dem ersten Lebensjahr ist mir überhaupt kein Fall bekannt.«

»Und was halten Sie von einem sogenannten Todes-Gen?«

»Das ist Unsinn. Da beide Eltern gesund sind, wäre eine genetische Schädigung bei beiden nur rezessiv. Das Höchstrisiko für eine Vererbung bestünde nur für jedes vierte Kind. In der Familie Tinning sind aber acht Kinder gestorben, sogar das Adoptivkind. Eine genetische Ursache können Sie also auch ausklammern. Deshalb gibt es nur eine Erklärung: die Kinder sind getötet worden.«

»Und Sie glauben, von ihrer eigenen Mutter?«

»Ja. Sie brauchen nicht zu fragen, ob, sondern wie diese Frau ihre Kinder getötet hat. Ich bin sicher, sie hat sie erstickt.«

»Aber läßt sich beim Kleinkind Ersticken von gewaltsamem Ersticktwerden unterscheiden?«

»Man kann den Eindruck von plötzlichem Kindstod hervorrufen, wenn man einem Baby ein Kissen aufs Gesicht drückt. Aber diese Imitation ist leicht zu durchschauen. Denn der plötzliche Kindstod hat ein ganz charakteristisches Merkmal: kleine nadelstichartige Blutungen im Gesicht und auf der Brust. Sie entstehen nur dann, wenn die Luftzufuhr nach dem Ende eines Atemzugs behindert wird – wie das in fast allen Fällen vorkommt. Wird ein Baby aber mit einem Kissen erstickt, wird die Luftzufuhr mitten in einem Atemzyklus versperrt. Deshalb weisen nur ganz wenige Kinder, die gewaltsam erstickt worden sind, diese Blutungen auf. Und auch die Tinning-Kinder besaßen dieses Merkmal nicht. Also nochmals: kein plötzlicher Kindstod.«

Selbst diese Ansicht eines erfahrenen Spezialisten befriedigt Dr. Oram noch nicht. Er berät sich mit weiteren Fachleuten, Gerichtsmedizinern und Psychologen. Sie alle schließen plötzlichen Kindstod und genetisch bedingte Ursachen aus. Einer seiner Berater, Dr. DiMaio, macht Dr. Oram die schwierige Situation bewußt, in die er als Gutachter vor Gericht kommen könnte: »Staatsanwälte befassen sich nicht gern mit solchen Müttern, weil es nur Indizienbeweise gibt und nie Zeugen. Man kann den Mord nur nachweisen, indem man ein Verhaltensmuster aufzeigt. Ein solches Verhaltensmuster ist bei Marybeth deutlich zu erkennen: Sie allein findet jeweils ihr Kind bewußtlos, bringt es in die Klinik, dort wird es reanimiert, wieder der Mutter zurückgegeben, Tage später wiederholt sich der Vorfall. Allseitiges Mitgefühl mit der leidgeprüften Mutter. Spezialisten rätseln über eine geheimnisvolle Krankheit.« Dr. DiMaio rät Dr. Oram, vor Gericht auf dieses Verhaltensmuster hinzuweisen, es sei ein wichtiges Indiz für ein Verbrechen.

Wenige Wochen später versammeln sich alle, die in die Ermittlung einbezogen sind, im Hauptquartier der *New York State Police*. Dr. Oram legt das Ergebnis seiner Untersuchungen vor. Staatsanwalt, Polizei und Gerichtsmediziner gelangen zur Überzeugung, daß Marybeth ihr Kind gewaltsam erstickt hat.

Zur weiteren Ermittlung wird eine Sonderkommission, die *Tinning Task Force*, gebildet.

Zu gleicher Zeit wollen die Tinnings umziehen. Am

4. Februar packt Marybeth gerade Wäsche zusammen, als zwei Polizisten sie aufsuchen und ins Polizeibüro bestellen. Sie soll erneut zum Tod Tami Lynnes vernommen werden.

Bestürzt fragt Marybeth, ob sie ihren Mann auf der Arbeitsstelle anrufen dürfe. Es wird ihr erlaubt. Marybeth ist sichtbar in Panik, als sie Joe berichtet und ihn fragt, ob sie einen Anwalt bestellen solle.

»Bist du über deine Rechte belehrt worden?«

»Nein.«

»Dann bist du auch nicht verhaftet. Und brauchst keinen Anwalt.«

Joe will bei der Vernehmung seiner Frau dabei sein, was ihm auch genehmigt wird. Die beiden Polizisten bringen Mary in die eine halbe Fahrtstunde entfernte Polizeistation von Albany.

Obwohl Joe dort noch nicht eingetroffen ist, beginnen die Ermittler das Gespräch mit Marybeth. Sie befragen sie über ihr Leben, ihre Ehe, ihre Kinder. Nach etwa einer Stunde brechen sie das Gespräch ab und verkünden, daß sie jetzt die eigentliche Vernehmung eröffnen werden. Sie belehren Marybeth über ihre Rechte. Sie verzichtet wiederum auf einen Anwalt.

Zum Tode Tami Lynnes vernommen, wiederholt sie die alte Lügengeschichte. Irgendwann läßt sie jedoch durchblicken, daß ihre Kinder immer sehr viel geweint hätten, so daß sie allmählich geglaubt habe, eine schlechte Mutter zu sein.

Inzwischen ist auch Joe Tinning in Albany eingetroffen. Bevor er zu seiner Frau darf, wird auch er befragt. Joe ist wortkarg und antwortet nur das Notwendigste. Er behauptet, er habe sich über den serienweisen Tod seiner Kinder keine Gedanken gemacht.

So bleibt die erste Vernehmung bei beiden unergiebig. Bis Polizeidetektiv Bill Barnes das weitere Verhör übernimmt.

Barnes ist ein erfahrener Vernehmer, der schon viele Mordfälle aufgeklärt hat. Er besitzt psychologisches Gespür, weiß sich auf die Persönlichkeit des Verdächtigen einzustimmen, sein Vertrauen zu gewinnen und ihn überraschend schnell zu einem Geständnis zu bringen. In diesem Fall kommt ihm zusätzlich zustatten, daß er seit seiner Kindheit Marybeth kennt. Sie sind im gleichen Dorf aufgewachsen. Barnes ist von Marybeths Täterschaft überzeugt, empfindet aber auch Mitgefühl für diese gestörte und verstörte Frau.

Barnes kennt auch Joe. Er weiß, daß Marybeth vor mehr als zehn Jahren versucht hat, ihren Mann zu vergiften. Aber Barnes ist sich auch sicher, daß Joe – der den Mordversuch damals, um Marybeth zu schützen, als Selbstmord ausgegeben hatte – seine Frau auch diesmal schützen würde. Deshalb vernimmt Barnes zuerst Joe. Er macht ihn mit den medizinischen Beweisen vertraut, die auf acht Morde hindeuten. Und er fragt Joe: »Angenommen, Marybeth hätte wirklich etwas mit dem Tod eurer Kinder zu tun – würdest du ihr zur Seite stehen? Deine Antwort wird für sie sehr wichtig sein.«

Joe gibt zu, daß er doch manchmal daran gezweifelt habe, alle seine Kinder seien an einer Krankheit gestorben. Das wollte Barnes hören. Er vermutet, daß dieser Verdacht, Marybeth könnte einige der Kinder getötet haben, bei Joe Schuldgefühle erzeugt hat. Denn Joe hat ihre Verbrechen geahnt, geduldet, gedeckt. Er hat nie eine Frage an sie gestellt, er hat einfach geschwiegen.

Und Joe antwortet: »Was sie auch getan hat, ich halte zu ihr.«

Barnes bringt Joe zu seiner Frau. Er läßt Joe sein Bekenntnis zur Loyalität gegenüber Marybeth wiederholen. Und er hat richtig gerechnet. Beruhigt, daß wenigstens ein Mensch, ihr Mann, zu ihr halten wird, gesteht sie schließlich, Tami Lynne getötet zu haben. Später gibt sie auch zu, daß sie Timothy und Nathan erstickt hat, verschließt sich dann aber wie in plötzlichem Erschrecken vor sich selbst und beharrt darauf, alle anderen Kinder seien an einer Krankheit gestorben.

Barnes fragt Marybeth, warum sie Tami Lynne getötet habe.

»Weil sie immerfort weinte und ich nichts recht machen konnte. Tami Lynne weinte immer, und da dachte ich, ich mache etwas falsch.«

Auf gleiche Weise erklärt sie auch die Tötung von Timothy und Nathan. Sie hätten geweint oder komische Laute von sich gegeben, das hätte sie nicht ertragen. Sie betont, Joe habe mit dem Tod der Kinder nichts zu tun.

Barnes fragt sich, warum Marybeth nur die Ermordung von drei Kindern zugegeben hat. Er erklärt es sich aus dem Schamgefühl der Mutter. Sie weiß, daß Joe die Kinder liebte. Hätte sie gestanden, außer Jennifer auch noch die anderen fünf Kinder umgebracht zu haben, hätte er ihr – so fürchtete sie wohl – vielleicht doch nicht verziehen und sich von ihr abgewandt.

Marybeth unterschreibt ihr Geständnis. Sie wird wegen

Mordes an Tami Lynne verhaftet und ins Gefängnis von Schenectady gebracht.

Joe kehrt heim. Es hat an diesem Tag kräftig geschneit, er will noch den Schnee am Hauseingang räumen.

Im nachfolgenden Mordprozeß beschränkt sich die Anklage auf die Ermordung von Tami Lynne. Die anderen Morde, die bis zu zehn Jahren zurückliegen, sind zu schwer beweisbar. Auch die Exhumierung mehrerer Kindesleichen erbringt keine weiteren Beweise.

Wie zu erwarten war, erregt der Prozeß starkes öffentliches Interesse. Eine Mutter, die acht ihrer Kinder getötet haben soll, gibt dem Serienmord eine ungewöhnlich sensationelle Note. Marybeth wirkt zerknirscht, aber sie genießt es auch, über Nacht berühmt geworden zu sein. Einen besonderen Akzent erhält der Prozeß noch, als Marybeth zeitweilig ihr erstes Mordgeständnis widerruft.

Für die Zuschauer ist die Verhandlung spannend und langweilig zugleich. Spannend, wenn nach den Motiven der Täterin gesucht wird, und langweilig während der stundenlangen Auseinandersetzungen zwischen den Gutachtern der Anklage und der Verteidigung. Manche der medizinischen Beweise sind für die Geschworenen unverständlich. Zwar können die Kontrahenten die Obduktionsberichte selbst nicht anzweifeln. Aber sie interpretieren sie unterschiedlich. Nach wie vor verficht die Verteidigung die Hypothese vom plötzlichen Kindstod, kann aber die Gutachten der Anklage nicht erschüttern.

Im Kreuzverhör des Anklägers bestätigt Joe Tinning, daß Marybeth bei ihrer ersten Vernehmung die Ermordung Tami Lynnes gestanden habe. Er bekräftigt, er halte zu seiner Frau, werde aber ihr zuliebe keinen Meineid leisten. Marybeth hat es nichts genützt, ihr Mordgeständnis zu widerrufen.

Beinahe hätte der Prozeß am Ende noch eine dramatische Wende genommen und dem Ankläger einen triumphalen Sieg erbracht. Beim Staatsanwalt meldet sich ein Mann namens Harley Spooner. Er hat zusammen mit Marybeth als Schulbusfahrer gearbeitet. Zwischen beiden hatte sich ein Liebesverhältnis entwickelt. »Wir haben uns Abend für Abend getroffen«, berichtet Spooner, »wir haben es in der Garage gemacht, im Auto, im Bus, wo, das war egal.« Marybeth wurde dann von Spooner schwanger. Er ist der Vater von Tami Lynne, das hat ihm Marybeth mehrmals bestätigt.

War schon der Tod des Adoptivkindes Michael ein Beweis gegen ein familiär bedingtes »Todes-Gen«, so ist die Vaterschaft Spooners ein zweiter Beweis. Da die anderen Beweise jedoch erdrückend genug sind, verwendet der Staatsanwalt Spooners Aussage nicht mehr.

Die Geschworenen beraten gründlich und verantwortungsvoll. Sie sprechen Marybeth schuldig, bestätigen aber die Anklage auf vorsätzliche Tötung, also auf Mord, nicht. Sie einigen sich auf die Formulierung »Gleichgültigkeit gegenüber menschlichem Leben«.

Der Richter verurteilt Marybeth zu zwanzig Jahren Haft.

Der Fall Marybeth Tinning zeigt beispielhaft, wie subjektive und objektive Ursachen einen Serienmörder hervorbringen und ihm seine Taten ermöglichen.

Zweifellos ist Mary Tinning eine psychisch kranke Frau, deren seelische Verstörung auch der Umwelt nicht verborgen geblieben ist. Ihre Stimmungen sind polarisiert. Extrem zeigt sich ihre heitere Redseligkeit, extrem ihre Depression, extrem ihr Zorn. Überhaupt wird sie häufig von Wutausbrüchen heimgesucht. »Sie schwelte vor Zorn«, berichtete eine Klassenkameradin, als zornig charakterisierte sie ihr Psychotherapeut und sprach von bedrohlicher und zerstörerischer Aggressivität. Auch ihr Mann Joe bekam diese Wut zu spüren, wenn sie schreiend, fauchend und mit den Füßen stampfend ihren Willen durchzusetzen versuchte. Ein anderer Psychiater sprach von psychotischem Zorn, der durch traumatische familiäre Krisen ausgelöst werde, beispielsweise durch den Tod von Vater oder Mutter während der Schwangerschaft. Wenn die soeben Mutter Gewordene überzeugt ist, von Vater oder Mutter nicht anerkannt, nicht geliebt worden zu sein, könne es passieren, daß sie ihren Zorn auf das Baby überträgt und es tötet. Das Gefühl, selbst unliebenswert und wertlos zu sein, erzeuge einen Dauerzustand von Zorn.

Dieses Gefühl von Wertlosigkeit hatte Marybeth nach eigenem Empfinden durch ihren Vater erfahren. Als junges Mädchen glaubte sie sich von ihrem Vater gegenüber ihrem Bruder zurückgesetzt, ständig kritisiert, ja verachtet. Nichts konnte sie ihm recht machen. Dieses Gefühl verließ sie auch nicht, als sie selbst Mutter war. Sie sah sich als unfähig, es ihren Kindern »recht zu machen«. Sie empfand es als Demütigung, wenn ihr Vater sie mit der Fliegenklatsche schlug und sie als minderwertig beschimpfte. Das Tragische im Verhältnis zwischen Tochter und Vater war, daß Marybeth ihn nicht haßte, sondern liebte – aus dem Drang heraus, es ihm »recht zu machen«, damit sie endlich von ihm akzeptiert wurde. Diese widerspruchsvolle Abhängigkeit vom Vater hatte eine groteske Folge. Ihr Vater starb wenige Tage vor der Geburt ihres dritten Kindes. Marybeth hatte sich in den Wahn hineingesteigert, die Seele des Vaters würde in diesem Kind – sie hoffte auf einen Sohn – wiedergeboren werden. Aber sie brachte eine Tochter zur Welt, Jennifer. Jennifer starb eine Woche später. Zwei Wochen danach tötete Marybeth zum ersten Mal: den zweijährigen Joseph; nach wiederum zwei Wochen die fünfjährige Barbara.

Kinder, die mißachtet oder gedemütigt werden, entwickeln meist ein verstärktes Bedürfnis nach Aufmerksamkeit und Beachtung. Marybeth zeigte frühzeitig ein auffälliges Verhalten – sie erzählte abstruse Lügengeschichten, war jähzornig, wechselte ständig ihre Freundschaften. Stärkste Genugtuung verschaffte sie sich schließlich durch die Geburt und die Tötung ihrer Kinder. Eine Mutter, die nicht verzweifelt, wenn ihr wieder ein Kind stirbt, und die unverzagt die nächste Schwangerschaft auf sich nimmt – eine solche Mutter wird allmählich zu einer ebenso heroischen wie tragischen Gestalt. Marybeth genoß diese Rolle immer gieriger, bot sie ihr doch Ersatz für die Enttäuschungen ihrer Kindheit. Ein Gerichtsmediziner nannte Marybeth einen »Sympathie-Junki, süchtig nach Mitgefühl«, ein Psychologe sprach vom »Münchhausen-Syndrom«. Damit werden u. a. Frauen bezeichnet, »die ihre Kinder absichtlich krank machen, ihnen giftige Substanzen verabreichen, sie zu ersticken versuchen«, um danach »als Heldinnen in einem medizinischen Drama stellvertretend Befriedigung« zu finden.

Für Marybeths Taten wurden vielerlei Erklärungen gesucht. Selbsthaß, Persönlichkeitsspaltung oder eine nach der Geburt eines Kindes ausgelöste Psychose – aber das alles läßt sich schwer beweisen. Nur eines erscheint sicher: Solche Serienmörder haben nicht nur ein einziges Motiv, es gibt immer ein Ursachengeflecht. Und keinesfalls entsprang die Tötung der Kinder nur einer »Gleichgültigkeit gegenüber menschlichem Leben«, wie es die Jury mitleidsvoll formuliert hatte, um Marybeth eine Verurteilung wegen Mordes zu ersparen. Neueste Forschungen, so schreibt Joyce Egginton in ihrem Bericht, »haben die weitverbreitete Meinung entkräftet, daß Frauen, die wiederholt ein eigenes Baby ersticken, spontan und unüberlegt handeln, nur weil sie das Weinen nicht länger ertragen können. Was die Forscher beobachtet haben, ist ein durchaus geplantes Verbrechen.« Nach dem Mord, so erklärt einer dieser Verhaltensforscher, produzieren die mörderischen Mütter ein Blackout über ihre Tat, weil sie sich nicht daran erinnern wollen.

So komplex und irrational auch Marybeths Motive, so schwer ihre psychischen Störungen auch gewesen sein mögen – erst schwerwiegende Störungen im sozialen und medizinischen Bereich erlaubten Marybeth den serienmäßigen Mord.

Leichenschauarzt Dr. Sullivan schrieb nach dem Prozeß selbstkritisch: »Rückblickend scheint mir das Hauptproblem darin zu liegen, daß jeder Einzelfall verschiedenen Personen oder Behörden bekannt war, daß es aber keine zentrale Sammelstelle für Informationen gab. Keiner will die Schuld dafür übernehmen, und wahrscheinlich läßt sich dafür auch keine einzelne Person oder Behörde verantwortlich machen. Es lag an uns allen zusammen, am ärztlichen Leichenbeschauer, am Sozialamt, am Krankenhauspersonal, an den Registratoren der Krankenblätter. Alle zusammen haben wir davon gewußt. Und alle zusammen haben wir versagt.«

Daß die Strukturen des amerikanischen Sozial- und Gesundheitswesens mitschuldig sind, wurde hier deutlich offenbar. Föderalistische Dezentralisierung und ein übertriebener Datenschutz verhinderten, den Zusammenhang zwischen den einzelnen Mordfällen zu erkennen. Das Sozialamt ging frühzeitigen Hinweisen von Kinderschwestern und Bürgern nicht nach. Ärzte behielten ihren Verdacht für sich, weil sie Schwierigkeiten fürchteten, wenn sie ihn beweisen sollten. Lieber schrieben sie eine nichtssagende Todesursache auf den Totenschein.

Aber noch ein anderer Umstand begünstigte Marybeth. Er ist in der Ideologie der amerikanischen Gesellschaft begründet. Joyce Egginton beschrieb ihn so: »Es gab innerhalb des Systems keinen Weg, die Tragödie zu verhindern – nicht, wenn die Mutter äußerlich ganz der Vorstellung einer fürsorglichen liebenden Mutter entsprach.«

Kindestötung, so sagte sie weiter, sei in Amerika nur sehr wenig erforscht worden. Mutterschaft werde als etwas Heiliges betrachtet. Die Vorstellung von einem solchen Verbrechen hätte diesen Glauben befleckt. Kein Verantwortlicher sei bereit gewesen, »das Unvorstellbare zu vermuten und das Nächstliegende zu untersuchen.«

Dr. DiMaio sah es ebenso: »Ärzte – und vor allem Kinderärzte – sind solchen Fällen gegenüber sehr naiv. Sie glauben, daß alle Mütter für ihre Kinder sorgen, und finden es schwer zu akzeptieren, daß es auch Mütter gibt, die das nicht tun.«

Und der Pfarrer und Psychotherapeut beklagte, daß Sozialarbeiter, Polizisten, Ärzte, Krankenschwestern, Geistliche, alles Profis, auch alle miteinander versagt hätten, weil sich niemand um die psychisch kranke Frau gekümmert habe.

So deckte der Fall Mary Tinning auch die institutionellen und ideologischen Bedingungen auf, die dieses Verbrechen begünstigten. Es traf schmerzhaft Lebensnerven der Gesellschaft. Denn der Serienmörder war diesmal eine Frau und eine Mutter.

Haß

Als der zweiundvierzigjährige Literaturlehrer Andrej Tschikatilo das Warenhaus betritt, weiß er noch nicht, daß an diesem 22. Dezember 1978 sein Sterben beginnt – zuerst sein moralisches, dem ein Jahrzehnt später das physische durch Genickschuß folgen wird.

Tschikatilo, ein großer kräftiger Mann mit hängenden Schultern und einem langen dürren Hals, schiebt sich mühsam durch das Gedränge. Mit seinen schwermütigen Augen hinter der Hornbrille wirkt Tschikatilo geistesabwesend und verloren. Und er wirkt nicht nur so. Wieder hat ihn ein Gefühl tiefster Verzweiflung überflutet, eine Welle ohnmächtiger Wut über seine Ohnmacht. Vor einer Stunde haben ihn vier seiner Schüler im Park überfallen und mit Fäusten seinen Kopf traktiert. Seine Schüler! Denen er Tolstoi und Dostojewski nahegebracht hat! Er hat die Schüler erkannt, und sie wissen, daß er sie erkannt hat. Und sie haben ihn dennoch geschlagen und verhöhnt. Sie sind sicher, daß sie ihn gefahrlos mißhandeln können. Sie haben ihn in der Hand, seit er sich nachts in den Schlafsaal geschlichen und sich am Geschlechtsteil eines Jungen zu schaffen gemacht hatte. Er ist ihnen ausgeliefert. Immer und immer wieder werden sie ihm ihre Verachtung zeigen und ihre Macht einprügeln. Vielleicht werden sie ihn sogar töten.

Ich brauche ein Messer, sagt er sich, ich muß mich verteidigen können. In der Abteilung für Industriewaren kauft Tschikatilo ein Klappmesser.

In der Lebensmittelabteilung holt er eine Flasche süßen georgischen Wein, der soll ihn heute abend beruhigen.

Dann verläßt er das Kaufhaus.

Aber weder der Erwerb des Messers noch die Aussicht auf den Wein lösen Tschikatilos nervöse Spannung. Er, der Akademiker, der Zeitungskorrespondent, der Kommunist, er, den seine Parteitreue eines Tages zum Führer der Sowjetunion werden läßt – er das Opfer verrohter Schüler! Die Erinnerung an den Überfall saugt weitere Bilder seiner Demütigungen ins Bewußtsein: Sein Lehrvortrag, das Klassenzimmer voll schwatzender Schüler, die lachen, rauchen, sich raufen, die seine Aufforderung zu sozialistischer Disziplin mit dem Ruf »Halt den Schnabel, du Gans!« erwidern. Dieser Spitzname kränkt ihn zusätzlich, was kann er dafür, daß er einen so langen Hals hat.

Tschikatilo will noch nicht heimkehren. Er mag sich nicht den ganzen Abend das törichte Alltagsgeschwätz seiner Frau anhören, die vielleicht sogar noch mit ihm schlafen will. Dazu hat er schon gar keine Lust. Fenja ist viel zu einfallslos, ohne jede Phantasie, bieder und prüde. Es würde für ihn nur wieder eine neue Demütigung, er weiß es doch. So verständnisvoll sich Fenja auch gegenüber seiner häufigen Impotenz zeigt, insgeheim, da ist er sich sicher, macht sie sich über ihn lustig. Manchmal wundert er sich, daß er überhaupt mit Fenja zwei Kinder zustande gebracht hat. Nicht mehr lange, und seine Tochter Ljudmila macht ihn zum Großvater. Großvater! Er grinst in sich hinein. Da würde sich auch nichts ändern. Seinem sexuellen Verlangen nach ist er ein Mann in den besten Jahren. Nur es zu verwirklichen, das mißlingt meistens. Bei Fenja neuerdings immer. Und bei anderen Frauen immer öfter. Aber heute vielleicht nicht. Heute hat er Wut. Heute muß er sich rächen für die Schmach, die ihm seine Schüler im Park angetan haben. Rache! Das baut Spannung ab. Er wird sich ein Objekt dafür suchen. Es lungern genug Prostituierte herum, die ihm jeden Wunsch erfüllen.

Tschikatilo strafft sich. Er hat einen Entschluß gefaßt. Er wird sich wieder ins Gleichgewicht bringen.

Er lenkt seine Schritte in Richtung *Meschewọi-Gasse*. Dort liegt seine Datsche – eine Bruchbude in einem Drecksviertel. Sie hat nur einen Raum. Und in dem einen Raum steht nur ein Bett. Daneben ein Tisch, zwei Stühle, ein Regal. Meine Hundehütte, nennt er sie manchmal für sich selbst. Aber auch: mein Paradies. Niemand weiß von diesem Besitz, auch Fenja nicht. Es ist seine geheime Zuflucht, Eldorado seines zweiten Lebens. Hier gibt er sich seinen Phantasien hin, hier sucht er sie sich zu erfüllen, mit Prostituierten, halbwüchsigen Mädchen, verwahrlosten Kindern. Freilich, die goldenen Bilder seiner Tagträume schwärzen sich dann in der Wirklichkeit ein. Er fühlt sich wie ein praller Luftballon, den eine unsichtbare Hand zersticht, so daß Körper und Seele und Selbstbewußtsein erschlaffend schrumpfen.

Es ist nicht mehr weit bis zu seinem düsteren Paradies. Die Dunkelheit bricht herein. Hier draußen in der Vorstadt wird die Straßenbeleuchtung immer spärlicher. Tschikatilo erblickt ein Kind vor sich. Er beschleunigt seine Schritte, um es einzuholen. Ein Mädchen – sein roter Mantel ist mit einem Pelzkragen besetzt. Auf dem Kopf trägt es eine Fellmütze.

Jetzt ist er auf gleicher Höhe mit dem Kind. Zehn Jahre höchstens, denkt er. Und denkt: welch eine schöne wehrlose Beute. Lock sie in die Höhle und spiel mit ihr, wie der Kater mit der Maus. Sie wird piepsen vor Angst. Nicht ich muß Angst haben wie vorhin im Park. Sie ist es, die Angst haben wird! Und weinen und flehen, daß ich ihr nichts tue. Was für ein spannendes Spiel! Die Maus auf dem Bett, der Kater über ihr. In ihr meine Angst töten! Erfreut verspürt er eine Erektion. *Boshe moi*, betet er, laß es diesmal gut gehen.

»Wer bist du denn, Kleine?« fragt er väterlich.

»Lena.«

»Und wo wohnst du?«

»Noch ein ganzes Stück weit.«

»Und da gehst du abends allein so weit weg?«

»Habe eine Freundin besucht. Und jetzt bin ich zu spät dran. Meine Mama wird schimpfen.«

»Vielleicht sollte ich mit deiner Mama sprechen, damit sie nicht mit dir schimpft.«

»Das würdest du wirklich tun?« Lena ist glücklich, einem so lieben Freund begegnet zu sein.

»Für so ein hübsches kleines Mädchen tue ich das gern.«

Eine Weile gehen sie schweigend nebeneinander her.

Tschikatilo überlegt, wie er Lena in seine Höhle verbringen könnte. Er blickt sie an. Ihr Körper wirkt irgendwie verkrampft.

»Ist dir nicht gut?«

»Doch«, murmelt sie. Und fügt entschlossen hinzu: »Ich muß mal. Auf die Toilette.«

Tschikatilo jubelt lautlos auf. »Na, da hast du aber Glück, Lena. Ich wohne ganz in der Nähe. Da kannst du in meinem Häuschen auf die Toilette gehen.«

Lena nickt dankbar.

Jetzt ist es wirklich nur noch ein paar Schritte bis zu Tschikatilos Höhle. Zwischen den wenigen Straßenlaternen liegt Dunkelheit. Auch die Höhle ist von Finsternis umgeben. Bevor Tschikatilo mit Lena hineingeht, blickt er sich um. Niemand ist in der Nähe. Er nimmt Lenas Hand. »Na komm.«

Er schließt die Tür auf. Sie betreten das einzige armselige Zimmer. Er verriegelt die Tür, zieht die Vorhänge zu.

»Wo ist denn die Toilette?« fragt Lena.

Das sind die letzten Worte, die sie in ihrem kurzen Leben spricht. Danach werden ihr nur noch wenige erstickte Schreie bleiben ...

Tschikatilo packt sie und wirft sie zu Boden. Er kniet neben ihr nieder, drückt ihr den Mund zu, reißt ihr Mantel, Kleid, Unterwäsche herunter. Stöhnt verzweifelt auf, die Erektion ist schon wieder vorbei. Er versucht trotzdem, in ihren Leib einzudringen. Vergebens. In ohnmächtiger Wut wälzt er sich vom Körper des Kindes herunter. Lena erhofft Befreiung. Beginnt zu strampeln, zu schreien. Tschikatilo erblickt etwas Blut zwischen ihren Schenkeln.

Und das Wunder geschieht.

Die Gegenwehr des Opfers, das Entsetzen in seinem Gesicht, die Schreie, das Blut – plötzlich überfluten ihn die Wellen eines Orgasmus.

In diesem Augenblick beginnt Tschikatilo das Geheimnis seiner Lust zu ahnen: Herr zu sein über Wehrlose. Ihre Ohnmacht ist seine Macht. Das macht ihn zum Mann. In diesem Augenblick ist er Mann, denn er bekommt die langersehnte Entspannung.

Das jetzt so mühelos errungene Lustgefühl genügt ihm nicht. Es soll sich wiederholen, und – zum Teufel! – es wird sich wiederholen, er braucht nur mehr Blut.

Er greift zum Messer und klappt es auf. Sticht es wieder und wieder in Lenas Unterleib, sieht das Blut herausquellen, wühlt mit gieriger Hand in den Wunden und ejakuliert nochmals, direkt auf den Körper des sterbenden Kindes, vermischt mit dem Finger Sperma und Blut …

Als die Erregung abklingt, begreift er, was er getan hat. Er hat getötet, ohne es eigentlich zu wollen. Er wollte doch nur seinen Orgasmus. Nun weiß er, daß er all die umständlichen Handlungen nicht mehr braucht, die Äußerung seines Verlangens, das Vorspiel, die Küsse. Nicht einmal die Erektion braucht er mehr, um einen so wunderbaren Orgasmus zu bekommen, wie ihn keine Frau ihm beim Beischlaf verschaffen konnte. Ein solches Lustfeuerwerk hat seinen Preis. Er heißt: Mord.

Und heißt zugleich Angst. Das wird Tschikatilo in dieser Minute bewußt. Er muß die Spuren seiner Tat sorgfältig verwischen. Sonst wird diese höchste Lust nur die Ouvertüre für seinen Tod.

Er steht auf und reinigt das Zimmer von Blut und Erbrochenem. Notdürftig kleidet er die Kinderleiche an und schiebt sie sich unter den Arm. Er verläßt das Haus und geht durch finstere einsame Gassen bis an den Fluß. Der führt Hochwasser. Tschikatilo wirft die Tote hinein ...

*

Seit Tschikatilos erstem Mord sind zwölf Jahre vergangen.

Tschikatilo ist älter geworden, aber der grauhaarige Mann in Anzug und Schlips, mit Mantel und Hut, eine übergroße Brille vor seinen müden Augen, eine Aktentasche in der Hand, gleicht noch immer wie damals einem wohlsituierten gebildeten Menschen. Aus dem Schuldienst ist er längst wegen sittlicher Verfehlungen ausgeschieden, in stillschweigendem Einverständnis mit dem Direktor. Seine Akte ist sauber geblieben. Jetzt arbeitet er als Techniker in einem Produktionsbetrieb in Nowotscherkassk und ist für das Ersatzteillager verantwortlich. Als Einkäufer von Ersatzteilen reist er durch die ganze Union, von der Ukraine bis nach Moskau.

Auch heute, am 6. November 1990, ist er mit der Eisenbahn unterwegs, wenn auch nicht weit von seinem Wohnort entfernt. Das Abteil ist überfüllt. Der Zug rollt träge durch ein ausgedehntes Waldgebiet. Nieselregen trübt die Fensterscheiben. Aber Tschikatilo hat keinen Blick für die Landschaft. Er plaudert mit einer jungen Frau, die neben ihm sitzt. Sweta Korostik, so hat er von ihr erfahren, ist zweiundzwanzig Jahre alt. Ihr halblanges blondiertes Haar wirkt gepflegt und fällt in einer Locke über die linke Stirnseite. Die Augenbrauen sind etwas zu stark nachgezeichnet, der weiche volle Mund ist eine Spur zu grell geschminkt. Interessiert blickt Sweta den gutgekleideten

Tschikatilo an, der ihr gerade von einer Dienstreise nach Usbekistan erzählt.

Tschikatilo hat Sweta erst vor einer Stunde auf dem Bahnhof von Nowotscherkassk kennengelernt. Morgen ist Feiertag, den will Sweta nutzen, um Verwandte zu besuchen. Da sie sich in der Gegend nicht auskennt, ist sie unsicher, ob sie am Zielbahnhof noch den Anschluß-Autobus zum Dorf ihrer Verwandten erreichen wird. Tschikatilo hat ihr seine Hilfe angeboten. Überhaupt kein Problem, Sweta, hat er sie beruhigt: »Ich fahre auch in diese Richtung. Wir steigen am Bahnhof *Baumschule* in der Nähe von Donleschos aus. Auf einen Bus bist du nicht angewiesen, wir gehen zu Fuß, und in einer halben Stunde bist du bei deinen Leuten. Ich kenne einen Abkürzungsweg durch den Wald.«

Und Sweta hat dieses Angebot dankbar angenommen.

Tschikatilo bricht seine Erzählung ab und steht auf. »Wir müssen jetzt aussteigen, Sweta.«

Mit Tschikatilo und Sweta verlassen nur wenige Leute den Zug, eine Frau mit zwei Kindern und einige Männer mit Körben.

»Pilzsammler«, erklärt Tschikatilo, »die letzte Gelegenheit vor dem Winter.«

Baumschule ist ein einsamer kleiner Bahnhof am Rande der Wälder. Regenpfützen bedecken den Bahnsteig. Der Nieselregen wird dichter. Sweta fröstelt und schlägt den Kragen ihres blauen Nylonmantels hoch. Am Ende des Bahnsteigs steht ein Polizist, wer weiß, wie lange schon, er stapft frierend hin und her. Tschikatilo wendet den Kopf ab, als er am Milizionär vorübergeht. Nur nicht auffallen. Bisher hat hier niemals ein Polizist gestanden. Möglicherweise gilt die lässige Aufmerksamkeit mir, mahnt sich Tschikatilo zur Vorsicht. Aber der Milizionär beachtet ihn nicht und blickt dem in der Ferne verschwindenden Zug nach.

Tschikatilo hängt sich seine Aktentasche am Riemen über die Schulter und reicht Sweta den Arm. »Komm, Sweta, in einer halben Stunde sind wir da.«

Hinter dem Bahnhof führt ein Trampelpfad in den Wald. Die Pilzsucher haben eine andere Richtung genommen, der Mann und das Mädchen gehen allein weiter. In der Stille sind nur die Stimmen der Tannenmeisen zu hören und die Tropfen, die von den Bäumen fallen. Tschikatilo ist plötzlich verstummt, die Magie des Waldes läßt ihn wohlig erschauern. Vor einer Woche hat er hier den Sechzehnjährigen umgebracht, den Witja. Und vor zwei Wochen Wadim, der war im gleichen Alter wie Witja. Er schielt hinüber ins Unterholz. Dort muß es gewesen sein, ja dort, unter den drei zusammengewachsenen Birken. Sie haben bestimmt schon die Leichen gefunden. Deshalb bewachen sie jetzt den Bahnhof *Baumschule*. Tschikatilo lacht in sich hinein. Seit zwölf Jahren jagt mich die Miliz. Sie jagt einen Schatten und kommt immer zu spät. Findet die Leichen, aber nicht mich. Ob sie auch die Genitalien gefunden hat, die ich den Jungen abschnitt und ins Gebüsch warf?

Am liebsten ginge Tschikatilo hin und schaute nach. Aber es steht ihm ja ein weit aufregenderer Genuß bevor.

Er blickt auf Sweta, die arglos neben ihm über den schlammigen Pfad stakst. »Nicht gerade die geeigneten Schuhe«, bemerkt er mitfühlend. Sweta nickt. »Bin ja auch nicht auf einen Fußmarsch eingerichtet.«

Die Erinnerung an die toten Jungen hat Tschikatilo angenehm erregt. Diesmal zur Abwechslung wieder eine Frau. Mein Vergnügen, sinniert er, das habe ich in den Jahren gelernt, ist immer ein dreifaches. Zuerst der Film im Kopf: die Vorstellung der Tat, das Drehbuch sozusagen. Schon das ist eine künstlerische Regieleistung, in Einzelheiten festgelegt wie die Szene für einen Film. Dann die Umsetzung des Drehbuchs: die Tat selbst. Wiederum ein schöpferischer Akt. Allerdings werden die festgelegten Details in der Erregung des Augenblicks noch abgewandelt, verfeinert, weiter vervollkommnet. Und welche sinnlichen Erlebnisse eröffnet ihm das Messer im Leib der Opfer: das Geheimnis der Innereien zu ertasten, den Geruch der Todesangst einzuatmen, den Geschmack der Genitalien zu kosten. Oft reißt ihn dann die Lust empor. Er springt auf, tanzt triumphierend um die Leiche herum und ruft: »Nieder mit den Faschisten! Tod den Okkupanten! Es lebe unser sozialistisches Vaterland!« In diesem Augenblick ist Tschikatilo der siegreiche Partisan, das heilige Idol seiner Kindheit, der in der Stille der Wälder seinen blutigen Auftrag erfüllt.

Und dann, zum dritten, auf dem Heimweg und nachts zu Hause im Bett: das Video der Erinnerung, noch einmal Lust und Triumph.

Er reißt sich aus seinen Gedanken. Jetzt sind wir tief genug im Wald. Jetzt wird es Zeit für Akt Nr. 2 …

*

Akt Nr. 2 ist abgedreht. Aufgeschnitten, verstümmelt, ohne Augen, liegt Sweta vor ihm. Er hat während der Tat zweimal ejakuliert. Er fühlt sich entspannt. Das Partisanenlied ist verklungen, er reinigt das Messer im Moos und bedeckt die Leiche mit Ästen und Laub, nicht allzu sorgsam, sie soll ja gefunden werden und seinen Triumph über die Polizei erhöhen. Die Kleidung der Toten faltet er zu einem Bündel zusammen, das er mit dem blauen Nylonmantel umwickelt. Er nimmt es in die Arme, legt seinen Kopf darauf und umschreitet feierlich den Schlachtort. Dann wirft er das Bündel ins Gebüsch.

Er ordnet seine Kleidung, zieht den Mantel über, setzt den Hut auf, nimmt die Aktentasche auf und geht den Weg zurück, den er vor einer Stunde mit seinem Opfer gekommen ist.

Er betritt den Bahnsteig. Noch immer fällt dünner Regen, noch immer steht derselbe Polizist verdrossen unter dem Schutzdach des Wartehäuschens. Tschikatilo geht gelassen an ihm vorbei, bis zu einem Hydrant. Hier wäscht er sich die Hände. Als er sich aufrichtet, sieht er, daß ihn der Milizionär beobachtet. Tschikatilo trocknet sich die Hände am Taschentuch. Der Polizist schreitet langsam auf ihn zu, bleibt vor ihm stehen und mustert ihn.

»Woher kommen Sie, Bürger?«

»Ich habe im Nachbarort einen Freund besucht. Und bin die Abkürzung durch den Wald zurückgekehrt.«

Der Polizist starrt ihn unbewegt an. »Sie haben Blut an der Wange, Bürger.«

Tschikatilo verflucht seine Unvorsichtigkeit. Lange Erfahrung in der Verstümmelung seiner Opfer hat ihn immer besser vor Blutspuren an seinem Körper bewahrt. Ein Blutfleck im Gesicht! Er zwingt sich zu einem Lächeln. »Das dichte Unterholz. Ein Ast oder eine Brombeerranke.«

Der Polizist nickt. »Ihren Ausweis bitte.«

Tschikatilo überreicht ihm den Personalausweis. Der Polizist notiert sich Namen und Adresse und gibt ihm den Ausweis zurück. »Gute Heimfahrt noch!« wünscht er dem Bürger und begibt sich unter das Schutzdach zurück.

*

Die Tötung Sweta Korostiks war Tschikatilos 53. und letzter Mord. Zwei Wochen später, am 20. November 1990, wird er vor einem Café in Nowotscherkassk verhaftet und zur Vernehmung ins Miliz-Hauptquartier von Rostow gebracht.

Tschikatilos Verhaftung ist das Ergebnis einer jahrelangen verzweifelten Suche der Miliz und der Staatsanwaltschaft nach einem Serienmörder, der hauptsächlich im Gebiet der südukrainischen Großstadt Rostow seine blutigen Spuren setzte. Wie jeder Serienmörder wurde auch Tschikatilo erst nach einer Reihe von Morden als ein solcher Täter erkannt. Anfangs hatte die Polizei keinen Zusammenhang zwischen seinen einzelnen Opfern und dem Täter gesehen. Für seinen ersten Mord an der neunjährigen Lena war ein Unschuldiger hingerichtet worden, aus dem man ein falsches Geständnis herausgeprügelt hatte. Zwar war damals auch Tschikatilo vorübergehend in Verdacht geraten, hatte aber von seiner Frau ein Alibi erhalten und galt in den Augen der Polizei als ein unbescholtener Bürger.

Nachdem sich Tschikatilo drei Jahre unauffällig verhalten hatte, erwachte sein Mordtrieb erneut. Er ermordete eine siebzehnjährige Schülerin, die er am Busbahnhof in

Rostow angesprochen und zu einem Waldspaziergang verleitet hatte. Der grausame Mord an diesem Mädchen steigerte seine sexuellen Phantasien ins Monströse. Er verwirklichte sie im nächsten Jahr durch sieben weitere Morde. Vier Mädchen im Alter von zehn bis sechzehn Jahren fielen ihm zum Opfer, ferner drei Jungen im Alter von neun bis sechzehn Jahren.

Mit dieser Mordserie, so schreibt Peter Conradi in seinem Bericht über Tschikatilo, begann der Einsatz einer Sonderkommission der Miliz, die den Namen *Operation Waldstreifen* erhielt.

Die meisten Leichen waren im Waldgebiet nahe der Rostower Eisenbahnlinie gefunden worden. Dies war nicht das einzige gemeinsame Merkmal der sieben Toten, das auf einen Serienmörder schließen ließ. Die Opfer waren alle durch Dutzende von Messerstichen ermordet und verstümmelt worden: Magen, Herz, Geschlechtsorgane herausgeschnitten, Brustwarzen abgebissen, die Augen ausgestochen – und das bei einigen Opfern noch zu deren Lebzeiten.

Wurden diese Morde nun also als Werk eines Serienmörders erkannt, gelang es der Polizei jedoch nicht, von der Person der Opfer her etwas über den Täter zu erfahren. Die Opfer waren auch zu unterschiedlich: Kinder, Jugendliche, Erwachsene, männliche und weibliche Opfer. Einige stammten aus ordentlichen Familien, andere aus asozialem Milieu.

Im Sommer 1984 erreichten die Morde einen neuen Höhepunkt. Im Juli und August tötete der Serienmörder zehn Menschen – junge Mädchen, Kinder, Frauen, eine Mutter zusammen mit ihrer elfjährigen Tochter.

Staatsanwalt Kazakow kam zur Erkenntnis, daß der Serienmörder bisher dreiundzwanzig Menschen getötet hatte. Gerichtsmediziner untersuchten die Spermaspuren auf der Kleidung der Opfer. Sie alle ergaben als Blutgruppe des Täters die Gruppe AB.

Am Abend des 13. September 1984 beobachtete Inspektor Sanasowski auf dem Rostower Bahnhof einen Mann, der stundenlang rastlos durch die Hallen strich. Sanasowski war wie alle Polizisten in erhöhter Wachsamkeit, seit feststand, daß im Rostower Rayon ein Serienmörder tätig war. Der Mann erschien ihm wie ein Tier, das nach Beute sucht. Er war ihm schon einmal vor zwei Wochen aufgefallen. Sasanowski hatte sich seinen Ausweis zeigen lassen und den Namen notiert: Tschikatilo, leitender Angestellter in einem Großbetrieb, verheiratet, zwei Kinder. Sasanowski konnte Tschikatilo nichts Gesetzwidriges nachweisen und mußte ihn wieder gehen lassen. Nur den seltsamen Namen Tschikatilo hatte er nicht vergessen. Und heute nun erblickte er diesen Tschikatilo wieder. Und wieder wie vor Wochen suchte der gutgekleidete Mann in der Bahnhofshalle mit Mädchen und Frauen ins Gespräch zu kommen. Zurückweisungen irritierten ihn nicht. Dann, es war schon gegen Morgen, hatte er bei einem jungen Mädchen Glück. Als es zwischen beiden zu sexuellen Handlungen kam, nahm der Inspektor Tschikatilo fest und brachte ihn zur Milizstation. Dort fand man in Tschikatilos Aktentasche ein Seil und ein scharfgeschliffenes Küchenmesser.

Daraufhin vernahm der Leiter der Rostower Miliz den Festgenommenen. Tschikatilo bezeichnete Messer und Seil als notwendige Reiseutensilien. Er verhielt sich völlig unverdächtig, und dem vernehmenden Beamten erschien es unmöglich, daß dieser Familienvater, Akademiker, Parteigenosse und leitende Angestellte der gesuchte Serienmörder sein sollte.

Damals besaß die Polizei bereits ein Täterprofil des Serienmörders. Aus dem *modus operandi* des Täters hatte der Psychiater Buchanowski folgendes Täterbild entwickelt:

»Alter zwischen fünfundzwanzig und fünfundfünfzig, große Statur, gut ausgebildeter Körper, Blutgruppe AB. Schuhgröße mindestens 43. Trägt eine dunkle Brille und ist gut gekleidet. Führt einen Diplomatenkoffer oder eine Aktentasche bei sich, in denen er scharfe Messer aufbewahrt. Leidet an einer Geisteskrankheit, die sich in sexuellen Perversionen äußert. Möglicherweise leidet er an Impotenz ... Gewisse Kenntnisse der menschlichen Anatomie. Bevorzugte Plätze, an denen er mit seinem Opfer Kontakt aufnimmt: Nahverkehrszüge, Bahnhöfe, Bushaltestellen. Sein Beruf erlaubt es ihm, sich ... frei zu bewegen.«

Dieses Täterprofil traf ziemlich genau auf Tschikatilo zu. Natürlich traf es hinwiederum auch auf viele andere Menschen zu. Deshalb kam einem Merkmal besondere Bedeutung zu: der Blutgruppe, die aus den Spermaresten festgestellt worden war.

So wurde nun auch Tschikatilo eine Blutprobe entnommen. Das Ergebnis bestätigte, daß Tschikatilo nicht der Serienmörder sein konnte. Er hatte die Blutgruppe A.

Tschikatilo wurde nach einer zehntägigen Haftstrafe wegen unsittlichen Verhaltens in der Öffentlichkeit wieder entlassen.

Inzwischen war die Kunde von der Tätigkeit eines Serienmörders auch nach Moskau gelangt. Obwohl Presse, Funk und Fernsehen überhaupt nicht oder nur ganz vage über die Serienmorde berichten durften, versetzten die geflüsterten Informationen die Bevölkerung in Angst und Entsetzen. Aus Moskau wurde Polizeiinspektor Kostojew in die Ukraine entsandt, um dort die Leitung der weiteren Ermittlung zu übernehmen.

Kostojew, einer der fähigsten Kriminalisten des Landes, nahm in Rostow Quartier und begann, die Fahndung nach dem Serienmörder von Grund auf zu reorganisieren. »Dreiundzwanzig Morde, das sind genug, kein weiterer mehr!« Mit diesem Vorsatz ging Kostojew an die Arbeit.

Kein weiterer mehr – das war die Hoffnung. Die Wirklichkeit sah anders aus. In den nächsten Jahren tötete der unbekannte Serienmörder weiter, in der Ukraine, in Moskau, in Leningrad, in Usbekistan. Hatte er bisher überwiegend Mädchen und junge Frauen ermordet, tötete er nun immer häufiger auch männliche Jugendliche. Die Opfer wurden mit abgebissener Zunge und abgerissenen Hoden gefunden. Manche Kriminalisten schlossen daraus, der Mörder sei homosexuell. Dieser Vermutung widersprachen die Verletzungen der weiblichen Opfer: abgebissene Brustwarzen und herausgerissene, zerstückelte und zerkaute Gebärmutter.

1989 sah sich Kostojew vor die Aufgabe gestellt, fünf weitere Morde des Unbekannten aufzuklären. Eines der Opfer, ein zehnjähriger Junge, wurde, nur oberflächlich verscharrt, in einem Grab auf dem Friedhof von Schachty gefunden. Wie sich später herausstellte, hatte Tschikatilo das Grab für sich selbst ausgehoben, um darin Selbstmord zu begehen.

1990 setzte sich die Mordserie fort. Innerhalb weniger Monate tötete der Serienmörder sieben Menschen, allein im Oktober zwei sechzehnjährige Jungen.

Kostojews Verzweifelung, die Zweifel an sich selbst, wuchsen mit jedem weiteren unaufgeklärten Mord. Wiederum verschärfte er die Kontrolle der Bahnhöfe, der Bushaltestellen, der Eisenbahnzüge im Waldgebiet der Rostower Eisenbahnlinie. In den Zügen fuhren Zivilfahnder mit, Hubschrauber kreisten über den Wäldern.

Am 13. November wurde im Wald nahe dem Bahnhof *Baumschule* an einem Strauch ein Fetzen blauen Tuches entdeckt. Es war die Tasche eines Nylonmantels. Dieser Stoff hatte sich hier noch nicht befunden, als man vor Wochen die Leichen der beiden Jungen fand. Nur wenige Meter weiter stieß die Miliz auf die Leiche von Sweta Korostik.

Die Gerichtsmediziner ermittelten die ungefähre Todeszeit. Ein Milizionär, der damals auf dem Bahnhof Wachdienst gehabt hatte, hatte in seinem Tagesbericht auch den Namen eines von ihm kontrollierten Reisenden vermerkt: Tschikatilo.

Die polizeiliche Karteikarte Tschikatilos ergab: 1978 im Mordfall des Mädchens Lena verdächtigt. 1984 verdächtigt, aber wieder freigelassen. Und nun, 1990, zur möglichen Tatzeit nahe am Tatort aufgetaucht, mit einem Blutfleck im Gesicht.

Eine fiebrige Spannung bemächtigt sich Kostojews und seiner Mitarbeiter. Ist Tschikatilo der Serienmörder? Die Akte besagt: Tschikatilos Blutgruppe ist A. Der Mörder aber hat AB!

Kostojew ermittelt weiter. Eine Woche später ist er

sicher, daß alle Indizien auf Tschikatilo hinweisen. Er läßt ihn am 20. November vor einem Café in Nowotscherkassk verhaften.

Tschikatilo leistet keinen Widerstand, erhebt keinen Einspruch. Auf dem Transport nach Rostow schweigt Tschikatilo, er schweigt auch bei seiner ersten Vernehmung. Kein Protest, keine Frage nach dem Grund seiner Verhaftung. Einfach Schweigen.

In seiner Aktentasche befinden sich zwei Stricke und ein Küchenmesser mit einer 25 cm langen Klinge. Kostojew und die anderen Vernehmer gehen vorerst nicht darauf ein. Noch haben sie Tschikatilo nicht eröffnet, warum er festgenommen worden ist. Sie tasten sich auf Umwegen an seinen letzten Mord, an die Tötung Swetas am 6. November heran.

Tschikatilo gibt sein verstocktes Schweigen allmählich auf, bleibt aber wortkarg. Für den 6. November hat er kein Alibi. Am Bahnhof *Baumschule* sei er nicht gewesen. Wie sein Name ins Notizbuch des Polizisten am Bahnhof *Baumschule* gekommen sei, wisse er nicht. Vorerst bricht Kostojew die Vernehmung ab, er will noch weitere Beweise sammeln.

Denn der sicherste Beweis fehlt: Tschikatilo hat eine andere Blutgruppe als der Mörder. Deswegen mußte Tschikatilo bereits 1984 freigelassen werden.

Kostojew fragt sich, ob damals bei der Blutgruppenbestimmung ein Fehler unterlaufen sein könnte. Er läßt durch prominente Spezialisten einen neuen Test vornehmen. Das Ergebnis macht alle Hoffnungen auf einen Irrtum zunichte. Tschikatilo hat die Blutgruppe A, der Mörder jedoch AB. Kostojew fürchtet schon, Tschikatilo könnte auch diesmal davonkommen und weiter morden.

Da erinnert sich ein Gerichtsmediziner jüngster japanischer Blutgruppenforschungen. Japanische Serologen hatten 1988 die bis dahin gültige Erkenntnis umgestoßen, daß die Blutgruppe aus dem Sperma ebenso sicher festgestellt werden könne wie aus dem Blut selbst. Sie hatten entdeckt, daß bei einigen Männern das Sperma einer anderen Blutgruppe angehört als das Blut. Allerdings trifft das durchschnittlich nur auf einen einzigen Mann unter Hunderttausenden zu.

Nun wird Tschikatilos Sperma auf seine Blutgruppeneigenschaft untersucht. Es hat die Blutgruppe AB!

Kostojew glaubt, nun den wichtigsten Beweis für Tschikatilos Täterschaft zu besitzen. Aber bald merkt er, wie sehr er dessen Widerstandskraft unterschätzt hat. Während er Tschikatilo stundenlang mit Fragen eindeckt, verharrt dieser weiterhin in Schweigen. Kostojew macht Tschikatilo bewußt, daß er seine Taten in allen Einzelheiten kenne. Schließlich erklärt sich Tschikatilo bereit, eine Aussage niederzuschreiben.

Darin sagt er u. a.: »Ich möchte in bezug auf meine Gefühle ehrlich sein. Ich befinde mich im Zustand tiefster Depression und gestehe, daß ich gewisse Taten begangen habe und daß meine sexuellen Empfindungen gestört sind. Lange schon habe ich psychiatrische Hilfe gesucht. Doch die Behandlung führte zu keinem Ergebnis. Ich habe eine Frau, zwei Kinder, ich leide unter Impotenz. Die Menschen lachten mich aus. Mir war nicht bewußt, daß ich häufig meine Genitalien berührte, was man mir erst später sagte. Ich fühle mich gedemütigt. Bei der Arbeit und bei anderen Gelegenheiten verlachen mich die Leute. Seit meiner Kindheit fühle ich mich benachteiligt. Jeder verhöhnte mich ... Meine Probleme sind sämtlich psychischer Natur. Durch perverse sexuelle Handlungen erfuhr ich ein Gefühl der Schrankenlosigkeit. Ich konnte meine Handlungen nicht kontrollieren. Seit meiner Kindheit habe ich mich als Mann und als Mensch minderwertig gefühlt. Was ich tat, geschah nicht um des sexuellen Vergnügens willen, es brachte mir vielmehr über einen längeren Zeitraum hinweg etwas Seelenfrieden ...«

Kostojew hat einen ersten Erfolg errungen. Tschikatilo gibt zu, Verbrechen begangen zu haben, vermeidet es aber, sie im einzelnen zu benennen. Er rechtfertigt sich damit, seelisch krank zu sein, weil sein Leben bisher eine einzige Demütigung gewesen sei.

In den folgenden Gesprächen entblättert sich allmählich dieses absurde Leben. Kostojew beginnt zu begreifen, daß nicht nur emotionale Kälte es Tschikatilo erschwert, über sich zu sprechen, sondern auch eine unvermutete Scham, seine entsetzlichen Taten genauer zu schildern. Das veranlaßt Tschikatilo aber auch immer wieder, alle Schuld von sich zu schieben und sie »dem Leben« anzulasten.

Als Tschikatilo 1936 geboren wurde, war die schlimmste Leidenszeit für die ukrainische Bevölkerung schon vorüber. Hunderttausende waren durch die verfehlte Landwirtschaftspolitik Stalins verhungert. Rückfall in archaische Zeiten war die Folge. Menschen wurden getötet, ihr Fleisch verzehrt. Auch Tschikatilos älterer Bruder Stepan wurde ein Opfer des Kannibalismus. Tschikatilo wuchs allein auf. Die Erzählungen der Mutter, sein Bruder sei entführt und aufgefressen worden, erfüllten ihn mit mythischem Grauen.

Andrej Tschikatilo war ein schwächliches und allzu friedfertiges Kind, dazu durch beträchtliche Sehschwäche verunsichert. Eine Brille besaß er nicht, er konnte nicht erkennen, was der Lehrer an die Tafel schrieb, seine schulischen Leistungen waren schlecht. Dem Hohn seiner Mitschüler sah er sich wehrlos ausgeliefert. Als er heranwuchs, stellte er eine weitere körperliche Störung fest. Er war impotent. Er konnte nur unter großen Schwierigkeiten eine Erektion bekommen. Sein Lebensgefühl war, wie er Kostojew gesteht, »ohne Augen und Genitalien geboren zu sein«.

Auch in anderer Hinsicht war er sehr verletzlich. Sein Vater war als Soldat in deutsche Kriegsgefangenschaft geraten. Als er nach Kriegsende heimkehrte, wurde er wie die meisten Soldaten, die die Kriegsgefangenschaft in Deutschland überlebt hatten, daheim als Deserteur angeklagt und in ein Zwangsarbeitslager geschickt. Eine neue Schmach für Andrej, der leidenschaftlich gern Romane vom heldenhaften Kampf sowjetischer Partisanen gegen die Okkupanten las. Er, der einsam im Wald mit der Spielzeugpistole seine Kämpfe gegen den Feind focht, war der Sohn eines Vaterlandsverräters! Eifrig suchte Tschikatilo diese Schande durch Treue zu Staat und Partei zu tilgen. Er bewarb sich zum Jurastudium. Neue Enttäuschung: als Sohn eines politischen Gefangenen wurde er abgelehnt. Später erhielt er einen Studienplatz für Slawistik und trat der Kommunistischen Partei bei. Er schrieb patriotische Artikel für die Lokalpresse und ließ sich zum informellen Mitarbeiter der Geheimpolizei anwerben.

Nach Abschluß des Studiums ging Tschikatilo als Lehrer für russische Sprache und Literatur in den Schuldienst. Er war ein erfolgloser Lehrer. Die Schüler merkten bald seine Unsicherheit. Er war unfähig, bei seinen Schülern Interesse für sein Lehrfach zu wecken. In seinem Unterricht ging es chaotisch zu.

Seine sexuellen Störungen verleiteten ihn, zu Mädchen und Jungen sexuelle Kontakte zu suchen. Das wurde bekannt. Die Schulleitung fürchtete Unannehmlichkeiten und trennte sich von Tschikatilo in gegenseitigem Einvernehmen, so daß Tschikatilos Personalunterlagen keinen Vermerk über seine sexuellen Verirrungen erhielten. So bekam er eine neue Stelle als Lehrer und Heimleiter an einer Bergwerksschule.

Inzwischen hatte Tschikatilo geheiratet. Fenja war eine verständnisvolle Frau, auch gegenüber seiner zeitweiligen Impotenz, verschloß sich aber den daraus entspringenden abartigen Wünschen ihres Mannes. Tschikatilo suchte Befriedigung in einem anderen, einem geheimen Leben. Er kaufte sich ein halbverfallenes Häuschen, wo er mit Prostituierten, obdachlosen Frauen, Streunerinnen für wenig Geld seine sexuellen Wünsche zu erfüllen suchte. In diesem Haus beging er seinen ersten Mord, an der neunjährigen Lena. Das war 1978 gewesen. In den folgenden zwölf Jahren tötete Tschikatilo nach eigenem Geständnis mehr als fünfzig Menschen.

*

Da Tschikatilo aber nach wie vor Einzelheiten seiner Morde nicht preisgibt, greift Kostojew zu einem Trick. Er schilderte später dem amerikanischen Reporter Richard Lourie, wie er Tschikatilo zu weiteren Aussagen bewegen wollte: »Andrej Romanowitsch, ich kann nicht verstehen, warum Sie sich nicht kooperativ verhalten. Sie sind ein kranker Mensch. Die Wissenschaft ist begierig, Ihre seelischen Störungen zu untersuchen. Verzichten Sie nicht auf diese Chance. Entlasten Sie sich von Ihren schweren Konflikten. Es ist meine Aufgabe, Menschen wie Ihnen zu helfen, wieder einen Bezug zum Leben und zu anderen Menschen zu finden. Sie haben die Wahl zwischen Therapie und Exekution. Wenn Sie geheilt würden, brauchte man Sie nicht in der Klinik oder im Gefängnis zu behalten. Sie wären ein freier Mann, frei und am Leben. Sind Sie wirklich so wirr im Kopf, daß Sie statt dessen den Tod vorziehen?«

Und Tschikatilo fällt auf dieses Versprechen herein: Therapie und Freiheit statt Tod. Tschikatilo ist bereit, sich einem Psychiater anzuvertrauen. Kostojew bereitet ein Gespräch zwischen Tschikatilo und dem Rostower Psychiater Buchanowski – der bereits 1984 das Täterprofil entworfen hatte – vor.

Buchanowski gelingt es auch, Tschikatilos Hemmschranken und Selbsttäuschungen zu durchbrechen. In den folgenden Wochen berichtet Tschikatilo ihm über seine Morde. Zum ersten Mord an der neunjährigen Lena sagt er: »Es war eine Art Raserei, in der ich von einer bestialischen Leidenschaft beherrscht wurde. Ich glaube, nach diesem Mord hat sich meine Psyche grundlegend verändert.« Und später: »Wenn ich Frauen ermordete, hatte ich immer den Wunsch, in ihren Unterleib einzudringen, ihre Geschlechtsorgane herauszuschneiden und sie wegzuwerfen. Ich kann nicht erklären, wieso mich dieser Wunsch überkam. Ich trug diese ganze Wut mit mir herum und fand keinerlei Weg, sie abzulassen.«

Nachdem Tschikatilo dem Psychiater die einzelnen Morde gestanden hatte, suchen Kostojew und seine Mitarbeiter zusammen mit dem Häftling die Tatorte auf. Wie bei der Schilderung seiner Untaten beweist Tschikatilo auch hier sein fabelhaftes Gedächtnis. An jedem Tatort demonstriert er, wie er jeweils den Mord ausgeführt hat. Manchmal überwindet er sich auch, Details zu berichten: »Lippen verbinde ich mit Geschlechtsorganen. Und ich habe dabei sexuellen Genuß, wenn ich Lippen und Zunge verstümmele.« Zurückhaltender zeigt er sich, als ihm vorgehalten wird, Menschenfleisch gegessen zu haben: »Ihre Frau hat ausgesagt, daß Sie häufig einen Topf oder eine Pfanne mitgenommen haben, obwohl Sie nicht kochen können. In der Nähe mancher Ihrer Opfer fand man Spuren eines Lagerfeuers.«

»Ich mochte die Brustorgane oder den Uterus. Sie sind so rosig und elastisch. Aber nachdem ich daran geknabbert hatte, warf ich sie weg.«

»Man hat nie etwas davon gefunden.«

Tschikatilo erklärt auch, warum er seine Opfer auf so grausame Weise getötet und ihnen noch bei lebendigem Leibe furchtbare Verletzungen zugefügt hat: »Es war eine Imitation des Geschlechtsaktes. Allerdings eine erbärmliche.«

Hier spielte Tschikatilo sicher seine Empfindungen herunter. Eine erbärmliche Imitation gewiß, im Verhältnis zur Normalität. Alles andere als erbärmlich aber, viel eher überwältigend genußvoll im subjektiven Erleben des Täters. Nach Ansicht der Psychologen führten die beim Lustmord ausgelösten Orgasmen nicht nur zu einer rein sexuellen, sondern auch zu einer psychischen Entspannung seiner ihn bedrängenden Minderwertigkeitsgefühle, zum – wie er selbst sagte – »Seelenfrieden über einen längeren Zeitraum«. Und er gestand ja auch, daß er sich beim Morden »schrankenlos« fühlte, im Genuß unbegrenzter Freiheit und Macht.

Nach Abschluß der kriminalistischen Ermittlung wird Tschikatilo nach Moskau überführt und dort nochmals eingehend psychiatrisch untersucht.

Die Psychiater stellen fest, daß Tschikatilo an organisch bedingter Impotenz leidet. Hirnschäden seien nachweisbar, hätten jedoch Tschikatilo nicht schicksalhaft zum Mörder werden lassen. Es heißt im Gutachten: »Kategorisch zu behaupten, daß der eine oder andere Vorfall in seiner frühen Kindheit die entscheidende Rolle bei der Entwicklung seines pathologischen Zustands gespielt habe, wäre zu weitgehend. Tatsache ist, daß dieser sich aus einer komplexen Verflechtung von Faktoren entwickelte, die hauptsächlich im Bereich der biologischen Funktionen des Patienten liegen ... Viele Dinge, die passiert sind, waren traumatischer Natur, besonders bei einem Jungen, der bereits diese organischen Schäden aufwies. Unbedeutende Dinge kombinieren sich in stark variierenden Gewichtungen. Betrachtet man jeden dieser Faktoren isoliert für sich, ist keiner davon einzigartig, aber in ihrer Kombination erzeugen sie ein einmaliges Profil.«

Die »komplexe Verflechtung von Faktoren« zeigte sich bei Tschikatilo frühzeitig in der Eskalation seiner sadistischen Phantasien. »Ich phantasierte mein Leben lang«, sagte er, »und manchmal konnte ich Wahrheit und Phantasie nicht auseinanderhalten.«

Die Gutachter verweisen darauf, daß Triebtäter sadistische Phantasien schon in der Kindheit entwickeln. Tschikatilo stellte sich vor, er sei ein starker Mann, der gegen das Böse kämpfe und dabei sehr gewalttätig vorgehe. Solche Phantasien, so heißt es weiter im Gutachten, bilden sich Schritt für Schritt aus. Da sie zumeist im Unterbewußtsein verankert sind, werden sie von der Umwelt nicht bemerkt. Doch die Phantasien würden allmählich, aber in zunehmendem Maße in Taten umgesetzt. Stufenweise werde dabei eine Hemmschwelle nach der anderen überwunden, die Phantasien pervertieren ins Monströse: »Seine Verhaltensmuster verfestigten sich. Bereitete ihm eine Tat Lust, dann versuchte er sie zu wiederholen.« So verbindet sich der sadistische Lernprozeß stets mit einer Steigerung der Gewalt und der Grausamkeit. Alles Menschliche scheint der Täter verloren zu haben, das »Monster« ist geboren.

Fünf Jahrzehnte liegen zwischen dem kurzsichtigen, von Bettnässerei geplagten kleinen Jungen und dem dreiundfünfzigfachen sadistischen Mörder. War diese Entwicklung unentrinnbar? War er willenloses Opfer seiner Hirnschäden und psychischen Störungen? Die Antwort haben die Psychiater bereits gegeben: Tschikatilos Taten entspringen einem komplexen Geflecht von Ursachen.

Einige dieser Ursachen, wenn auch nicht alle, sind in Tschikatilos Lebenslauf sichtbar geworden. Jeder Mord, so schrieb die Psychologin Alice Miller, erzähle etwas über die Kindheit des Mörders. Auch Tschikatilos Kindheit erzählt etwas über den späteren Täter.

Da ist die Bettnässerei bis ins Alter von zwölf Jahren. Bettnässen gilt als ein neurotisches Zeichen. Oskar Pfister deutet sie als Handlung eines »unbewußt Genußsüchtigen, eine nächtliche Zärtlichkeitserpressung« zum Zweck erhöhter Aufmerksamkeit und Zuwendung durch die Mutter. Vermißte Tschikatilo die Mutterliebe?

Da sind die Erzählungen der Mutter über Hungersnot und Menschenfresserei: der eigene Bruder Opfer von Kannibalen. Das Grauen war in die Familie des Kindes eingedrungen, hauste noch schemenhaft im eigenen Heim.

Da ist die extreme Kurzsichtigkeit, die ihn in der Schule verunsicherte und ihm den Spott der Mitschüler eintrug.

Da ist seine körperliche Schwäche als Kind, die ihn hilflos den Stärkeren auslieferte.

Da ist die Abwesenheit des Vaters, erst während des Krieges, später während seiner Verbannung. Vielen Serienmördern, so stellte der amerikanische Kriminologe R. Ressler fest, hatte während ihres Heranwachsens der Vater gefehlt.

Da ist die Lektüre über die Heldentaten der Partisanen. Und zugleich die Schande, Sohn eines Deserteurs zu sein.

Da ist die Flucht in den Wald, in dem er den einsamen Partisan spielt und seine »Feinde« tötet. Später beging Tschikatilo die meisten seiner Morde im Wald.

Da ist die Ablehnung seines Studienwunsches.

Da sind seine organisch (und wohl auch psychisch) bedingten sexuellen Störungen, die ihm ein Gefühl der Minderwertigkeit und zugleich maßloser Wut bereiten.

Da ist sein gescheiterter Versuch, leichter mit Kindern sexuelle Befriedigung zu finden.

Da ist seine wachsende Isolierung von den Menschen: Als Lehrer verspottet, von Schülern verprügelt, als Leiter im Betrieb nicht ernstgenommen und aus der Arbeitsstelle entlassen.

Da ist der sexuelle Frust in der Ehe, seine Flucht in das halbverfallene Haus, die Last seines Doppellebens.

Kein einzelner dieser Lebensumstände macht einen Mann zum Massenmörder, nicht einmal, wenn sich mehrere solcher Situationen zusammenballen. Aber Tschikatilos physische und psychische Struktur war so beschaffen, daß er in einen permanenten Zustand der Demütigung und Beleidigung geriet, der zum schwelenden Haß auf sich selbst und seine Umwelt führte. Dieser Haß wurde zu seinem quälenden Lebensgefühl, das er nur noch durch Mord – durch das Erlebnis schrankenloser Macht – vorübergehend dämpfen konnte: »Ich ließ meine ganze Wut und meine Rachegefühle an den Genitalien meiner Opfer aus. Manchmal hat mich auch das nicht erleichtert, so daß ich in letzter Wut neben der Leiche meines Opfers einen Baum verwundete.« Dann, wenn die Wut gloriosem Machtrausch gewichen war, kam es vor, daß er dic Toten umtanzte und ihr zartes Fleisch kaute. Er fühlte sich als Sieger über »Abschaum und klassenfeindliche Elemente«, seine Morde waren für ihn cine patriotische Tat.

Dann wieder bezeichnete er sich selbst als eine Bestie, ein andermal als »liebevoll und sensibel und vollkommen schutzlos gegenüber seinen Schwächen«.

Ein Wahnsinniger? Die Psychiater verneinen es trotz aller bei ihm festgestellten – auch organisch bedingten – Schäden. Er sei voll verantwortlich für seine Taten, denn er habe nicht unter einem unwiderstehlichen Zwang, sondern geplant und vorsätzlich getötet. So hatte er stundenlang seine Opfer beobachtet und ausgewählt, und zwar solche, die er ohne Risiko ermorden konnte: Frauen und Kinder, niemals einen Mann. Er trug das Mordmesser stets bei sich. Er lockte die Opfer an einen für ihn sicheren Tatort. Er beseitigte alle verräterischen Spuren. Mehrmals ließ er ein ausgewähltes Opfer unbehelligt, wenn er Gefahr witterte – konnte also jederzeit seine Mordlust zurückdrängen. Auch während der Tat handelte er nicht in einem psychischen Dämmerzustand. Seine Erinnerung war ungetrübt.

Tschikatilo wurde zum Tode verurteilt. Die Öffentlichkeit, besonders die Hinterbliebenen der Opfer, nahmen das Urteil befriedigt zur Kenntnis. Tschikatilo wurde durch Genickschuß hingerichtet.

FBI-Kriminologe R. Ressler hält es für falsch, »solche Menschen trotz ihrer verabscheuungswürdigen Taten hinzurichten«. Denn von ihnen könnte die Wissenschaft vieles über das Werden eines Serienmörders lernen. »Der Gesellschaft nützen Hinrichtungen ohnehin nichts. Auch schrecken sie potentielle Serienmörder keineswegs ab. Sie sind zu sehr Gefangene ihrer Phantasievorstellung, als daß die Möglichkeit ihrer Verhaftung oder Tötung sie von ihren Verbrechen abhalten könnte.«

Tschikatilo mußte während des Prozesses in einen Metallkäfig gesteckt werden, damit ihn die Angehörigen seiner Opfer nicht totschlugen. Dieses Rachegefühl ist verständlich. Aber eine Hinrichtung, d. h. die vorsätzliche Tötung eines Menschen durch den Staat ähnelt in fataler Weise dem orgiastischen Machtgefühl, das er am Täter zuvor verdammte.

Dreiundfünfzig Morde – warum wurde dem Serienmörder so spät erst Einhalt geboten, obwohl bereits sechs Jahre zuvor die Tätigkeit eines Serienmörders erkannt und die Polizei eines ganzen Rayons auf ihn angesetzt war?

Auch in diesem Fall finden sich objektive gesellschaftliche und soziale Faktoren, die dem Täter eine so entsetzlich lange Handlungsfreiheit gaben.

Einige dieser Ursachen sind im damals herrschenden sowjetischen System begründet, andere sind gesellschaftlich unabhängig und auch bei anderen Serienmördern zu finden.

Die Sowjetgesellschaft war eine in sich geschlossene Gesellschaft, sowohl in ihrer staatlich-sozialen Struktur wie auch in ihrer Ideologie, also beispielsweise auch in ihren Rechts- und Moralauffassungen und in ihrem Menschenbild. Wie jede geschichtlich relativ junge Gesellschaft besaß sie ein optimistisches Selbstverständnis, so sehr diesem die Wirklichkeit auch widersprechen mochte. Was sich mit diesem optimistischen Menschenbild nicht in Übereinstimmung bringen ließ, wurde aus dem Bewußtsein verdrängt, existierte offiziell nicht. Verbrechen galten lange Zeit als der sozialistischen Gesellschaft wesensfremde Rudimente, als »Muttermale« der bürgerlichen Gesellschaft und wurden – solange sie sich nicht politisch gegen jegliche tatsächliche oder vermeintliche Opposition verwenden ließen – meist totgeschwiegen. Erst in den letzten Jahren des Systems und auch dann nur begrenzt auf das Rostower Gebiet, veröffentlichte die Presse mehr oder weniger verschlüsselte Andeutungen über einen hier tätigen Serienmörder. Dadurch konnte die Bevölkerung weder ausreichend gewarnt noch wirksam zur

Mithilfe gewonnen werden. Niemand, und am wenigsten die Opfer selbst, hielt es für möglich, daß ein so gerissener und grausamer Mörder mitten unter ihnen lebte. Wurde dann doch wieder einer seiner Morde in einem kleinen Umkreis bekannt, gebar die Ungewißheit wilde Gerüchte, die in ihrer Schrecklichkeit schon wieder unglaubhaft wurden.

Tschikatilos erste sexuelle Verfehlungen als Lehrer wurden in seinen Personalpapieren verschwiegen. Die Schulleiter fürchteten Unannehmlichkeiten für sich selbst, peinliche Untersuchungen, ob sie nicht selbst durch mangelnde Wachsamkeit diesen Handlungen Vorschub geleistet hätten. Wären die Behörden früher auf Tschikatilos erste Straftaten gestoßen, hätte er vielleicht noch psychiatrisch behandelt und das Schlimmste verhütet werden können. Auf jeden Fall aber wäre Tschikatilo bei weiteren Morden in die Routineüberprüfung einschlägig Vorbestrafter geraten und möglicherweise schon früher gefaßt worden.

Gerade die Suche nach einem Serienmörder bedarf eines großen technisch-organisatorischen Aufwands. Daran aber fehlte es der sowjetischen Polizei. Viele Polizeidienststellen besaßen nicht einmal eine Schreibmaschine, geschweige denn einen Computer zur Datenspeicherung. Vergleichskarteien für Kapitalverbrechen existierten überhaupt nicht oder waren territorial begrenzt. So mußten im Fall Tschikatilo Zehntausende von Karteikarten noch mit der Hand geschrieben werden. Eine rasche Auswertung war dadurch sehr erschwert. Erst zwei Jahre vor Ergreifung Tschikatilos konnte Kostojews Sonderkommission mit Computern arbeiten.

Zweimal war Tschikatilo in Verdacht geraten, einmal nach dem ersten Mord 1978 und dann 1984, als er mit einem Messer in der Tasche auf dem Bahnhof festgenommen worden war. Beide Male gab sich die Polizei schließlich damit zufrieden, daß er als Lehrer bzw. als leitender Angestellter und als Mitglied der Kommunistischen Partei nicht der gesuchte Mörder sein konnte. Jahrelang suchte die Miliz den Mörder unter Randgruppen der Gesellschaft, unter Homosexuellen und sozial entgleisten Jugendlichen. Für den Mord an Lena wurde ein Unschuldiger hingerichtet, dem durch Folter ein falsches Geständnis erpreßt worden war.

Im Lauf der Ermittlung kam es zu Spannungen zwischen der Staatsanwaltschaft und der Miliz. Kompetenz- und Konkurrenzstreit und gegenseitige Schuldzuweisungen behinderten die Ermittlung, vor allem, als Moskau die Sonderkommission bildete und Kostojew in die Ukraine schickte. Die Rostower Miliz fühlte sich bevormundet und wies die Kritik an ihren Ermittlungspannen zurück. An einer Panne allerdings war die Miliz unschuldig, nämlich als sie 1984 Tschikatilo wieder entließ. Damals wußte man noch nichts von der seltenen Ausnahme, daß Blut und Sperma verschiedenen Blutgruppen angehören können. Damit schied Tschikatilo vorerst einmal aus dem Kreis der Verdächtigen aus – ein unglaublicher Glücksfall für den Mörder.

Aber auch einige andere Umstände, die er raffiniert nutzte, erleichterten ihm seine Verbrechen.

Oft suchte er seine Opfer aus dem Bodensatz der Gesellschaft aus. Es waren Prostituierte, Obdachlose, Herumtreiber. Ihr Verschwinden wurde gar nicht oder erst spät bemerkt, wenn ihre Spuren schon verwischt waren. Die Anonymität der Großstadt, das bunte Treiben einer Stadt in der Nähe zum Orient machten ihn ebenso zu einem Mann der Menge wie seine Opfer zu gesichtslosen Schatten. Da er sie meist in einsamen Wäldern umbrachte, fand man ihre Leichen oft erst nach Wochen oder Monaten, verwest oder bereits skelettiert. Das erschwerte ihre Identifizierung, die Spurensuche am Tatort und Rückschlüsse auf den Täter.

Die meisten Serienmörder töten einen bestimmten Typ von Opfern, der ihren Zwangsvorstellungen entspricht: Dahmer tötete farbige Homosexuelle, Seefeldt Jungen in Matrosenanzügen. Für die Ermittlung des Täters kann dieser *modus operandi* ein wichtiger Hinweis auf den Täter sein. Tschikatilo jedoch bevorzugte keinen besonderen Opfertyp. Er mordete wahllos Frauen, Kinder, Mädchen, Jungen. Deshalb schrieb die Polizei seine Morde anfangs verschiedenen Tätern zu. Auch wechselte er die Art und Weise, wie er seinen Opfern das Leben nahm. Manche erschlug er, einige erwürgte er, andere tötete er mit dem Messer. Auch das war untypisch für einen Serienmörder.

Man mag noch so viele objektive und subjektive Gründe für die grauenhafte Tätigkeit dieses Serienmörders finden – »trotz ausführlicher Untersuchungen kann man nicht davon ausgehen, daß alles bis in die letzte Einzelheit geklärt worden ist«, schrieb der Psychiater Tkatschenko. »Niemand außer Tschikatilo selbst weiß alles.«

Aber auch das ist zu bezweifeln. Wußte Tschikatilo tatsächlich, warum er beispielsweise seinen Opfern die Augen ausstach und die Geschlechtsteile herausriß? Vollzog er damit bewußt eine Rache für die Impotenz seiner eigenen Augen und Genitalien? Oder war auch dieses Motiv nicht vielleicht längst ins Unterbewußtsein abgesunken? Zwar gestand Tschikatilo selbst: »Was ich getan habe, läßt mich erschauern.« Und dennoch war er nicht fähig, die Motive seines Handelns zu begreifen. Er machte allein die Gesellschaft dafür verantwortlich: »Ich bin ein Opfer«, behauptete er. Das unmenschliche Sowjetsystem habe seine Nerven zerrüttet, ihn in Verzweiflung und Wut getrieben, so daß er schließlich über seine unschuldigen Opfer hergefallen sei, die ebenso wie er Opfer eines perversen Systems gewesen seien.

Diese Schutzbehauptung war ein letzter Versuch Tschikatilos, seine Verbrechen zu rechtfertigen, indem er die Verbrechen seiner Gesellschaft dafür verantwortlich machte. Damit aber konnte er seine eigene, seine ganz individuelle Schuld nicht tilgen: daß ihm ein Menschenleben nichts wert war, wenn er seine perversen sadistischen Triebe befriedigen wollte.

Rache

Es ist ein Junitag im Jahre 1990.

Die Sonne brütet aus der Sumpflandschaft der Everglades schwüle Hitze aus. Das Summen von Myriaden Insekten erfüllt die Luft. Aus dem Schilf dringt das Geschrei der Wasservögel.

Die Staatsstraße durchläuft die Halbinsel Florida an der atlantischen Küste nach Süden bis Miami, vorbei an großen und kleinen Seen, Maisfeldern, Sandebenen und Wäldern aus Pinien und Palmen.

Irgendwo am Straßenrand, im Schatten einer Eiche, steht eine Frau. Sie blickt die in der Sonnenglut flimmernde Straße entlang – eine Anhalterin, die auf einen Wagen wartet, der sie mitnimmt.

Aber um die Mittagsstunde kommt selten ein Wagen vorbei. Wer das Alter der Frau auf dreißig Jahre schätzt, trifft es ziemlich genau. Blondes Haar fällt ihr bis auf die Schultern. Sie ist schlank, trägt Jeans und weiße Sportschuhe. Aileen Wuornos wirkt nicht reizlos mit ihren braunen Augen und dem Lächeln des breiten Mundes. Sieht man näher hin, entdeckt man die scharfen Linien um die Mundwinkel, die schadhaften Zähne, die verfilzten Haarsträhnen. Das Kruzifix am Halskettchen deutet auf christlich-fromme Gesinnung.

Aileen wechselt die Plastiktasche, die an ihrer rechten Schulter hängt, auf die linke. Die Tasche hat ihr Gewicht. Aileen nimmt eine Bierdose heraus und trinkt das laue *Budweiser*, ohne abzusetzen. Die leere Dose wirft sie hinter sich ins Gebüsch.

Von Süden nähert sich ein Wagen. Aileen kennt sich mit Automarken aus. Es ist ein grauer viertüriger *Pontiac Thunderbird*, noch ziemlich neu, der da mit mäßiger Geschwindigkeit auf sie zukommt. Im Wagen befindet sich nur der Fahrer. Sie hebt den Arm und gibt mit dem Daumen das Stoppzeichen.

Der Wagen hält an. Aileen tritt ans offene Fenster. Ein älterer Mann sitzt am Steuer, sechzig, vielleicht auch schon siebzig Jahre.

Aileen lächelt ihn an. »Nehmen Sie mich mit? Meine Kinder warten bei meiner Schwester auf mich. Ich habe eine Panne.«

Der Mann hat Mitleid mit der Frau, zumal sie ein Kreuz am Hals trägt. »Steigen Sie ein«, sagt er freundlich.

»Danke.« Sie öffnet die Tür auf der Beifahrerseite und läßt sich aufseufzend in den Sessel fallen. Bevor der Mann wieder startet, zeigt sie ihm ein zerknittertes Foto. »Meine Kinder. Sie werden schon ganz unruhig sein.«

Der Mann nickt verständnisvoll und fährt ab.

»Ich warte schon eine ganze Stunde«, erzählt Aileen, »aber keiner der Scheißkerle hält an.«

Der Fahrer schweigt. Die ordinäre Sprache der Frau paßt nicht zu einer frommen Gesinnung.

»Ich heiße Lee Blahovec«, stellt sie sich vor.

»Peter Siems«, antwortet der Mann.

»Okay, Peter.« Sie blickt sich im Wagen um. Auf dem Hintersitz liegt ein Stapel Bibeln. Ohne zu fragen, nimmt sie eine Bibel und blättert darin. Sie ist noch druckfrisch. »Mein Gott«, sagt sie, »sind Sie etwa Pfarrer?«

Siems gefällt die eigenmächtige und dreiste Art seines Gastes nicht. Aber er will nicht unhöflich sein. »Ich bin Missionar«, antwortet er, ohne den Blick von der Straße zu nehmen.

»Missionar. Aha. Ein schöner Beruf, wie?«

»Wer ihn ernst nimmt, dem bringt er Frieden und Befriedigung.«

»Befriedigung!« Aileen lacht anzüglich. »Ich kenne nur Männer, die ganz woanders Befriedigung suchen. Oder –? Sind Sie da die große Ausnahme?«

Siems, ein ehemaliger Seemann, der erst kürzlich Missionar bei der Sekte *Christus ist die Antwort* geworden ist, hat genug Welterfahrung, um zu ahnen, wohin diese Frau das Gespräch lenken möchte. Er sieht die Chance, eine gefährdete Seele zu retten. »Sie müssen schlimme Erfahrungen mit Männern gemacht haben, Lee«, beginnt er behutsam.

»Schlimme?« wiederholt sie höhnisch. »Nur schlimme? Männer waren die Hölle für mich. Ich dagegen – ich habe immer versucht, jedem Mann das Himmelreich zu bereiten. Wenn er nur will.«

Sie blickt Siems an. »Wenn Sie wollen, auch Ihnen.« Sie wirft die Bibel auf den Hintersitz. »Nicht erst nach dem Jüngsten Gericht. Sondern gleich. Für lausige dreißig Dollar.«

Siems weiß jetzt, er hat sich nicht getäuscht. Eine billige Hure. Aber *Christus ist die Antwort*. Und Christus sagt: Auch die Sünderin sollst du nicht von dir weisen. »Ich verzichte gern auf Ihr Himmelreich, Lee«, sagt er väterlich, »aber ich bringe Sie natürlich zu Ihren Kindern.«

»Das ist echte Nächstenliebe, Peter«, spottet sie, »wirklich, ich weiß das zu schätzen.«

Der Wagen erreicht jetzt das Waldgebiet des *Ocala-Nationalparks*. Aileen beugt sich nach vorn, zur Tasche, die zwischen ihren Füßen steht. Plötzlich hat sie einen Revolver in der Hand, einen neunschüssigen 22er mit langem Lauf. »Fahre den nächsten Waldweg rechts rein!« befiehlt sie Siems.

Siems blickt starr geradeaus. Er fährt am nächsten Weg vorbei. Aileen setzt ihm den Revolver an die Schläfe. »Mach das nicht noch einmal! Den nächsten Weg rein!«

Siems wird jetzt wirklich unruhig. Sie meint es ernst. Er fragt Christus, was soll ich tun? Christus antwortet, tu, was sie sagt. Siems zwingt sich zu lächeln: »Wenn Sie mich meiner Bibeln berauben wollen, ich fürchte, Ihre Tasche ist zu klein dazu.«

Aileen blickt ihn kalt an. »Halt die Schnauze!«

»Ich habe kein Vermögen bei mir, Lee. Vierhundert Dollar höchstens. Wenn Sie es für Ihre Kinder brauchen – gut, ich gebe es Ihnen gern.«

Die Frau weist mit dem Revolver nach vorn. »Dort kommt ein Weg.«

Siems bremst ab, fährt nach rechts auf den Seitenweg. Er ist mit hohem scharfem Gras bewachsen. Zu beiden Seiten dehnt sich ein sumpfiges Gewässer. Nach einigen Minuten Fahrt fordert Aileen den Mann auf anzuhalten. Richtet erneut die Waffe auf ihn: »Aussteigen!«

Siems zögert. »Meine Brieftasche ist im Handschuhfach.«

»Ich scheiß auf deine Brieftasche! Aussteigen!«

Verwirrt steigt Siems aus. Was will die Frau? Das Geld will sie nicht. Was dann? Christus weiß auch keine Antwort.

Inzwischen hat Aileen ebenfalls den Wagen verlassen. Sie nähert sich Siems mit erhobener Waffe. Siems wundert sich, daß er nun plötzlich keine Angst mehr empfindet. Alles ist so irr und unwirklich. Die Einsamkeit. Die quarrenden Rufe der Frösche. Die Frau mit dem mächtigen Revolver. Diese abgewrackte kleine Hure, denkt er, und muß grinsen.

Der erste Schuß zerfetzt ihm Mund und Gelächter.

Der zweite durchschlägt seinen Hals. Unter der Wucht des großkalibrigen Projektils dreht sich Siems um sich selber. Dann schlägt er zu Boden.

Aileen erwartet Schmerzensschreie. Seltsam, der Mann

windet sich stumm im Gras. Nur seine Augen blicken sie fragend an. Willst wohl wissen, warum, denkt sie. Darum! Sie schießt erneut, einmal, zweimal, dreimal, ein viertes Mal. In die Schulter, in die Brust, in den Bauch, ins Geschlecht.

Und zum Schluß in die Stirn, zwischen die Augen.

Sieben Schuß. Ein Serienorgasmus. Wieder so ein Sauhund weniger auf Erden. Triumphierend jagt sie die letzten zwei Schuß in die Luft. Und lädt dann nach. Man weiß nie ...

Dann zieht sie den Schlüssel aus dem Zündschloß, durchstöbert den Kofferraum und findet noch zwei Kartons voller Bibeln. Im Handschuhfach entdeckt sie tatsächlich vierhundert Dollar.

Sie zerrt die Leiche bis zum Wasser und schiebt sie tief hinein. Die Kartons mit den Bibeln und die einzelnen Bibeln vom Hintersitz folgen dem Toten. Er versinkt nur sehr langsam im Sumpf. Vielleicht nehmen sich die Krokodile bald seiner an, hofft Aileen.

Auf dem schmalen Weg fährt sie zur Hauptstraße zurück, weiter in Richtung Norden. Nach etwa zweihundert Meilen gelangt sie in eine kleine Stadt und hält vor einem Motel. Sie geht hinein und öffnet eine Zimmertür.

»Ty, ich bin wieder da!« ruft sie fröhlich.

Eine junge Frau erhebt sich vom Bettrand. Sie hatte in einer Illustrierten geblättert. »Lange genug warst du ja weg«, sagt sie vorwurfsvoll.

»Dafür habe ich auch vierhundert Dollar verdient! Na komm schon her. Küßchen!« Aileen umarmt Ty, die ihr einen Kuß auf die Lippen drückt.

»Wir wollen gleich einkaufen gehen, Ty. Freust du dich?«

Aileens Augen flackern. Sie hat schon wieder getrunken, denkt Ty. Aber sie geht gern einkaufen. »Ich freue mich, Aileen.«

»Gut, dann mach dich fertig, ich will nur rasch duschen.« Sie verschwindet im Bad.

Aileens Freundin Tyria Moore ist fünfundzwanzig Jahre alt – ein rothaariges Fettklößchen mit einem verdrießlichen Zug um den schmalen Mund. Sie zieht sich ein Paar Sportschuhe über die nackten Füße. Einkaufen gehen, das ist das einzig Erfreuliche, was ihr im Zusammenleben mit Aileen geblieben ist. Und wie verliebt war sie einmal in Aileen! Damals, vor vier Jahren, als sie Aileen in der Lesbenbar kennengelernt hatte. Mann, was für ein abenteuerliches Leben hatte Aileen da schon hinter sich gehabt!

Frühzeitig von meiner Familie verstoßen! hatte sie erzählt.

Schon als Kind vergewaltigt! hatte sie geklagt.

Unschuldig in den Knast! hatte sie gejammert.

Einen reichen Mann geheiratet! hatte sie geschwärmt.

Und von demselben Kerl angeschossen! hatte sie gewütet und dabei im Lokal ihr T-Shirt ausgezogen und eine rote Narbe präsentiert.

Ja, Aileen war schon beeindruckend. Stundenlang konnte man ihren Geschichten zuhören. Ty hatte sich damals sofort in Aileen verliebt. Es war wirklich Liebe gewesen damals, und der Sex mit ihr war aufregend genug. Später, als sie dann zusammen lebten und Ty die andere, die dunkle Seite in Aileens Wesen kennenlernte, ihre Lügen, ihre Depressionen, ihre Wutanfälle, erlosch ihre Liebe allmählich, und mit dem Sex war es auch vorbei. Aber Ty wußte, sie hatte einseitig die Liebe aufgekündigt, Aileens

Liebe zu ihr war nicht tot, weil sie keinen Menschen hatte außer Ty. Ty besaß noch ihre Eltern, zu denen konnte sie jederzeit zurück. Aileen war ein sehr einsamer Mensch, und deshalb klammerte sie sich an Ty und arbeitete für sie, damit Ty sie nicht verließ und ein bequemes Leben führen konnte: in der Welt herumfahren, in Motels wohnen, einkaufen, Bier trinken. Sicher, das kostete alles Geld, und Aileen war dann oft tagelang unterwegs, um Geld heranzuschaffen. Woher, danach fragte Ty lieber nicht, sie ahnte es ohnehin, Aileen ging sicher auf den Straßenstrich. Aber das Geschäft lief wohl in letzter Zeit nicht mehr so gut, oft kam Aileen ohne Geld heim. Dafür brachte sie allerhand Wertgegenstände mit, Armbanduhren, Kameras, Schmuck. Die versetzten sie dann in der Pfandleihe und fuhren weiter an einen anderen Ort, bis das Geld verbraucht war und Aileen wieder anschaffen gehen mußte. Ty war Aileen ja auch dankbar, denn Aileen opferte sich für sie auf. Vielleicht hatte sich Aileens Liebe zu ihr auch verändert, aus der sexuellen war eine mütterliche Liebe geworden. Ty fühlte sich oft genug von Aileen wie ein Kind behandelt, mal gestreichelt, mal beschimpft und herumkommandiert.

Aileen kommt aus dem Bad. Zusammen mit Ty verläßt sie das Zimmer, geht draußen zum Wagen. »Ein neuer Wagen!« sagt Ty, nicht sehr verwundert, denn Aileen kam schon mehrmals mit einem anderen Wagen von ihrer Anschaffe. »Kein neuer!« korrigiert Aileen, »aber er ist wirklich noch gut erhalten, nicht wahr?«

Sie fahren zum Supermarkt, kaufen ein, Brot, Käse, Wurst, Apfelkuchen, Pralinen für Ty, Zigaretten, einen Kasten Bier.

Im Motelzimmer essen sie, Aileen trinkt mehrere Flaschen Bier. »Trink nicht zuviel!« befiehlt sie Ty, »du mußt dann noch fahren.«

»Fahren? Wohin?«

»Wir müssen fort. Irgendwohin.«

Während Aileen die Zimmerrechnung bezahlt, verstaut Ty das wenige Gepäck im Kofferraum des *Pontiac Thunderbird*. Dann fahren sie ab in Richtung Norden, in den *Ocala-Nationalpark*.

*

Einige Wochen später, es ist der 4. Juli, sind die beiden erneut unterwegs, um ihren Aufenthaltsort zu wechseln. Wieder sitzt Ty am Steuer. Sie befinden sich noch im Ocala-Waldgebiet und erblicken vor sich ein kleines Dorf, das sich auf einer weiten Lichtung angesiedelt hat.

Am Ortseingang liegt eine scharfe Kurve. Ty fährt nicht übermäßig schnell, aber der Wagen schert aus und landet im Straßengraben. Blech beult sich scheppernd, Glas splittert. Aileen schreit auf, ihr Arm blutet. Ty schaltet den Rückwärtsgang ein, um den Wagen wieder auf die Straße zu bringen. Der Wagen scheint festzusitzen.

Aileen springt heraus. »Steig aus, du Miststück!« ruft sie wutglühend, »steig aus! Das ist ein geklauter Wagen! Von einem, den ich kaltgemacht habe! Willst du uns die Polizei auf den Hals hetzen?«

Vom Schreck benommen, von Aileens Offenbarung bestürzt, verläßt auch Ty den Wagen.

In diesem Augenblick tritt ein älteres Ehepaar aus einem Haus nahe der Unfallstelle. »Können wir helfen?«

fragt der Mann. »Sie sind ja verletzt! Sie können bei uns telefonieren und Hilfe holen, Polizei oder Feuerwehr.«

»Vielen Dank«, erwidert Aileen freundlich lächelnd. »Machen Sie sich keine Umstände. Wir wohnen ganz in der Nähe und kümmern uns schon.«

Aileen scheint nun doch einen Entschluß gefaßt zu haben. Ty muß auf dem Beifahrersitz Platz nehmen, sie selbst setzt sich hinters Lenkrad, startet und befördert den Wagen vorsichtig aus dem Graben.

Und jagt mit kreischenden Reifen davon.

Nur einige Sekunden lang – dann bricht der Wagen in eine Absperrung hinein. Aileen springt heraus und besieht sich den Schaden. Nun ist die Vorderfront des Wagens gänzlich eingedrückt. In dünnem Strahl fließt dampfendes Wasser aus. Der Kühler ist beschädigt.

Noch einmal nähern sich die alten Leute. »Sollen wir wirklich nicht helfen?«

»Wo ist die nächste Werkstatt?«

»Ziemlich weit. In Daytona.«

Aber Aileen will nicht telefonieren. Sie will überhaupt keine Hilfe. Ty hat den Eindruck, Aileen ist völlig kopflos. Aileen hat die Motorhaube aufgeklappt und begonnen, den Kühler abzubauen. Sie will den Kühler nach Daytona bringen und reparieren lassen. »Das ist doch irre, Aileen. Stundenlang nach Daytona laufen, in dieser Hitze, und dann wieder hierher zurück!«

Aileen arbeitet verbissen weiter.

»Und dann auch noch das beschädigte Auto hier stehen lassen, wo es jede Polizeistreife sofort überprüfen würde!«

»Halt die Schnauze! Du bist an allem schuld!« faucht Aileen.

Schweigend schaut Ty zu, wie Aileen den Kühler aus der Halterung löst. Schweigend packt sie zu, als Aileen ihr befiehlt, ihr beim Transport zu helfen. Schweigend marschieren sie über die hitzeglühende Straße in Richtung Daytona. Sie ist irrsinnig, denkt Ty, wäre ich nur zu Hause bei meinen Eltern.

Einmal hält ein Wagen an. Der Fahrer fragt, ob er helfen oder sie mitnehmen könne. Doch er fährt nicht nach Daytona, verspricht jedoch, Hilfe zu schicken.

Nicht lange, und Hilfe naht. Ein Feuerwehrwagen kommt ihnen entgegen und hält vor ihnen an. Hewett, der Chef der Feuerwehr aus Orange Springs, hat vom Unfall erfahren und bietet ihnen Hilfe an. Völlig hysterisch deckt Aileen ihn mit Schimpfworten ein. Verblüfft fährt Hewett davon.

In Orange Springs informiert Hewett den zuständigen Sheriff über den Unfall und das merkwürdige Verhalten der beiden Frauen. Der Sheriff schickt eine Funkstreife, um den verunglückten Wagen zu suchen. Die Polizisten der Funkstreife finden ihn hinter der beschädigten Absperrung. Die Nummernschilder fehlen, die Seitenfenster sind zerbrochen, im Innern des Wagens finden sich Blutspuren. Über den Computer überprüfen die Polizisten die Fahrgestellnummer des Wagens. Der Wagen gehört einem Peter Siems, der seit Wochen als vermißt gemeldet ist.

Ein erster vager Verdacht auf ein Verbrechen keimt auf. Der Sheriff untersucht den Vorfall weiter. Das alte Ehepaar, das den Verunglückten Hilfe angeboten hatte, gibt einer Polizeizeichnerin eine ziemlich genaue Personenbeschreibung der beiden. Der Sheriff faxt die Skizze ans Landeskriminalamt, das sie an alle umliegenden Dienststellen weitergibt.

In Jupiter im Distrikt Palm Beach hat auch Polizeidetektiv Wisnieski das Fax erhalten. Er bearbeitet die Vermißtensache Peter Siems. Nun hofft er, den Fall aufklären zu können. Landesweit schickt er ein Telex aus, in dem es u. a. heißt:

»Vermißter Erwachsener, Verdacht auf Tötungsdelikt. Opfer: Peter Siems, weiß, männlich, geb. 21.05.25, Gr. 178 cm. Am 22.06. als vermißt gemeldet. Wagen des Opfers wurde verlassen im Marion Distrikt Florida gefunden. An beiden Sitzen Blutspuren. Zwei offensichtlich lesbische Frauen weißer Hautfarbe entfernten sich zu Fuß in südlicher Richtung. Verdächtige Nr. 1: Alter 25–30, Gr. ca. 172 cm, Gewicht ca. 130 Pfund. Bekleidet mit Jeans, weißem T-Shirt, Ärmel bis zu den Schultern aufgerollt. Verdächtige Nr. 2: Alter ca. 20 Jahre, Gr. ca. 160 cm, stark übergewichtig, maskulin wirkend, bekleidet mit roten Shorts und grauem Hemd. Opfer ist frommer Christ und Familienvater. Keine psychische Instabilität bei ihm bekannt.«

Die Fahndung nach den zwei Frauen bleibt erfolglos.

*

Am 11. September steht Aileen an der Auffahrt der *Bundesstraße 75*. Sie trägt abgeschnittene Jeans, ein weißes T-Shirt und Sportschuhe. Über der Schulter hängt eine Plastiktasche. Wieder versucht Aileen, einen Wagen zu stoppen.

Aileen ist bester Stimmung. High wie von Rauschgift. In ihrer Erinnerung tauchen Bilder auf, die sie gespannt verfolgt: Wälder. Einsamkeit. Ein Lieferwagen. Gestoppt. Troy Burres, ein junger Fahrer. Fährt Wurst aus für seine Firma. Der Neunschüssige in ihrer Hand. Burres wehrlos zu ihren Füßen. Der erste Schuß in die Brust. Sein ungläubiges Erstaunen besonders lustig. Täppischer Versuch zu fliehen. Mir entfliehen, haha, dem Neunschüssigen entfliehen! Ein zweiter Schuß in den Rücken. Ende der Flucht. Ist sicher schon längst verfault in dieser schwülen Hitze.

Das ist jetzt vier Wochen her. Vier Wochen! So lange hat Aileen durchgehalten und der Magie der Bilder widerstanden. Nun ist ihr Zwang übermächtig geworden. Ihr Scheinleben in der Erinnerung genügt Aileen nicht mehr. Ich muß endlich wieder wirklich schießen, wirklich das Entsetzen in den Augen der Männer erblicken, sie wirklich krepieren sehen. Werde wieder Herrin der Realität sein. Turmhoch überlegen der Polizei. Unsere Steckbriefe an allen Mauern – nicht mehr wert als ein Blatt Klopapier.

Ein Wagen hält neben ihr, weckt sie aus ihren Allmachtsträumen. Mechanisch beginnt sie zu lächeln. Dann läuft alles ab wie programmiert: Nehmen Sie mich bitte mit, ich hatte eine Panne, meine Kinder erwarten mich.

Und der Mann läßt den Tod einsteigen in sein Oldsmobil.

Aileen setzt sich und stellt ihre Tasche zwischen die Füße. Dann betrachtet sie den Fahrer. Ein kräftiger Kerl, mindestens einsachtzig. Schätze ihn auf sechzig. Größe und Kraft werden ihm nicht helfen gegen meinen 22er.

Auf dem Hintersitz steht ein Kasten Bier. »Spendieren Sie mir eins?« fragt Aileen und hat sich schon im gleichen Augenblick eine Flasche genommen. Dem Mann bleibt nichts übrig, als zu nicken. Aileen trinkt die Flasche in einem Zug aus.

»Woher kommen Sie?« fragt sie interessiert.

»Aus Wildwood. Dort hatte ich dienstlich zu tun.«

»Dienstlich. Aha. Noch berufstätig also.«

Ja, erwidert der Mann, er sei noch immer berufstätig, trotz seiner fünfundsechzig Jahre. Charles Humphreys berichtet, er sei jahrzehntelang Polizeioffizier in Alabama gewesen und altersbedingt aus dem Dienst geschieden. Nun arbeite er bei der *Gesundheitsbehörde Ocala* als Ermittler bei Kindesmißhandlungen. Er habe in Wildwood gerade einen Fall mit tödlichem Ausgang untersucht. Jetzt fahre er nach Hause.

Aileen äußert Abscheu. Kinder mißhandeln – wie schrecklich! Und gar mit Todesfolge! Da dreht sich einer Mutter das Herz im Leibe herum! Sie zeigt Humphreys ein zerknittertes Kinderfoto: »Meine zwei Herzchen.«

Sie steckt das Foto wieder ein. »Sie erwarten mich schon ganz sehnsüchtig. Diese dumme Panne! Und wissen Sie, was die Reparatur kosten soll? Hundertzwanzig Dollar! Bis jetzt ist mir rätselhaft, woher ich sie nehmen soll.«

Humphreys brummt verständnisvoll.

»Hundertzwanzig Dollar!« beginnt Aileen erneut, »die wollen erst mal verdient sein. Und ich bin arbeitslos. Manchmal arbeite ich als Callgirl. Für dreißig Dollar.«

Humphreys blickt sie kurz an. Als Callgirl, denkt er, du und als Callgirl. Straßenstrich höchstens. Als ehemaliger Polizist kennt er sich aus.

»Dreißig Dollar«, wiederholt Aileen, »gleich hier, an einem schönen stillen Plätzchen im Wald.«

Humphreys versucht, sich seinen Ekel nicht anmerken zu lassen. »Danke«, erwidert er kühl. »Kein Interesse. Habe gestern gerade meinen 35. Hochzeitstag gefeiert.«

Diese Bemerkung beschleunigt sein Ende. Das Reizwort dringt in Aileens Hirn wie ein Explosivgeschoß. 35. Hochzeitstag! Glücklich verheiratet, der Scheißbulle! Wozu lebt das auf der Welt, dieses Ungeziefer!

Sie holt den Revolver aus der Tasche.

Und wieder läuft das Programm weiter wie erprobt, ohne Änderung. Revolver auf Humphreys gerichtet. Befehl, beim nächsten Seitenweg in den Wald einzubiegen.

Humphreys verzieht keine Miene. Als Polizist weiß er, wie er in einem solchen Fall reagieren muß. Gegenwehr ist jetzt sinnlos, er hat seine Dienstwaffe zu Hause gelassen. Eine günstige Gelegenheit abwarten, die ihm einen Vorteil bringt. Was zum Teufel geht in dieser Frau vor, was will sie? Geld wahrscheinlich. Er versucht sie zu beruhigen. »Haben Sie Probleme mit ihren Kindern? Finanzielle Probleme?«

Humphreys ist wohl doch kein guter Psychologe. Er merkt nicht, daß seine beschwichtigenden Worte Aileens Haß nur noch steigern. Denn Aileen ist sich sicher, der Mann redet nur diesen Scheiß, um seine Haut zu retten.

»Schnauze! Tu, was ich dir sage!«

Der Seitenweg wird schmaler und endet an einem verlassenen Bauplatz.

»Anhalten!«

Sie will auch meinen Wagen, sagt sich Humphreys. Wie sollte sie sonst davonkommen in dieser Einsamkeit.

»Aussteigen!«

Er zieht den Zündschlüssel ab und steigt aus.

Auch Aileen verläßt den Wagen, geht an der Frontseite um ihn herum und bleibt in sicherem Abstand vor Humphreys stehen. Nun hat sie das Bullenschwein wehrlos vor dem Lauf. Sein Gesicht verschwimmt, verfließt mit anderen Polizistenfratzen. Polizisten, die sie verfolgt haben. Wegen Prostitution verhaftet. Wegen Raubüberfällen festgenommen. Wegen Körperverletzung vor den Richter geschleppt. Polizisten, Männer, Ungeziefer. Davon muß ich die Welt säubern.

Ah, das Ungeziefer hat Angst vor meinem 22er, es zieht sich mit erhobenen Händen langsam zurück.

Aileen zielt und drückt ab.

Das erste Geschoß: in den Bauch.

Das zweite: in die Schulter.

Der Mann geht zu Boden.

Das dritte Geschoß zerfetzt die Lunge. Ein viertes folgt nach.

Er versucht noch einmal, sich zu erheben, rutscht sinnlos und hilflos auf den Knien umher. Sein Todeskampf versetzt Aileen in beglückende Erregung.

Ein fünfter Schuß wirft ihn wieder zu Boden.

Aileen tritt jetzt näher an ihr Opfer heran, das erfreulicherweise noch immer lebt und sie zu weiteren Schießorgasmen reizt. Sie setzt den Lauf des Revolvers über dem Herz des Mannes auf, direkt über dem blutdurchtränkten Hemd.

Und: Schuß!

Nun rührt er sich nicht mehr. Unbändige Wut packt Aileen, daß jetzt auf einmal alles schon zu Ende sein soll. Noch einmal setzt sie die Waffe auf: hinter das linke Ohr und drückt ab.

Ein Geräusch, als ob ein Kürbis zu Boden fällt und zerplatzt.

Mach kaputt alle, die dich kaputt gemacht haben.

*

Einen Tag nach Humphreys Ermordung wird seine Leiche gefunden. Die Gerichtsmedizinerin Dr. Janet Pillow stellt Verletzungen durch sieben Projektile fest, alle vom Kaliber 22. Sie haben Herz, Lunge, Magen, Leber, rechte Niere, Dickdarm und Hirn durchschlagen. Schmauchspuren auf der Brust und hinter einem Ohr weisen auf Schüsse mit aufgesetzter Waffe hin.

Der Leiter der Kriminalabteilung des Marion-Distrikts, Captain Binegar, und der in Mordsachen erfahrene Polizeidetektiv Munster haben mit Humphreys den dritten Mann vor sich, der in den letzten Wochen mit dem gleichen 22er Revolver erschossen worden ist. Auch die anderen zwei Ermordeten waren weiße Männer, die mit einem Auto unterwegs gewesen waren. Alle drei waren durch eine ganze Anzahl von Schüssen getötet, man kann sogar sagen hingerichtet worden. Die Wagen der Opfer wurden weit entfernt vom Tatort gefunden. Das Motiv der Morde ist unbekannt, Raubmord erscheint zweifelhaft, denn die Toten trugen noch einige Wertsachen bei sich.

Die Morde zeigen also einige gemeinsame Merkmale. Binegar und Munster vermuten, ein Serienmörder könnte am Werk sein. Munster hält es sogar für möglich, daß eine Frau die Täterin ist: »Frauen schießen immer in den Körper, Männer in den Kopf. Und wenn Frauen Selbstmord begehen, schießen sie sich ebenfalls nicht in den Kopf, sondern in die Brust. Bei allen Opfern wurden u. a. Oberkörper und Unterleib getroffen.«

Zu diesem Zeitpunkt der Ermittlung kommt notwendigerweise ein vierter Name ins Gespräch: der Missionar Peter Siems. Seine Leiche ist zwar immer noch nicht gefunden worden. Aber es gibt den Steckbrief von den zwei Frauen, die den Wagen des Toten benutzt hatten und nach einem Unfall geflohen waren.

Zwei weibliche Serienmörder?

Es fällt auch den Kriminalisten schwer, sich diese Möglichkeit vorzustellen. Nach aller Erfahrung sind Serienmörder männlichen Geschlechts, vor allem dann, wenn die Morde auf so ungemein grausame Art begangen werden wie in diesen Fällen. So steht am Anfang der Ermittlung nur ein vager Verdacht. Den oder die Täter zu identifizieren und dingfest zu machen, das liegt noch in weiter Ferne.

Aber nicht nur die rätselhafte Person des Täters erschwert den Detektiven ihre Arbeit. Auch ihr eigenes kriminalistisches System hemmt die Ermittlung. Die Sonderkommission, die Captain Binegar bildet, kommt kaum voran. Kompetenzrangeleien und Konkurrenzkämpfe zwischen den einzelnen Ermittlern oder Gruppenführern, wie der Berichterstatter Michael Reynolds vermerkte, führen zu »unvermeidlichen Reibungsverlusten«.

Nur allmählich stellen sich erste magere Erfolge ein. So entwickelt die Sonderkommission das Tatmuster dieser Serienmorde. Es besagt u. a.: Täter und Opfer hatten keine Beziehung zueinander. Raubmord als Motiv ist unwahrscheinlich. Die Morde wurden in einem Zeitabstand von jeweils etwa vier Wochen begangen. Die Opfer wurden durch eine große Anzahl von Schüssen gefoltert und schließlich getötet – was dem Täter ein starkes Lustgefühl bereitet haben muß.

*

Über die Mörderin aber brechen erst einmal Tage der Unlust, der tiefsten Depression herein. Ty Moore ist es langsam unheimlich in Aileens Nähe geworden. Jetzt weiß sie, daß Aileen gemordet hat und sie selbst mit Aileen steckbrieflich gesucht wird.

Und so teilt sie Aileen mit, sie werde sie verlassen und zu ihren Eltern nach Ohio zurückkehren.

Aileen ist verzweifelt. Ty war für sie immer mehr als nur eine Begleiterin auf den abenteuerlichen Irrfahrten. Sie war ihr Freundin, Geliebte, Kind, auf die sich alle ihre zerstörten Gefühle richteten. Aileen liebt Ty. Und als Ty ihr die Trennung verkündet, beschwört sie Ty mit pathetischen Worten, bei ihr zu bleiben: »Du bist zugleich mein linker und mein rechter Arm, mein Atem, mein ein und alles.«

Ty aber ist entschlossen zu gehen. Ich habe niemanden umgebracht, sagt sie sich, noch ist es nicht zu spät, aus Aileens verpfuschtem Leben zu verschwinden und ungeschoren davonzukommen.

Aileen begreift, daß sie sich mit der Trennung abfinden muß. Sie redet sich ein, Ty werde das spießbürgerliche Leben im Elternhaus bald satthaben und zu ihr in die ungebundene Freiheit zurückkehren.

Bis dahin tröstet sich Aileen mit Alkohol. Und mit der Vorstellung eines schon längst wieder fälligen Schlachtfestes.

An einem Novembermorgen steht Aileen an der Kreuzung des *Highway 42* und der *Bundesstraße 75* – nahe Wildwood, wo sie ihr letztes Opfer, den Ermittler Humphreys, erwartet hatte. Sie hält Ausschau nach einem Wagen mit nur einer Person.

Sie braucht heute nicht lange zu warten. Ein *Pontiac* hält an. Sie hat Glück, der Fahrer ist allein, ein älterer weißer Mann.

Aileen lächelt. Der Mann lächelt. Geübten Blicks erkennt sie die Begierde in seinen Augen. Um so besser, denkt sie, das macht noch mehr Spaß ...

*

Am 19. November wird die nackte Leiche von Gino Antonio auf einem Waldweg gefunden. Zahlreiche Schüsse aus einem 22er hatten ihn getötet. In seiner Hand befindet sich ein Kondom. Vermutlich war er kurz vor dem beabsichtigten Geschlechtsverkehr erschossen worden. Der Verdacht, die Täterin sei eine Frau, erhärtet sich.

Der Journalist Michael Reynolds verfolgt seit Monaten in der Lokalpresse des Marion-Distrikts die Meldungen über Mordfälle. Bald, so berichtete er später, wurde ihm klar, daß die Ähnlichkeit mehrerer Morde auf einen Serientäter hinwies.

Aber die Polizei schweigt. Reynolds glaubt, es sei an der Zeit, die Öffentlichkeit zu informieren und zu warnen. Er sucht Captain Binegar auf und sagt ihm auf den Kopf zu, daß die Polizei die Tätigkeit eines Serienmörders verheimliche. Binegar leugnet es nicht. Zusammen mit Binegar entwickelt Reynolds verschiedene Hypothesen über den Täter. Schließlich ist Binegar bereit, über die Medien die Öffentlichkeit von der Existenz eines Serienmörders zu unterrichten. In diesem Zusammenhang werden bundesweit die Phantombilder der beiden Frauen verbreitet, die den Wagen von Siems verlassen hatten.

»Kurz nachdem diese Meldung ... per Fernschreiber in alle Welt hinausgegangen war«, berichtete Reynolds, »brandete eine Flut von Artikeln über Florida und die ganze Nation hinweg, in der nicht nur die Zeichnungen der beiden Frauen abgedruckt waren, sondern auch wilde Spekulationen über ein Team von Serienmördern, das die Straßen unsicher machte.«

Kurz nach Weihnachten erfährt die Polizei durch Hinweise aus der Bevölkerung die Namen der Gesuchten: Lee Blahovec und Tyria Moore sowie Tys Adresse in Ohio. Eine anonyme Anruferin bezeichnet die beiden als brutale männerhassende Lesben.

Die zentrale Untersuchung der Fingerabdrücke, die in den Wagen der Ermordeten gefunden worden waren, ergibt eine Identität mit den Abdrücken einer gewissen Lori Grody. Diese war 1986 wegen unerlaubten Besitzes eines 22er Revolvers verhaftet worden. Weitere Ermittlungen erbringen die Gewißheit, Lory Grody und Lee Blahovec sind die Decknamen von Aileen Wuornos, geboren 1956. Die Wuornos ist vielfach vorbestraft, u. a. wegen Verkehrsgefährdung unter Alkoholeinfluß, unerlaubten Gebrauchs einer Schußwaffe, Fahrens ohne Führerschein, Scheckbetrugs, bewaffneten Raubüberfalls, Körperverletzung.

*

Das alte Jahr ist zu Ende gegangen, 1991 hat begonnen. Aileen ist tief deprimiert. Mehr als zwei Monate ist es her, daß Ty sie verlassen hat. Ty hatte ihr versprochen, nach zwei Wochen zurückzukehren. Aileen wartete vergeblich. Sie haust jetzt in Ridgewood, einem kleinen Ort in einem riesigen Jagdgebiet Floridas.

An diesem Abend – es ist der 9. Januar – hockt Aileen in der *Letzten Zuflucht*. Sie versucht, mit Bier ihre trübe Stimmung aufzuhellen. Dafür ist diese üble Kneipe allerdings ein ungeeigneter Ort. Der schmutzige Zementfußboden. Die verstaubten Pin-up-Girls an den Wänden. Das grölende Geschwätz betrunkener Ganoven. Die Hoffnungslosigkeit in den Gesichtern abgestumpfter Jugendlicher. Wer sich hier aufhält, ist auf der tiefsten Stufe menschlicher Existenz angelangt.

Aileens müde Augen leuchten auf. Bucket und Drums haben das Lokal betreten. Sie hatte die zwei bärtigen verwahrlosten Kerle gestern abend hier kennengelernt, mit ihnen gezecht und ihnen von ihrem abenteuerlichen Leben erzählt. Vom reichen Mann, der sie verlassen hat, von ihrem Selbstmordversuch, auch die Narbe auf dem Bauch hatte sie ihnen gezeigt und geprahlt, sie habe eine ganz schön schlimme Vergangenheit. Sie mußte den zwei Kerlen mächtig imponiert haben, denn sie hatten sich für heute abend mit ihr verabredet.

Da sind sie also, die beiden, setzen sich an ihren Tisch wie alte Bekannte und spendieren Bier und Schnaps.

»Wo wohnst du eigentlich, Lee?« fragt Drums.

Aileen wohnt nirgends. Sie hat kein Geld mehr, nicht einmal für ein billiges Motelzimmer. Sie mag aber auch nicht erzählen, daß sie die Nächte in den Kabinen der

Fernfahrer verbringt, um ein paar lumpige Dollars für eine Suppe oder ein Pack Bier zu ergattern.

»Nicht weit«, antwortet sie.

Drums zieht einen Zwanzigdollar-Schein aus der Tasche. »Wir wohnen drüben im Motel. Dafür kannst du dir dort auch ein Zimmer nehmen. Und wir machen uns noch eine lustige Nacht.«

Aileen grinst. »Eine lustige Nacht. Okay, sollt ihr nicht bereuen.« Sie greift in ihre Tasche, tastet nach dem Revolver. Man kann nie wissen ...

Schließlich verlassen sie zu dritt das Lokal. Die Straße ist finster, hier draußen gibt es keine Laternen. Ein Wagen mit abgeblendeten Scheinwerfern nähert sich langsam von hinten. Ein anderer Wagen mit aufgeblendeten Scheinwerfern und Blaulicht erscheint plötzlich vor ihnen und rast aufheulend auf sie zu.

Kreischende Bremsen. Polizisten springen aus dem Wagen, ziehen ihre Waffen. Auch Bucket und Drums haben plötzlich Pistolen in der Hand und richten sie auf Aileen.

Aileen begreift in diesem Augenblick, sie ist zwei verdeckten Ermittlern in die Falle gegangen ...

*

Einen Tag später wird auch Ty verhaftet.

Während Captain Binegar mit seinen Leuten den Erfolg feiert, kommt es zu einer Auseinandersetzung mit dem Staatsanwalt. Er wirft den Kriminalisten vor, die beiden Frauen zu früh verhaftet zu haben, die Beweise gegen sie reichten noch nicht aus.

Detektiv Munster vernimmt zuerst Ty Moore. Tys Hoffnung, nach ihrer Trennung von Aileen unbehelligt zu bleiben, hat sich nicht erfüllt. Munster macht ihr bewußt, sie könne nun wegen Beihilfe zum Mord angeklagt werden. Ty beteuert, sie habe sich an keinem Mord beteiligt, muß aber zugeben, zuletzt von Aileens Verbrechen gewußt zu haben. Aus Angst, dafür mitverantwortlich gemacht zu werden, entschließt sie sich zu einer umfassenden Aussage. Sie berichtet, wie sie Aileen kennenlernte, jahrelang mit ihr zusammenlebte, sich von ihr aushalten ließ, daß Aileen sie noch immer liebe, sie aber nichts mehr für Aileen empfinde.

Munster sieht darin eine Chance, Beweise gegen Aileen zu erhalten. Ty könnte der Sprengkopf sein, der Aileens Panzer des Schweigens durchbricht. Munster schlägt Ty vor, telefonisch Kontakt mit Aileen aufzunehmen und ihr dabei ein Geständnis zu entlocken.

Ty weiß, ihr bleibt keine andere Wahl. Will sie ihre eigene Haut retten, muß sie mit der Polizei zusammenarbeiten.

Im Beisein Munsters ruft Ty ihre Freundin im Untersuchungsgefängnis an. Das Gespräch wird auf Band aufgezeichnet. Ty verschweigt, daß sie bereits verhaftet ist. Sie sagt, sie habe von Aileens Verhaftung erfahren und deshalb große Angst, ebenfalls festgenommen zu werden.

Aileen beruhigt sie, sie habe doch nichts verbrochen. Und auch gegen sie selbst liege nichts vor, ihre Verhaftung sei ein Irrtum der Polizei. Aileen bemüht sich, verschlüsselt zu sprechen. Sie ahnt, daß Ty bereits verhaftet ist und daß die Polizei das Gespräch mithört. Sie ist mißtrauisch und wachsam und vermeidet auch in den nächsten Gesprächen alles, was irgendwie auf ihre Mordtaten hindeuten könnte.

Munster ist enttäuscht. Vor jedem neuen Gespräch gibt er Ty Verhaltensregeln und thematische Schwerpunkte: Ty soll Angst vortäuschen und damit Aileens Beschützerinstinkt auslösen, so daß sich Aileen allein zu ihren Taten bekennt.

Und schließlich gelingt es Ty in zermürbenden Gesprächen, daß Aileen ihr zugesteht: »Du sollst tun, was du für richtig hältst. Ich werde nicht zulassen, daß du ins Gefängnis mußt. Ich liebe dich, ich liebe dich mehr als alles andere. Ich werde dich schützen, du bist doch unschuldig. Wenn ich wirklich ein Geständnis ablegen muß, werde ich es tun. Notfalls werde ich mich für dich opfern. Weil du so ein unschuldiges Wesen hast. Weil du so liebevoll und zärtlich bist. Ich war's. Nur ich hab es getan. Mir ist klar, daß es keinen Ausweg mehr gibt.«

Aileen macht ihr Versprechen wahr. Sie erklärt Munster, sie sei bereit, die Morde zu gestehen. Ty habe damit nichts zu tun.

Aileen werden sieben Morde nachgewiesen. Sie erklärt entschieden, sie habe nur sechs Männer getötet. Sie verteidigt ihre Taten als reine Notwehr. In phantastischer Ausschmückung, die einem Pornoheft alle Ehre gemacht hätte, berichtet sie in immer neuen Variationen, wie ihre Opfer sie bedroht, mißbraucht, vergewaltigt hätten, so daß sie sie aus Notwehr töten mußte. Eigentliches Opfer seien nicht die Toten, das Opfer sei sie, das Opfer tausender Männer, die sie nur als verächtliches Lustobjekt benutzt hätten. So seien die Morde nur die Konsequenz ihres von Männern versauten Lebens gewesen. Sie habe es einfach satt gehabt, sich von diesen geilen Scheißkerlen mißbrauchen zu lassen.

»Glauben Sie mir«, ruft sie aus, »ich könnte manchmal durchdrehen, wenn ich darüber nachdenke, was ich angestellt habe. Wo ich doch so viele Männer umgebracht habe. Was meinen Sie, was ich da manchmal für Schuldgefühle habe! Aber dann bin ich auch wieder glücklich und fühle mich gut, richtig wie eine Heldin, weil ich doch eigentlich was Gutes getan habe, wenn ich die Welt von diesen Dreckskerlen befreie, bevor sie jemand anderm was tun können.«

Einmal behauptet Aileen, sie habe nur aus Liebe zu Ty gemordet: »Weil es mir solchen Kummer bereitet hat, daß wir keine Wohnung und überhaupt nichts hatten.«

Und schließlich macht sie die ganze Welt für ihre Taten verantwortlich: »Die Weltkrise. Jeder will nur jeden reinlegen.«

Am Ende offenbart sie, sie wisse überhaupt nicht, warum sie das alles getan hat: »Offen und ehrlich, ich weiß es nicht.«

Im nachfolgenden Mordprozeß liefern sich Anklage und Verteidigung erbitterte Auseinandersetzungen. Aileens Biographie erklärt ihren zerstörerischen Haß. Das Elternhaus konnte ihr keinen Lebenssinn vermitteln und keinen Lebenshalt geben. Als Aileen geboren wurde, war ihre Mutter gerade sechzehn geworden. Aileens Erzeuger war ein krimineller Psychopath. Aileen wurde frühzeitig drogensüchtig und terrorisierte ihre Umwelt. Die Ehe mit einem siebzigjährigen reichen Mann scheiterte. Aileen wurde zur Straßenhure. »Die Prostitution«, so erklärt sie dem Gericht, »war die einzige Möglichkeit für mich. Die Kirche konnte mir nicht helfen. Ich versuchte, Polizistin zu werden. Aber ich hatte kein Abschlußzeugnis. Das einzige, was ich tun konnte, war, als Prostituierte zu arbeiten.«

Reynolds drückt dieses Erbe der Kindheit drastisch aus: »Aileen war in eine Welt der Vernachlässigung, des Jähzorns, des Kummers und des Alkohols hineingeboren worden: ein Nährboden, auf dem ein Kind zwangsläufig ein gestörtes Sozialverhalten entwickeln mußte.«

Warum ihr verständlicher Frust, ihr Haß gegen eine Machowelt Aileen zur Mörderin werden ließ, läßt sich nur erahnen. Sicherlich haben zwei Jahrzehnte Prostitution sie seelisch und moralisch verhärtet. Möglicherweise hat ihre lesbische Veranlagung ihren Widerwillen gegen die Männer, die sie als Prostituierte benutzten, bis zum Haß gesteigert, der sich schließlich als mörderische Rache an der Männerwelt entlud. Der Mord wurde für sie, die immer nur wehrloses Objekt war, zum Ausdruck von Macht, wie sie selbst gestand: »In diesem Augenblick hatte plötzlich ich die Zügel in der Hand und dachte mir, was immer die auch mit mir vorgehabt hatten, jetzt sitze ich am längeren Hebel.«

Von Aileens unterbewußten Motiven muß man die bewußten unterscheiden, mit denen sie die unbewußten zu erklären versucht. Dazu gehört das sogenannte Raskolnikow-Motiv. Ähnlich wie der Mörder Raskolnikow in Dostojewskis Roman *Schuld und Sühne* behauptete auch Aileen, mit ihren Morden habe sie die Welt von unnützen und gefährlichen Dreckskerlen befreien wollen. Josef Rattner bemerkt über diesen »Raskolnikow-Typ«: »In der Aggression gegen Mitmensch und Gesellschaft rächt er sich gegen alle wirkliche und vermeintliche Unbill, die ihm die

Welt angetan hat. Wie armselig und asozial seine Tat auch sein mag: in seinem Denken und Fühlen wird sie zum Ausdruck der Stärke und Gottähnlichkeit ... Das Verbrechen erscheint dem nicht zur Kooperation erzogenen Menschen oft als ein Ausweg, als ein Mittel, sich selbst zu bestätigen.«

Das »Raskolnikow-Motiv« findet sich auch bei anderen Serienmördern. Der amerikanische Serienmörder Gacy rechtfertigte seine Morde damit, daß er die Welt von »Versagern und kleinen Perversen« befreien wollte, der Serienmörder Kemper bezeichnete seine Morde sogar als »poetische Gerechtigkeit«.

Immer wieder aber, trotz aller individuellen Varianten, entspringt eine solche bösartige Aggression einem gestörten oder zerstörten Selbstgefühl. E. Fromm weist darauf hin, destruktive Aggressivität diene dazu, einen anderen Menschen zu demütigen und sich zu dessen Gott zu machen. Das verschaffe dem Aggressor Lust und volle Befriedigung.

Das Gericht ist bemüht, Aileens psychischer Deformierung auf die Spur zu kommen. Einem von der Verteidigung beantragten psychiatrischen Gutachten stimmt auch die Anklage weitgehend zu. Die Psychiater beurteilen Aileen als einen Grenzfall von Geistesstörung, den sie als »antisoziale Persönlichkeitsstörung« bezeichnen. Die wichtigsten Merkmale dieser Störung sind bei Aileen zu finden: Unberechenbarkeit in verschiedenen Lebensbereichen, instabile zwischenmenschliche Beziehungen, unangemessener übermäßiger Zorn oder unkontrollierte Wutausbrüche, extremer Stimmungswechsel, chronisches Gefühl innerer Leere.

Diese mentale Beeinträchtigung, so sagt der Ankläger im Schlußplädoyer, rechtfertige jedoch nicht Aileens Taten: »Wir wollen hier nicht darüber urteilen, ob Aileen Wuornos nicht ganz normal ist oder ein schiefes Bild von der Welt hat, ob sie beeinflußbar ist oder pervers – es trifft sicher all dies auf sie zu. Aber sie wußte, was sie tat, und sie wußte, daß es unrecht war, was sie tat ... Wer ist verantwortlich? Aileen Wuornos sagt, daß es die Gene sind. Aileen Wuornos sagt, es waren ihre Eltern, die all dies verursacht haben. Sie schiebt es auf die Prostitution, aber sie sagte auch, daß sie das Geld mochte. Sie beschuldigte Ty Moore. Sie beschuldigte die Ermittlungsbeamten. Sie beschuldigte sogar die Opfer. Dies ist kein Fall, der Vergebung verdient.«

Die Verteidigerin verweist in ihrem Schlußplädoyer nochmals auf Aileens widrige Lebensumstände: »Sie ist mit einer Krankheit belastet, die sie extrem leicht in Angstzustände versetzt. Sie weiß nicht, wer sie ist. Sie ist immer allein, immer frustriert. Wie Sie Dr. McMahon sagen hörten, ist Lee noch ein verletztes und zurückgebliebenes Kind, das immer wieder ausprobiert, einen Ausweg aus seinem Dilemma zu finden. Sie fühlt sich verfolgt, hat keine Kontrolle mehr über sich.« Die Verteidigerin bittet die Geschworenen, kein Todesurteil zu fällen.

Die zwölf Geschworenen fordern einstimmig die Todesstrafe auf dem elektrischen Stuhl.

*

Auch der Serienmörderin Aileen Wuornos kamen mehrere subjektive wie objektive Umstände zugute, die ihre Verbrechen begünstigten. Aileen selbst war durch die Zwänge jahrelanger Prostitution geübt, mit der Maske des Lächelns Männer für sich zu interessieren. Ihre Opfer hegten gegenüber einer freundlich lächelnden Frau keinen Argwohn oder versprachen sich dabei sogar sexuellen Spaß.

Aileen beging ihre Morde meist in einsamen Wäldern. Manchmal versteckte sie zusätzlich ihre Opfer. Die Opfer wurden erst nach Tagen oder Wochen gefunden, was die kriminalistische Untersuchung des Tatorts erschwerte. Die geraubten Wagen hinterließ Aileen weit entfernt vom Tatort. So kam ihr die Weite des Landes zustatten. Der Zusammenhang zwischen Mordopfer und Wagen wurde nicht gleich erkannt und eine rechtzeitige Ermittlung erschwert.

Den größten Vorteil zog die Serienmörderin aus der Eigenart des amerikanischen Rechtssystems. Es ist föderalistisch aufgebaut und gibt den territorialen Behörden von Polizei und Justiz starke Selbständigkeit. Jede Behörde wacht eifersüchtig über ihre Souveränität. Das behindert die Ermittlung in allen Fällen, die über das eigene Territorium hinausgehen. Michael Reynolds berichtete im Fall Aileen Wuornos, wie die einzelnen Behörden und sogar die Mitglieder der Sonderkommission einander Informationen vorenthielten, um selber damit zu glänzen, wie schwer es einigen Mitarbeitern fiel, sich in ein Team einzubinden, wie »gegenseitiger Futterneid« die Zusammenarbeit störte.

Auch technische Mängel traten bei der Ermittlung auf. Um einzelne Morde als Teile eines Serienverbrechens zu erkennen, braucht man eine möglichst perfekte Methode des Vergleichens. Zwar gibt es in den USA seit 1984 eine Vergleichskartei auch für atypische Gewaltverbrechen. Diese Kartei sammelt Strukturmuster von Gewalttaten und ermöglicht es, das Tatmuster neu auftretender Verbrechen mit den bereits gespeicherten Tatmustern zu vergleichen. Da Serienmörder ihre Morde in der Regel auf stets gleiche Weise begehen, kann so verhältnismäßig schnell, schon nach zwei oder drei Morden, ein Serienmordverbrechen erkannt werden. Aber vielen Ermittlungsbehörden fehlt das Geld, sich am Ausbau dieser Vergleichskartei zu beteiligen, so daß sie infolge dieses Informationsmangels meist viel zu spät das Vorgehen eines Serienmörders erkennen.

Ungewohnt in diesem Fall war auch die Vermutung, eine Frau könnte die Serienmorde begangen haben. Zwar soll Aileen Wuornos die 35. bekannt gewordene Serienmörderin in den USA gewesen sein. Aber im Unterschied zu ihren 34 Vorgängerinnen (zu denen auch Marybeth Tinning gehört) mordete sie nicht innerhalb der Familie oder des eigenen sozialen Umfelds, sondern Fremde.

3. Kapitel

Die Vereinsamten

Der Vielfraß

An einem Aprilmorgen 1924 sitzt der zweiundsechzigjährige Karl Denke in der Wohnküche. Vor ihm auf dem Tisch liegt ein Bündel entrindeter Weidenzweige. Sie sind zuvor gewässert worden und daher sehr biegsam. Mit geschickter Hand flicht er sie zu Brotkörbchen zusammen, die er auf dem Wochenmarkt verkaufen wird.

Denke, ein kleiner muskulöser Mann mit grauem Haar und einem sorgfältig gestutzten Vollbart, lebt bescheiden in seiner Einzimmerwohnung *Teichstraße 10* in der schlesischen Kleinstadt Münsterberg. Das Haus, in dem er zur Miete wohnt, liegt am Rande der Stadt, gleich dahinter beginnen Wiesen und Wälder. Das Haus beherbergt noch eine Lehrerfamilie und ein älteres Arbeiterehepaar.

Denke unterbricht seine Arbeit. Er schiebt die Weidenruten beiseite, holt ein Brot aus der Blechbüchse, schneidet sich einen Kanten ab und entnimmt einem Holzfaß, das in der Zimmerecke steht, ein mächtiges Stück gepökeltes Fleisch. In der einen Hand das Brot, in der anderen das Lendenstück, schlingt er hastig große Bissen in sich hinein. Zwischendurch trinkt er aus einem schmutzigen Glas einen Schluck Bier. Vergnügt brummt er dabei den Kanon vor sich hin, der abends zu Schlachtfesten gesungen wird: »Fleesch und Blutt, doas schmackt gutt. Und a Kännla Bier dazune, doas schmackt gutt.«

Fleisch hat Denke schon immer gut geschmeckt, ein Kilo verputz' ich wie nichts, rühmt er sich. Und er hat in den letzten Jahren auch immer gut gefüllte Fleischtöpfe gehabt, im Gegensatz zu den Hausnachbarn. Nicht mal die Lehrersleute hätten sich so viel Fleisch leisten können wie er. Noch vor einem Jahr, auf dem Höhepunkt der Inflation, kostete ein Kilo Fleisch Milliarden.

Gesättigt stellt Denke das Bierglas weg und beginnt wieder an dem halbfertigen Körbchen zu arbeiten.

Er hört Stimmen im Hausflur. Da die Zimmertür direkt in den Flur mündet, ist jeder Laut von draußen zu hören. Er lauscht. Da klopft schon jemand an seine Tür.

Vielleicht ein Kunde, hofft Denke, steht auf und öffnet.

Er erblickt einen Mann, einen Rucksack auf dem Rükken. Neben dem Mann steht die Lehrersfrau: »Morgen, Herr Denke. Habe ihm schon zwei Pfennig gegeben.« Und zu dem Mann sagt sie: »Herr Denke weist niemanden von seiner Tür.«

Die Lehrersfrau kehrt wieder in die Wohnung zurück. Denke mustert den Mann. Ein Tippelbruder. »Na, dann kommen Sie mal rein«, sagt er freundlich. Während er den Mann in das Zimmer eintreten läßt, fügt er hinzu: »Sie können sich gleich einen ganzen Groschen verdienen.«

Dann verschließt er lautlos die Tür, rückt den Stuhl an den Tisch und fordert den Mann auf, sich zu setzen.

Solch liebenswürdige Aufnahme nicht gewohnt, nimmt der Gast auf dem Holzstuhl zögernd Platz.

»Hab' gerade zweites Frühstück gemacht«, erzählt Denke. »Wollen Sie auch einen Happen?«

Der Mann nickt erfreut. »Habe mir noch nicht mal mein erstes Frühstück geleistet, Herr Denke.«

»Gepökeltes oder gekochtes Fleisch?«

Der Fremde ist überwältigt. Fleisch zum Frühstück! Und daß er sogar wählen darf! »Gekochtes, wenn's recht ist?« fragt er unsicher.

»Sofort zu Diensten, der Herr«, scherzt Denke. Aus einem Topf, der hinter den Weidenzweigen auf dem Tisch steht, fischt er mit der Gabel ein Stück Fleisch heraus, legt es auf einen Teller und gießt aus einer Schüssel etwas Soße darauf. »Sahnesoße, vom Feinsten«, bemerkt er, holt auch ein Messer, schneidet eine Scheibe Brot ab und wünscht guten Appetit.

Mitfühlend sieht er seinem hungrigen Gast beim Essen zu. »Wie heißen Sie?«

Der Mann schluckt rasch einen Bissen hinunter, dann sagt er seinen Namen: Kaspar Hubalek.

»Sie kommen wohl aus Böhmen, Herr Hubalek?«

»Aus Böhmen, ja.«

»Ich hör's an der Sprache. Und wie alt sind Sie?«

»Vierundfünfzig.«

Denke nickt. Er schraubt ein Tintenfläschchen auf, taucht einen Federhalter hinein und schreibt etwas in sein Notizheft. »Ich führe nämlich ein Gästebuch«, erklärt er lachend. »Und Ihr Beruf?«

»Arbeiter. Zur Zeit auf Wanderschaft. Auf Arbeitssuche.«

»Aha. Nun, ich hätte eine kleine Arbeit für Sie. Ist in Minuten erledigt. Und bringt Ihnen zwei Groschen.«

Hubalek blickt Denke erwartungsvoll an. Zwei Groschen, das ist nach der Währungsumstellung für einen Wanderarbeiter viel.

»Sie können doch schreiben, Herr Hubalek?«

»Natürlich.«

»Ich habe Rheuma im Handgelenk. Schreiben Sie mir einen kurzen Brief, den ich Ihnen diktiere?«

»Selbstverständlich mach' ich das.«

»Gut. Wenn Sie mit dem Essen fertig sind, ja?«

»Ich bin schon satt, Herr Denke.« Hubalek hat plötzlich keine Lust mehr, weiterzuessen. Das weißliche Fleischstück auf dem Teller ist behaart. Er spürt Ekel und legt das Besteck auf den Teller zurück. »Meinetwegen kann es losgehen, Herr Denke.«

Denke räumt den Teller weg, wischt über den Tisch, legt ein Blatt Papier hin und überreicht Hubalek den Federhalter.

Hubalek betrachtet die Stahlfeder und taucht sie ins Tintenfaß. Er blickt Denke fragend an. Der Korbmacher geht auf und ab, als müßte er über den Brieftext nachdenken.

»Also schreiben Sie –«, sagt er schließlich.

Hubalek beugt sich über das Papier. Denke steht jetzt hinter ihm und diktiert: »Du alter dicker Wanst –«

Hubalek beginnt zu schreiben: »Du alter –«

Weiter kommt er nicht mehr.

Denke hat nach einer Spitzhacke gegriffen, holt weit aus und rammt sie tief in Hubaleks Schädel.

Lautlos sinkt Hubalek vornüber. Denke zerrt Hubaleks Kopf an den Haaren empor und hält ihn über einen Eimer, um das aus der Wunde sickernde Blut aufzufangen. Nachdem die Blutung zum Stillstand gekommen ist, zieht Denke die Leiche vom Stuhl, legt sie auf den Fußboden und entkleidet sie. Dann schiebt er den Toten auf die Dezimalwaage, die neben dem Bett steht, und legt sorgfältig die Gewichte auf: ein 5-kg-Gewicht, ein 2-kg-Gewicht, ein 200-g-Gewicht. Gesamtgewicht der Leiche: 72 kg.

Dann geht er zum Tisch und schreibt in sein Notizbuch hinter Hubaleks Namen: nackt 144 Pf.

»Fleesch und Blutt, doas schmackt gutt«, summt Denke vor sich hin. Er ist guter Laune, obwohl ihm nun ein anstrengender Arbeitstag bevorsteht.

Er geht durch die Hintertür des Hauses auf den Hof und holt aus seinem Geräteschuppen eine große Holzsäge und eine Baumsäge, zwei Äxte, einen Hammer und mehrere Eimer. Ins Zimmer zurückgekehrt, verschließt er wiederum die Tür, legt Jacke und Oberhemd ab, stärkt sich noch mit einem Glas Bier und geht ans Werk.

Mit Axt und Säge zerteilt er die Leiche, trennt Kopf, Arme und Beine vom Rumpf und zerlegt schließlich auch diesen in mehrere Stücke. Gegen Mittag unterbricht er die Arbeit, schneidet sich einige Scheiben Brot ab, die er mit einem bernsteinfarbenen Fett bestreicht, und trinkt wiederum Bier dazu.

Später beginnt er, mit einem scharfen Messer die einzelnen Fleischstücke zu bearbeiten. Er löst die Knochen aus dem Gewebe heraus, zerkleinert sie mit der Axt und wirft sie in den Eimer. Die inneren Organe legt er in ein anderes Gefäß. Als mühsam empfindet Denke es immer, den Schädel zu zerlegen. Während er mit Säge, Hammer und Meißel hantiert, achtet er darauf, Ober- und Unterkiefer nicht zu beschädigen, die braucht er noch für einen besonderen Zweck.

Die von Knochen und Sehnen befreiten Fleischstücke wickelt er in einen alten Gummimantel und legt sie auf die Waage. In sein Notizbuch trägt er das Gesamtgewicht des Fleisches ein, das er nun konservieren kann.

Die Nacht ist schon angebrochen, als Denke die Grobarbeit beendet hat. Er bringt das im Eimer gesammelte Blut hinaus und schüttet es in den Gully auf dem Hof.

Nun geht es an die Feinarbeit. Im Herd brennt bereits ein mächtiges Feuer, das Wasser in den zwei großen Töpfen auf der Herdplatte siedet bereits. Er füllt die Töpfe mit Fleischstücken und einigen zerteilten Knochen. Im Faß mit dem Pökelfleisch gießt er Salzlake nach und schichtet weitere Fleischstücke hinein.

Nachdem sich Denke aus der Kasserolle einen Batzen Fleisch genommen und mit Appetit verspeist hat, überprüft er, ob Ober- und Unterkiefer bereits genügend ausgekocht sind. Er nickt zufrieden, legt sie auf den Tisch und zählt die in den Kiefern steckenden Zähne. Einige fehlen, einige sind porös, die lassen sich mit der Hand aus dem Kiefer lösen. Die anderen zieht er mit der Zange heraus und legt sie zum Trocknen auf einen Bogen Zeitungspapier.

Gegen Mitternacht hat Denke sein Werk vollendet. Das Fleisch ist gekocht oder eingepökelt. Die ungenießbaren Reste der Leiche packt er in einen Sack. Er öffnet das Fenster, damit der üble Dunst entweichen kann. Die Kühle der Aprilnacht weht herein. Denke verläßt das Haus. Mit seiner Wollmütze und dem Sack auf dem Rücken gleicht der bärtige Alte einem verfrühten Weihnachtsmann. Er geht durch die einsame Straße bis in den Stadtwald. Zwischen Bäumen und Sträuchern verstreut er Knochen- und Fleischreste, manchmal verscharrt er auch Teile im Boden.

Heimgekehrt, säubert er sich und die Werkzeuge und geht ermüdet zu Bett. Immerhin bin ich vierundsechzig, denkt er, und morgen werde ich Muskelkater haben vom vielen Hacken und Sägen.

Am nächsten Morgen steht er wohlgemut auf. Es ist ein schöner Frühlingstag, die Kirschbäume stehen in voller Blüte. Auch heute ist noch einiges zu tun. Das gekochte Fleisch muß eingeweckt, die Fleischbrühe zu Sahnesoße verarbeitet werden. Währenddem erwacht seine Freßgier. Er schneidet sich Fleischbrocken ab, bestreut sie mit Salz und vernascht sie.

Dann wendet er sich Hubaleks Kleidungsstücken zu. Sie sind in einem zu schlechten Zustand, um sie noch auf dem Trödelmarkt verkaufen zu können. Er zerschneidet sie, bündelt sie und umschnürt sie mit einem Band.

Nun hat er noch eine besonders angenehme Tätigkeit vor sich. Aus dem Regal holt er zwei Blechbüchsen. Auf einer steht SALZ, auf der anderen PFEFFER. Als er sie auf den Tisch stellt, klirrt es leise. Ein Geräusch, das weder Salz noch Pfeffer verursachen. Denke öffnet den Deckel. Die Büchsen enthalten Menschenzähne. Er wirft Hubaleks Zähne hinein.

Und kann der Versuchung nicht widerstehen, die Zähne wieder einmal zu zählen. Er schüttet sie auf den Tisch, legt sie wie Münzen in Zehnerreihen. Jetzt besitzt er 420 Zähne.

Denke überprüft sein Notizbuch. Alles ist ordnungsgemäß registriert:

Nr. 30. Am 20. April 1924. Kaspar Hubalek. Arbeiter. Geb. 10. Januar 1870 in Böhmen.

Der dreißigste! Eine runde Zahl. Das müßte eigentlich

gefeiert werden. Aber Denke hat niemanden, mit dem er feiern könnte. Er ist ein Sonderling, ein Einzelgänger, ohne Freunde, ohne Frau, mit seinen Verwandten verfeindet. Doch die Nachbarn mögen ihn gut leiden. Er ist immer höflich, ein so bescheidener fleißiger Mensch, der sich mühsam vom Korbflechten ernährt. Und der trotzdem gegenüber Bettlern und Tippelbrüdern mildtätig ist. Unser Papa Denke!

Ein halbes Jahr später ist es wieder soweit, daß Papa Denke seine Mildtätigkcit beweisen kann. In seinem Notizbuch steht: Nr. 31. Aber die Spalte dahinter ist noch leer. Zeit für eine Eintragung. Die Fleischvorräte nehmen ab.

Am Sonntag, dem 21. Dezember 1924, klopft ein Mann an Denkes Tür und bittet um ein paar Pfennige Zehrgeld.

Und wieder, so erwartet Denke, wird nun alles verlaufen wie dutzendmal erprobt. Angebot zum Frühstück, zum Briefschreiben für zwei Groschen Belohnung, Spitzhacke, Fleischzubereitung.

Und anfangs läuft alles auch gut. Während der Gast ißt, erfragt Denke seinen Namen. Vincenz Olivier ist ein arbeitsloser Steinarbeiter und einundvierzig Jahre alt. Er durchwandert Schlesien und lebt vom Betteln.

Denke betrachtet wohlgefällig Oliviers noch immer kräftige Statur. Nur daß er den Hut aufbehält, beunruhigt ihn.

»Legen Sie doch den Hut ab, der stört Sie beim Schreiben.«

Olivier nimmt den Hut ab und legt ihn auf die Kommode. Dann erhält er einen Bogen Papier und einen Bleistift, um den Brief zu schreiben. Denke steht jetzt rechts hinter Olivier. »Zuerst diktiere ich Ihnen die Anrede«, verkündet er. »Adolf, du dicker Wanst!«

Olivier beginnt zu schreiben: »Adolf, du –« und muß plötzlich lachen. Lachend wendet er sich zu Denke um. Sieht etwas durch die Luft sausen und spürt einen brutalen Schlag an die rechte Kopfseite. Benommen vor Schreck und Schmerz taumelt er empor.

Denke schwingt erneut die Spitzhacke. Olivier sucht sie ihm zu entreißen. Denke hält sie eisern fest. Der Kampf wogt hin und her. Der Tisch stürzt um, Gläser klirren zu Boden.

Olivier hat noch genug Kraft, mit einem plötzlichen Ruck die Spitzhacke abzudrehen und sie Denke zu entwinden. Aber Denke gibt nicht auf. Er wirft sich erneut auf Olivier, um die Hacke wieder in seine Hände zu bekommen.

Olivier hält die Hacke hoch über seinem Kopf. Der kleinere Denke kann sie nicht erreichen.

Olivier will fliehen, läuft zur Tür. Denke eilt ihm nach, packt Oliviers Arm, um ihn von der Tür wegzuziehen.

Olivier schüttelt Denke ab. Er reißt die Tür auf. Denke umklammert ihn erneut.

Olivier schreit durch den Flur: »Hilfe! Er will mich umbringen!«

Zwei junge Männer stürmen aus einer Wohnung heraus. Sie befreien Olivier aus Denkes Umklammerung. Keuchend ruft Olivier: »Er wollte mich erschlagen! Mit der Spitzhacke!«

Er überreicht den beiden Männern die Hacke. Denke zieht sich wortlos in sein Zimmer zurück.

»Was ist denn eigentlich passiert?« fragt einer der jungen Männer.

Olivier wischt sich das Blut von der Schläfe. »Das ist ein Verrückter. Er wollte mich umbringen.«

»Papa Denke? Sie umbringen?« Er lächelt ungläubig. »Papa Denke tut doch keinem was zuleide.«

»Was ich gesehen habe, habe ich gesehen«, sagt Olivier hartnäckig. »Mein Hut ist noch da drin. Allein getraue ich mich aber nicht wieder hinein.«

Widerstrebend folgt der junge Mann Olivier in Denkes Zimmer.

Denke steht mitten im Raum. Seine Arme hängen kraftlos herab, er zittert am ganzen Körper. Sein Gesicht glüht dunkelrot. Schweigend stiert er Olivier an. Olivier hört, wie sich Denkes Zähne knirschend aneinanderreiben.

Der junge Mann stellt die Spitzhacke ab. »Was ist denn los, Papa Denke?« fragt er mitfühlend.

Denkes Mund verzerrt sich. »Wollte mich berauben, der Bettler. Mußte mich wehren.«

Vorwurfsvoll blickt der junge Mann Olivier an. »Verschwinden Sie lieber, sonst hole ich die Polizei.«

»Mit der Polizei will ich nichts zu tun haben!« Olivier nimmt seinen Hut und will das Zimmer verlassen.

»Aha, ein schlechtes Gewissen!« ruft der junge Mann triumphierend. »Aber Papa Denke anschwärzen! Also los, Sie kommen jetzt mit uns mit, die Polizei wird alles klären.«

Olivier muß den beiden jungen Männern folgen. Auf dem Polizeirevier hört man sich seinen Bericht schweigend an. Ein Mordversuch von Papa Denke? Nicht glaubhaft. Papa Denke hat sich nie etwas zuschulden kommen lassen. Ein armer, aber rechtschaffener Bürger unserer Stadt. Und Sie, Herr Olivier? Ein obdachloser Bettler! Und meine Wunde am Kopf? fragt Olivier. Die sei kein Argument, wird ihm erwidert, die habe er sich selber zuzuschreiben als Folge seines Raubüberfalls.

Olivier wird festgenommen, am nächsten Tag dem Amtsgericht vorgeführt und vorerst wegen Bettelei und Landstreicherei zu zwei Wochen Haft verurteilt. Der Raubüberfall soll noch besonders untersucht und Denke dazu als Zeuge vernommen werden.

Olivier protestiert energisch gegen das Urteil. Er setzt durch, sein Erlebnis in allen Einzelheiten zu schildern.

Vielleicht sind es diese Details, die den Richter nachdenklich werden lassen. Kann ein so schwerfälliger Mann wie dieser Steinarbeiter das alles erfunden haben? Der Richter wird unsicher. Der Fall ist wohl doch schwieriger, als er anfangs erschien. Er ordnet an, auch Denke festzunehmen.

Denkes Verhaftung wird in der Kleinstadt zur Sensation.

Papa Denke verhaftet? Weil ein Landstreicher ihn denunziert hat? Nachbarn und Einwohner schließen sich zu einem Protestverein zusammen und fordern, Denke sofort wieder freizulassen. Der Richter muß zugeben: Ein begründeter Verdacht gegen Papa Denke bestehe noch nicht. Man werde ihn jedoch bald befragen und alles aufklären.

Stunden später soll Denke aus der Zelle geholt und vernommen werden.

Er kann nicht mehr vernommen werden. Denke ist tot. Er hat sich umgebracht.

Aus seinem Taschentuch hatte Denke eine Schlinge gefertigt, das eine Ende des Tuches an einem Ring in der Zellenwand befestigt und sich in liegender Stellung erdrosselt.

Der arme Papa Denke! Vermutungen, Gerüchte: die ungerechtfertigte Verhaftung habe Papa Denke in Verzweiflung und Selbstmord getrieben.

Papa Denke muß nun begraben werden. Aber wer bezahlt die Beerdigung? Denkes Verwandte lehnen es ab, die Kosten zu übernehmen. Sie sind seit Jahren mit dem Querkopf überworfen. Aber vielleicht, so sagen sich die Stadtväter, hat Denke so viel hinterlassen, daß es verkauft und die Beerdigung davon bezahlt werden könnte.

Das Gericht ordnet eine Hausdurchsuchung an.

Als die Beamten Denkes Zimmer betreten, schlägt ihnen ein dumpfsäuerlicher Geruch entgegen. Der Raum bietet einen chaotischen Anblick. Hier wohnte, arbeitete, kochte und schlief Papa Denke. Der Tisch ist mit schmutzigem Geschirr bedeckt. An der Vorderkante des Tisches liegt ein angefangener Brief: »Adolf, du –«. Neben dem Bett steht ein Holzfaß mit eingepökeltem Fleisch. In der Ecke findet sich eine Dezimalwaage, in einer anderen liegen verschnürte Lumpenbündel und im Schrank zahlreiche Ausweispapiere von Handwerksburschen, die auf Wanderschaft waren. Im Geräteschuppen auf dem Hof steht ein weiterer Kübel mit Fleisch, darunter Teile einer behaarten Männerbrust, eines menschlichen Unterleibs und eines Gesäßes.

Der Fund menschlicher Leichenteile veranlaßt die Beamten, sofort den Kreisarzt hinzuzuziehen. Er bestätigt, daß es sich tatsächlich um menschliche Körperteile handele.

Auch die im Zimmer in den Töpfen vorgefundenen

Fleischstücke sind menschlichen Ursprungs. In einem mittelgroßen Topf liegt in einer Art Sahnesoße gekochtes Fleisch, teilweise mit Haut bedeckt. Innen ist das Fleisch zartrosa. Nach Meinung des Arztes stammen die Fleischstücke aus dem Gesäß. In einem anderen Topf sind menschliche Hautstücke und Teile der großen Körperschlagader zu einer gallertartigen Masse verklebt. Eine Schüssel enthält bernsteinfarbenes Fett, das sich später als menschliches Körperfett erweist.

Schon diese erste flüchtige Besichtigung bringt den Beamten die Gewißheit, daß sie sich in der Höhle eines Menschenfressers befinden.

Das ganze Haus, der Hof, die Stallungen und die nähere Umgebung der *Teichstraße* werden nun planmäßig untersucht. Es werden weitere Beweise für Denkes Kannibalismus gefunden.

Der Breslauer Gerichtsmediziner Dr. F. Pietrusky berichtete darüber u. a.: In einem Holzfaß liegen in einer Salzlake fünfzehn Fleischstücke mit Haut, zwei davon sind behaarte Bruststücke. An einem Bauchstück ist noch der Nabel erkennbar. Andere Teile gehören dem Rücken an. Dieses Fleisch ist braunrot, der Körper war zuvor nicht sehr ausgeblutet. Ein Faß im Stall enthält ausgekochte Menschenknochen, sauber von Sehnen und Muskeln befreit. Auch Hand- und Fußwurzelknochen werden massenhaft gefunden. In einem Tümpel hinter dem Haus liegt ein Unterschenkel. Auch im Stadtwald entdeckt man zahlreiche Knochen, teils freiliegend, teils oberflächlich verscharrt.

Insgesamt erhalten die Gerichtsmediziner 480 menschliche Knochen oder Knochenteile, u. a. Oberschenkel, Ellen und Speichen, Schienbeine, Oberarmköpfe, Schlüsselbeine, Schulterblätter, Zehen- und Fingerglieder, Rippen, Teile von Schädeln und Wirbelsäulen, ein zersägtes männliches Becken.

Die Gerichtsmediziner stellen fest, daß diese Überreste von mindestens fünfundzwanzig Menschen stammen. Die Spuren an den Knochen weisen darauf hin, daß sie mit Säge und Axt zerkleinert und mit einem scharfen Messer von Gewebeteilen befreit worden sind.

Die dafür benutzten Werkzeuge werden ebenfalls gefunden, darunter zwei Sägen, die Spuren von Sägemehl sowie von menschlichen Hautresten aufweisen.

Die Untersuchung der Hunderte von Zähnen bestätigt, daß sie von etwa fünfundzwanzig verschiedenen Menschen stammen. Knochen und Zähne erlauben auch, das Alter der Opfer zu bestimmen. Das jüngste war sechzehn, die meisten waren über vierzig Jahre.

Aber Denke hatte nicht nur gemordet und Menschenfleisch gegessen. Die Durchsuchung seiner Wohnung brachte auch noch andere Perversitäten ans Licht.

Bevor Denke die Leichen zerstückelte, schnitt er Streifen aus ihrer Haut heraus, präparierte sie und stellte daraus Hosenträger und Schnürsenkel her. Der erhängt vorgefundene Denke trug einen solchen Hosenträger aus Menschenhaut. Mit anderen Hautstücken verschnürte er die Kleiderbündel seiner Opfer.

Besonders makaber war Denkes Drang, seine Morde zu archivieren. Man fand eine pedantisch geführte Liste seiner Opfer. Dieses Verzeichnis enthält hinter den laufenden Nummern Vor- und Familiennamen seiner Opfer, ihren Geburtstag und Geburtsort. Ferner vermerkte er das Gewicht der Toten in bekleidetem wie in nacktem Zustand und schließlich das Gewicht der »ausgeschlachteten« Person, also wieviel Fleisch ihm zum Verzehr zur Verfügung stand. Die Liste endet mit der Nummer 30. Die Nummer 31 ist bereits eingetragen, aber er kam nicht mehr dazu, dahinter die Daten von Vincenz Olivier zu vermerken.

Nun also haben die Behörden Papa Denke als Serienmörder entlarvt. Ein Menschenfresser in einer deutschen Kleinstadt! Ein Kannibale unter ehrbaren Bürgern. Noch sind die Mordtaten Haarmanns aus Hannover in aller Munde, noch enthüllt Haarmann seinen Vernehmern immer neue Morde – und schon steigt ein neuer Serienmörder aus blutigen Abgründen empor. Und das Unbegreiflichste dabei: dieser alte silberhaarige Herr gleicht so gar nicht dem Bild, das die Bürger nun einmal von einem Massenmörder haben.

Niemand in Münsterberg hatte geahnt, daß die *Teichstraße 10* ein Mordhaus, daß einer seiner Bewohner ein Menschenfresser war. Deshalb mußten alle diese Leute in Denkes Nachbarschaft die Antwort auf die Frage schuldig bleiben: Habt ihr denn niemals etwas bemerkt? Nie den leisesten Verdacht gehabt, daß mit diesem stillen und hilfreichen Papa Denke etwas nicht stimmte?

Daß dreißig Menschen sein Zimmer betraten, es aber niemals wieder lebend verließen?

Daß im Sommer unerträglicher Verwesungsgestank aus seiner Stube drang?

Daß vor Jahren ein Wanderbursche blutüberströmt aus Denkes Wohnung in Panik davonlief?

Daß ein anderer Denkes Nachbarn berichtete, Denke habe ihn zu erdrosseln versucht?

Daß Denke Eimer voll blutiger Flüssigkeit in den Gully auf dem Hof ausgoß?

Daß er Schüsseln, bis oben mit Fleisch gefüllt, in den Geräteschuppen brachte, zu einer Zeit, als ein Kilo Fleisch Milliarden kostete? Und daß man glaubte, es sei Hunde- oder Katzenfleisch, obwohl die Tötung dieser Tiere verboten war?

Daß ein Korbmacher nächtelang in seinem Zimmer sägte, hämmerte und mit der Axt hantierte?

Daß er nachts mit einem vollen Sack auf dem Rücken in den Stadtwald ging und mit leerem Sack zurückkehrte?

Daß man immer wieder Knochen im Stadtwald fand, die kaum Tierknochen sein konnten?

Fragen, auf die die Befragten keine andere Antwort wußten als die eine stereotype Antwort: Wir haben uns nichts dabei gedacht.

So daß sich daraus eine weitere Frage ergab: Wo ist die Grenze zwischen Toleranz und Mißtrauen gegenüber dem Nachbarn? Eine Frage, auf die es keine sichere und beruhigende Antwort gibt. Gleichgültigkeit kann zur Duldung von Verbrechen, Mißtrauen zur Verfolgung Unschuldiger führen.

Wurden im Fall Denke jedoch tatsächlich alle Zeichen, die auf ein Verbrechen hindeuteten, aus Gleichgültigkeit oder Nachsicht übersehen, dann läßt sich nur zu leicht einer ganzen Stadt vorwerfen: Ihr seid mitschuldig an diesen Morden. Oft aber fügen sich die einzelnen Alarmsignale für eine Mordserie erst nach der Entdeckung des Täters zu einem Ganzen zusammen. Die einzelnen Teile des Puzzles erscheinen zuvor rätselhaft und vieldeutig, vor allem, wenn der Täter, wie so viele Serienmörder, unauffällig und harmlos wirkt.

Denke konnte auch deshalb seine Morde so lange fortsetzen, weil er seine Opfer unter nicht seßhaften Menschen aussuchte. Es waren Wanderburschen, Landstreicher, Bettler, Arbeitslose, Ausgegrenzte. Es fiel niemandem auf, wenn sie verschwanden. Wurden sie dennoch vermißt und gesucht, verlief ihre Spur im Nichts.

Im Gegensatz zu Serienmördern wie Kürten und Haarmann, die bereitwillig über ihre Verbrechen sprachen und sich ihrer Taten brüsteten, nahm sich Denke das Leben, bevor er eine einzige Aussage machen konnte. Die Triebkräfte seiner Taten lassen sich nur erahnen.

Dr. Pietrusky versuchte damals, sie in Denkes Lebensgeschichte zu entdecken.

Denkes Vater besaß eine kleine Landwirtschaft. Karl war der dritte Sohn. Die familiären Verhältnisse waren geordnet, Geisteskrankheiten und Alkoholismus nicht bekannt.

Karl war ein Spätentwickler, von schwachem Intellekt und gestörter Sprachfähigkeit. Erst mit sechs Jahren konnte er die ersten Worte stammeln. Unbegreiflicherweise wurde er trotzdem mit sechs Jahren eingeschult, so daß die Schule für den Minderbegabten zur Qual wurde. Der Lehrer verspottete ihn als Idioten. Seine Bewegungen verliefen in Zeitlupe, seine Sprache war umständlich und verworren, seine Lernfähigkeit machte nur geringe Fortschritte. Seine geistigen und körperlichen Mängel errichteten eine Mauer zwischen ihm und seiner Umwelt. Karl blieb auf sich selbst zurückgeworfen, ein Einzelgänger. Er galt als mürrisch und verstockt. Er haßte die Schule, in der er ständig nur gedemütigt wurde. Sein Bruder und ein Klassenkamerad mußten ihn oft gewaltsam zum Unterricht schleppen. Seine Sprachstörungen behielt er sein Leben lang, lange Zeit war er auch Bettnässer. Heute würde man ihn vielleicht als Autisten bezeichnen.

Verschlossen und teilnahmslos, mußte er zu jeglicher Arbeit gedrängt werden. Eine berufliche Ausbildung erschien aussichtslos. Der Vater ließ Karl in der Landwirtschaft mitarbeiten. Einmal verschwand er ein ganzes Jahr, um in einem Steinbruch zu arbeiten.

Nach dem Tode seiner Eltern behielten ihn seine Geschwister bei sich, weil er sich allein nicht im Leben behaupten konnte. Für Frauen interessierte sich Denke nie. Jemand hatte behauptet, Denke sei weder Mann noch Frau. So glich er einem blassen geschlechtslosen Wesen, das sich träge in dunklen Tiefen bewegte. Als er sich sein Erbteil auszahlen ließ und in Münsterberg ein Haus kaufte, geriet er bald in finanzielle Schwierigkeiten. Seine Geschwister wollten ihn entmündigen lassen. Das verstärkte sein Mißtrauen gegen sie, so daß er noch mehr vereinsamte.

Bemerkenswert ist, wie sich Denke seiner Umwelt darstellte. Wut oder Jähzorn schienen ihm fremd zu sein. Man hielt ihn für fleißig, gutmütig und mildtätig. Bekannt war er für seine Eßlust, so daß er manchmal Vielfraß genannt wurde. Er konnte mehrere Pfund Fleisch auf einmal vertilgen.

Der gutmütige Spott über den Vielfraß verdeckte damals die tieferen Ursachen dieser Gier. Sie ist Reaktion auf einen Mangel, Ersatz für Vermißtes, Ausfüllen einer Leere. Fressen ist Verschlingen, und das Verschlungene entschädigt den Schlinger für alle Entbehrungen, für körperliche und seelische. Wem sonst das Leben keine andere Lust zu bieten hat, der sucht Lust im Verschlingen. Essen wird zur Freß-Sucht.

Unerklärt aber bleibt, wie Denke die Tabu-Schranke überspringen und Menschenfleisch essen konnte. Nachdem Denkes Verbrechen bekannt geworden waren, fragte der Psychologe Prof. R. Herbartz, ob sich Menschenfresserei in einem zivilisierten Land überhaupt psychologisch erklären lasse. Herbartz untersuchte den Fall aus der Sicht der Tiefenpsychologie. Denke, so erklärte er, sei ein perverser Psychopath. Aber zwischen perversen und normalen Menschen gebe es fließende Übergänge: »Der Übergang von einem zum anderen ist kein Übertritt in die andere Gattung, d. h., das Seelenleben des Pervertierten zeigt gegenüber dem des sog. Normalen keinerlei grundsätzlich neue, beim Normalen prinzipiell unbekannte Erscheinungen.« Bei der Perversion verselbständige sich eine Seite der Libido, des Strebens nach Lustgewinn: »Perversion ist die Alleinherrschaft einer abgespaltenen Triebkomponente.«

Diese abgespaltene Triebkomponente verwirkliche sich dann in entsprechenden Handlungen, wenn »zwanghafte Denkvorgänge willensbestimmende Kraft gewinnen«. Denkes Zwangsvorstellungen seien regressiver Natur, Regression in den Kannibalismus.

Regression bezeichnet den Rückfall eines Individuums auf eine frühere Entwicklungsstufe. Entsprechend dem biogenetischen Grundgesetz wiederholt das Individuum verkürzt die gesamte stammesgeschichtliche Entwicklung. Das gilt nicht nur für die körperliche, sondern auch für die psychische Entwicklung. Deshalb, so Prof. Herbartz weiter, könne ein Individuum auf einen älteren Bildungsstand seiner eigenen individuellen Entwicklung oder auch auf einen früheren Zustand der menschheitlichen Entwicklung zurückfallen. Jenes nenne man Infantilismus, dieses Atavismus. Menschenfresserei sei ein solcher Rückschlag in die menschheitlichen Urzustände des Kannibalismus.

So weit läßt sich Herbartz' Erklärung folgen. Wenn er dann jedoch den Kannibalismus mythologisch begründet, kann seine Deutung, zumindest im Fall Denke, nicht überzeugen. Herbartz verweist auf die uralte grauenhafte Furcht vor den Toten und ihrer Wiederkehr. Die Menschheit habe Abwehrmechanismen geschaffen, die eine solche Rückkehr der Toten verhindern sollen: Einsargen der Toten, Vergraben, Verbrennen. Radikalste Abwehrmaßregel sei jedoch der archaische Grundgedanke, »daß das Auffressen oder Auffressenlassen der Leiche« der beste Schutz gegen ihre Wiederkehr sei. Wie nun aber, fragte Herbartz, wenn der Tote ein Ermordeter ist? Dann wird er besonders zu fürchten sein, weil er sich bei seiner Wiederkehr rächen will. Und wie rächt sich ein Ermordeter? Indem er seinen Mörder tötet. So sei die Furcht des Mörders nun doppelt motiviert: »Er frißt den Toten nicht nur, um die Wiederkehr zu verhindern. Er frißt auch, um nicht selber gefressen zu werden.«

Eine solche Deutung läßt sich auf Denke nicht übertragen. Denke hat nicht aus Angst vor ihrer Wiederkehr seine Opfer gefressen, sondern er hat getötet, um sie zu fressen.

Befremdend wirkt auch Denkes Totenliste. Ohne sie wären die Anzahl seiner Morde und die Namen seiner Opfer nie genau festgestellt worden. Man sah in dieser pedantischen Buchführung nur einen besonders makabren Wesenszug des Täters. Der Psychoanalytiker Theodor Reik wies aber schon damals darauf hin, daß bei der Anfertigung einer solchen Dokumentation unbewußt »zwei seelische Kräfte um die Herrschaft ringen: die eine, welche alle Spuren der Tat verbergen will, und die andere, welche die Tat und den Täter allen zeigen möchte.« Hier kommt, wie der Polizeipsychologe Dr. R. Herren schrieb, ein irrationales Moment ins Spiel, »ein unerklärlicher dumpfer Drang ..., alles, was irgendwie mit der Tat zusammenhängt, dem Papier anzuvertrauen. Manchmal wird peinlich genau Buch geführt und eine regelrechte Bilanz des Verbrechens aufgestellt.« Denkes »Geschäftsbuch« könnte rational so erklärt werden, daß er ebenso wie ein Metzger über seine Schlachtungen Buch führte. Das aber treffe nur die bewußte Seite von Denkes Verbrechen. »Aus den Tiefen unbewußter ›primitiver‹ Seelenschichten quillt seine sadistische Urlust ins Bewußtsein des multiplen Mörders, ... vermittelt der Anblick dieser ›Todes-Chiffren‹ dem Täter jedesmal von neuem ein Gefühl von Überlegenheit und perverser Lust.«

Noch an eine andere Seite seiner Perversion ist zu erinnern. Dr. Pietrusky fragte, ob Denke ein schwerer debiler Psychopath gewesen sei, den sexuelle Perversion zum Morden getrieben habe. Pietrusky begründete diese Vermutung damit, daß Denke Hautstücke mit Brustwarzen und aus der Schamgegend herausgeschnitten habe.

Doch es ist eher anzunehmen, daß die Hautstücke ebenso wie die Zähne seiner Opfer fetischistischen Zwekken dienten. Mit diesen Relikten blieben die toten und längst verzehrten Opfer dem Mörder gegenständlich und gegenwärtig, mit ihnen lebte er weiter unter einem Dach im Gefühl seiner schlauen Überlegenheit.

Dr. Pietrusky schrieb am Ende seines Berichtes über Denke: »Hier der duldsame, friedfertige gutmütige alte Sonderling, dort die mordgierige Bestie. Unter der Oberfläche feierten Gefühle und Gedanken Orgien. Menschen zu Dutzenden werden gemeuchelt, wie Tiere ausgeschlachtet, gewogen, zerteilt und gegessen, aus der Haut werden Hosenträger und Riemen angefertigt und getragen, genaue Listen über das Gewicht der Opfer werden angelegt, die Zahlen wie zur Unterhaltung geordnet und addiert, Zähne zu Hunderten gesondert und wie Spielmarken aufgehoben ... Nach allem aber werden wir in Denke nicht das verabscheuungswürdige Ungeheuer sehen müssen, sondern einen Unglücklichen, der nach ehernen Gesetzen seines Daseins Kreise vollenden mußte.«

Das Grauen fasziniert nicht nur. Es verstört auch zutiefst. Dagegen suchen die Menschen eine Abwehr und finden sie im makabren Spott. So entstand damals, nach einer bekannten Operettenmelodie gesungen, der Vers:

Warte, warte nur ein Weilchen,
dann kommt Denke auch zu dir
mit dem kleinen Hackebeilchen
und macht Hackefleisch aus dir.

Dieses Lied wurde bald auf Denke, bald auf Haarmann bezogen. Es schützte allerdings wenig vor dem mit Ekel gemischten Grauen, das die Menschen vor allen in Münsterberg und seiner Umgebung empfanden. Viele Leute scheuten sich, Fleisch und Wurst zu essen. Der Umsatz der Fleischerläden ging drastisch zurück. Kunden bedrängten die Fleischer, ob sie etwa auch von Denke Fleisch erhalten und verarbeitet hätten. Noch lange sorgten sensationelle Berichte und Gerüchte für Unruhe unter der Bevölkerung.

Dieses kollektive Angstgefühl verwundert nicht. Heute reagieren die Menschen nicht viel anders auf den Rinderwahnsinn. Damals schockten innerhalb von drei Jahren drei Menschenfresser die deutsche Öffentlichkeit.

1922 wurde der vielfache Lustmörder Großmann verhaftet, der in Berlin Prostituierte ermordet, ihr Blut getrunken und von ihrem Fleisch gegessen hatte.

1924 kam der Serienmörder Haarmann vor Gericht, der ebenfalls Körperteile seiner Opfer verspeist haben soll. (Da in jüngster Zeit mehrere dokumentarische und künstlerische Darstellungen über Haarmann erschienen sind, ist sein Fall nicht in diesen Bericht aufgenommen worden.)

Im gleichen Jahr 1924 wurde Denkes Kannibalismus bekannt.

Diese drei Jahre waren in Deutschland eine Zeit schwerster sozialer und politischer Konflikte, existentieller Unsicherheit, des moralischen Verfalls, der Armut und des Hungers. Sicherlich wäre ein direkter Zusammenhang zwischen diesen Zuständen und dem Kannibalismus schwer nachzuweisen, ist aber doch zu vermuten. Das kollektive Unbewußte eines Volkes enthält auch einen geheimen Raum für die Schlachtbank eines Großmann, eines Haarmann, eines Denke.

Nicht zufällig erreichen uns heute aus Rußland Nachrichten über mehrere Fälle von Kannibalismus – den Bodensatz im Kessel sozialen Elends.

Der Trophäenjäger

An diesem Junitag 1978 sitzt der achtzehnjährige Jeffrey Dahmer am Küchentisch und starrt durch die trüben Fensterscheiben in den Garten hinaus. Ab und zu gerät sein Arm in träge Bewegung, wenn er nach der Whiskyflasche greift und sie zum Mund führt.

Dahmers Apathie täuscht. Der Körper ruht reglos, aber die Gedanken rasen. Sie sind so chaotisch wie der Raum, in dem Dahmer hockt. Schmutziges Geschirr türmt sich in der Spüle, leere Whiskyflaschen und Bierdosen und verschimmelte Essensreste bedecken den Tisch.

Erneut der Griff zur Flasche, wieder ein Schluck. Der Whisky beruhigt nicht. Er heizt Dahmers Wut an. Er weiß nicht, ob es Wut ist, vielleicht Wut, die sich mit Verzweiflung mischt. Und wenn er ganz ehrlich ist: auch mit Angst. Dieser schöne Sommertag in diesem schönen Haus in dem schönen Garten – alles wirkt auf ihn wie ein einziger Hohn. Der Sommer erfreut ihn nicht, der Garten interessiert ihn nicht, und das Haus beschützt ihn nicht.

Ich bin wie ein Zombie, denkt er, der in diesem Haus lebt wie in einer Gruft. Sie haben mich verlassen. Die Mutter hat mich verlassen, der Vater hat mich verlassen, endgültig nun, körperlich. Ich bin allein in diesem Grab. Der Vater haust in irgendeinem Hotelzimmer, und wohin die Mutter mit meinem Bruder gegangen ist, hat sie mir nicht verraten. Denken alle nur an sich, an ihre verfluchte Scheidung. Denken, der Jeff ist achtzehn, der ist alt genug, der kann sich jetzt selber kümmern. Der hat vor zwei Wochen seinen High-School-Abschluß gemacht, der soll sich endlich zu einem Studium entschließen. Wir haben unsere eigenen Probleme.

Fort, einfach fort, lassen mich allein hier zurück. Aber allein bin ich schon immer gewesen. Der Vater war mehr in seinem Labor zu Hause als hier bei uns. Und die Mutter, die war zwar da, und war doch nicht da. Jammerte mir immer nur etwas von ihren Krankheiten vor, keinen Schlaf, keinen Stuhlgang, Kopfschmerzen. Drückte sich wochenlang im Bett herum, lief von einem Psychiater zum anderen, verfolgte im Auto Ufos, die über ihr kreisten. Und ewig der Streit zwischen den Eltern, hysterisches Geschrei oder verbohrtes Schweigen. Wer von den Schulkameraden kam schon gern zu mir in dieses Haus.

Allein, immer allein.

Das heißt, ganz allein war ich nie. Ich hatte ja meine Tiere. Diese armen toten Tiere, die ich draußen auflas, überfahrene Katzen auf der Straße, verendete Mäuse, aufgedunsene Fische im Teich, Kadaver in den Mülltonnen. Alle diese stillen Toten, die ich gesammelt habe. Und abgehäutet und die Knochen ausgelöst und mit Säure gereinigt. Die Überreste ordentlich im Garten begraben. Die Knochen in Säckchen aufbewahrt. Wenn ich sie schüttelte, rasselten sie geheimnisvoll. Die Knochen, das ist das Unvergängliche, das nicht verwest. Das mir erhalten bleibt, das ich immer wieder betrachten kann, das mir Gesellschaft leistet, wenn ich allein bin. Das sind immer die wirklich schönen Stunden gewesen. Die Toten belästigen mich nicht wie die Mutter mit ihren Wehwehchen und der Vater mit seinen Zukunftsplänen für mich.

Und die Klassenkameraden mit ihrem banalen Geschwätz.

Dahmer springt plötzlich auf, stürzt in den Garten hinaus, ergreift einen abgebrochenen Ast und schlägt ihn gegen einen Baum, bis er zersplittert. Dann läßt er sich ins Gras nieder und lehnt sich an den Stamm. Was tun? Wieder so ein öder Tag. Baden fahren? Allein? Keine Lust. Zu nichts Lust, nicht zum Aufräumen, nicht zum Lesen, nicht zum Blumengießen, zu nichts. Ins Auto setzen und durch die Gegend fahren, damit die Zeit vergeht. Und ich den Frust am Gaspedal abreagieren kann.

Er holt den Wagen aus der Garage, fährt aus dem Grundstück heraus, sucht einsame Straßen in der Hügellandschaft Ohios. An einem Imbißstand holt er sich einen Hamburger und eine Büchse Bier, fährt weiter, wendet am frühen Nachmittag, um wieder nach Hause zu fahren, das kein Zuhause ist. Er hat Angst vor dem menschenleeren Haus. Und vor dem nächsten Tag, der ebenso trist sein wird wie der heutige. Und vor den nächsten Wochen. Irgendwann wird der Vater wieder auftauchen und ihn drängen, sich an einem College anzumelden. Er wird ihm vorwerfen, daß er sich für nichts entscheiden wolle und könne. Er wird ein Dutzend Vorschläge machen, was Jeff seiner Meinung nach studieren sollte. Er wird sich verpflichtet fühlen, Jeff wieder irgendein lächerliches Hobby aufzudrängen, damit er sich sinnvoll beschäftige. Er wird ihn wegen seiner Sauferei rügen, er wird – – – Jeff kennt das alles, das alles widert ihn an, diese periodisch hektischen Bemühungen seines Vaters um ihn, nachdem sich der Vater wieder wochenlang nicht um ihn gekümmert hat. Den treibt doch dann sowieso nur sein schlechtes Gewissen. Jeff weiß zwar, daß der Vater recht hat, wenn er ihm seine Lethargie vorwirft. Aber er kann sich nun einmal für keinen Beruf entscheiden, nichts interessiert ihn wirklich. Er läßt sich von einem Tag in den anderen hineintreiben und haßt und verachtet sich selbst für diese Trägheit.

Bath Township kommt in Sicht. In wenigen Minuten ist er daheim. Ein langweiliger Abend liegt vor ihm. Das einzige, was ihm bleibt: weiter zu trinken, der Whisky verschlingt die Zeit und die Langeweile.

In diesem Augenblick nimmt das Leben des Brillenträgers, Abiturienten, des verlassenen Sohnes und einsamen Hausbewohners Jeffrey Dahmer die Wendung, die Jahre später den Namen Dahmer zum Symbol eines der schrecklichsten Massenmörder Amerikas werden läßt.

Dahmer erblickt den Mann schon von weitem. Er steht am Ortseingang mit gestrecktem Arm und erhobenem Daumen. Ein Anhalter. Dahmer bremst seinen Wagen ab, fährt langsamer, mustert den jungen Mann. Sein Oberkörper ist nackt, das Hemd um die Hüfte geschlungen. Langes braunes Haar bis auf die Schultern hinab. Noch langsamer an ihn heran. Ein schöner sonnengebräunter Körper. Dahmers Blick durchdringt die Jeans des Jungen. Erregende Hoffnung befällt ihn: den Mann mitnehmen. Kein verlorener Abend mehr. Trinken, reden, vielleicht sogar Sex.

Dahmer hält an. »Wohin?«

»Nach Coventry zurück, zum Rockkonzert.«

»Ich bin hier zu Hause. Komm zu mir, wir trinken was, und dann bringe ich dich nach Coventry.«

Der Anhalter nickt und steigt ein. Er heißt Stephen

Hicks, hat vor einer Woche ebenfalls seinen High-School-Abschluß gemacht und genießt jetzt die Ferien.

Dahmers Haus und der weiträumige Garten beeindrukken Hicks. Er wohnt nicht so komfortabel, er besitzt nicht einmal einen eigenen Wagen.

Dahmer nimmt Hicks mit in sein Zimmer, holt Bier und Zigaretten und legt Platten auf. Dahmer ist wie verwandelt. Er ist nicht mehr allein. Er begreift sich selber nicht. Er zieht sich von den Menschen zurück und leidet zugleich unter der Isolation. Sucht dann verzweifelt wieder die Nähe eines anderen. Vielleicht nur, um Sex zu machen, erklärt er sich diesen Widerspruch.

Dahmer und Hicks rauchen mehrere Joints, trinken Bier, plaudern. Hicks erzählt vom Rockkonzert, das er vorhin besucht hat, von der Abschlußprüfung, von seinen Berufsplänen. Dahmer steht aus seinem Sessel auf und setzt sich neben Hicks, bietet erneut einen Joint an.

Alkohol, Marihuana, Musik. Leichtes Schweben im Hirn, Blutfülle in den Arterien. Jeff legt seinen Arm auf Stephens Schulter. Hicks scheint nicht zu verstehen. Er erzählt von seiner Freundin. Oder er erzählt von ihr, weil er versteht.

Dahmer zieht seinen Arm zurück. Zorn steigt in ihm auf. Er hat sich falsche Hoffnungen gemacht. Er sucht seine Enttäuschung zu verbergen und sagt, er wolle rasch etwas zum Abendessen besorgen.

Hicks wehrt ab. Er will nach Coventry zurück, seine Freundin erwartet ihn.

Die Freundin! denkt Dahmer in eifersüchtiger Wut, die Freundin! Die ist ihm lieber als ich! Trinkt mein Bier, raucht meine Joints und will fort! Will mich einfach allein lassen!

Das öde Haus. Die öden Stunden. Ich lasse ihn nicht gehen. Ich werde ihn zwingen zu bleiben.

Er springt auf, geht zum Schrank und nimmt eine Hantel heraus.

Und als Hicks gerade einen Schluck aus der Bierdose nimmt, schlägt ihm Dahmer die Hantel auf den Kopf.

Hicks sinkt mit einem Seufzer um und rutscht von der Couch auf den Fußboden.

Dahmer kniet neben ihm nieder, packt die Hantel mit beiden Händen und drückt Hicks die Hantelstange quer über die Kehle. Halb betäubt vom Schlag, wehrt sich Hicks keuchend und zuckend gegen den Würgedruck. Seine verzweifelte Gegenwehr steigert Dahmers wütend-lustvollen Machtrausch, der ihn in diesen Augenblicken durchströmt.

Als Hicks schließlich leblos vor ihm liegt, erhebt sich Dahmer und blickt befriedigt auf den Toten. Der wird ihn nun nicht mehr verlassen und sich mit seiner Freundin vergnügen. Nun gehört er ihm. Wie die begrabenen Tiere im Garten und ihre Knochen in den Schachteln und Säckchen.

Er zieht dem Toten Jeans und Slip aus. So eine schöne Leiche. Nun kann sie sich dem erwarteten Sex nicht mehr entziehen ...

Beflügelt vom Geschlechtsverkehr, von Rauschgift und Alkohol, beginnt Dahmer zu überlegen, was mit der Leiche geschehen soll. Schon während er Hicks tötete, hatte er sich vorgenommen, ihn zu behalten. Ihn immer in der Nähe zu haben, seinem Willen widerstandslos unterworfen.

Im Garten hebt Dahmer mit dem Spaten einige Vertiefungen aus. Dann schleppt er den Leichnam aus dem Haus. Auf der Rückseite des Hauses befindet sich zwischen dem Fundament des Gebäudes und dem darunter liegenden Felsgestein ein Hohlraum. In dieser Höhle zerstückelt Dahmer den Toten mit einem Küchenmesser. Die einzelnen Teile erscheinen ihm aber immer noch zu groß, um sie in der harten Erde vergraben zu können. Vielleicht wäre das auch zu unvorsichtig. Er erinnert sich an seine Experimente mit den Tierkadavern: wie er sie in Säurebäder legte, bis sich das Gewebe aufgelöst hatte und die Knochen sauber freigelegt worden waren.

Noch immer steht ein Faß mit Salzsäure im Schuppen.

Im Lauf der nächsten Tage verbringt Dahmer noch weiter zerkleinerte Körperteile der Leiche ins Säurefaß. Wenn sich das Gewebe von den Knochen gelöst hat, schafft er die Knochen in den Hohlraum unter dem Haus und zerschlägt sie mit einem Hammer in kleinste Splitter. Die meiste Mühe bereitet ihm der Schädel. Aber auch den zertrümmert er schließlich so weit, daß er die einzelnen Teile im Garten verscharren kann.

Nach zwei Wochen beendet er sein Werk. Es ist nun doch ganz vorteilhaft, denkt er, allein zu wohnen.

*

Das Glück und das Unglück der Einsamkeit halten jedoch nicht lange an. In diesem Sommer wird die Ehe der Eltern geschieden. Jeff weiß noch immer nicht, wo sich die Mutter mit seinem jüngeren Bruder aufhält. Vielleicht wohnt sie bei ihrem Freund, mit dem sie seit einiger Zeit eine Affäre hat. Aber der Vater, der seit der Trennung von seiner Frau in einem Hotel gewohnt hatte, taucht nun plötzlich wieder auf – allerdings mit einer Freundin, die Shari heißt. Der Vater sagt, er mache sich Sorgen, weil Jeff von seiner Mutter verlassen worden sei. Er weiß, daß Jeff Alkoholiker ist und sich nicht um seine berufliche Weiterbildung kümmert.

Der Vater, das merkt Jeff mit feinem Gespür, ist verunsichert. Der Vater hatte sich in den letzten Jahren, als es mit der Ehe bergab ging, immer mehr in sein Labor zurückgezogen. Das Verhältnis zwischen Vater und Sohn ist gestört. Beide sind verschlossene Naturen, es kam kaum ein Gespräch zwischen ihnen zustande. Die Monologe des Vaters hörte sich Jeff meist schweigend an. Und jetzt, bei der Rückkehr des Vaters, ist es nicht anders. Der Vater hat ein schlechtes Gewissen, wegen der Scheidung und all der Vorgänge, die zur Scheidung geführt hatten. Und nun zieht er mit einer Freundin wieder im Haus ein und erwartet auch noch, daß Jeff sie akzeptiert. Gewiß, Shari ist eigentlich eine ganz charmante Frau, die alles versucht, Jeffs Zuneigung zu gewinnen. Doch so sehr Jeff das Alleinsein im leeren Haus haßte, so sehr verabscheut er es jetzt, daß er nicht mehr sein eigener Herr ist und Rücksichten nehmen und Vorschriften beachten soll: nicht zu viel Alkohol! Kein Rauschgift! Keine Fremden ins Haus! Und täglich die immer gleiche Frage: »Hast du dich endlich für ein bestimmtes Studienfach entschieden?«

Schließlich hat Jeff das Drängen des Vaters satt und antwortet: »Irgendetwas, das mit Wirtschaft zu tun hat.«

Natürlich interessiert Jeff Wirtschaft überhaupt nicht. Er hat Angst vor dem Studium, weil es ihm zu anstrengend ist. Er weiß selbst, daß er bald in Suff und Drogen abrutschen und sich in zweifelhafte Freundschaften verstricken würde. Schwule haben es nach wie vor schwer, nach ihren Normen zu leben. Er verflucht seine homosexuelle Veranlagung, empfindet sie als Unglück und hat schon mehrmals daran gedacht, sich deshalb umzubringen.

In diesem Sommer fühlt sich Dahmer trotz Rückkehr des Vaters ins Haus einsamer als je zuvor. Der Vater und Shari leben ihr stinknormales Turtelleben. Und er ist allein mit seiner Erinnerung an die Leiche. Allein mit der Erinnerung an die Explosion seiner Affekte: Haß, Wut, Triumph, Orgasmus, Befreiung, Macht. Dieser Rausch der Tötung und des sexuellen Vergnügens danach kann doch nicht für immer vorbei sein! Wie ihn das Stöhnen und Keuchen des Todeskampfes angefeuert hatte! Der rasende Herzschlag des Opfers! Die aufgerissenen wissenden Augen! Das entblößte Geschlecht, der noch immer warme Mund, der ihn willig aufnahm ...

Das alles nie wieder?

In diesem Sommer gleitet Jeff in eine Welt, die nicht mehr die Welt des Vaters und Sharis ist. Es ist eine Welt, die von Leichen bevölkert und von monströsen Spielen mit Toten erfüllt ist. Jeff merkt nicht, wie er langsam in dieses Schattenreich versinkt und die wirkliche Welt für ihn wesenlos wird. Die Worte des Vaters über das künftige Studium erreichen ihn nicht mehr.

Apathisch unterwirft er sich dem Entschluß des Vaters, sich an der *Ohio-Universität* einzuschreiben, läßt sich von ihm zum Studienbeginn hinbringen, bezieht ein Zimmer und flieht wieder in seine blutigen Tagträume. Als der Vater das erste Zeugnis erhält, stellt er fest, daß Jeff die Vorlesungen und Pflichtseminare kaum besucht und nicht einmal die Hälfte der erforderlichen Punkte erreicht hat. Von Jeffs Studienkollegen erfährt der Vater, Jeff habe meistens betrunken auf dem Bett gelegen. Jeff wird zum Weiterstudium nicht zugelassen und kehrt nach Hause zurück. Hier trinkt er weiter, der Vater ist machtlos gegen die Sucht. Jeff fährt in der Trunkenheit Auto und wird festgenommen. Nun stellt ihn der Vater vor eine Entscheidung: Entziehungskur oder Armee. Jeff entscheidet sich für die Armee.

Ein Vierteljahr später wird er wegen chronischer Trunkenheit aus der Armee entlassen.

Bald darauf – der Vater und Shari haben inzwischen geheiratet – verläßt Dahmer Vater und Stiefmutter und zieht nach Milwaukee in das Haus seiner Großmutter. Großmutter und Enkel verstehen sich miteinander, denn schon als Kind hat Jeff oft bei der Großmutter gewohnt. Jeff ist höflich zu ihr, aufmerksam, hält ihren Garten in Ordnung. Manchmal allerdings fällt der Großmutter im Keller oder in der Garage ein widerlicher Geruch auf. Jeff erklärt ihr, er experimentiere mit Tierkadavern.

Nach einigen Jahren nimmt sich Jeff eine eigene Wohnung in Milwaukee. Er hat eine Hilfsarbeit in einer Schokoladenfabrik erhalten.

*

Ein Sonntagmorgen im Mai 1991. Jeff ist jetzt dreißig Jahre alt. Am späten Vormittag erhebt er sich aus dem Bett und begibt sich ins Badezimmer.

In der Badewanne liegt eine Leiche. Dahmer hatte Tony Hughes vorletzte Nacht in einer Schwulenbar kennengelernt, zu sich nach Hause eingeladen und getötet. Hughes ist sein zwölftes Opfer. Bereits gestern abend hat er den Kopf der Leiche abgetrennt, um ihn im Säurebad von allen Weichteilen zu befreien und ihn anschließend zu konservieren. Jeff sammelt die Schädel seiner Opfer, manche bewahrt er in einem Regal, manche im Schrank auf. Wie den Jäger die Trophäen der erlegten Tiere, so erinnern die Schädel der Ermordeten Dahmer an die Überlegenheit über seine Opfer.

Dahmer wäscht sich, kleidet sich an und geht in die Wohnküche. Hier steht ein 230-Liter-Faß, das mit Säure gefüllt ist. Der ekle Geruch, der dem Faß entströmt, stört Dahmer nicht. Er überzeugt sich, daß Hughes' Schädel abgesunken ist. Die Säure wird in wenigen Tagen ihr Werk getan haben. Dann ist der Schädel blank und wird ihm wie die anderen in seiner einsamen Bude Gesellschaft leisten.

Dahmer füttert die Fische im Aquarium und bereitet sich dann einen Kaffee. Er hat nie Appetit, wenn er seine Mordgier wieder nahen fühlt, diese Sucht, Sex und Tod zu einem furiosen Rausch zu vereinen. Längst ist der ursprüngliche Anlaß zum Töten verdrängt und vergessen. Dahmer tötet nicht wie anfangs, um seine Besucher wenigstens als Tote bei sich zu behalten. Im Lauf der Jahre hat sich das Morden verselbständigt, ist zum Selbstzweck geworden, zu intensivstem Lustgewinn. Lust bereitet das Herumstreifen in Schwulenkneipen und Saunas und an Bushaltestellen, die Suche nach einem Opfer. Lust bereitet die Kunst, das Opfer anzusprechen und es in seine

Wohnung zu locken. Lust bereitet der Sex mit dem noch lebenden oder auch mit dem toten Mann. Lust bereitet es, ihn zu betäuben und perfekt zu erwürgen. Und die letzten Zuckungen des Sterbenden und sein rasender Herzschlag gewähren reine Lust. Diese aus vielen einzelnen Vorgängen zusammengesetzte stundenlange Lust ist es, die Dahmer immer öfter und in immer kürzeren Abständen zu seinen Morden treibt. Allein in den letzten zwei Monaten hat er sich dreimal diesen Genuß verschafft.

Und heute, obwohl noch die halbzerstückelte Leiche in der Badewanne liegt, spürt er wiederum den Drang, sich ein Opfer zu erjagen.

Er verläßt seine Wohnung in dem weitläufigen verlotterten Mietshaus. Dahmer hat gelernt, wie ungefährlich es ist, seine Opfer hierher zu bringen. Die Großstadt macht die Menschen gesichtslos, sie treiben aneinander vorbei, leeren Raum zwischen sich wie Sterne im Weltall. Niemals ist Dahmer bisher auch nur einmal in Mordverdacht geraten. Niemand erinnert sich, eines der vermißten Opfer mit Dahmer gesehen zu haben. Sein Triumph ist vollkommen. Auch heute wird er Glück haben.

Nicht weit von seiner Wohnung entfernt liegt das Einkaufszentrum Grand Avenue. Dorthin lenkt Dahmer seine Schritte. Je dichter das Menschengewühl, desto sicherer fühlt er sich.

Ein hübscher Junge in Blue Jeans und weißem T-Shirt erregt seine Aufmerksamkeit. Hautfarbe und Augen verraten seine asiatische Herkunft.

Ein Blitz der Erinnerung durchzuckt Dahmer. Er kennt dieses Gesicht. Vor zwei Jahren hatte er diesen laotischen Jungen in seine Wohnung gelockt, mit einem Schlafmittel betäubt und vergewaltigt. Doch bevor er ihn töten konnte, war er ihm entwichen. Der Vater des Jungen hatte Dahmer angezeigt. Und Dahmer war wegen sexueller Nötigung zu fünf Jahren Haft verurteilt worden. Der Richter hatte dann jedoch die Strafe auf Bewährung ausgesetzt, obwohl der Staatsanwalt dagegen protestiert und gewarnt hatte: »Ein Mann, der Kinder mit Drogen für seine sexuellen Perversitäten gefügig macht, ist ein Alarmsignal. Dieser Mann wird mit hoher Wahrscheinlichkeit rückfällig werden!«

Aber es blieb bei der Bewährungsstrafe. Allerdings hatte Jeff die Auflage erhalten, Kindern fernzubleiben.

Er betrachtet den Jungen genauer. Nein, es ist nicht derselbe wie damals. Der wäre jetzt älter. Es könnte ein jüngerer Bruder von ihm sein. Dahmer lächelt. Welch ein absurdes Vergnügen, mich jetzt am Bruder des Denunzianten zu rächen! Er denkt an das Gebot, sich von Kindern fernzuhalten. Seine Sucht ist stärker als seine Vorsicht. Es wird schon gut gehen.

Dahmer spricht den Jungen an. Er heißt Konerak Sinthasomphone. Tatsächlich Sinthasomphone! Ein Bruder des anderen, der ihn vor Gericht gebracht hatte! Konerak ist vierzehn, seine Familie ist aus Laos in die USA eingewandert. Dahmer erzählt Konerak, er habe sich kürzlich eine Kamera gekauft und suche Jungen, die ihm Modell stehen würden. Er würde Konerak dafür fünfzig Dollar bezahlen – für Konerak ein verlockendes Angebot. Er willigt ein.

In der Wohnküche angekommen, läuft ein sozusagen streng logistisches Programm ab. Wie ein präzise geplanter militärischer Einsatz sind die einzelnen Stufen der Lust festgelegt.

Dahmer bereitet Kaffee.

Er mischt einige Schlaftabletten in das Getränk.

Konerak muß bis auf die Unterhose die Kleidung ablegen. Dahmer macht einige Polaroidaufnahmen.

Dahmer gibt Konerak Kaffee zu trinken.

Er setzt sich zu Konerak und plaudert mit ihm, bis Konerak müde wird.

Dahmer fordert Konerak auf, sich auf die Couch zu legen.

Konerak schläft ein.

Dahmer zieht Konerak den Slip aus. Er beginnt mit Oralsex am Schlafenden und vergewaltigt ihn anal.

Danach verspürt er Durst, kleidet sich an und verläßt die Wohnung, um Bier zu holen. Es ist schon Mitternacht.

Als Dahmer mit einigen Bierdosen zu seinem Haus zurückkehrt, sieht er entsetzt Konerak nackt auf der Straße liegen. Mehrere Passanten bemühen sich um den Jungen und versuchen, ihn aufzurichten. Konerak fällt immer wieder aufs Pflaster zurück. Eine farbige junge Frau ruft fortwährend: »Er ist verletzt! Er blutet! Seine Beine sind doch ganz blutig!«

Dahmer überlegt fieberhaft, was er nun tun soll. Er sieht die junge Frau zur Telefonzelle eilen. Nun hat ihn sein Glück doch verlassen. Gleich wird eine Funkwagenstreife hier sein. Konerak wird überleben. Aus ist es mit der Bewährung. Fünf Jahre hinter Gitter! Fünf Jahre? In der Badewanne liegt eine Leiche! Du mußt etwas tun, Jeff! Entschlossen tritt Dahmer zu Konerak, greift ihm unter die Achseln, zieht ihn empor. Der Junge hängt schlaff in seinen Armen, sinkt aber nicht wieder um. Dahmer versucht mit ihm zu reden, aber Konerak ist nicht ansprechbar.

Und nun geschieht, was Dahmer befürchtet hat. Noch bevor er sein Opfer wieder in seine Wohnung schleppen kann, erscheint eine Funkwagenstreife. Drei Polizisten steigen aus. Die junge Frau, die die Polizisten gerufen hat, wiederholt erneut: »Ein Kind! Nackt! Es ist schwer verletzt!«

»Beruhigen Sie sich!« sagt ein Polizist, »wir kümmern uns schon!«

Die Frau bietet sich als Zeugin an. Sie deutet auf ein Haus: »Dort kam er heraus. Taumelte und stürzte bewußtlos hin. Wenn Sie meine Personalien aufnehmen würden? Ich heiße Sandra Smith und –«

»Halten Sie sich da heraus!« herrscht der Polizist Sandra an. »Wir brauchen keine Vorschriften, was wir zu tun haben!«

Dahmer faßt Mut. Die Polizisten scheinen nicht darauf versessen zu sein, den Fall groß aufzuziehen. Er wendet sich an den Polizisten, der der jungen Frau soeben eine Abfuhr erteilt hat: »Sir, ich glaube, Sie brauchen hier gar nicht viel zu tun. Der junge Mann ist mein Freund. Wir hatten Streit.«

Der Polizist nickt. »Und warum ist Ihr Freund nackt?«

Dahmer lächelt verschwörerisch. »Nun ja, er hat mir gerade Modell gestanden, für Aktaufnahmen. Dann hatten wir Streit. Er ist einfach davongelaufen und gestürzt.«

Der Polizist grinst. »Aktaufnahmen!« Er wendet sich an seine Kollegen: »Streit unter Schwulen.« Und Dahmer fordert er auf: »Macht, daß ihr von der Straße herunterkommt. Sonst gibt es Ärger!«

»Ja, Sir, wir gehen wieder in meine Wohnung zurück.«

»Aber er ist doch noch ein Kind!« ruft die junge Frau empört.

»Mein Freund ist achtzehn!« entgegnet Dahmer rasch.

Der Polizist betrachtet prüfend den noch immer halbbetäubten Jungen. Er ist unschlüssig, was er tun soll. Der Junge ist bestimmt noch nicht achtzehn. »Wir möchten uns Ihre Wohnung ansehen!« verkündet er schließlich.

Dahmer stockt der Atem. Die Leiche in der Badewanne. Jetzt ist alles aus.

Unterstützt von den Polizisten, bringt er Konerak in die Wohnung zurück. Konerak ist noch immer so benommen, daß er keine Frage der Polizisten beantworten kann. Dahmer zeigt den Cops die Polaroidfotos, die er von Konerak gemacht hatte. Konerak, im Slip, lächelt freundlich. Die Polizisten sind befriedigt. Sie sehen keinen Grund, die Wohnung zu überprüfen. Sie blicken nicht in das Säurefaß, in dem Hughes' Kopf schwimmt. Sie schauen nicht ins Badezimmer, wo die kopflose Leiche liegt. Sie wundern sich nicht über den Verwesungsgeruch, der die ganze Wohnung erfüllt. Sie verlassen die Wohnküche und steigen wieder in ihren Wagen. Ein Protokoll über den Zwischenfall anzufertigen, halten sie für unnötig, ebenso die Computerüberprüfung von Dahmers Person. Dann hätten sie festgestellt, dieser Mann ist wegen Sexualverbrechens an einem Minderjährigen vorbestraft.

Die junge farbige Frau sieht die Polizisten davonfahren. Sie sagt zu ihrer Freundin: »Sie haben dem Kerl mehr geglaubt als uns. Er ist ein Weißer. Wir sind Farbige. Und der Junge ist ein Asiate.«

Dahmer blickt zur Straße hinunter. Der Funkstreifenwagen ist verschwunden. Dahmer triumphiert. Er ist Herr der Situation.

Konerak liegt auf der Couch, er ist schon wieder eingeschlafen. Sein nackter Körper erregt erneut Dahmers Begierde. Er greift zur Hantel und drückt sie auf Koneraks Kehle.

Seine sexuellen Spiele mit der Leiche bringen ihm nochmals höchste Befriedigung.

Dann fotografiert er den Toten aus verschiedenen Blickwinkeln, um ein ständig verfügbares Andenken an diese lustvollen Stunden zu haben. Er zerschneidet die Leiche und nimmt die einzelnen Phasen der Zerstückelung wiederum mit der Polaroidkamera auf. Den Kopf bringt er ins Säurefaß. Das Herz legt er ins Gefrierfach, er wird es später braten und essen, um dadurch seine eigene Kraft und Macht zu potenzieren. Die größeren Leichenteile verpackt er in Plastiktüten, die er weit und breit in Müllcontainer werfen wird. Kleinere Teile spült er im Toilettenbecken herunter.

Auch Hughes' Leiche beseitigt er auf gleiche Weise.

*

Im nächsten Monat, im Juni, tötet Dahmer den zwanzigjährigen Matt Turner, den er in einem Homosexuellen-Klub kennengelernt hatte.

Im Juli macht er sich in einem Schwulenklub an den dreiundzwanzigjährigen Jeremiah Weinberger heran und bringt ihn in seiner Wohnung um. Ihm folgt Oliver Lacy in den Tod, dessen Herz Dahmer ebenfalls zum Verzehr im Kühlschrank aufbewahrt. Lacy ist sein 17. Opfer.

Allein in den letzten fünf Monaten hat Dahmer nun schon acht Männer umgebracht. Die Mordorgie rotiert immer schneller. Nachdem er im Juli drei Männer ermordet hat, sucht er gegen Ende des Monats wiederum ein neues Opfer.

In diesen Wochen scheint Dahmers Seele ins gleiche Säurebad hineingetaucht zu sein wie die Körper der Ermordeten. Seine Persönlichkeit ist wie von ätzenden Giften zersetzt. Nicht nur seine Phantasien hausen in einer gespenstischen Welt, auch sein äußeres Leben bricht zusammen. Er verliert in diesen Tagen seinen Job in der Schokoladenfabrik, weil er tagelang von der Arbeit fernbleibt. Seit Monaten hat er keine Miete mehr bezahlt, er soll seine Wohnung räumen. Aber wohin mit dem Säurefaß, den Knochen und Schädeln? Der Alkohol wirft ihn in stumpfsinnige Trägheit. Er dämmert dahin und weiß keinen Ausweg. Er wäscht sich nicht mehr, rasiert sich nicht, fühlt sich seinen monotonen Selbstvorwürfen ausgeliefert. Schuldgefühle steigern seinen Selbsthaß, sein Selbstmitleid. Er bedauert die Entfremdung vom Vater, seine Isolation, er fürchtet sich vor den Totenschädeln im Schrank, er haßt seine Homosexualität und denkt an Selbstmord. Aber die zu Reflexen erstarrten Fluchtversuche aus dieser Gefangenschaft treiben ihn unerbittlich immer wieder auf den erlernten, einzig noch möglichen Weg: das gestörte Gleichgewicht zwischen sich und der Mitwelt durch mörderische Aggression wieder in Ordnung zu bringen.

Wenige Tage vor der Zwangsräumung trifft Dahmer im Einkaufszentrum Grand Avenue den zweiundzwanzigjährigen Tracy Edwards. Edwards ist Hilfsarbeiter und vor einigen Monaten nach Milwaukee gekommen. Hier leben seine zwei Brüder und sein Vater. Edwards steht an einem Ausschank und trinkt ein Bier. Dahmer spricht ihn an. Edwards sagt, er habe Langeweile und suche Leute für eine Party. Da sei er bei ihm gerade richtig, erwidert Dahmer, er erwarte noch einige Freunde, mit denen er eine Fete geplant habe. Edwards solle doch mitkommen. Edwards findet Dahmer zwar etwas verwahrlost, sonst aber ganz sympathisch mit seiner weichen Stimme und dem jungenhaften Lächeln.

Mit zwölf Büchsen Budweiser Bier fahren sie in Edwards' Wagen zu Dahmers Wohnung. Edwards wundert sich, daß Dahmers Wohnung durch ein kompliziertes elektronisches Sicherheitssystem verschlossen ist. »Eine unsichere Gegend«, erklärt Dahmer, »man kann nicht vorsichtig genug sein.«

Als sich Edwards in der Wohnung befindet, äußert er erneut Verwunderung. »Wie hältst du es bloß in diesem Gestank aus?« fragt er teilnahmsvoll.

»Ja, leider. Ich muß, der Abfluß ist verstopft. Ich habe mich schon beschwert. Aber setz dich doch.«

Edwards setzt sich auf die Couch, gegenüber dem riesigen Aquarium. Er bedauert bereits, mitgekommen zu sein. Der Gestank nervt ihn. Die Berge schmutzigen Geschirrs widern ihn ebenso an wie Dahmers Mehrtagebart und seine fleckigen Jeans. Ein Bier, sagt sich Edwards, dann gehe ich wieder.

»Wo bleibt das Bier?« fragt er.

»Gleich.« Dahmer geht zum Kühlschrank. Edwards hört das Zischen der geöffneten Bierdose. »Auch was zu essen?« fragt Dahmer, »ich habe Kartoffelchips da und Senf.«

Edwards lehnt ab. Dahmer überreicht ihm ein Bier und

setzt sich, gleichfalls eine Büchse in der Hand, neben seinen Gast.

»Wir könnten uns einen Pornofilm ansehen«, schlägt er vor.

Edwards lacht: »Die Realität ist mir lieber. Ich habe sechs Kinder und jede Menge Weiber. Wozu brauche ich da Pornos?«

Dahmer scheint enttäuscht zu sein. Das Gespräch schleppt sich dahin. Edwards hat sich an den Gestank gewöhnt. Er fühlt sich plötzlich sehr müde und starrt schläfrig auf die Fische im Aquarium. Wird plötzlich hellwach, als Dahmer seinen Arm um ihn legt und sich an ihn schmiegt. Er stößt Dahmer zurück: »Nicht mit mir, Freundchen, mit mir nicht!«

Dahmer steht schweigend auf.

Edwards trinkt den Rest Bier aus und stellt die Büchse ab. »Also vielen Dank für das Bier. Ich gehe jetzt lieber. Viel Spaß bei der Party.«

Er will sich erheben, da steht plötzlich Dahmer vor ihm und schließt blitzschnell eine Handfessel an Edwards' linkes Handgelenk. Edwards hält das noch für einen Spaß. Als Dahmer ihm aber ein Messer an die Kehle setzt und ihn auffordert, sich auch die rechte Hand fesseln zu lassen, als er in das verzerrte Gesicht Dahmers blickt, weiß er, der Mann meint es ernst. Die plötzliche Verwandlung des liebenswürdigen Gastgebers in eine wütende Bestie ist erschreckend. »Ich werde dir das Herz herausschneiden und es essen!« Dahmer lacht, und Edwards glaubt, Satan persönlich lachen zu hören.

»Aber bevor du stirbst, machen wir noch ein paar schöne Fotos von dir. Zieh dich aus!«

»Wie denn?« fragt Edwards und hebt seine gefesselten Hände empor.

»Deine Sache. Beeil dich!«

Edwards zweifelt nicht mehr daran, daß dieser Irre ihn töten wird. Er will sich nicht widerstandslos abschlachten lassen. Er beginnt, sich umständlich zu entkleiden. Knöpft langsam, die Schwierigkeit übertreibend, das Oberhemd auf. Und überlegt, wie er sich vor dem Messer in Dahmers Hand retten kann. Aus dem Fenster springen? Die Wohnung liegt zu hoch. Edwards weiß auch nicht, ob Dahmer beim Eintritt in die Wohnung die elektronische Verriegelung aktiviert hat. Wahrscheinlich hat er es getan, um ihn ungestört töten zu können. Ich muß es riskieren, denkt Edwards, wie auch immer die elektronische Sicherung auszuschalten. Dazu braucht er Zeit. Zuvor muß er Dahmer kampfunfähig machen.

Dahmer sitzt auf der Couch und ist mit seiner Polaroidkamera beschäftigt. Edwards schleicht sich an ihn heran und schlägt ihm beide Fäuste ins Gesicht.

Dahmer sinkt stöhnend um.

Edwards läuft zur Tür, sucht sich in der elektronischen Schaltanlage zurechtzufinden. Hört Schritte hinter sich. Dahmer ist wieder auf den Beinen. Verzweifelt dreht Edwards den Türöffner. Die Tür springt auf! Edwards stürzt hinaus.

In diesem Augenblick umklammert Dahmer seine Brust, will ihn ins Zimmer zurückzerren. Edwards' Todesangst verstärkt seine Kräfte. Er reißt sich los und läuft den Flur entlang zur Treppe.

Er rast die Treppen hinab, verläßt das Haus.

Unten blickt er sich um. Niemand folgt ihm. Er ist frei.

Ein Polizeiwagen nähert sich. Edwards springt auf die Straße, vor den Funkstreifenwagen, der kreischend bremsen muß. Er reckt den Polizisten die gefesselten Hände entgegen: »Ein Mann wollte mich erstechen! Und mein Herz fressen!«

Die Polizisten glauben, einen Wahnsinnigen vor sich zu haben. Edwards berichtet in hastigen Sätzen, was er soeben erlebt hat. Die Cops fordern ihn auf, ihnen die Wohnung zu zeigen, in der das alles passiert sein soll.

In diesem Augenblick, als Edwards mit den Cops vor seiner Wohnung erscheint, begreift Dahmer, daß er an diesem Tag doch kein Glück gehabt hat, daß es sein schwärzester Unglückstag ist.

Noch einmal versucht er, wie damals bei Konorak Sinthasomphone, die Polizisten zu täuschen und von einer Durchsuchung der Wohnung abzuhalten. Er sei, so sagt er, in gottverdammter Wut gewesen, weil ihn sein Betrieb gefeuert habe. Deshalb habe er seinen Zorn an Edwards ausgelassen.

Doch dann öffnet ein Cop den Kühlschrank. Er erblickt, umgeben von Bierdosen, einen Totenschädel, an dem noch verwesende Gewebereste kleben. Der Polizist schreit entsetzt auf. Dahmer stürzt sich brüllend wie ein Tier auf ihn, wird von den anderen zurückgerissen, kratzt, schlägt um sich, bis er überwältigt, zu Boden geworfen und gefesselt wird.

Ein Funkspruch zur Polizeizentrale ergibt, daß Dahmer wegen Sexualverbrechens vorbestraft ist.

Die Polizisten durchstöbern hastig die Wohnung. Entdecken Schädel im Schrank. Fischen Leichenteile und Köpfe aus dem Säurefaß. Und rufen die Mordkommission.

Das stille Haus verwandelt sich in ein Tollhaus. Streifenpolizisten, Kriminalisten, Gerichtsmediziner, die Leute von der Spurensicherung treffen ein, beginnen ihre Arbeit. Und bald bestätigt sich, was sie schon beim ersten Blick ahnten: ein Massenmörder ist gestellt worden.

An Händen und Füßen gefesselt, kreischend und um sich schlagend, wird Dahmer in einen Polizeiwagen gesetzt und ins Polizeihauptquartier überführt.

Einige Stunden später ist die Durchsuchung von Dahmers Wohnung beendet. Laut Protokoll hat sie unvorstellbar grauenhafte Tatsachen ans Licht gebracht.

Im Kühlschrank liegt ein schon in Verwesung übergegangener menschlicher Kopf. Im Gefrierfach befinden sich drei Plastiktüten, sie enthalten ein menschliches Herz, einige innere Organe und verschiedene Stücke Menschenfleisch. Einer der Plastikbeutel ist mit menschlichem Blut gefüllt. In einem Schrank werden fünf und in einem Pappkarton zwei Schädel aufbewahrt. Einige Schädel sind mit Farbe angestrichen. In einem 230-Liter-Säurefaß schwimmen drei menschliche Torsos ohne Kopf. In einem metallenen Kessel liegen mehrere verweste Hände und Genitalien, in einem Aktenschrank viele menschliche Knochen.

Männliche Aktfotos zieren die Wände. Porno- und Horrorvideos lagern neben dem Fernseher. Zahlreiche Fotos zeigen gefesselte nackte junge Männer und zerstückelte Leichen.

Es gibt auch eine Anzahl Chemikalien zum Bleichen, zum Säubern, zum Konservieren, zur Geruchsbeseitigung, auch Äther und Chloroform zum Betäuben der Opfer, Schlaftabletten, ferner eine Kettensäge, Skalpelle, chirurgische Gabeln, Fleischermesser, säurebeständige Handschuhe, vernickelte Handfesseln.

Bald nach seiner Verhaftung gibt Dahmer seinen wütenden Widerstand auf. Er erklärt sich bereit, ein volles Geständnis abzulegen. Er habe siebzehn Menschen getötet: elf Männer schwarzer Hautfarbe, einen Lateinamerikaner, einen Indianer, einen Laoten und drei Weiße. Die jungen Männer und Jugendlichen waren Homosexuelle, Ausreißer, Anhalter. Keines seiner Opfer hatte zuvor eine Beziehung zu ihm gehabt, alle waren zufällig in seine Hände geraten. Mit einigen von ihnen hatte er vor ihrem Tode sexuell verkehrt, die anderen hatte er als Leichen mißbraucht.

Es erscheint aussichtsreicher, die Tiefe der Weltmeere oder die Atmosphäre der Venus zu erforschen, als die Nacht in der Seele eines Serien-Triebtäters zu erhellen, vor allem, wenn es sich um einen Lustmörder von der Art Jeffrey Dahmers handelt. Der FBI-Kriminologe R. Ressler, ein Pionier der soziopsychologischen Erforschung von Serienmördern, bezeichnete Dahmer als ein »Tätermix«, der ein ganzes Bündel von Mordmotiven in sich vereint. Dahmer sei völlig untypisch für einen Serienmörder und stelle wahrscheinlich einen ganz neuen Typus dar. Dahmer habe »die grauenhaftesten Merkmale der Sexualmorde zu einem neuen erschreckenden Ganzen miteinander vermengt. Der Mann befriedigte sich mit Vergewaltigung, Zerstückelung, Kannibalismus und Nekrophilie.« Trotz dieser Kombination verschiedener Triebbefriedigungen sei Dahmer dem Handlungsmuster aller Serienmörder gefolgt: »Sie fangen vorsichtig an. Zuerst erschrecken sie über sich selbst, doch dann töten sie weiter. Die Zeitabstände werden immer kürzer, und ihr Geschick nimmt von Mal zu Mal zu. Am Ende sind sie wahre Mordmaschinen. Nun werden sie verwegen und leichtsinnig, denn sie glauben, kein Sterblicher könne ihnen noch etwas anhaben, Macht über Leben und Tod hätten allein sie.«

Ressler hat bei seinen empirischen Forschungen mit Dutzenden von Serienmördern gesprochen und ein überzeugendes Psychogramm dieses Mördertyps entwickelt. Dabei stellt er sich immer wieder die Frage, ob es überhaupt einen Schlüssel für die Erklärung des sexuell bedingten Serienmordes gibt. Triebtäter besitzen eine abnorme, sadistisch ausgerichtete Sexualität. Sie sind unfähig, normale, auf emotionaler Bindung beruhende hetero- oder homosexuelle Partnerbeziehungen aufzubauen, und reagieren sich durch Gewalt, schließlich durch Morde ab.

Ressler stellt die bisher vorherrschende Meinung in Frage, die Wurzeln von Gewalttaten seien darin zu suchen, daß der Täter im Kindesalter selbst sexuell mißbraucht worden sei. Das sei nur in manchen Fällen nachweisbar. »Der Schlüssel liegt in der Entwicklung perverser Gedankenmuster. Diese Männer wurden durch ihre Phantasievorstellungen zum Mord angeregt. Sie standen ausnahmslos unter dem Zwang ihrer Phantasien. Sie töteten, um das in die Wirklichkeit umzusetzen, was sie sich seit ihrer Kindheit unentwegt ausgemalt hatten.«

Serienmörder, so hat Ressler nachgewiesen, entstammen allen sozialen Schichten, und zwar oft äußerlich scheinbar intakten, innerlich aber zerstörten Familienverhältnissen. Ressler nennt mehrere Stufen, in denen sich die soziale und sexuelle Deformation eines Serienmörders in seiner Kindheit und Jugend vollzieht.

Solche Kinder erfahren in den ersten Lebensjahren von der Mutter, dem für sie wichtigsten Menschen, keine Zuwendung und Liebe. Seelische Vernachlässigung wirkt sich ebenso verheerend aus wie körperliche Züchtigung. Das Kind erhält von den Eltern keine ethischen Werte vermittelt, erfährt nicht, was es darf und was es nicht darf. Diese Kinder lernen es nicht, sich in eine Gemeinschaft einzuordnen: »Sie sehen die Welt immer nur aus einer ausschließlich auf sich selbst bezogenen Perspektive. Von frühester Kindheit an ohne ausreichende Liebe und Zuneigung groß geworden, kannten diese Menschen nie eine Bezugsperson, konnten zu ihren Nächsten keine Zuneigung entwickeln und wuchsen in zunehmender Isolation und Einsamkeit auf.«

Dahmers Mutter scheint selbst eine psychisch gestörte Frau gewesen zu sein. Sie fürchtete sich, Jeff zu stillen. Sie litt unter unerklärlichen Angstzuständen, lag tagelang apathisch im Bett, krankte an seelisch bedingten Lähmungen und Zuckungen und einer ständigen hysterischen Gereiztheit.

Natürlich machen fehlende Mutterliebe und mangelnde Wertorientierung diese Kinder nicht automatisch zu Gewalttätern. Aber wenn weiterhin negative soziale Einflüsse auf sie einwirken, verstärkt sich die Möglichkeit der Fehlentwicklung. Ressler meint, vom zehnten Lebensjahr an könne ein verständnisvoller starker Vater jene mütterlichen Versäumnisse ausgleichen. Viele Serienmörder aber vermißten gerade in dieser Zeit den erzieherischen Einfluß des Vaters. Oft seien die Eltern geschieden oder der Vater kümmere sich nicht um die Familie.

So war es auch bei Dahmers. Jeffs Vater hat selbst darüber berichtet, daß ihn das hysterische Verhalten seiner Frau verstört, daß er sich deshalb völlig in seine Arbeit zurückgezogen habe. Erst später, zu spät, habe er allerdings begriffen, daß er selber unfähig gewesen sei, seiner Frau die Liebe zu geben, die sie erwartet hatte, so daß er mitschuldig an ihren seelischen und körperlichen Störungen geworden sei. In jener Zeit hatte Jeff eigentlich gar keinen Vater, wie dieser selbst eingestand: »Ich floh in mein Labor, wo das Leben weniger heikel war und wo ich sämtliche Reaktionen unter Kontrolle hatte. Hier fand ich Erholung vom häuslichen Durcheinander. Das Labor war für mich wie ein schützender Hafen im Sturm.«

Von der seelisch labilen, nur auf ihre wirklichen oder eingebildeten Leiden fixierten Mutter vernachlässigt, vom Vater, der der Familie in sein Labor entfloh, allein gelassen, war Jeff völlig auf sich selbst zurückgeworfen. Seine Einsamkeit vertiefte sich. Für Zehn- bis Zwölfjährige ist eine solche Isolation verhängnisvoll, denn sie macht die Kinder unfähig zu normalen zwischenmenschlichen Kontakten. Mit Beginn der Pubertät weitet sich die Kontaktlosigkeit auch auf den sexuellen Bereich aus. In einem Alter, wo normale Jungen sich für Mädchen zu interessieren beginnen oder erste Freundschaften schließen, konzentriert sich ein solcher Einzelgänger nur auf sich selbst und taucht immer mehr in eine Phantasiewelt ein. Sie ist ein Ersatz für zwischenmenschliche Kontakte. Naturgemäß erhalten diese Phantasien in der Pubertät eine zunehmend sexuelle Prägung, formen sich als sexuelle Gewaltvorstellungen: »Allein dort, in ihrer eigenen Welt, haben sie die totale Kontrolle.« Hier werden die Opfer von einst die Täter von morgen. Da ihnen in der Kindheit keine moralischen Grenzen gesetzt, keine Gebote und Verbote vermittelt worden sind, fühlen sie sich nun berechtigt, ihre Gewaltphantasien jetzt auch in der Wirklichkeit auszuleben. Sie beginnen mit anscheinend »harmlosen« Gewalttaten, quälen Tiere oder schwächere Kinder und sehen sich, wenn sie nicht bestraft werden, durch den Erfolg belohnt. Der Täter fühlt sich bald als Held, dem alles erlaubt ist. Sexualität verbindet sich bei der krankhaften Persönlichkeit stets mit Brutalität, Demütigung, Zerstörung, Unterwerfung, Kontrolle und Rache. Ressler resümiert: »Was als Phantasievorstellung beginnt, endet als Teil eines Mordrituals.«

Ressler nennt diese jungen Männer tickende Zeitbomben, die nur auf den richtigen Anlaß für die Explosion warten. Dieser Anlaß, der den ersten Mord auslöst, ist oft eine starke seelische Belastung, eine Enttäuschung beispielsweise, ein Verlust. Die Mordserie des russischen Serienmörders Tschikatilo erreichte immer dann einen Höhepunkt, wenn er seine Arbeitsstelle verlor. Dahmer beging seinen ersten Mord, als seine Eltern sich trennten und ihn allein im Haus zurückließen. Seine Mordserie steigerte sich rasant, als er arbeitslos wurde und seine Wohnung räumen sollte. Er war nicht mehr in der Lage, mit diesen erneuten Schwierigkeiten fertig zu werden. Mit weiteren Morden reagierte er seinen Frust ab.

Mit dem ersten Mord, meint Ressler, werde eine Grenze überschritten und eine Rückkehr unmöglich. Kommt der Mörder unentdeckt davon, ist der Weg frei für immer neue lustvolle Wiederholungen: »Nun, da er den ersten Mord hinter sich hat, benötigt er keinen äußeren Anlaß mehr. Der Mörder befindet sich jenseits der Grenze und plant die nächsten Verbrechen regelrecht. Anders als das erste geschehen sie nicht mehr aus einem Impuls heraus. Von nun an wird er sich seine Opfer sorgfältig auswählen, den Mord nach allen Regeln der Kunst begehen und dem Opfer weitaus mehr Gewalt antun als beim ersten Mal. So wird der einsame Junge aus einem abweisenden Elternhaus zum Serienmörder.«

Die umfangreichen Untersuchungen über Serienmörder bringen Ressler letzthin zum gleichen Ergebnis wie Alice Miller, die sagte, in jedem Leben eines solchen »Ungehcuers« könne man die logische Folge seiner Kindheit entdecken. Der Verbrecher inszeniere als Erwachsener die Ängstigung und Entwürdigung des Kindes, das er einst selbst war. Jeder Verfolger sei erst einmal Opfer gewesen und sein Sadismus aus den Phantasien eines Kindes entstanden, das aus seiner verzweifelten Situation einen Ausweg gesucht habe.

Solche soziopsychologischen Erklärungen für die Entwicklung eines Serienmörders könnten vermuten lassen, der Serienmörder sei sich der Ursachen und Motive seiner Taten bewußt. Ressler hat in langen Gesprächen Serienmörder analysiert und dabei all das erfahren, was er dann zum Täterprofil und zum allgemeinen Handlungsmuster eines Serienmörders systematisiert hat. Trotzdem hat Ressler seine Einsichten nicht aus den Selbstbekenntnissen und -erkenntnissen der Täter gewonnen, sondern aus ihrer Lebensgeschichte abgeleitet. Die Serienmörder haben ihre wirklichen Motive zum größten Teil ins Unterbewußtsein verdrängt. Es gibt Äußerungen Dahmers, er habe unter dem ständigen Streit seiner Eltern, seinem Verlassensein, seiner Einsamkeit gelitten. Und daß ihn seine homosexuelle Veranlagung gequält und er Homosexuelle deshalb gehaßt habe. Er bezeichnete sie als »Scheißtunten«. Deshalb hielt man im Prozeß auch den Haß gegen Homosexuelle für ein mögliches Mordmotiv. Aber nicht alle seine Opfer waren Homosexuelle. Vielleicht versuchte Dahmer mit seinem vermeintlichen Haß auf Homosexuelle nur ein rational verständliches Motiv für seine weitgehend irrationalen Triebkräfte zu finden. Über seine Gespräche mit Dahmer sagte Ressler: »Nach dem Interview hatte ich nur noch Mitleid mit diesem innerlich total zerrissenen Menschen. Er war so offen und kooperativ wie kaum einer vor ihm, und doch kam er nicht dahinter, warum und wie er diese schrecklichen Morde hatte begehen können. Was er begriff, das war das Ausmaß, in dem seine Zwangsvorstellungen und Phantasien von ihm Besitz ergriffen und ihn von Mord zu Mord getrieben hatten. Für mich stand fest, daß dieser Mann, der sich das Leben selbst zur Hölle machte, zum Zeitpunkt der Verbrechen auf keinen Fall zurechnungsfähig gewesen sein kann.«

Nicht zurechnungsfähig – diese Ansicht Resslers scheint noch durch eine andere Tatsache bestätigt zu werden. Dahmer hatte seine Verbrechen niemals raffiniert getarnt. Er suchte seine Opfer in aller Öffentlichkeit, ließ sich mit ihnen sehen, tötete sie in der eigenen Wohnung in einem belebten Großstadthaus. Schädel seiner Opfer lagen offen in einem Regal, das riesige Säurefaß stand sichtbar im Zimmer, der Leichengeruch drang bis in den Hausflur hinaus. Durch seine Nachlässigkeit entkam ihm mehrmals ein Opfer. Einer von Dahmers Psychiatern glaubte deshalb, Dahmer wurde schließlich gefaßt, weil er gefaßt werden wollte.

Beging Dahmer also wie auch andere Verbrecher »Selbstverrat«?

Als Selbstverrat bezeichnen Tiefenpsychologen das unbewußte Streben eines Straftäters, sich durch verräterische Handlungen vor, während oder nach der Tat der Justiz auszuliefern.

Der Schweizer Kriminologe R. Herren spricht von einem »dunklen unbewußten Zwang, der gegen die rationalen Interessen des Ichs des Täters agiert«. Verantwortlich dafür sei der »innere Richter«, das unbewußt wirkende Gewissen, das den Täter zur Selbstbestrafung dränge – vorausgesetzt, er besitze eine Einsicht in Gut und Böse und in die eigene Schuld. Jene sonst unverständliche Handlungsweise Dahmers könnte also ein solcher Selbstverrat sein, der Drang, endlich dem verhaßten Teufelskreis zu entfliehen. Dahmer besaß Einsicht in die eigene Schuld, also die Voraussetzung für Selbstverrat und Selbstbestrafung. »Es ist alles meine Schuld«, bekannte er bei einer Vernehmung, »ich will einen Schlußstrich ziehen. Niemand außer mir trägt die Schuld.«

Der Fall Jeffrey Dahmer stünde in einem »Rekordbuch der Serienmörder« nicht nur wegen der Anzahl und der Scheußlichkeit seiner Morde mit an der Spitze. Unabhängig von den psychiatrischen Gutachten gibt es ein aufschlußreiches Psychogramm des Täters, das noch auf andere Ursachen für seine sadistischen Verbrechen hinweist. Jeffs Vater Lionel Dahmer, tief erschüttert von den Taten seines Sohnes, fragte sich mit selbstquälerischer Unerbittlichkeit, welche Schuld er selbst an der Deformation seines Sohnes trage. Am meisten bedrückt Lionel Dahmer die Frage, warum er die dämonischen Mächte, die von seinem Sohn Besitz ergriffen hatten, nicht schon frühzeitig hätte erkennen und bekämpfen können. Er findet keine Antwort darauf, weil im nachhinein, mit dem Wissen um alle Verbrechen, jedes damals harmlose Ereignis aus Jeffs Kindheit eine düstere Bedeutung erhält: »Alles ist heute Teil dessen, was er als Erwachsener getan hat. Ich weiß darum überhaupt nicht mehr, ob ein Erlebnis als normal anzusehen ist oder ob es ein bedenkliches Zeichen war, eine alltägliche oder eine unheilschwangere Begebenheit.« Deutete sich beispielsweise in Jeffs Manie, Tierkadaver und Knochen zu sammeln, bereits seine spätere Sammelwut der Knochen und Schädel und Genitalien seiner Opfer an?

Lionel Dahmer sucht und findet Schuld bei sich selbst: Schuld in Form »eines sozialen, eines psychischen und, am bedrückendsten, vielleicht auch eines genetischen Vermächtnisses, das Lionel Dahmer seinem Sohn mit auf den Lebensweg gab« (Th. H. Cook).

Das soziale Vermächtnis: Das sind die zerrüttete Ehe der Eltern, die Flucht des Vaters in die »kalkulierbare und überschaubare Welt des Labors«, die Blindheit gegenüber Jeffs wachsender Vereinsamung. Der Vater konnte den Teufelskreis dieser Isolation nicht erkennen: sie gebar in Jeff monströse Phantasien, die ihn hinwiederum vom normalen Leben ausschlossen und somit die Isolierung erneut vertieften.

Das psychische Vermächtnis: Der Vater entdeckt in seiner eigenen Kindheit und Jugend erschreckende Parallelen zur Befindlichkeit seines Sohnes. Auch er litt unter Ängsten vor Einsamkeit und Verlassenwerden, auch unter Zwangsvorstellungen (z. B. der Vorstellung, einen Mord begangen zu haben), unter absonderlichen sexuellen

Phantasien. Feuer faszinierte ihn, er bastelte sich Explosivkörper. »Es dauerte lange, bis ich allmählich die Erkenntnis zulassen konnte, daß es Bereiche in Jeffs Gemüt gibt, daß er pervertierte Wünsche kennt, die ich in mir selbst mein Leben lang unterdrückt habe.« Lionel gesteht, wenn er solche Anzeichen auch erkannt hatte, hatte er sie verdrängt und sich damit beruhigt, er selbst habe sie ja auch überwunden und sei kein Verbrecher geworden.

Das genetische Vermächtnis: Lionel Dahmer fragt sich auch, ob er auf seinen Sohn einen »Fluch« verhängt habe: »Einige der Zwänge, denen mein Sohn ausgeliefert war, hatten ihren Ursprung in mir. Die abwegigen Phantasien meiner Jugend, die gewalttätigen Impulse, die in mir aus den kindlichen Gefühlen von Ohnmacht und Minderwertigkeit emporstiegen und die es mir vielleicht schwer gemacht haben, Jeff meine Liebe zu zeigen – all dies hat sich vielleicht von mir auf Jeff übertragen. Als Wissenschaftler weiß ich, welch großen Einfluß die Erbmasse auf die Entwicklung eines Menschen hat.« Allerdings, so schränkt Lionel auch ein, sei das genetische Erbe kein Schicksal, sondern selbst der Veränderung durch äußere und innere Einflüsse unterworfen, höchstenfalls also eine Art halbierter genetischer Schuld.

So stehen am Ende des Falles Jeffrey Dahmer zwei Schuldbekenntnisse – die des Täters und die seines Vaters. Aber wenn Jeffrey Dahmer erklärte, niemand trage Schuld als er selbst, so ist diesem Bekenntnis in seiner Absolutheit nicht zuzustimmen. Ohne Jeffrey Dahmers eigene Verantwortlichkeit für seine Verbrechen zu mindern, darf doch die Mitverantwortung seiner Umwelt nicht übersehen werden.

Jeffs Vater hat die familiäre Mitverantwortung ungeschminkt benannt.

Die Berichterstatter über den Fall Dahmer – Lisa Holewa und Robert J. Dvorchak – verweisen auf die Mitschuld der Gesellschaft für die langjährige Blutspur Dahmers. Niemand nahm die sich häufenden Alarmsignale ernst. Die Lehrer ließen Jeffs Clownerien in der Schule durchgehen, mit denen er Aufmerksamkeit erzwingen wollte. Die Armee ging den Ursachen von Dahmers Alkoholismus nicht nach, sondern, das war der einfachste Weg, trennte sich lieber gleich von ihm. Die Polizei versäumte in entscheidenden Augenblicken, sich über Dahmers Vorstrafen kundig zu machen. Sie glaubte einem Mörder, weil er ein Weißer war, mehr als Opfer und Zeugen, weil diese Farbige waren. Die Bewährungshelfer wußten zwar, daß Dahmer sie belog, fanden sich aber damit ab. Die Nachbarn beschwerten sich über den Leichengestank, der aus seiner Wohnung drang, machten sich jedoch keine Gedanken darüber.

»Wenn aber«, so fragen Holewa und Dvorchak, »jeden die Schuld trifft, darf man überhaupt einem einzelnen die ganze Schuld aufbürden?«

Und FBI-Kriminologe Ressler sagte abschließend: »Auf keinen Fall würde ich Dahmer seine siebzehn Morde verzeihen – aber ich verstehe ihre Logik und Dahmers Geisteszustand. Ich beziehe weder für noch gegen Dahmer Stellung. Ich setze mich dafür ein, daß unser Justizsystem so komplizierte Sachverhalte wie Dahmers Morde gerecht beurteilen kann. Auf keinen Fall war er zum Zeitpunkt der Verbrechen zurechnungsfähig. Niemandem wäre mit Dahmers Tode gedient.«

Dahmer erhielt eine lebenslängliche Freiheitsstrafe. Knapp zwei Jahre später erschlug ein Mithäftling Dahmer in der Toilette mit einem Besenstiel.

4. Kapitel

Die Triebtäter

Das Phantom

An einem Februarabend im Jahre 1929, gegen 18 Uhr, bereitet sich der Fabrikarbeiter Peter Kürten zum Ausgang vor. Er festigt das Haar mit Pomade, zieht einen schnurgeraden Scheitel und verteilt einige Tropfen Kölnisch Wasser im Gesicht. Er überprüft die Bügelfalte der Hose. Die Schuhe glänzen. Er zieht sich einen dunklen Mantel über, setzt sich einen ebenfalls dunklen Hut auf und entnimmt einer Schublade eine langschenkelige Kaiserschere. Über den Griffen der Schere sind die Bilder des letzten deutschen Kaiserpaares eingeprägt. Kürten verläßt die Mansardenwohnung und verschließt die Tür. Seine Frau, die in einer Gaststätte arbeitet, hat noch Spätdienst.

Kürten tritt aus dem ansehnlichen Bürgerhaus und geht beschwingten Schrittes die *Mettmanner Straße* entlang, ohne ein bestimmtes Ziel. Man sieht es dem schlanken, gepflegten Mann mit den blauen Augen nicht an, daß er bereits 46 Jahre alt ist. Er wirkt wesentlich jünger. Und niemand sieht ihm an, daß er zweiundzwanzig Jahre seines Lebens hinter Gittern verbracht hat.

Den ganzen Tag über, während der Arbeit, hat Kürten den Abend herbeigesehnt, diese Abendstunden, in denen er durch die stillen Vororte Düsseldorfs, über abgelegene Feldwege oder die weiten Rheinwiesen streifen kann. Es sind die Nachtstunden, in denen er über seine Ohnmacht triumphieren kann. Und in denen er das erhält, was ihm keine Frau, nicht die eigene und keine andere, geben kann: den Orgasmus, der über den Rücken jagt wie ein elektrischer Stromschlag. Abend für Abend, wenn seine Frau zur Arbeit ist, tigert Kürten durch Straßen und Einöden auf der Suche nach Macht – nach geborgter Macht für einen Augenblick, in einer Welt, die ihn zur Ohnmacht verdammt hat: als Gefangenen im Zuchthaus, als Proletarier in der Gesellschaft, als Impotenten vor den Frauen.

Heute abend ist er erst eine Viertelstunde unterwegs, als er auf der *Behrenstraße* einem kleinen Mädchen begegnet. Das Kind schluchzt vor sich hin. »Warum weinst du denn?« fragt Kürten mitfühlend.

Das Mädchen hat eine Freundin besucht und sich auf dem Heimweg verlaufen. »Wie heißt du?« will Kürten wissen. Das Mädchen heißt Rosa und ist neun Jahre alt. Kürten nimmt es an der Hand und verspricht, es nach Hause zu bringen. Getröstet geht Rosa mit.

Bald erreichen sie den Platz, auf dem die *Vincenzkirche* steht. Hier wird seit Wochen gebaut. An der Rückseite der Kirche befindet sich ein Bretterzaun, der Kirche und Pfarrgarten vom Baugelände trennt. Hinter dem Bretterzaun herrscht Finsternis, kein Laternenschein dringt hierher.

Einige rasche Schritte mit dem Kind an der Hand in einen dunklen Winkel. Wohin denn, fragt Rosa noch erschrocken, dann erstickt der Würgegriff des Mannes jeden weiteren Laut.

Während sich das Kind erstickend in der Hand Kürtens windet, greift er zur Kaiserschere. Das Kind ist tot zu Boden gesunken. Er treibt ihm die Schere tief in die rechte Schläfe und dann in rasender Folge in die Brust – ins Herz, ins Brustfell, in die Leber.

Und das Ersehnte geschieht dabei. Es entlädt sich ein kräftiger Orgasmus.

Die Leiche zu seinen Füßen, verharrt Kürten reglos, entrückt in das Nirwana seines Friedens. Dann bringt er sich wieder in Ordnung und verläßt das Versteck. Die Kirchturmuhr schlägt siebenmal. Kürten braucht nur wenige Minuten bis zu seiner Wohnung. Er geht gemächlich, er fürchtet nichts. Der Mordort war gut gewählt. Ihm ist, als schwebe er über dem Boden, federleicht. Lautlos summt er eine Melodie.

Zu Hause angekommen, reinigt er mit einer Handbürste die Schere vom Blut, wäscht Spermaflecken aus seiner Hose und bereitet sich dann das Abendessen, das er mit Appetit verzehrt. Er blickt auf die Uhr. Es ist Zeit, sich wieder anzukleiden, bald beginnt in den *Alhambra-Lichtspielen* die Abendvorstellung. Seine Frau hatte ihm die Eintrittskarte schon besorgt.

Als er auf die Straße tritt, ist er versucht, einen Umweg zu nehmen, zur Leiche hinterm Bretterzaun. Aber er verschiebt diesen Gang auf später. Hoffentlich wird die Leiche bald gefunden. In den Zeitungen dann die Sensationsmeldungen! Aufregung in der Bevölkerung! Krisenstimmung bei der Polizei, Ratlosigkeit! Vorige Woche erst, nachdem er diese Frau niedergestochen hatte – wie oft hatte er zugestochen, sie hätte tot sein müssen! Und hatte doch überlebt und den Täter beschrieben: ein junger Mann, etwa dreißig. Dreißig! Er kichert. Ich bin das Phantom der Nacht. Mich wird man nie greifen.

Als er aus dem Kino zurückkehrt, ist seine Frau noch nicht da. Er füllt eine leere Bierflasche mit Petroleum, steckt sich Zündhölzer ein und schlägt den Weg zur *Vincenzkirche* ein.

Rosas Leiche liegt noch hinter dem Bretterzaun. Doch immer wieder hört Kürten Schritte und Stimmen von späten Passanten. Es erscheint ihm zu riskant, die Leiche jetzt in Brand zu setzen. Er könnte sich nicht ungestört des Feuerspiels erfreuen. Er stellt die Petroleumflasche neben die Leiche, kehrt heim und legt sich, noch bevor seine Frau eintrifft, schlafen.

Am nächsten Morgen wacht er gegen sechs Uhr auf. Es ist noch finster. Leise erhebt er sich. Seine Frau erwacht. »Ich geh' mal zur Toilette, schlaf ruhig weiter.« Da die Toilette eine Treppe tiefer liegt, muß er die Wohnung verlassen. Um seine Frau nicht mißtrauisch werden zu lassen, verzichtet er darauf, sich anzuziehen. Nur mit Hose, Unterhemd und Pantoffeln bekleidet, tritt er in die Dunkelheit hinaus. Die wenigen Leute, denen er unterwegs begegnet, beachten ihn nicht. Er gelangt hinter den Bretterzaun, übergießt die Leiche mit Petroleum und entzündet es.

Die Flammen fressen sich langsam über die Kleidung bis zum Kopf des toten Kindes weiter. Kürten spürt die Kälte des Wintermorgens nicht. Der Anblick des Feuers erhitzt ihn. Er starrt auf die züngelnden Flammen. Wie Zungen, die sein Glied umspielen. Diese Vorstellung wird übermächtig. Feuerzungen! Und endlich, oder schon: der Orgasmus. Er hat ihn erwartet. Deshalb hat er das Wagnis unternommen, halbnackt hierher zu kommen und die Leiche anzuzünden.

Heiter und gelöst kehrt er heim und legt sich ins Bett. Seine Frau ist wieder eingeschlafen. Seit seinem Weggang ist nicht mehr als eine Viertelstunde vergangen.

Gegen sieben Uhr kleidet sich Kürten an. Es zieht ihn erneut zum Bretterzaun. Die Leiche liegt noch immer da. Das Feuer ist erloschen, es hat die Kleidung verbrannt und das Gesicht der Toten verkohlt. Der Mund klafft wie eine schwarze Höhle.

Kürten begibt sich in die Stadt, schlendert durch die Straßen, kehrt zwei Stunden später zum Tatort zurück. Und erblickt erfreut eine Menschenmenge am Bretterzaun. Polizisten haben ihn ringsum abgesperrt. Aber keine Leiche mehr, man hat sie schon weggebracht. Kürten ist ein wenig enttäuscht. Er mischt sich unter die Leute, die aufgeregt das Geschehen kommentieren. Kürten erfährt, ein Bauarbeiter habe die Leiche entdeckt. Und daß ein Verbrechen vermutet werde. Und daß man rätselt, wer eine solche schreckliche Tat begehen konnte.

Kürten lauscht, wendet sich hierhin, dorthin, nimmt mit Wohlgefühl die Äußerungen des Entsetzens auf, die Vermutungen über den Täter, die Forderung nach härtester Bestrafung. Ich bin es, sagt er sich, ich bin der Hauptdarsteller dieses Schaustücks, ich, Peter Kürten! Seine bedeutsame Rolle bringt ihm erneut eine Ejakulation.

Drei Tage später, bei einem abendlichen Spaziergang, schleicht sich Kürten von hinten an einen Mann heran und versetzt ihm mit der Kaiserschere Stiche in die Schläfe, in Nacken und Rücken. Es sind tödliche Stiche, mehr als zwanzig. Im Juli tötet er eine Prostituierte. Zeugen, die ihn zuvor mit dem Opfer gesehen haben, beschreiben ihn als einen fünfundzwanzigjährigen jungen Mann.

*

An einem Sonntagabend im August bummelt Kürten über den *Hansaplatz*. Der gehört zu seinem Jagdrevier, hier hat er schon mehrere Frauen angefallen und gewürgt. Spaziergänger genießen den warmen Abend. Kürten, in tadellos gebügeltem braunem Sommeranzug, trägt auch heute die Schere bei sich. Er hat kein bestimmtes Ziel. Nur die Pirsch ist geplant, nur die gewaltsame Lösung seiner Spannung. Alles andere, was geschieht und wie es geschieht, überläßt er dem Zufall. Und geschieht es heute nicht, dann morgen, er kann warten. Für einen Überfall ist es sowieso noch zu hell.

Auf einer Bank sitzt eine junge Frau. Interesselos geht Kürten vorüber. Da ruft sie ihm zu: »Auch auf Spaziergang?«

Dumme Frage, denkt Kürten, und bleibt stehen. Ein etwas fülliges Mädchen in geblümtem kurzärmeligem Kleid lächelt ihn an. Der Ausschnitt des Kleides zeigt einen kräftigen Hals. Kürten sieht, wie sich die Kaiserschere tief ins weiße Fleisch bohrt. Er spürt eine Erektion. Ein gutes Zeichen! Er setzt sich neben die junge Frau, lüftet den Hut und erwidert: »Auch auf dem Spaziergang. Leider solo.«

Das müsse ja nicht so bleiben, tröstet sie ihn und fügt ermunternd hinzu, sie könnten doch gemeinsam etwas unternehmen. Kürten weiß nicht, wie ihm geschieht. Welch leichte Beute! Er betrachtet die junge Frau. Keine Prostituierte, dafür hat er einen Blick. Naiv, vertrauensselig, unternehmungslustig. Er zieht erneut höflich seinen Hut, erhebt sich kurz und nennt einen Namen, der ihm gerade einfällt. Er sei Angestellter beim städtischen Gaswerk, mit Pensionsberechtigung natürlich. Pensionsberechtigung, das macht immer Eindruck, das spricht für einen rechtschaffenen soliden Herrn. Seine Banknachbarin blickt ihn interessiert an. Sie heißt Maria Hahn und arbeitet ganz in der Nähe als Dienstmädchen. Vorher, so erzählt sie, sei sie bei einem Schriftsteller Hausangestellte gewesen.

Kürten läßt Maria reden. Ihr munteres Geplauder bewahrt ihn davor, über sich selbst zu sprechen – was ihm allerdings auch nicht schwerfiele. Er ist erfinderisch, seine Identität durch Lügengeschichten zu verbergen. Aber er läßt Maria Hahn wissen, er sei ein einsamer Junggeselle. »Wollen wir ins Neandertal fahren, Fräulein Maria? Ich lade Sie zu einem abendlichen Spaziergang ein. Und danach zum Abendessen.«

Marias Augen leuchten auf. Ein pensionsberechtigter Junggeselle! Der Traum jedes Dienstmädchens, die Hoffnung, einem Leben der Untertänigkeit entrinnen zu können. Sie erwidert traurig, leider müsse sie jetzt zurückkehren, ihre Freizeit sei beendet. Kürten zeigt offen seine Enttäuschung. Maria versteht das, sie ist ja selbst betrübt, diesen interessanten Mann jetzt verlassen zu müssen. Kürten schlägt vor, das Treffen auf nächsten Sonntag zu verschieben. Da sei sie schon mit einem anderen verabredet, sagt sie, nicht ohne Hintergedanken. Immerhin will sie ihm zeigen, daß sie auch noch andere Männer an der Hand habe. Erklärt aber sofort: »Der andere kann warten. Ich treffe mich lieber mit Ihnen.«

Mit diesem Entschluß hat Maria Hahn ihr Schicksal entschieden, das sich eine Woche später auf grauenvolle Weise vollziehen wird.

Voll angenehmster Erwartungen begeben sich Maria Hahn und Kürten am nächsten Sonntagnachmittag zu ihrem Treff auf dem *Hansaplatz* – Kürten mit der Schere in der Tasche in der Erwartung blutiger sexueller Genüsse, Maria in der Erwartung, diesen liebenswürdigen Kavalier dauernd an sich binden zu können. Mit der Straßenbahn fahren sie zum Hauptbahnhof, dann mit der Bahn weiter bis Neandertal. Hier steigen sie aus und wandern in Richtung Erkrath. Maria Hahn erzählt von ihrer Familie, ihrer Arbeit, den verschiedenen Herrschaften. Währenddem hängt Kürten seinen Tagträumen nach. Dieses Mädchen, das er heute umbringen will, wird ihm dabei sicherlich zu höchster Lust verhelfen. Aber das ist nichts Neues. Nur ein Häppchen in der üppigen Mahlzeit, die er sich eigentlich bereiten könnte. Die große Völlerei der Lust steht noch immer aus: monströse Gewalttaten, die einmalig wären in diesem Jahrhundert, Massenkatastrophen ohne Ende – das wäre eine Explosion der Lust. Das wird noch, sagt er sich, das schaffe ich auch noch, ich bin ja erst am Anfang.

Der Tag ist warm, die Wanderung durch die Täler, zwischen Hügeln und Wäldern, ermüdet. Mehrmals lädt Kürten die Frau in eine Gaststätte ein. Sie essen eine Kleinigkeit, trinken Kaffee oder Rotwein. Vor dem Aufbruch aus der *Stintermühle* kauft Kürten eine Schokolade und überreicht sie Maria mit einem Kompliment. Gegen sieben Uhr abends ziehen sie weiter und kehren in Erkrath in einer Gaststätte ein. Kürten bestellt zum Abendessen Kartoffelsalat, Wurst und Bier. Eine Stunde später brechen sie auf.

In der Nähe des *Gutes Papendelle* biegt Kürten mit Maria in ein Wäldchen ein. Schon unterwegs hat sie ihm zu verstehen gegeben, daß sie an einsamer Stelle mit ihm schlafen würde. Wir könnten es hier tun, schlägt Kürten vor. Maria ist einverstanden. So sehr sich Kürten auch bemüht, der Versuch mißlingt. Sie stehen wieder auf und gehen weiter. Kürten verflucht seine Ohnmacht. Er hat es vorher geahnt, deshalb hat er die Kaiserschere eingesteckt, den Zauberstab auf dem Höhenflug zur absoluten Macht.

Sie verlassen den Wald und müssen einen Entwässerungsgraben überqueren. Sie gelangen auf eine Wiese, die von Gebüsch umstanden ist. Kürten bittet Maria, sich niederzusetzen, an seine linke Seite. Er streichelt zärtlich ihr Haar. Dann gleitet seine rechte Hand hinunter zu ihrer Kehle, die linke legt er von hinten an ihren Hals. Dann drückt er zu. Maria gibt keinen Laut von sich und sinkt bewußtlos um. Kürten nimmt die Schere aus der Tasche, betrachtet lange die reglose Frau.

Und hört es bereits rauschen.

Hört das Blut rauschen aus einer Wunde, die es noch gar nicht gibt.

Plötzlich bewegt sich Maria. Sie öffnet die Augen, erblickt die Schere in seiner erhobenen Hand. Sie fleht um ihr Leben.

Kürten sticht zu. Zuerst in den Hals, einmal, zweimal, dreimal. Maria schreit, bittet röchelnd, sie gehen zu lassen. Ihre Schreie, ihre vergeblichen Abwehrversuche steigern seine mörderische Wut. Er sticht erneut zu, in Brust und Schläfe. Setzt die Schere ab, beugt sich nieder und lauscht und hört es rauschen, wie ein Rinnsal erst, dann wie einen wildschäumenden Fluß, das Blut. Er preßt seinen Mund auf die Halswunde und saugt ihr Blut ein.

Und kommt nun endlich zum Orgasmus.

Maria zeigt noch immer schwache Lebenszeichen. Sie stöhnt leise, wenn sie für Augenblicke aus der Bewußtlosigkeit erwacht. Ihr Sterben dauert länger als eine Stunde. Mit einem Stich, der bis ins Hirn eindringt, vollendet Kürten den blutigen Koitus der Kaiserschere.

Er zerrt die Leiche in den Entwässerungsgraben, verstreut Hut, Handtasche und Schlüsselbund der Toten im Gebüsch. Er zieht ihr die Armbanduhr vom Gelenk, die kann er später einer anderen Frau schenken. Er geht, laut und fröhlich singend, bis Herresheim, von dort fährt er nach Düsseldorf zurück. Gegen Mitternacht kommt er zu Hause an. Seine Frau ist noch wach. Er erzählt ihr gutgelaunt, er sei zur Kirmes gewesen. Gutgläubig nimmt sie seine Geschichte zur Kenntnis.

Am nächsten Morgen allerdings ärgert sie sich über Peter. Sie entdeckt mehrere Blutspritzer auf seinem Jackett und der Hemdmanschette. Und an der Hose Spermaflecke. Frau Kürten ist so wütend, daß sie einer Nachbarin, dem Fräulein Wimmer, ihren Zorn anvertrauen muß: »Mein Mann ist heute nacht heimgekommen wie ein Schwein. Immer wieder gibt er sich mit anderen Weibern ab.«

Abends befragt sie ihren Mann wegen der Blutflecke. Er gibt die übliche Erklärung: Nasenbluten. Sie glaubt es ihm nicht.

Kürten ist zum ersten Mal besorgt. Wenn die Bluttat an Maria bekannt wird, könnte seine Frau die Blutspuren an seiner Kleidung damit in Verbindung bringen. Er muß Marias Leiche beseitigen. Am besten noch heute nacht.

Nach dem Abendessen erklärt er seiner Frau, er müsse heute nacht einen kranken Kollegen vertreten. Er fährt nach Papendelle und erreicht ungesehen den Tatort. Marias Leiche liegt noch im Graben. Nach langem Suchen findet er am Waldrand eine Stelle, die ihm für sein Vorhaben geeignet erscheint. Dann fährt er wieder heim. Ein erneuter Streit mit seiner Frau kommt ihm gelegen. Er nimmt seine Bettdecke und erklärt, er werde heute im Wohnzimmer schlafen. Später schleicht er sich in den Geräteschuppen, holt Schaufel und Seil und fährt wieder nach Papendelle.

Als er am Tatort ankommt, ist schon die erste Morgenstunde angebrochen. Im fahlen Dämmer der Sommernacht beginnt er, eine Grube zu schaufeln. Er schwitzt, zieht Jacke und Weste aus. Der Boden ist hart, die Arbeit scheint endlos zu dauern. Stunden später holt er die Leiche und schleppt sie bis an den Rand der Grube. Dann steigt er selbst hinab und zerrt die Tote zu sich herunter. Er legt sie auf den Rücken, zieht ihr Schuhe und Strümpfe aus. Nun kniet er neben ihr nieder, streichelt über ihr Haar, über die blutverkrusteten Brüste. Der Orgasmus kommt rasch. Kürten klettert aus dem Grab und schüttet, anfangs sehr behutsam, Erde auf den Leichnam. Er spürt ein Gefühl der Rührung. Nun ist die Tote sein. Das ist mein Grab, sagt er sich, das Mausoleum meiner Allmacht und meines Triumphes. Wieder habe ich Vergeltung geübt für alle Qualen, die ich in den Zuchthäusern erdulden mußte. Auch Marias Tod kommt auf die Rechnung, die Gott einst meinen Peinigern vorlegen wird. Sie sind die eigentlichen Mörder, ich bin Gottes Werkzeug, die Waffe der Vergeltung.

Beflügelt von dieser erhebenden Gewißheit, vollendet Kürten Marias Begräbnis. Er stampft die Erdbrocken über ihrem Körper fest, bedeckt die Grube mit Rasenstücken, verharrt noch einige Augenblicke am nun unsichtbaren Grab und versteckt schließlich die Schaufel im Gesträuch.

Kürten stellt fest, daß der Leichentransport sein Hemd blutig gefärbt hat. Er denkt an die wachsamen Augen seiner Frau. Im Bach wäscht er das Hemd aus und zieht es, naß wie es ist, wieder an, darüber Weste und Jackett. Er säubert auch Hose und Schuhe und fährt mit der Straßenbahn heim. Kurz nach sechs Uhr morgens ist er zu Hause, schläft eine Stunde und geht dann zur Arbeit.

In den nächsten Wochen wütet Kürten weiter. Vierzehn Tage nach der Ermordung Marias bringt er zwei Mädchen um. Dem sechsjährigen Kind schneidet er die Kehle durch, dem dreizehnjährigen versetzt er tödliche Stiche in den Rücken. Im September wechselt er die Mordwaffe. Nun zertrümmert er seinen nächsten Opfern den Schädel mit einem Hammer.

Zwischen diesen Morden zieht es Kürten immer wieder an Marias Grab. Die bloße Erinnerung an ihre Tötung erregt ihn. Wieder hört er das Rauschen ihres Blutes, schmeckt ihr Blut, sieht die Tote in der Erde.

Morde wechseln mit brutalen Überfällen. Einige Frauen, die Kürten mit dem Hammer schwer verletzt hatte, überleben. Aber jede beschreibt den Täter anders, und immer viel zu jung. Auch die Zeugin, die Kürten mit seinem nächsten Opfer, der fünfjährigen Gertrud Albermann, gesehen hatte, schätzt Kürten auf fünfundzwanzig Jahre.

Gertrud Albermann wird am 8. November an einem Schrebergartengelände tot aufgefunden. Das Kind ist mit 24 Messerstichen getötet und, wie die Verletzungen an den Genitalien zeigen, sexuell mißbraucht worden. Zur gleichen Zeit erhält eine Düsseldorfer Zeitungsredaktion einen Brief. Darin teilt der unbekannte Täter mit, wo er die seit Monaten vermißte Maria Hahn vergraben habe. Nach anfangs vergeblicher Suche wird Marias Leiche gefunden.

Allmählich dämmert es nun auch der Düsseldorfer Polizei, sie müßte nach einem einzigen Täter, einem Serienmörder suchen. Bisher war sie überzeugt, daß es sich um zwei Täter handele – einen, der mit einem Stichwerkzeug, und einen, der mit einem Hammer tötet. Doch die Morde und Überfälle haben einige Merkmale gemeinsam. In dem Dreivierteljahr zwischen Februar und November sind vier Frauen, vier Kinder und ein Mann ermordet und weitere fünf Frauen überfallen, mehrere davon schwer verletzt worden.

Düsseldorf ist von Panik erfaßt. Die Menschen haben Angst. Nachts sind die Straßen leer. Polizeipatrouillen und Bürgerwehr durchstreifen die nächtlichen Straßen bis hinaus in die Vorstadt und in die einsamen Schrebergärtenkolonien. Der Serienmörder ist der wahre Herrscher Düsseldorfs und ein Spott für die rat- und machtlose Polizei. Das Preußische Innenministerium schickt den legendären Kriminalpolizeirat Gennat und Kriminalkommissar Busdorf als Sonderbeauftragte nach Düsseldorf. Sie sollen die Ermittlung vorantreiben.

Doch gegen wen ermitteln? Das mörderische Phantom ist überall und nirgends. Es hat viele Gestalten und Gesichter. Aus den widersprüchlichen Zeugenaussagen entwirft die Polizei ein Täterprofil. »Der Täter«, so heißt es darüber in einem Bericht von Kriminaldirektor W. Gay, »sucht gern seine Opfer unter Hausangestellten. Er ist wie einst *Jack the Ripper* ein Mörder der armen Leute ... Er sticht nach Kopf, Hals und Brust. Wie wahnsinnig muß er auf seine Opfer einstechen, die alle mehr als ein Dutzend Stiche aufweisen. Mit blitzartiger Geschwindigkeit ... hämmert er geradezu auf dem Kopf der Opfer herum.« Weiter heißt es, der Täter morde meist am Wochenende zwischen 19 Uhr und 2 Uhr morgens. Sein Mordgebiet liege am Rande der Großstadt, er besitze genaue Ortskenntnisse, die ihm rasches Untertauchen nach der Tat erleichtern. Er sei ein Sexualtäter und wahrscheinlich Alleingänger. Da er vor seinen Opfern unerwartet rasch erscheine und danach ebenso rasch wieder verschwinde, sei er möglicherweise motorisiert. Daß er an Wochenenden morde, deute auf einen Täter in abhängiger Stellung hin – nach Kleidung und Umgangsformen auf einen Angestellten in gehobener Position. Er bereite seine Verbrechen sorgfältig vor, verwische geschickt seine Spuren und zeige sich insgesamt als hochintelligent.

Das *Deutsche Kriminalpolizei-Blatt* veröffentlicht am 8. April 1930 dieses Täterprofil in einer Sondernummer. Es weist darauf hin, daß der Täter nicht von heute auf morgen zum Mörder geworden und sicher wegen Grausamkeiten gegen Tiere und Menschen und wegen Sittlichkeitsdelikten vorbestraft sei. Dem Täter komme zugute, daß man sich »wie fast stets in derartigen Fällen von der Persönlichkeit eines Lustmörders grundlegend falsche Vorstellungen macht. Der Täter hat offenbar ein durchaus sympathisches Wesen. Die Taten entspringen zum größten Teil der widernatürlichen Geschlechtsneigung, die man mit Sadismus bezeichnet. Besonders bemerkenswert ist, daß Sadisten in ihrem gewöhnlichen Leben nur selten brutale, rohe oder gewalttätige Naturen sind. Es handelt sich fast stets um Menschen, die sanft, weich und gutherzig erscheinen.«

Mit dem Aufruf an die Bevölkerung, die Polizei bei der Suche nach dem Täter zu unterstützen, beginnt, wie W. Gay weiter berichtet, eine Hochflut kriminalistischer Ermittlung. Zwölftausend Menschen geraten unter Tatverdacht, müssen aktenmäßig erfaßt und überprüft werden. Zweihundert Personen bezichtigen sich selbst der Täterschaft. Dazu gehört ein Arbeitsloser namens Stausberg, der einige Morde in Einzelheiten schildert. Man weist ihm nach, daß er diese aus Presseberichten kennt. Junge Männer ziehen Frauenkleidung an, um sich als Lockvogel zu betätigen.

Die Panik unter der Bevölkerung, die Hektik in der Ermittlung, die sensationellen Berichte der Presse, die erfolglose Suche nach ihm versetzen Kürten in Hochstimmung. Sogar wenn er einen Zeitungsartikel über den Serienmörder liest, bekommt er einen Orgasmus. Manchmal überfällt ihn aber auch ein Gefühl von Vergeblichkeit. Er erfüllt seinen eigenen hohen Anspruch nicht, Gottes Werkzeug zu sein. Er hat sich vorgenommen, täglich einen Menschen zu töten, und das schafft er einfach nicht, es übersteigt seine Möglichkeiten. Und noch immer hat er keine Brücke gesprengt, noch immer nicht die Bevölkerung ganz Düsseldorfs vergiftet. Er ist ein Stümper. Sein Ruhm bleibt hinter seinen Ambitionen zurück.

Ein Mord pro Monat, was ist das schon. In einer dieser deprimierenden Winternächte liegt er schlaflos im Bett. Einen Paukenschlag, denkt er, ich brauche einen gewaltigen Paukenschlag, der die Sinfonie meines Ruhmes einleitet. Ganz Düsseldorf, ganz Deutschland spricht nur noch vom Serienmörder. Wer diesen Serienmörder zur Strecke bringt, der wäre der große Volksheld, sein Name verbreitete sich über den Erdball. Das wäre der grandiose Höhepunkt des Ruhmes: ich zeige Peter Kürten an, als den Serienmörder von Düsseldorf!

Und vor Kürtens innerem Blick spielt sich eine wahrhaft dramatische Oper ab ...

Kürten steht am offenen Fenster seiner Wohnung und blickt hinunter auf einen riesigen Platz. Es ist Nacht. Er lehnt sich zum Fenster hinaus. Das Haus ist blutrot beleuchtet. Die Häuser der Umgebung sind beflaggt. Über die Straße spannt sich ein Triumphbogen. Von ferne nähert sich Musik. Eine Polizeikapelle. Trommeln, Trompeten, Pauken, die Ouvertüre des Jüngsten Gerichts. Berittene Polizei hat den Platz abgesperrt. Hinter den Polizeikordons drängen sich Zehntausende Schaulustiger. Pechfackeln flackern gespenstisch. Nun ist die Kapelle schon ganz nahe. Eine Schar von Ehrengästen folgt ihr. An der Spitze der Oberbürgermeister Dr. Lehr und Polizeipräsident Langels, hinter ihnen hohe Beamte von Staat, Gericht und Polizei. In ihrer Mitte, gefesselt: der Düsseldorfer Mörder, genannt Kopfjäger. Die Schar nimmt im Zentrum des Platzes Aufstellung. Hier steht ein Rednerpult. Die Beamten verteilen sich rings um das Podium. Vorgeführt und vor das Podium gestellt der Mörder. Die Menge hinter der Absperrung heult bei seinem Anblick wütend auf und fordert seinen Kopf: die chorische Untermalung. Dann das Solo des Oberbürgermeisters. Er steigt auf die Rednertribüne und gebietet dem Chor zu schweigen. Kürten sieht, wie Dr. Lehr seine Blicke empor zum Fenster auf ihn richtet und auf ihn weist, bevor er zu reden beginnt. Seine Ansprache wird von Lautsprechern übertragen. Dr. Lehr sagt, alle diese Ehrungen gelten ihm, Peter Kürten, dem Befreier der Stadt. Er habe den Mörder gefangen: »Was der gesamten Polizei einschließlich der Berliner Kriminalräte und anderen Schafsköpfen nicht gelungen ist, unser geistesgegenwärtiger und unerschrockener Bürger Herr Peter Kürten hat es geschafft, er ganz allein. Dafür ist ihm die Stadt Düsseldorf zu ewigem Dank verpflichtet und ernennt Herrn Kürten zum Ehrenbürger und Kriminalrat. Auch an eine ansehnliche Belohnung ist gedacht.«

Mit Hochrufen auf den neuen Ehrenbürger – die Menge stimmt jubelnd ein – und einem gewaltigen Finale der Kapelle endet die Kundgebung ...

Schade, denkt Kürten, und starrt in die Nacht hinaus. Auch so könnte die Krönung meiner Laufbahn aussehen.

Kürtens Mörderlaufbahn endet früher, als er ahnt. Und sie endet nicht in einem dramatischen Furioso, eher wie eine Posse.

In den ersten vier Monaten 1930 überredet Kürten insgesamt fünf junge Frauen, ihn in den Grafenberger Wald zu begleiten. Dort würgt er sie oder schlägt sie mit dem Hammer nieder, läßt sie halbtot liegen. Wieder einmal verspürt Kürten Durst nach Blut. Er fängt nachts auf der *Hofgartenwiese* einen Schwan, schneidet ihm die Kehle durch und trinkt das Blut. Das tote Tier wird völlig blutleer aufgefunden.

Am 14. Mai wendet sich Kürtens erfolgreiche Mörderkarriere. Zuerst von ihm noch unbemerkt, eilt sie rasch ihrem Ende entgegen.

Es ist ein Abend wie viele andere. Kürten streift um den Hauptbahnhof, er sucht ein Opfer. Er erblickt eine junge Frau, die anscheinend ratlos vor dem Bahnhof auf und ab geht. Sie ist fremd hier, das merkt er ihr an. Ob sie jemanden erwartet? Ein Mann tritt auf sie zu, redet auf sie ein. Nein, diesen Mann hat sie nicht erwartet, keine freudige Begrüßung, Abstand eher, Abwarten. Eine gewöhnliche Anmache. Kürten verfolgt gespannt, was nun geschieht. Die Frau geht mit dem Mann mit. Kürten wird wütend, schließlich hat er sich die Frau als Opfer erwählt. Das läßt er sich nicht bieten, er hat die älteren Rechte. Er geht den beiden nach, über mehrere Straßen bis zum Volksgarten. Vor dem Parkeingang bleibt der Mann stehen und versucht das Mädchen zu küssen. Sie wehrt ihn ab. Er wiederholt den Versuch. Kürten eilt hin und reißt den Mann zurück. Herrscht ihn an: »Ich bin Kriminalbeamter. Warum belästigen Sie die junge Frau?«

Sichtlich betroffen erklärt der Mann, die junge Frau habe keine Wohnung, er wolle sie zu seiner Schwester bringen.

»In die Achenbachstraße«, ergänzt das Mädchen. »Die ist doch hier in der Nähe?«

»Keineswegs«, erwidert Kürten, »die liegt in ganz anderer Richtung.«

Die junge Frau ruft dem Mann empört zu: »Ich verzichte auf Ihre Hilfe!«

Der Mann verschwindet eilig.

Kürten wendet sich väterlich an das Mädchen: »Da haben Sie aber noch einmal Glück gehabt. Wissen Sie denn nicht, daß es hier einen Mörder gibt, der schon viele junge Frauen umgebracht hat?«

Sie hat davon gehört. Ängstlich fragt sie: »Können Sie mir helfen?« Sie erzählt, sie heiße Maria Butlies und suche in Düsseldorf Arbeit. Eine Bekannte wollte sie am Bahnhof abholen und vorläufig bei sich aufnehmen, sei aber nicht gekommen.

Der »Kriminalbeamte« zeigt sich hilfsbereit. Seine Frau werde sich um das Fräulein kümmern, sie könne heute bei ihnen übernachten. Vertrauensvoll begleitet Maria Butlies Kürten in seine Wohnung. Seine Frau sei noch auf Arbeit, erklärt er, werde aber bald heimkommen. Er bereitet Maria etwas zu essen.

Inzwischen ist es 23 Uhr geworden. Maria wird unruhig, da die Frau des Herrn Kriminalbeamten immer noch nicht zurückgekehrt ist.

Plötzlich reißt Kürten Maria vom Stuhl hoch, preßt sich an sie und fordert sie auf, mit ihm zu schlafen. Maria versucht sich zu befreien und ruft um Hilfe. Kürten läßt sie los und sagt: »Es war doch nur ein Scherz. Das hätte Ihnen passieren können, wären Sie mit dem anderen Mann mitgegangen. Vielleicht noch Schlimmeres.«

Maria weiß nicht, ob sie ihm glauben soll. Sie will nicht hierbleiben, sie möchte in ein Heim für obdachlose Frauen. Kürten verspricht ihr, sie zum *Bethanienheim* am Grafenberger Wald zu bringen.

Mit der Straßenbahn fahren sie zum Grafenberger Wald. Kürten sagt, er wolle Maria noch seine Adresse aufschreiben, damit sie sich an ihn wenden könne, wenn sie Hilfe brauche. »Würden Sie meine Wohnung wiederfinden?« fragt er beiläufig. Nein, erwidert sie arglos, sie sei doch fremd in der Stadt.

Am Grafenberger Wald angekommen, führt Kürten das Mädchen durch die *Wolfsschlucht*. Es ist dunkle Nacht. Den Mann, der ihr vorhin noch Gewalt antun wollte, neben sich, verspürt Maria wachsende Angst. Sie fragt, wann denn der Wald zu Ende sei. Bald, sagt Kürten, aber zuvor müsse sie ihm zu Willen sein. Er packt sie am Hals, würgt sie, droht, er werde sie allein im Wald zurücklassen. Sie fleht um ihr Leben. Er erzwingt den Beischlaf. Führt sie dann weiter durch den Wald, überlegt, ob er sie töten solle. Wagt es doch nicht, er ist mit ihr gesehen worden. Er darf nicht unvorsichtig sein.

Schließlich verlassen sie den Wald. Kürten weist auf eine nahe gelegene Straßenbahnhaltestelle. Er selber verschwindet im Wald und kehrt heim.

Maria Butlies fährt mit der Straßenbahn in die Stadt zurück. Es ist schon gegen Morgen, als sie eine Unterkunft im *Gertrudis-Heim* findet. Hier erzählt sie ihr unheilvolles Abenteuer.

Am gleichen Tag schreibt sie auch ihrer Bekannten, Frau Brückner, was sie erlebt hat.

Aber Frau Brückner erhält den Brief nicht. Der Briefträger wirft ihn versehentlich in den Briefkasten einer Frau Brückmann, die nebenan wohnt. Brückmanns lesen den Brief und bringen ihn zur Polizei.

Die Kriminalisten sind sich ziemlich sicher, daß Maria Butlies dem Serienmörder begegnet ist. Sein Verhalten entspricht dem bisher bekannten *modus operandi* des Täters.

Zwei Kriminalbeamte suchen Maria Butlies auf und bitten sie um Mithilfe, die Wohnung des Täters zu finden. Maria Butlies kann sich nicht an die Straße erinnern. Aber den hartnäckigen Kriminalisten gelingt es, zusammen mit Maria Butlies die Gänge und Fahrten an jenem Abend zu rekonstruieren. So können sie die Gegend, in der der Täter wohnt, eingrenzen.

Und wieder ist es Mittwoch, genau eine Woche nach dem Überfall, als Maria Butlies mit den zwei Kriminalisten die *Mettmanner Straße* entlanggeht. Vor dem Haus *Nr. 71* bleibt Maria stehen, hier könnte es gewesen sein. Die Polizisten wollen vorsichtig zu Werke gehen. Sie schicken die Zeugin zuerst einmal allein in das Haus, sie selber warten auf der Straße.

Maria steigt die Treppen empor, bis hoch zur Mansardenwohnung. Ihre Erinnerung schweigt. Sie geht wieder hinunter und erklärt, das sei wohl doch nicht das gesuchte Haus.

Die Polizisten schlagen eine Mittagspause vor, danach wollen sie sich wieder mit Maria treffen und weiter suchen. Maria bleibt allein zurück. Sie ist unsicher, ob die *Nr. 71* nicht doch das Haus des Täters sei. Kurz entschlossen geht sie wieder in das Haus zurück, die Treppen bis ins oberste Stockwerk empor. Zwei Türen: auf dem Namensschild der einen Tür Peter Kürten, auf dem der anderen Grete Wimmer. Hier läutet Maria. Eine junge Frau öffnet ihr. Maria bittet sie um eine Auskunft. Sie suche einen Kriminalbeamten, in dessen Wohnung sie vor einer Woche gewesen sei. Es könnte die Nachbarwohnung sein. Grete Wimmer lacht: »Hier wohnt kein Kriminalbeamter, sondern der Fabrikarbeiter Peter Kürten.«

In diesem Augenblick wird die Tür Kürtens geöffnet.

Ein Mann in Hose und Hemd kommt heraus. Er hat einen Eimer in der Hand, den er am Wasserhahn im Flur füllt. Dann kehrt er wieder in seine Wohnung zurück.

»Ist das der Mann?« fragt Grete Wimmer.

»Ich glaube nicht. Nein, er ist es nicht.« Maria erzählt nun, was ihr in jener Nacht widerfahren ist. Grete Wimmer hört gespannt zu. Dann sagt sie: »Ich kann mir kaum vorstellen, daß Herr Kürten so etwas getan hat. Er ist ein so höflicher und freundlicher Nachbar. Und immer hilfsbereit.« Nachdenklich fügt sie hinzu: »Aber man kann ja nie in einen Menschen hineinschauen. Ich schreibe Ihnen auf jeden Fall Namen und Adresse auf. Die Polizei kann es ja dann überprüfen.«

Nach dem Ende der Mittagspause trifft sich Maria wieder mit den Kriminalisten. Sie berichtet, was sie erfahren hat, aber daß sie Kürten nicht identifizieren könne.

Kürten hatte jedoch, als er Wasser holte, Maria sofort wiedererkannt. Voller Schrecken wird ihm bewußt, daß man ihm auf der Spur ist. Hier kann er nicht länger bleiben. In sinnloser Panik beschließt er, sich zu verstecken. Seine Frau ist auf Arbeit. Mit ihrem Sparbuch verläßt er die Wohnung und hebt auf der Sparkasse 140 Mark ab. Den Nachmittag verbringt er im Park. Abends holt er seine Frau von ihrer Arbeitsstelle im *Café Hennesath* ab: »Es ist etwas passiert. In der vorigen Woche habe ich ein Mädchen getroffen. Sie ging mit mir in den Wald, um – na, du weißt schon. Wollte dann plötzlich nicht mehr. Ich habe sie zwingen wollen. Sie hat sich gewehrt. Ich mußte sie dann laufen lassen. Nun ist sie mir auf der Spur, vielleicht auch die Polizei. Man könnte die Sache als Notzuchtversuch auslegen. Und bei meinen Vorstrafen – mindestens zehn Jahre Zuchthaus oder mehr. Deshalb muß ich weg, sofort.«

Frau Kürten ist bestürzt. Ihre Stimmung schwankt zwischen Zorn und Angst. Zorn über Kürtens neue »Schweinerei« und Angst, ihren Mann auf unabsehbare Zeit zu verlieren. Der Zorn überwiegt. Sie kündigt ihm an, sie werde sich endlich von ihm scheiden lassen. Kürten wagt nicht, mit ihr nach Hause zurückzukehren, und verbringt die Nacht im Park.

Am nächsten Morgen schleicht er in die *Mettmanner Straße*. Er beobachtet das Haus. Erst, als er sicher ist, daß er unbemerkt seine Wohnung betreten kann, holt er etwas Wäsche, um sich dann in der Stadt ein Zimmer zu suchen. Er mietet sich unter falschem Namen in der *Ackerstraße* ein. Da er seit Monaten arbeitslos ist – die Weltwirtschaftskrise hat auch ihn getroffen –, verschläft er den Tag und die nächste Nacht.

Am Freitag macht er sich vormittags erneut auf, um in seine Wohnung zu gehen. Er nähert sich dem Haus und sieht zwei Männer aus der Haustür treten. Er hält sie für Kriminalbeamte. Also hat ihn die Polizei im Visier. Trotzdem begibt er sich hinauf in seine Wohnung und ist überrascht, seine Frau vorzufinden. Sie berichtet, heute morgen hätten zwei Kriminalbeamte sie in ihrer Arbeitsstelle aufgesucht und sie aufgefordert, sie in ihre Wohnung zu begleiten. Die Polizisten hätten die Wohnung durchsucht und ihr mitgeteilt, nach ihrem Mann werde wegen Vergewaltigung gefahndet. Sie hätte den Beamten mitgeteilt, ihr Mann sei ausgezogen, sie wisse nicht, wohin. Da er arbeitslos sei, werde er sich wahrscheinlich heute auf dem Arbeitsamt seine Unterstützung abholen. Die Kriminalisten hätten ihr für Kürten eine Vorladung ins Polizeipräsidium übergeben.

Nachdem Frau Kürten das alles berichtet hat, fordert sie ihren Mann auf, die Wohnung sofort zu verlassen und ihr die Schande einer Verhaftung im Haus zu ersparen. Sie wirft ihm vor, sie erneut belogen zu haben. Er habe von einem Beischlafversuch bei der Butlies gesprochen, tatsächlich sie aber vergewaltigt.

Wütend schreit Kürten: »Ja, ja, ich habe alles gemacht, alles!« Und läuft aus der Wohnung, rennt die Treppen hinab. Seine Frau versucht, ihm zu folgen, erreicht ihn auf der Straße, hält ihn fest: »Was heißt das, du hast alles gemacht? Was alles hast du denn gemacht?«

Kürten blickt sich verstört um, reißt sich los, flüstert: »Ich werde dir alles erklären. Aber nicht hier. Komm zum Hopfgarten, an die Seufzerallee. Paß auf, daß dir niemand folgt.«

Er geht eilig davon. Die Vorstellung, daß die Polizisten am Arbeitsamt vergeblich auf ihn warten werden, bessert seine Stimmung etwas auf.

Auf dem Weg zum Park überkommt ihn aber wieder eine weinerliche Angst. Hat er überhaupt noch eine Chance, seinen Verfolgern zu entrinnen? Einige Tage vielleicht. Bald wird ihn sein Fahndungsbild von allen Mauern und Anschlagsäulen, aus allen Zeitungen anblicken. Jeder Dorfgendarm im entferntesten Winkel des Landes kann ihn aufstöbern. Und noch schlimmer: die Wut der Bevölkerung. Er kennt ja die Zuschriften an die Zeitungen: So einer wie er soll langsam und qualvoll sterben. Und wie soll ich, denkt er, das alles meiner Frau erklären? Wie soll sie damit fertig werden, Trennung für immer! Lebenslang

Zuchthaus oder Fallbeil. Sie bleibt allein zurück. Und wird ihre Stellung im Café verlieren, wer beschäftigt schon die Frau eines Massenmörders. Obdachlosigkeit, Armut, Schande. Das hat sie nicht verdient. Sie war immer so gut zu mir. Mein einziger Halt. Und nachsichtig gegenüber meinen Weibergeschichten. Hat immer wieder versucht, einen ordentlichen Menschen aus mir zu machen. Hat mir zuliebe alles getan, war mir immer zu Willen, auch wenn sie oft nicht wollte. Hat sich sogar nackt ausgezogen, wenn ich das forderte. Obwohl sie das als Sünde ansah.

Krampfhaftes Schluchzen würgt sich aus seiner Brust empor. Gottseidank, niemand beachtet ihn.

Kurz vor 12 Uhr erscheint Frau Kürten an der verabredeten Stelle. Sie kommt sofort zur Sache und will wissen, was nun wirklich alles geschehen sei. Kürten sucht seine Erklärung hinauszuschieben. Auch verspürt er Hunger. In einer Gaststätte bestellt er Mittagessen. Seine Frau kann vor Angst kaum etwas zu sich nehmen. Er ißt mit Genuß auch noch ihre Portion. Dann lädt er sie zu einem Spaziergang ein, dabei werde er ihr alles erzählen.

Sie überqueren die Oberkasseler Rheinbrücke, Kürten wendet sich dann hinunter zu den Rheinwiesen.

Nun, in der Einsamkeit der Landschaft, allein mit seiner Frau, ist für Kürten unausweichlich die Stunde der Wahrheit gekommen. Zu spät ist es für Lügen und Ausflüchte. In wenigen Tagen werden es die Zeitungen seiner Frau entgegenschreien: Massenmörder Kürten! Das will er ihr ersparen. Sie soll es von ihm selbst erfahren. Niemand wird ihn verstehen, niemand ihm verzeihen, niemand – außer seiner Frau. Hat sie doch einst ebenfalls getötet, damals, als sie ihren Verlobten erschoß. Sie wird ihn verstehen. So wie er sie zur Frau nahm, obwohl sie gemordet hat, wird auch sie nun zu ihm halten.

So also hat sich Kürten entschlossen, alle seine Leichen auf die Schultern seiner Frau abzuladen. Dicht am Ufer bleibt er plötzlich stehen: »Hier habe ich Ida Reuter erschlagen. Mit dem Hammer. Vor sieben Monaten. Es war ein stiller Septemberabend.«

Seine Frau blickt ihn verständnislos an. »Ida Reuter?«

»Und alle anderen. Der Düsseldorfer Mörder – das bin ich.«

Die Offenbarung bricht zu blitzhaft über die Frau herein, als daß sie sie schon begreifen könnte. Sie kann und will dieses Bekenntnis nicht glauben. Fremdgehen, ein rasches Abenteuer, Nötigung, das alles ist passiert, das hat sie ihm, so schwer es auch fiel, verziehen. Aber Morde? Wehrlose Frauen? »Und die Kinder«, schreit sie auf, »die Kinder? Auch die Kinder hast du umgebracht?«

»Ja«, nickt Kürten, »auch die vier Kinder.«

»Aber warum, warum?«

»Ich weiß es nicht. Ich mußte es eben tun.« Und er zählt auf, mit bestürzender Genauigkeit: Rosa Ohliger, neun Jahre, mit der Schere erstochen, an der *Vincenzkirche*. Rudolf Scheer, in Flingern, mit der Schere. Emma Groß, Prostituierte, in der *Kurfürstenstraße*. Und immer mehr Leichen zieht Kürten aus dem Keller der Erinnerung empor und türmt sie seiner Frau auf den Hals. Maria Hahn bei Papendelle, mit der Schere. Gertrud Hamacher, sechs Jahre, und Luise Lenzen, dreizehn, in Flehe, mit dem Dolch. Ida Reuter, hier auf der Rheinwiese, mit dem Hammer. Elisabeth Dörrier, am *Ostpark*, mit dem Hammer. Gertrud Albermann, fünf Jahre, mit dem Dolch …

Und das sind noch nicht alle Opfer, das sind nur die Toten. Auch die Gewürgten nennt er und die mit dem Hammer Verletzten und die, die mit dem Schrecken davongekommen sind.

Zwei Stunden dauert die Beichte, bald in hastigen, sich überschlagenden Sätzen, bald stockend, schluchzend geflüstert.

Als Kürten schließlich geendet hat, muß er feststellen, daß er die seelische Stärke seiner Frau überschätzt hat. Wie versteinert hat sie ihm zugehört. Nun sagt sie: »Ich kann dir nicht mehr helfen. Ich begreife es nicht. Mach ein Ende. Geh und mach ein Ende, für immer. Dann erfährt niemand etwas. Das ist das beste für dich. Ich werde es auch tun, ich kann nicht mehr weiterleben.«

Und wieder schlägt in diesem Augenblick Kürtens Stimmung um. Er hat die Last seiner Schuld abgeworfen, die Beichte hat ihn erleichtert. Gemeinsamer Selbstmord? Davor schaudert er zurück. Schon bereut er es, sich seiner Frau offenbart zu haben. Er streckt ihr die Hand entgegen: »Versprich mir, daß du dir nicht das Leben nimmst. Und mich niemals verrätst.«

»Aber wie soll das noch gutgehen?« fragt sie verzweifelt. »Die Polizei hat dich doch schon!«

Kürten winkt ab. Fassungslos vernimmt die Frau seinen Plan: Er will morgen aus Düsseldorf verschwinden. Von Ort zu Ort ziehen, alle paar Tage die Arbeitsstelle wechseln.

Die sorglose Zuversicht ihres Mannes erschreckt die Frau ebenso wie seine Untaten. Sie begreift nicht, daß ein Mensch mit dieser Schuld weiterleben kann. Und wenn er weiterlebt – wird er dann nicht auch weiter morden? Sie weiß nicht, was sie jetzt noch sagen soll. Ihr Kopf ist wüst und leer. Schweigend gehen sie über die Rheinbrücke zurück.

Wohin?

Ich möchte nach Hause, denkt sie, aber ich habe kein Zuhause mehr, nie mehr.

Auch Kürten weiß nicht, wohin.

»Ich komme nicht mir dir«, sagt er. »Wahrscheinlich erwartet mich schon die Polizei. Ich verlasse Düsseldorf. Dazu brauche ich etwas Geld. Und ich will mich auch von dir verabschieden. Wir treffen uns morgen nachmittag um drei an der Rochuskirche.«

Wortlos gehen sie auseinander.

Als Frau Kürten ihre Wohnung betritt, erwarten sie schon mehrere Polizisten. Fragen prasseln auf sie nieder. »Wo waren Sie? Was hat Kürten gesagt? Wo hält er sich jetzt auf?«

Noch in dieser Nacht wird Frau Kürten ins Polizeipräsidium gebracht und weiter verhört. Sie weiß nicht, wo Kürten sich einquartiert hat. Aber die Last auf ihren Schultern ist zu schwer. Sie muß sich jetzt auch davon befreien. Was Kürten ihr berichtet hat, erzählt sie, soweit es die Wirrnis ihrer Gefühle und die Erinnerung erlauben. Und sie offenbart auch, daß sie sich morgen mit ihrem Mann an der *Rochuskirche* treffen wird.

Am nächsten Mittag – es ist Sonnabend, der 24. Mai 1930 – umstellt ein großes Aufgebot von Kriminalpolizei den *Rochusmarkt*. Als Kürten erscheint und sich seiner auf ihn wartenden Frau nähert, wird er verhaftet.

*

In den folgenden Monaten jagt eine Vernehmung die andere. Kriminalpolizei, Untersuchungsrichter und Psychiater suchen das Rätsel dieses Serienmörders zu lösen. Seine Verbrechen haben weltweit Aufsehen erregt. Entsetzt mußten die Bürger Düsseldorfs erfahren, daß ein bluttrinkender Messerstecher unerkannt mitten unter ihnen gelebt hatte. Und daß die von mörderischen Visionen erfüllte Welt dieses Mannes nicht in exotischer Ferne lag, sondern gleich hinter dem Bretterzaun einer Kirche begann und sich bis in die Parks, in die Vorstädte und zu den idyllischen Rheinwiesen erstreckte. Was an diesem Täter ebenso bestürzte, war seine – wie Gutachter Prof. Berg sagte – biedermännische Maske, sein charmantes Auftreten, sein gepflegtes Aussehen, was alles ihn für seine Opfer vertrauenswürdig, ja für manche Frau sogar anziehend erscheinen ließ.

So wurde immer wieder fassungslos gefragt: Was hat diesen Menschen zu einer solchen Mordmaschine gemacht?

Auch im Fall dieses Serienmörders begegnen die Fragenden demselben unheilvollen Ursachengeflecht, das in seiner Gleichförmigkeit schon einem Klischee ähnelt. Wie ein Sportler, der durch unermüdliche Übung sich allmählich zu Höchstleistungen steigert, erreichte auch Kürten erst in Jahrzehnten den Höhepunkt seiner blutdürstenden Macht.

1883 in Köln-Mülheim als ältestes von insgesamt dreizehn Kindern geboren, wuchs er unter der Willkür eines despotischen und alkoholabhängigen Vaters auf. Kürten war acht, als er seinem Vater zum ersten Mal davonlief und sich mit Handtaschendiebstahl durchschlug. Er war vierzehn, als sein Vater wegen Blutschande mit einer seiner Töchter ins Zuchthaus kam und die Mutter sich von ihm scheiden ließ. Kürten haßte damals den Vater so sehr, daß er Mordpläne gegen ihn schmiedete. Mit sechzehn wurde Kürten zum ersten Mal wegen Unterschlagung straffällig. Weitere Straftaten folgten: Einbruchsdiebstahl, Erpressung, Brandstiftungen. Mit einundzwanzig wurde er wegen schweren Diebstahls und – was im preußischen Rheinland besonders schwer wog – wegen Fahnenflucht zu sieben Jahren Zuchthaus verurteilt. 1913, Kürten war jetzt dreißig, ermordete er zum ersten Mal bei einem Einbruch ein zehnjähriges schlafendes Mädchen. Grundlos, aus purem Spaß, schnitt er dem Kind die Kehle durch. Ein Unschuldiger wurde für diesen Mord verurteilt. Kürten erfuhr auf diese Weise, wie schlau er seine Spur verwischt hatte. Im folgenden Jahr brachten ihn weitere schwere Verbrechen wiederum sieben Jahre hinter Gitter. Im Zuchthaus las er sehr viel, Abenteuerromane von Karl May, historische Romane von Gustav Freytag, Kriminalgeschichten und kriminologische Schriften. Nach seiner Entlassung ließ er sich 1921 im thüringischen Altenburg nieder. Er arbeitete in einer Fabrik und schien sich endlich in die bürgerliche Gesellschaft eingefügt zu haben. Er trat dem *Reichsbanner*, einer vorwiegend sozialdemokratischen Kampfgruppe, bei und heiratete 1923. Seine drei Jahre ältere Frau hatte ein Jahrzehnt zuvor eine Gefängnisstrafe abgesessen. Sie hatte ihren Verlobten erschossen, der sie nach achtjähriger Verlobungszeit verlassen hatte. Kürtens Ehe wurde von Anfang an durch Affären mit anderen Frauen belastet. Er kam nur durch Würgen und Mißhandlungen seiner Partnerinnen zu sexueller Befriedigung.

1925 übersiedelte Kürten nach Düsseldorf. Hier erwachte erneut der Feuerteufel in ihm. Bis 1929 setzte er insgesamt vierundzwanzig Häuser, Scheunen, Ställe, Wälder in Brand. Im März 1929 begann er zu morden. Bis zum Mai 1930 beging er neun Morde und 27 Mordversuche und gewaltsame Überfälle.

In den Gesprächen mit seinen Vernehmern, besonders aber mit den Psychiatern, ist Kürten meist geständniswillig. Er gesteht Straftaten, die niemals aufgeklärt worden waren. Er sucht seine Verbrechen zu erklären und zeigt dabei erstaunliche intellektuelle Gewandtheit. Er schwelgt geradezu in Details, wenn er über seine Taten berichtet, genießt die Aufmerksamkeit, die er damit erregt, die Berühmtheit eines Massenmörders. Dieser Großmannssucht Kürtens ist es zu verdanken, daß Kürten seine Verbrechen weder verharmlost noch verschleiert, sondern sie in ihrer ganzen Brutalität ausbreitet. Bei seinen Geständnissen kostet er noch einmal die Lust aus, die sie ihm bereitet haben. Er gesteht, selbst jetzt in Untersuchungshaft verschaffe ihm die Erinnerung an die einzelnen Morde noch einen Orgasmus.

Wie die meisten Serienmörder suchte er die Beschädigungen seiner Kindheit und Jugend, die Demütigungen seines Zuchthauslebens durch Feuer, Sadismus und Mord auszugleichen und dabei seine uneingeschränkte Macht zu genießen. Intellektuell begabt, emotional kalt und moralisch arm, sah er sich zurückgeworfen auf elementarste Bedürfnisse. Sexuelle Triebbefriedigung wurde zum wichtigsten Lebensinhalt. Nun ist natürlich ein möglicherweise angeborener starker Sexualtrieb nichts Unmoralisches. Daß er bei Kürten zum Sadismus pervertierte, ist nur – wie

Prof. Berg sagte – »aus der schicksalhaften Verbundenheit von Taten und Täter« zu erklären. Und auch dann bleibt ein Rest Unbegreifliches.

Kürtens Sadismus besteht darin, daß er, wie jeder Sadist, ohne Gewalttätigkeit nicht zum Orgasmus gelangt. Kürten berichtet selbst, wie sich seit der Kindheit sein Sadismus immer mehr steigerte: Mit dreizehn Jahren suchte er mit Schulmädchen ersten Geschlechtsverkehr. Das mißlang. »Da bin ich auf den Gedanken gekommen, es mit Tieren zu machen, Ziegen, Schafen.« Frühzeitig sah er bei Schlachtungen zu und begann bald selbst, Tiere zu töten. Einem Hund und einer Gans schnitt er den Kopf ab. »Da merkte ich, daß etwas Schönes dabei war. Ein wohliges Gefühl. Als ich dreizehn war, stach ich ein Schwein in den Rücken. Es blutete und schrie. Ich stach auf ein Schaf ein, und im selben Moment kam auch Samenerguß. Da bin ich mir des Zusammenhangs zwischen Grausamkeit und Geschlechtstrieb bewußt geworden.«

Kürten leitet von daher sein »Vergnügen am Blut« ab. Dieses Vergnügen wurde zur Zwangsvorstellung. Immer wieder schildert er emphatisch, was er empfand, wenn er auf Tier oder Mensch einstach: »Das Bluten kann ich hören ... Wenn ich es rauschen höre, kommt der Samen.« Als er Maria Hahn tötete: »Als beim Halsstich das Blut rauschte und ich das Blut von der Wunde trank, kam der Erguß.« Kürtens vampirhafte Blutgier ist so zwanghaft, daß er einmal Prof. Berg fragt: »Wenn ich geköpft werde, Herr Professor, kann dann der abgeschlagene Kopf noch das eigene Blut rauschen hören? Das wäre dann mein letzter Genuß.«

Der Kriminalpsychologe v. Hentig ist überzeugt, daß die

Wahl einer bestimmten Mordwaffe einem Fingerabdruck gleiche. Sie weist auf das Unterbewußtsein des Täters hin. Für Kürten eröffnete das Messer (die Schere) den Weg zum fließenden Blut.

»Oft«, gesteht Kürten, »habe ich einen Geschlechtsverkehr versucht. Das ging eben nicht. Da habe ich die betreffende Person weiter verletzt, da habe ich Samenerguß gehabt.« So wurden für Kürten seine blutigen Messer- und Hammerorgien zum Ersatz für den Geschlechtsverkehr, Messer und Hammer für sein impotentes Glied.

Aber bei allem Drang Kürtens, sich »als ein nie dagewesenes Ungeheuer« darzustellen und die Welt damit zu schockieren, tut er sich anfangs schwer, die eigentliche Triebkraft seiner Verbrechen einzugestehen: eben diese hemmungslose sexuelle Lust. Einmal ruft er dem Untersuchungsrichter empört zu: »Ich bin doch kein Lustmörder!« Nein, mit sadistischem Vergnügen hätten seine Taten überhaupt nichts zu tun. Mit seinen Morden, das wiederholt er hartnäckig, habe er eine heilige Mission erfüllt. Diesem Schicksal habe er nicht entgehen können.

Zornig berichtet er seinen Gutachtern die Erlebnisse in den preußischen Zuchthäusern, den als grausam erlebten Strafvollzug: Hunger, wochenlang angekettet, Schläge, Dunkelarrest, Einzelhaft jahrelang, Quälereien durch die Aufseher. Das erzeugte Haß. Und so malte sich Kürten, wenn er nachts schlaflos in seiner Zelle lag, aus, wie er sich rächen könnte: »Nichts übertrifft den Seelenschmerz desjenigen, der Qualen durch andere Schmerzbereiter erlitt, und der nun den Drang in sich entdeckt, selbst anderen Schmerz zu bereiten. Und wenn ich mir vorgestellt habe, daß ich einem den Bauch aufgeschlitzt habe, da hatte ich Samenergüsse. Dabei erfolgte endgültige Befriedigung.«

Kürtens Gewaltphantasien wuchsen sich immer grotesker aus: »Massenkatastrophen herbeizuführen, Brücken kaputt zu machen, Bazillen ins Trinkwasser zu bringen«. Und er fügt hinzu: »Es ist auch kein Wunder, wenn ich mich an diese Vorstellungen gewöhnte und sie mich bei der Haftentlassung zur Ausführung drängten.«

So entwickelte sich, behauptet Kürten, seine »Vergeltungs- und Sühnetheorie«. Es sei seine göttliche Mission, Menschen umzubringen. Damit strafe er die, die ihn gequält haben. Der Psychiater Prof. Sioli hält ihm entgegen, man räche sich doch höchstens an seinen Peinigern, nicht an unschuldigen Menschen. Kürten erwidert, Beamte und Polizisten seien zu mächtig, an denen könne er keine Rache üben. Gottes Vergeltung verlaufe sozusagen indirekt, über ihn: »Wenn ich Unschuldige töte, so dachte ich, könnte das unschuldige Blut auf die kommen, die mich so grausam behandelt haben.«

Die Psychiater halten diese Motivation Kürtens für einen Vorwand. Erst als sie sein Vertrauen errungen haben, gesteht er, diese Theorie sei unsinnig: »Ich muß darauf hinweisen, daß der Gedanke und die Bilder, die immer vor meinen geistigen Augen standen und mich dauernd gequält haben von dem früheren Leben und den vielen und grausamen Strafen, und die mich jeden Tag hinaustrieben und mir keine Ruhe ließen, daß dieser Zustand in Verbindung mit dem stark ausgeprägten sexuellen Trieb gewissermaßen mich gedrängt haben, irgendwelche Taten auszuführen, wo ich glaubte, daß ich mir damit eine Erleichterung verschaffen sowie auch, daß diese Taten eine gewisse Entsühnung darstellen würden für das viele Unrecht, das mir zugefügt worden war.«

Prof. Sioli sieht als primäres Motiv Kürtens, seine sadistischen sexuellen Bedürfnisse zu befriedigen. Mit der Vergeltungstheorie suche er seine Taten zu rechtfertigen. Diese Taten sind nach Siolis Ansicht »entstanden aus der Phantasietätigkeit zur sexuellen Befriedigung und zur Befriedigung der natürlichen, durch das Protestdenken eines empfindlichen und geistig klugen Menschen ungewöhnlich starken Rachsucht ...«

Verbinden sich solche Rachsucht und Sadismus wie bei Kürten, entwickelt sich schließlich reine Mordlust. Kürten gesteht es schließlich ein: »Ich hatte eigentlich dauernd die Stimmung zum Umbringen. Je mehr, um so lieber. Ja, wenn ich die Mittel dazu gehabt hätte, dann hätte ich ganze Massen umgebracht.«

Die psychiatrischen Gutachter halten Kürten jedoch nicht für geisteskrank.

Prof. Sioli räumt ein, Kürtens Tatmotive seien sehr verschlungen und in ihrer Gesamtheit nicht erfaßbar. Vorherrschend sei der sadistisch pervertierte Sexualtrieb. Ungünstige Erbanlagen, das haßvolle Verhältnis zum Vater, eine schlimme Jugend, jahrzehntelanger Zuchthausaufenthalt hätten seine Entwicklung ungünstig beeinflußt: »Wir sehen«, so heißt es in Siolis Gutachten, »in der Persönlichkeitsentwicklung Kürtens als wichtigste Eigenschaft die Entstehung und immer konsequentere Entwicklung der sadistischen Perversion an, die in früher Jugend entstand, die in Phantasie und Handlung ihn dauernd beschäftigt und zu deren Befriedigung die Hemmungen von ihm immer mehr, denkerisch durch die aus der Rachsucht geborene Vergeltungstheorie ..., erfahrungsmäßig durch das Verborgenbleiben der Straftaten verstärkt, beiseitegestellt wurden.« Trotz seiner schrecklichen Taten gehe es nicht an, Kürten »nur als schwarzen Verbrecher zu betrachten, sondern ... in seiner Ganzheit ... als einen Mensch, dem auch zarte Gefühle nicht fremd sind.« Sioli weist auf Kürtens gespaltene Persönlichkeit hin. Sie zeige sich in seinem Wunschdenken, sich selbst als Düsseldorfer Mörder zu ergreifen.

Prof. Berg bezeichnet Kürten als einen kriminellen Psychopathen, der in der Maske eines Biedermannes mordete. Auch Berg sieht in der sadistischen Triebbefriedigung Kürtens Hauptmotiv. Aber man dürfe die »Vergeltungstheorie« nicht außer acht lassen: »Die Anhänger der Freudschen Seelenlehre wird es nicht überraschen, daß Kürten von Beginn seines Geständnisses an sein verletztes Gerechtigkeitsgefühl angegeben hat. Nach der Auffassung der Psychoanalytiker unterscheidet sich der Verbrecher von dem sozial sich ... in die Rechtsordnung einfügenden Menschen dadurch, daß bei ihm die Sublimierung der aggressiven Urtriebe ausbleibt ... Es bleiben die Urtriebe in ungeschwächter Kraft bei ihm bestehen. Daraus entwickelt sich ein Mißverhältnis, eine Spannung zwischen dem Triebleben und den Normen des gesellschaftlichen Lebens. Eine solche Spannung, die der gewöhnliche Neurotiker eben mit seinen nervösen Krankheitserscheinungen abreagiert, drängt den kriminellen Neurotiker zum Verbrechen. Er motiviert dann seine Handlungsweise mit seinem verletzten Rechtsgefühl.«

Berg betont, Kürten besitze eine starke Fähigkeit zur Autosuggestion. Die in der Zuchthauszelle entstandenen

Wachträume von blutiger Rache brachten ihm das Erlebnis sexueller Befriedigung. »Kürten war ein Virtuos in der Erreichung des Orgasmus allein durch sadistische Phantasien.« Diese drängten dann Kürten in der Freiheit zur Verwirklichung – stufenweise, beginnend mit Tierquälerei, Bedrohung von Menschen, ersten Gewalttaten, Brandstiftung, und endeten mit Mord.

Auch die bloße Erinnerung an seine Morde brachte Kürten bereits orgiastische Befriedigung. Deshalb kehrte er auch gern an den Tatort zurück (ebenso auch andere Triebtäter wie Bartsch, Pleil, Tschikatilo). Die Rückkehr eines Täters zum Tatort ist keine Legende. Der Kriminalpsychologe v. Hentig schlägt deshalb vor, besser von der Rückkehr des Täters zu seinem Opfer zu sprechen. Sie ist lustvoll, weil er dabei erneut seine Macht über das Opfer auskostet.

Wie Prof. Sioli will auch Prof. Berg Kürten nicht nur »als die Bestie in Menschengestalt« sehen: »Wer sich näher mit diesem seltsamen Mann beschäftigt und zu scheiden vermag zwischen dem Sadisten Kürten und dem Menschen Kürten, der wird zu seiner Verwunderung in diesem Menschen Kürten neben manchen Mängeln auch Werte entdecken just in ähnlicher Mischung wie in anderen Menschen auch.« Die Erfahrung bestätige, daß Sadisten oft schwache, weiche, gutmütige Menschen seien. Ihre Schwäche, ihre Ohnmacht suchen sie auszugleichen in der absoluten Macht als Mörder.

Bei allem psychologischen Bemühen, die Ursachen des Mordtriebs aufzudecken, halten beide Psychiater Kürten für seine Taten voll verantwortlich. Er sei dabei planvoll und vorsichtig, überhaupt wohlüberlegt vorgegangen, habe geschickt seine Spuren verwischt und bei Gefährdung seiner Person (beispielsweise im Fall Maria Butlies) auch auf den geplanten Mord verzichten können. Kürten selbst leugnet seine Verantwortlichkeit nicht: »Ich hätte meine Überfälle doch nicht gelassen, es trieb mich immer wieder hinaus. Ich möchte aber auch betonen, daß ich auch des Triebes Herr werden konnte. Das ist ja meine Schuld, daß ich es nicht auch in den Mordfällen getan habe.« Ein andermal äußert er: »Ich bin eine Bestie, ein wildes Tier.«

Der Nervenarzt Dr. Sanders meint dagegen, das Schuldgeständnis Kürtens beweise durchaus nicht, daß er tatsächlich seinen Mordtrieb beherrschen konnte. Er habe ja auch mehrmals gesagt, er sei sich selbst ein Rätsel. Kürtens Verbrechen seien so grauenvoll, sein Wohlgefühl nach der Tat dieser so inadäquat, daß nur ein geistig und seelisch Kranker sie begehen konnte. Auch daß Kürten bei Gefahr von seiner Mordabsicht lassen konnte, beweise nichts. So reagiere auch ein Raubtier auf eine Störung. Dr. Sanders faßt zusammen: »Kürtens krankhaft gesteigerte Triebstärke hat Zwangscharakter.«

Der Schwurgerichtsprozeß dauert zehn Tage. Kürten wird des Mordes in neun, des Mordversuchs in sieben Fällen für schuldig befunden und zum Tode verurteilt.

Kürten erklärt in seinem Schlußwort: »Die von mir begangenen Taten sind nach meiner jetzigen Erkenntnis so scheußlich, daß ich nicht den Versuch machen will, sie in irgendeiner Weise zu entschuldigen.« Er meint, das Milieu seiner Jugend habe den Keim zu seinen Verbrechen gelegt. Sein Geständnis habe ihn von der Last seiner Schuld befreit: »Einmal kommt auch dem schwersten Verbrecher der Zeitpunkt, daß er nicht mehr weiter kann. Und diesen seelischen Zusammenbruch habe ich erlebt.« Am Ende erklärt er: »Ich verabscheue die Taten und bedaure auch die Angehörigen aufs tiefste. Ich möchte es sogar wagen, die Angehörigen, sofern es ihnen möglich ist, zu bitten, mir zu verzeihen.«

Kurz vor seiner Hinrichtung schreibt Kürten an die Angehörigen aller seiner Opfer und bittet sie um Verzeihung.

Am 2. Juli 1931 wird Kürten durch das Fallbeil hingerichtet.

Wenn Kürten in seinem Schlußwort sagte, er habe ein Geständnis abgelegt, weil er so nicht mehr weiterleben konnte, täuschte er sich selbst. Wäre ihm sein letztes Opfer, Maria Butlies, nicht auf die Spur gekommen, hätte er weiter gemordet. Es sei denn, sein Verzicht, Maria Butlies zu ermorden, sei jenem schon genannten unterbewußten Wunsch entsprungen, endlich Schluß zu machen, also unbewußter »Selbstverrat«. Wir wissen es nicht. Fest steht aber, daß die Polizei Düsseldorfs im Fall Kürten versagt hat. Nicht sie hat Kürten zur Strecke gebracht, sondern sein letztes Opfer. Polizei und Justiz suchten ihr Versagen zu entschuldigen: Erst nach dem neunten (und letzten) Mord habe man ein und denselben Täter als Serienmörder vermutet. Kürten habe untypisch für einen Serienmörder gehandelt und seinen *modus operandi* durch Wechsel der Tatwaffe verändert. Außerdem sei die Polizei durch die vielen und dazu nutzlosen Hinweise der Bevölkerung überfordert und durch falsche Bekenner irregeführt worden. Zudem, so heißt es in dem Bericht von Oberstaatsanwalt O. Steiner und Kriminaldirektor W. Gay, sei die Struktur der Polizei damals gerade geändert worden, so daß der bisher enge Kontakt zwischen Polizeirevier und Bürgern sich gelockert habe. Sonst wäre Kürten früher als Täter verdächtigt worden. Diese Erklärung kann angesichts der Klage über zu viele Informationen aus der Bevölkerung nicht überzeugen.

Auch die Justiz ist mitverantwortlich für die späte Ergreifung des Serienmörders. Sie hat Kürten nicht als Wiederholungstäter erkannt und behandelt. »Ein Mensch wie Kürten«, kritisierte Dr. Sanders die Justiz, »hätte nach der Liste seiner Vorstrafen schon längst als gemeingefährlich erkannt und im Sinne des Entwurfs des Bewahrungsgesetzes aus der menschlichen Gesellschaft ausgeschieden werden müssen.«

Viel zu spät wies die Polizei die Bevölkerung darauf hin, daß der mutmaßliche Serienmörder ein äußerlich angepaßter, unauffälliger und sogar liebenswürdiger Mensch sein könne. Als dieser Hinweis kam, hatten sich schon mehrere seiner Opfer freiwillig in Kürtens Gewalt begeben.

Schließlich hat Kürten selbst einiges dazu getan, um nicht als Serienmörder erkannt zu werden. Die schon mehrfach genannte »Maske des Biedermannes und Kavaliers« machte ihn unverdächtig, für manche Frauen sogar anziehend. Er nutzte den Schichtdienst seiner Frau aus, um unbemerkt die Wohnung zu verlassen. Er kannte sich hervorragend in Düsseldorf und Umgebung aus und konnte nach seinen Taten anscheinend spurlos, wie ein Phantom verschwinden.

Neben Denke und Haarmann gehört Kürten zu den

»Großen Drei«, der Triade der ruchlosesten deutschen Serienmörder in den 20er Jahren unseres Jahrhunderts.

Das Sandmännchen

Der Tod wandert durch die norddeutsche Landschaft, über Heidewege, durch Kiefernwälder, an schilfigen Seen vorbei.

Der Tod trägt einen schwarzen Mantel und einen breitkrempigen Hut. Ein Rucksack beugt seinen Rücken. Die Tasche in seiner Hand enthält Uhren.

Einst galt die Sanduhr als Requisit des Todes: Das Leben verrinnt wie der Sand im Stundenglas.

Aber dieser Tod hat kein Stundenglas. Seine Uhren sind Wecker, Armbanduhren, Taschenuhren. Manchen fehlen die Zeiger, manchen der Glasdeckel. Manche ticken leise, manche sind stumm.

Kein Stundenglas. Aber auch diese Uhren zeigen irgendwann irgendwem seine letzte Stunde an. Und die bestimmt der Tod im schwarzen Mantel mit dem breitkrempigen Hut.

Der Tod ist ein Uhrmacher. Er heißt Adolf Seefeldt und wandert Mitte der 30er Jahre durch Norddeutschland. Er klopft an die Türen der mecklenburgischen und brandenburgischen Häuser, in Dorf und Stadt, und bietet sich an, Uhren zu reparieren, zu kaufen und zu verkaufen. Er ist ein geschickter Uhrmacher. Sein Lohn ist bescheiden, einige Groschen oder eine warme Mahlzeit.

Seefeldt zieht durch Schwerin und Rostock, durch Wismar und Lübeck, Ludwigslust und Wittenberge, verschwindet und kehrt wieder an die gleichen Orte zurück.

Er hat kein Zuhause. Selten mietet er sich ein billiges Quartier. Manchmal übernachtet er bei einem Kunden. Am liebsten schläft er in den Wäldern. In einer Kiefernschonung scharrt er sich eine Mulde aus, bettet sich zwischen Zeitungspapier, streckt sich aus und denkt, wie schön es wäre, einmal im Wald zu sterben.

Seefeldt ist freundlich und einem Schwätzchen bei seiner Arbeit nicht abgeneigt. Er erzählt wundersame Erlebnisse. Zuweilen spricht Gott zu ihm und sagt ihm, er solle alle Menschen lieben. Er rühmt sich der Kenntnis geheimnisvoller Gifte und rätselhafter Kräfte, mit denen er Mensch und Tier seinem Willen unterwerfen könne. So ist Seefeldt überall gern gesehen. Die Erwachsenen lauschen ihm neugierig, die Kinder laufen hinter ihm her, denn Onkel Ticktack schenkt ihnen Bonbons oder auch einmal eine alte Uhr.

Adolf Seefeldt ist meist sehr lustig, aber man kennt ihn auch traurig. Das Leben hat mir viel Leid zugefügt, sagt er dann, es ist wohl besser für die Menschen, sie würden schon als Kinder sterben. Dann erlitten sie nicht so viel Elend. Vor solchen trüben Gedanken erschrecken die Leute und haben Mitleid mit dem grauhaarigen alten Herrn. Und ahnen nicht, wie vielen Kindern er schon das Leid erspart hat, erwachsen zu werden.

Der Tod ist ein Uhrmacher. Er gibt toten Uhren das Leben zurück. Und gibt lebenden Menschen den Tod.

Am 16. Februar 1935, einem Sonnabend, spaziert der fünfundsechzigjährige Uhrmacher Adolf Seefeldt in Schwerin über den Jahrmarkt, der trotz Schnee und Kälte heute stattfindet. Seefeldt liebt Jahrmärkte. Jeder geht seinen eigenen Vergnügungen nach und achtet nicht auf den anderen neben sich an der Würstchenbude oder beim Losverkäufer. Niemand auch achtet auf den unscheinbaren Mann im schwarzen Mantel mit dem breitkrempigen Hut, der anscheinend ziellos zwischen Gespensterbahn, Zaubersalon und Karussells umherschlendert. Aber nicht diesen Belustigungen gilt sein Interesse. Sein Interesse richtet sich auf anderes. Der Jahrmarkt ist ein Magnet für Kinder. Deshalb liebt Seefeldt Jahrmärkte. Weil er sich auf dem Jahrmarkt Kinder kaufen kann. Und wie billig sie sich kaufen lassen: mit einigen freundlichen Worten oder einem kleinen Geschenk. Oder mit dem Versprechen auf ein Abenteuer.

An diesem Mittag allerdings findet Seefeldt das Angebot an Kindern recht kümmerlich. Jahrmärkte erwachen erst nachmittags zum Leben. Ruhelos schweifen seine Blicke umher. Mädchen lassen ihn gleichgültig. Er sucht Jungen. Am liebsten sind ihm die Zehn- und Elfjährigen.

Wie die Zecke sich vom Baum auf ihr Opfer fallen läßt, wenn ein Wärmestrom sein Nahen anzeigt, wird auch Seefeldts Gier durch einen Wärmestrom erregt: durch Jungen in Matrosenkleidung. Blaue Hose, blaue Kieler Jacke und Matrosenmütze – das ist der Reiz, der Unbegreifliches in Seefeldt auslöst.

Enttäuscht beendet Seefeldt seine Rundgänge. Vielleicht sollte ich später noch einmal wiederkommen, denkt er. Er spürt Hunger und lenkt seine Schritte zur Würstchenbude.

Und bleibt plötzlich vor der Esels-Reitbahn stehen. Hier reiten Kinder auf einem Esel, den ein Mann im Kreis herumführt. Auf dem Esel sitzt ein Junge im Sonntagsstaat: blaue Hose, blaue Bluse. Die Bänder der Matrosenmütze flattern im Wind.

Die Zecke durchfährt ein Wärmestrom. Sie läßt sich fallen ...

Als der Junge die Reitbahn verläßt, tritt Seefeldt zu ihm. Ob ihm das Reiten Spaß gemacht habe, fragt er freundlich. Und ob er Tiere gern habe. Der kleine Matrose hat Tiere gern. Seefeldt will ihm ein Tier schenken. Nein, erwidert der Junge, seine Eltern erlauben ihm kein Tier. Seefeldt versteht das, Tiere machen Arbeit, Tiere kosten Geld. Aber das Tier, das er ihm geben wolle, mache keine Arbeit und koste kein Geld. Es lebe von Gras und Kartoffelschalen. Ein Kaninchen!

Der kleine Matrose wird nachdenklich. »Hast du eins im Rucksack?«

Seefeldt lacht. »Natürlich nicht. Wir fangen uns eins. Ich kenne einen Kaninchenbau im Wald. Kommst du mit?«

Er nimmt den Jungen an der Hand.

»Ich weiß nicht«, sagt der Matrose unschlüssig. Er wartet nämlich auf seinen Onkel, der ihn wieder abholen will.

»Bis der Onkel kommt, sind wir längst wieder zurück«, verspricht Seefeldt.

»Na gut, dann komme ich mit.« Vertrauensvoll läßt der Matrose seine Hand in der Hand seines Begleiters.

»Wie heißt du denn?« fragt Seefeldt.

»Hans-Joachim.«

»Ein schöner Name. Und wie alt bist du, Hans-Joachim? Elf Jahre?«

»Ja, ich werde bald elf.«

Seefeldt nickt. Hat er also richtig geschätzt. Elf Jahre. Welch wunderbares Alter. So gut ging es mir nicht, als ich elf war. Der Vater versoffen. Und die Mutter mit anderen

Männern davongelaufen. Eine blöde Stiefmutter. Acht Geschwister. Da war es verdammt eng. Da gab es keinen Jahrmarkt und keinen Matrosenanzug. Sonntags wie wochentags dieselben Klamotten. Als Jüngster die abgetragenen der älteren Geschwister. Scheißkindheit. Nein, etwas Leuchtendes war schon in der Finsternis. Allein die Erinnerung durchzuckt ihn heiß. Das große Erlebnis, da war er gerade elf, wie der kleine Matrose neben ihm. Die beiden Männer, die es ihm beigebracht hatten, wie man sich gegenseitig die tollste Lust verschaffen kann. Und wie sie miteinander gespielt hatten! Mit den Händen, mit dem Mund, und jedesmal der ganze Körper zu explodieren schien. Mutuelle Onanie, Päderastie, oh er kennt die gelehrten Ausdrücke für die schönste Sache der Welt, er ist ja belesen in diesen Dingen. Was er mit elf gelernt hat, das hat er nie mehr verlernt. Das hat er beibehalten in seiner kurzen Ehe, im Knast, selbst im Alter jetzt als freier Mann.

Der kleine Matrose. In ihm erblickt Seefeldt sich selber wieder, seine Kindheit. Das Leben hat mir nichts Schönes gebracht, keinen ordentlichen Beruf, Zuchthaus jahrzehntelang, Irrenhaus, Obdachlosigkeit. Dieses Leben. Er haßt es, er haßt sich selber. Warum bin ich nicht als Kind gestorben. Da wäre mir viel erspart geblieben, Angst, Einsamkeit, Nacht. Nur *ein* Licht leuchtet: die Lust, mit einem Kind wieder Kind zu sein.

Er blickt auf das Kind hinab, ahnt kommende Lust. Wenn wir nur bald im Buchholz wären.

Hans-Joachim beginnt zu nörgeln. Sie laufen schon eine halbe Stunde. Der Junge ist müde. »Ich will kein Kaninchen mehr! Die Eltern nehmen es mir sowieso weg.« Er beginnt zu weinen und ruft nach seinem Onkel. Seefeldt gerät in leichte Panik. Nur kein Aufsehen jetzt! Das fehlte noch, daß Leute stehenbleiben und sich an einen Mann mit einem weinenden Kind erinnern! Beruhigend sagt er: »Wir sind gleich da. Siehst du, der Wald dort hinten!«

Der Junge nickt unter Tränen. Seefeldt beschleunigt seinen Schritt. In zwei Stunden wird es dunkel. Da muß alles vorbei sein.

Noch eine qualvolle halbe Stunde bis ins Holz. Er sucht das Kind mit lustigen Geschichten zu unterhalten. Verspricht ihm auch noch ein Taschenmesser als Geschenk, das der Junge schon mal betrachten darf.

Schließlich erreichen sie den Wald. Kahle Buchen, Birken. In den Bäumen schwirren Tannenmeisen. Trostlose Einsamkeit. Und überall noch Schnee. Hans-Joachim friert. Seefeldt spürt die Kälte nicht. Er ist in einem Zustand, wo ihn Schnee und Kälte nicht mehr berühren.

Der Junge beginnt wieder zu weinen. »Wo ist denn der Kaninchenbau?«

»Da«, sagt Seefeldt. Er zieht das Kind in eine Kiefernschonung hinein. »Du mußt jetzt ganz still sein.«

Er legt den Rucksack ab und entnimmt ihm eine Decke. Die breitet er auf dem schneebedeckten Boden aus. Er setzt sich darauf und bedeutet dem Kind, neben ihm Platz zu nehmen.

»Ich bin so müde«, jammert Hans-Joachim.

»Das verstehe ich. Es war ein so weiter Weg.« Er zieht das Kind auf seine Beine. »Wenn du müde bist, schläfst du erst ein wenig. Und wenn du aufwachst, fangen wir das Kaninchen.«

Er lehnt den Hinterkopf des Kindes an seine Brust und spricht beruhigend auf den kleinen Matrosen ein …

Eine halbe Stunde später erhebt sich Seefeldt. Er bringt seine Kleidung in Ordnung. Er faltet die Hände des schlafenden Kindes über der Brust zusammen, zieht die Decke unter ihm weg, steckt sie in den Rucksack, wirft sich den Rucksack über und verläßt die Schonung.

Es dämmert schon.

Der Tod, ein Uhrmacher, taucht in der Dämmerung unter.

*

Und wiederum ist Sonnabend, eine Woche später, am 23. Februar 1935. Da taucht der Tod wieder auf, wie aus dem Nichts.

An diesem Vormittag verläßt der zehnjährige Heinz Zimmermann die elterliche Wohnung und macht sich auf den Weg zur Schule. Hier trifft sich die Klasse zum Wandertag. Ein Wandertag ist etwas Besonderes, da kleidet man sich sonntäglich an. Heinz trägt stolz seinen neuen Matrosenanzug. Das Täschchen mit der Schnittenbüchse in der Hand, schlendert der Junge gemächlich durch die Straßen. Am Schaufenster eines Spielzeugladens bleibt er stehen und betrachtet die Soldaten und Kanonen, die sich dort eine Schlacht liefern.

Da tritt ein alter Mann neben ihn. Gleichgültig blickt Heinz auf. Der Mann hat einen schwarzen Mantel an und einen breitkrempigen Hut auf dem Kopf. Heinz wendet sich wieder dem Schlachtfeld zu. Plötzlich vernimmt er am rechten Ohr ein leises Ticken. Er schaut auf. Vor seinem Gesicht pendelt an einem Kettchen eine Taschenuhr.

Heinz betrachtet den Mann genauer. »Onkel Ticktack!«

Onkel Ticktack lächelt. »Ja, da bin ich mal wieder. Und treffe ausgerechnet dich.«

»Kennst du mich denn?«

»Natürlich. Einen so hübschen kleinen Matrosen vergesse ich doch nicht. Du bist doch der –« Angestrengt legt sich Seefeldts Stirn in Falten. »Du bist –«.

»Der Heinz! Der Heinz Zimmermann!«

»Richtig. Der Heinz Zimmermann. Und weil du mein Freund bist, Heinz, denke ich, wirst du mir auch einen kleinen Gefallen tun.«

»Einen Gefallen?« fragt Heinz verständnislos.

»Du sollst es auch nicht umsonst tun. Als Belohnung schenke ich dir diese Uhr. Sieh sie dir ruhig an. Sie ist völlig in Ordnung. Sogar der Sekundenzeiger bewegt sich.«

Heinz betrachtet die Uhr. Sie ist in Ordnung. Zögernd gibt er sie zurück. »Wie soll ich dir einen Gefallen tun, Onkel Ticktack? Ich muß zum Wandertag.«

»Die andern wandern auch ohne dich, Heinz. Dafür machen wir beide eine schöne Wanderung ins Buchholz. Dort im Wald habe ich nämlich meine Brieftasche verloren, und du sollst mir beim Suchen helfen.«

Heinz denkt nach. Er wird seinen Wandertag haben, mit Onkel Ticktack. Und eine Uhr dazu. »Ich komme mit, Onkel Ticktack!«

Wieder der gleiche Weg wie vor einer Woche mit dem anderen kleinen Matrosen. In den letzten Tagen ist das Wetter umgeschlagen, es taut.

Das Kind an der Hand, durchzieht Seefeldt ein wohliger Wärmestrom. Immer seltener, denkt er, werden die kleinen Matrosen. Immer mehr Jungen laufen in dieser schrecklichen *Hitlerjugend*-Uniform herum, richtig abstoßend.

Bald werde ich nirgends mehr einen Matrosen finden, und dabei sind sie die Krönung meines Vergnügens. Zärtlich betrachtet er das Kind. Er ist stolz, daß er seinen Genuß in den letzten Jahren so verfeinert hat. Wie ein Feinschmecker, der seine Speise immer köstlicher zu würzen versteht. Wie roh waren meine Bedürfnisse früher gewesen! Die Onanie in der Zuchthauszelle, die plumpe Befriedigung mit Schwulen in irgendeinem Männerlogis, in dunklen Winkeln die Lutscherei mit Strichern. Aber nun der vollkommene lange Genuß: Die Ausschau nach einem geeigneten Opfer. Anpirschen, anmachen. Überreden, entführen. Die Vorfreude, die sich stauende Erregung auf dem Weg in den Wald. Und der Wald selbst, seine stille verschwiegene Einsamkeit. Ich allein mit dem Jungen. Meine unwiderstehliche Macht. Und schließlich die Kunst, diese langsam erlernte Kunst höchster Befriedigung! Ja, er ist stolz auf sich. Und stolz auf seine Überlegenheit. Niemals hat man ihn mit dem Verschwinden der Kinder in Beziehung gebracht, nie. Er ist der Größte. Das ist auch ein Stück seiner Rache an den Polizisten und Richtern, die ihn hinter Gitter gebracht hatten. Ich bin der Größte.

Sie betreten den Wald. Die Wege sind matschig. Seefeldt stört das nicht. Er wird sein Vergnügen haben, und wenn er bis zu den Knien im Schlamm waten müßte. Das Kind an der Hand, nähert er sich derselben Kiefernschonung, die er vor einer Woche mit Hans-Joachim aufgesucht hatte. Ein heimatliches Gefühl erfüllt ihn, als er mit Heinz in die Schonung eindringt.

An einer halbwegs trockenen Stelle breitet er die Decke aus, läßt sich darauf nieder, zieht den Jungen an sich heran, fordert ihn auf, ein wenig zu schlafen, spricht vom

Sandmännchen, das ihm gleich den Schlaf bringen wird, redet, redet, redet, bis dem Kind die Augen zufallen …

Zwei Kinder innerhalb einer Woche spurlos verschwunden – die beiden Vermißtenmeldungen alarmieren die Staatsanwaltschaft in Schwerin. Die durch das Tauwetter erschwerte Suche nach den Vermißten bleibt ergebnislos. Mord ist nicht mehr auszuschließen. Wird man die beiden Kinder eines Tages ebenso finden wie mehrere andere in den letzten zwei Jahren? Als Leichen im Wald?

Die Staatsanwaltschaft hat eine Liste unaufgeklärter Todesfälle seit Ende 1933 zusammengestellt. Seitdem wurden tot aufgefunden: am 18. November 1933 der zehnjährige Ernst Tesdorf bei Ludwigslust, am 4. Januar 1934 der zehnjährige Alfred Praetorius bei Rostock, am 15. Februar 1934 der neunjährige Hans Korn bei Lübeck, am 16. Oktober 1934 der fünfjährige Arthur Dill und der sechsjährige Edgar Dittrich bei Neuruppin, am 29. Oktober 1934 der siebenjährige Günther Tieke bei Oranienburg.

Die Staatsanwaltschaft vergleicht die Ermittlungsergebnisse bei diesen sechs Todesfällen und entdeckt dabei überraschende Gemeinsamkeiten.

Mit einer Ausnahme sind alle Toten inmitten von Kiefernschonungen, gut getarnt gegen alle Sicht von außen, aufgefunden worden.

In allen Polizeiberichten über die Auffindung der Leichen hieß es:

Die Toten machten den Eindruck, als ob sie schliefen und im Schlaf gestorben wären.

Anzeichen für einen gewaltsamen Tod gab es nicht, ebensowenig für ein Sexualverbrechen.

Alle Opfer trugen Matrosenanzüge.

Alle Kinder entstammten ordentlichen Familien und waren niemals von zu Hause weggelaufen.

Diese gemeinsamen Merkmale der sechs Todesfälle veranlaßt die Schweriner Staatsanwaltschaft, der Mordinspektion der Berliner Kriminalpolizei ihren Verdacht mitzuteilen, alle sechs Toten (und möglicherweise auch die beiden noch Vermißten) könnten Opfer ein und desselben Täters sein. Bei einer gemeinsamen Arbeitsberatung gelangt auch die Berliner Mordinspektion zur gleichen Ansicht wie die Schweriner Staatsanwaltschaft. Der Berliner Kriminalrat Hans Lobbes wird beauftragt, zusammen mit den Schweriner Kriminalisten die vermutliche Mordserie aufzuklären.

Gleichlaufend mit ersten Ermittlungen beschafft sich Lobbes Akten über weitere ungeklärte Todesfälle von Kindern im norddeutschen Raum. Er stößt auf drei weitere Fälle, die den sechs bisher bekannten Fällen ähneln. Bei Wittenberge sind der zwölfjährige Kurt Gnirks, bei Potsdam der achtjährige Wolfgang Metzdorf und bei Brandenburg der elfjährige Erwin Wischnewski unter gleichen Umständen tot aufgefunden worden.

Bei allen nun bekannten neun gleichartigen Todesfällen waren die polizeilichen Ermittlungen sehr bald eingestellt worden, weil – ausgenommen ein Fall mit Verdacht auf Pilzvergiftung – ein natürlicher Tod vorzuliegen schien. Keine Verletzungen an den Toten, kein Anzeichen von Gewalt. Die Polizei hatte deshalb in einigen Fällen auf eine gerichtsmedizinische Klärung verzichtet, in einigen anderen Fällen hatte die gerichtsmedizinische Obduktion kein Anzeichen für einen unnatürlichen Tod ergeben.

So bleibt für Kriminalrat Lobbes sowohl das Motiv als

auch die Ausführung der vermutlichen Mordtaten ein Rätsel. Die bisherigen Ermittlungen lassen nur eine einzige Schlußfolgerung zu: Wenn es einen Mörder gibt, muß er – möglicherweise aus beruflichen Gründen – sehr viel unterwegs sein. Das Gebiet, in dem die Toten gefunden wurden, ist großräumig und liegt zwischen Lübeck, Wismar und Rostock im Norden sowie Brandenburg und Potsdam im Süden und wird westlich von einer Linie zwischen Wittenberge, Ludwigslust und Schwerin begrenzt.

Ein Täter, der viel unterwegs ist – dieses einzige Merkmal ist viel zu vage, um auf einen raschen Erfolg der Fahndung hoffen zu können. Da stößt die Polizei auf einen vierzigjährigen Geschäftsreisenden, dem nachgewiesen werden kann, daß er in der Nähe mehrerer Leichenfundorte gewesen ist. Er wird verhaftet. Die Polizei triumphiert zu früh. Der Mann erhängt sich in der Zelle. Und das Morden geht weiter.

Wenige Tage später nämlich, am 23. März 1935, wird der elfjährige Gustav Thomas in einer Kiefernschonung bei Wittenberge tot aufgefunden. Er liegt da, als sei er friedlich eingeschlafen. Jetzt weiß Lobbes: Der Täter ist noch immer am Werk, und es ist derselbe wie in den anderen neun Fällen. Aber im Unterschied zu jenen neun Fällen gibt es diesmal einen konkreten Hinweis auf den Täter. Am Tag seines Verschwindens war Gustav Thomas zusammen mit einem älteren Mann gesehen worden, einem Mann in dunklem Mantel mit einem merkwürdig emporgebogenen breitkrempigen Hut.

Diese immer noch recht vage Personenbeschreibung wird zur Fahndung ausgeschrieben.

Inzwischen sammelt Lobbes auch Berichte über Sittlichkeitsdelikte, die in den letzten Jahren aus dem betreffenden Gebiet gemeldet worden sind. Er arbeitet Dutzende von Fällen durch. Mehrmals trifft er auf Aussagen mißbrauchter Kinder, die auf immer den gleichen Täter hinweisen: den Mann im schwarzen Mantel mit dem breitkrempigen Hut.

Eines Tages erhält Lobbes eine Meldung der Gendarmeriestation in Bad Doberan. Hier habe kürzlich ein Mann einem achtjährigen Jungen ein Geschenk versprochen und ihn in den Wald gelockt. Der Mann sei als durchreisender Uhrmacher Adolf Seefeldt bekannt. Die Täterbeschreibung: schwarzer Mantel und breitkrempiger Hut.

Nun kann Lobbes endlich die Fahndung nach einem konkreten Verdächtigen, dem Uhrmacher Adolf Seefeldt, auslösen. Sie wird im *Deutschen Kriminal-Polizeiblatt Nr. 212* am 3. April 1935 veröffentlicht. Lobbes hat sich Akten über Seefeldt beschafft, die auch Fotos des Sexualstraftäters enthalten. So kann der Fahndung nach Seefeldt auch ein Foto beigegeben werden.

*

Seefeldt sind die öffentlichen Aufrufe der Fahndungsbehörde nicht entgangen. Er weiß, die Treibjagd auf ihn hat begonnen. Und daß sein jahrelanges Wandern von Ort zu Ort, sein Gang von Tür zu Tür, seine zahllosen Sexualdelikte und auch die mißglückten Kontaktversuche zu Kindern ihn zu einem bekannten Mann gemacht haben. Früher oder später wird sich der Ring der Verfolger um ihn schließen. Mehrmals sieht er Flugzeuge über Wäldern kreisen. Aus Zeitungen erfährt er von Suchtrupps, die unterwegs sind. Er will Zeit gewinnen und wandert südostwärts, meist auf abgelegenen Landstraßen, in die Wald- und Sumpfgebiete der Unteren Havel. Hier hofft er, untertauchen zu können. In den kleinen Dörfern hat vielleicht niemand etwas von der Jagd auf Adolf Seefeldt gehört.

An einem Apriltag befindet sich Seefeldt in Wutzetz, einem kleinen Ort nahe dem Rhinkanal. Er hat einem Bauern Uhren repariert und erhält Bratkartoffeln und Wurst als Lohn. Er sitzt gerade am Küchentisch beim Essen, als der für den Ort zuständige Gendarm seine Runde macht und die Küche betritt. Der Gendarm erkennt ihn sofort als den gesuchten Adolf Seefeldt und nimmt ihn fest.

*

Seefeldt wird nach Berlin überstellt. Die wesentlichen Verhöre führt Lobbes selbst.

Seefeldts Lebensgeschichte ist ein Trauerspiel, durchsetzt mit einigen grotesk-komischen Szenen. Er ist das jüngste von neun Geschwistern. Fürsorge und Zuwendung der Eltern erhielt er kaum. Der Vater, ein Maschinenmeister, neigte dem Alkohol zu, die Mutter trieb es mit anderen Männern. Scheidung der Eltern, Adolf blieb beim Vater, der wieder heiratete. Die Stiefmutter war mit den vielen Kindern überfordert, Adolf verachtete die Stiefmutter, er wuchs wild und ohne Wertmaßstäbe auf. Er war etwa zwölf, als ihn zwei Männer zu homosexuellen Handlungen verführten. Nach der Schulentlassung nahm er eine Schlosserlehre auf und brach sie ab, verdiente sich als Hilfsarbeiter seinen Lebensunterhalt. Mit zwanzig Jahren heiratete er eine sechs Jahre ältere Frau; die Ehe hielt nur ein reichliches Jahr. Seefeldt kleidete sich damals gern mit Gehrock, weißer Weste und Zylinder. Er war fünfundzwanzig, als er zum ersten Mal wegen einer Sexualstraftat an einem Achtjährigen ins Zuchthaus kam. Wieder entlassen, folgten weitere Sexualdelikte mit Kindern, die ihm erneut Zuchthausstrafen einbrachten.

Im Zuchthaus las er sehr viel, benahm sich aber auch auffällig. Wochenlang weigerte er sich zu sprechen und verkehrte nur schriftlich mit dem Aufsichtspersonal. Er litt an Lähmungen der Beine und Gliederzucken. Er formte aus Brot und Kot Figuren und spielte damit. Er wurde psychiatrisch untersucht, aber die Gutachter kamen zu unterschiedlichen Urteilen. Die einen hielten ihn für schwachsinnig, andere für einen Simulanten. Ein Gutachter erklärte, er sei strafvollzugsunfähig. Seefeldt wurde in eine Irrenanstalt überwiesen. Ein Psychiater schlug vor, Seefeldt »lebenslänglich unschädlich zu machen, denn jede Aussicht auf Heilung oder Besserung ist natürlich ausgeschlossen«.

Zwischen 1909 und 1926 wurden Zuchthaus und Irrenhäuser Seefeldts eigentliche Heimat. Kurzzeitig dazwischen in Freiheit, beging er neue Sexualdelikte. Schon 1927 mußte er wieder eine Zuchthausstrafe antreten. Niemand ahnte, daß er bereits einen Mord an einem zehnjährigen Jungen begangen hatte. Es folgten weitere Sittlichkeitsverbrechen und Zuchthausaufenthalte.

*

Kriminalrat Lobbes hat es schwer, Seefeldts Lebensgeschichte zu rekonstruieren. Seefeldt wehrt sich, allzuviele

Einzelheiten preiszugeben. »Für mich«, erklärt er immer wieder, »ist die Vergangenheit tot. Ich will nicht darüber sprechen.« Mit seinen früheren Straftaten konfrontiert, gibt er nur das zu, was aktenkundig und nicht mehr abzuleugnen ist. Lobbes geht sehr behutsam vor. Anfangs vernimmt er Seefeldt nur zu Sexualdelikten, von den Todesfällen ist vorerst nicht die Rede.

Als er sich dann schließlich doch an die mutmaßlichen Mordtaten herantastet, ändert Seefeldt seine Taktik. Nun zeigt er sich bereit, auch bisher geleugnete Sittlichkeitsverbrechen zu gestehen. Aber Kinder getötet zu haben, lehnt er entschieden ab: »Bester Herr, die Kinder, die mit mir zusammen waren, leben alle noch! Ein gutes Gewissen ist ein sanftes Ruhekissen!«

Doch Seefeldt hilft sein Leugnen nicht. Lobbes besitzt einen unwiderlegbaren Beweis für Seefeldts Täterschaft. Im Rucksack des Uhrmachers war ein Notizbuch gefunden worden, in dem er Orte und Daten seiner Wanderschaft aufgezeichnet hatte. Diese Angaben wurden mit Tatort und Tatzeit bei den einzelnen Opfern verglichen, und dabei wurde völlige Übereinstimmung festgestellt.

So gelangte Lobbes zu folgenden Indizien:

Seefeldt hat sich immer zeitlich an einem Ort bzw. in dessen Umgebung aufgehalten, wenn dort ein Junge, der später als Leiche aufgefunden wurde, verschwand. Seefeldt hat niemals geleugnet, daß seine Aufzeichnungen den Tatsachen entsprechen.

Wenn nur in einem einzigen Fall bewiesen worden wäre, daß Seefeldt vom Tatort so weit entfernt gewesen war, daß eine Täterschaft auszuschließen war, hätte das die Beweiskraft des Indizes wesentlich abgeschwächt. Das war jedoch nicht der Fall.

Der jeweilige Tatort (Kiefernschonung) wurde nicht nur zur Tötung, sondern oft auch bei anderen Sexualstraftaten benutzt.

Sämtliche Leichen wurden in der charakteristischen Schlafstellung gefunden.

Alle Opfer trugen Matrosenanzüge.

Auch gegenüber diesen Indizien leugnet Seefeldt hartnäckig, die Kinder getötet zu haben. Immer mehr in die Enge getrieben, bequemt er sich schließlich zu einem halbherzigen Geständnis: »Mir steht die Sache bis an den Hals. Mir ist alles egal. Ich kann doch nur die Wahrheit sagen, und die glaubt man mir nicht. Wenn das alles so ist, wie Sie sagen, muß ich das Schicksal, das Gott mir auferlegt hat, auf mich nehmen. Und ich werde es mit Gottes Hilfe auch tragen und sagen, ich bin es gewesen, damit Sie und ich Frieden haben. Ich nehme es mit ins Grab.«

So überzeugt Lobbes von Seefeldts Täterschaft auch ist – zwei Rätsel kann auch er nicht lösen: warum und wie Seefeldt getötet hat.

Auch der Mordprozeß gegen Seefeldt bringt keine einleuchtende Antwort auf diese Fragen. Die Hauptverhandlung vor dem Schweriner Schwurgericht beginnt am 21. Januar 1936 und dauert zweiunddreißig Tage. Neben vier schweren Sittlichkeitsdelikten und vierzig Verführungsfällen wird Seefeldt des zwölffachen Mordes angeklagt. Seefeldt legt auch jetzt kein direktes Geständnis ab und wiederholt, die Kinder, die er in den Wald mitgenommen habe, lebten alle noch.

Der Prozeß schleppt sich dahin. Bei den einzelnen Lokalterminen zeigt Seefeldt ein erstaunliches Gedächtnis. Er findet alle Tatorte wieder, beteuert aber jedesmal, er habe die Kinder nicht getötet. »Mir wollt ihr alles in die Schuhe schieben!« ruft er einmal empört. »Ich war immer gut und freundlich zu den Jungen. Die sind um mich gesprungen wie ein Reh! Gibt es einen einzigen Zeugen, der gesehen hat, daß ich einen Jungen umgebracht habe? Und wie ich das getan haben soll?«

Es gibt keine Zeugen. Und die Zuschauer fragen sich verwirrt: Ist die Anklage ein schrecklicher Irrtum? Hat dieser Mann vielleicht gar nicht getötet? Und warum sollte er getötet haben? Um ein Sexualverbrechen zu verschleiern? Aber es gibt ja auch keinen Beweis, daß er die Kinder sexuell mißbraucht hat! Die Toten lagen wie schlafend im Wald, keine Wunden, keine Würgemale, die Kleidung völlig geordnet. Sie lagen da, als träumten sie einen schönen Traum. So sollen die Opfer eines Gewaltverbrechers aussehen?

Auch die zwölf Gutachter wissen keine Antwort. Sie ergehen sich in Mutmaßungen, wie Seefeldt seine Opfer getötet haben könnte. Ihre Hypothesen wiedersprechen sich, eine stellt die andere in Frage. Einige Gutachter suchen nach einer naturwissenschaftlich begründeten, einige nach einer psychologisch gesicherten Erklärung.

Obermedizinalrat Dr. Fischer hat nach langwierigen Gesprächen mit Seefeldt sein Gutachten verfaßt. Er bezeichnet Seefeldt als »moralisch minderwertigen, gefühlskalten asozialen Psychopathen. Er verbarg seine wahren Gedanken und Wünsche unter der Maske eines gutmütigen Biedermannes, der gern den Namen Gottes im Munde führte. Unter dieser Maske der Heuchelei und Berechnung fand er leichter Vertrauen bei den Jungen. Schwachsinn liegt bei ihm nicht vor. Er ist zwar nicht besonders intelligent, aber er ist ein schlauer und sehr gerissener Mensch.«

Dr. Fischer betont, Seefeldt sei kein Sklave seines Sexualtriebs gewesen. Er habe bei Gefahr jederzeit von seinem Vorhaben ablassen können.

Mehrere Gutachter äußern ihre Vermutung, auf welche Weise Seefeldt seine Opfer getötet haben könnte.

Medizinalrat Dr. Pfrembter bemängelt, daß in den meisten Fällen die Ermittlung zu früh eingestellt worden sei, weil ein Tod aus natürlicher Ursache angenommen worden war. Nach Aussage von Zeugen habe sich Seefeldt gerühmt, Kenntnisse über Gifte zu besitzen. Für einen Uhrmacher sei es nicht schwierig, sich Zyankali zu beschaffen. Es sei durchaus möglich, daß Seefeldt seine Opfer mit »gasförmiger Blausäure« vergiftet und an den Toten Oralsex vorgenommen habe. Am letzten Opfer seien ja auch Schürfspuren in der Halsgegend und geringfügige Verletzungen im Mund gefunden worden. Dr. Pfrembter hält es auch für denkbar, daß Seefeldt »ein Gemisch chlorierter Kohlenwasserstoffe« selbst hergestellt und damit die Kinder getötet habe. Beide Gifte ließen sich schwer oder gar nicht nachweisen und seien daher ein ideales Mordgift für Seefeldt gewesen.

Der Berliner Gerichtschemiker Prof. Brüning hält nichts von Dr. Pfrembters Gifthypothese. Als erfahrener Toxikologe müsse er eine Vergiftung ausschließen. Die Vernehmung Seefeldts hätte ihm klargemacht, daß dieser Mann unfähig sei, Gifte herzustellen. Seefeldts Behauptung, er kenne sich mit Giften aus, sei nur eine Prahlerei vor seinen Kunden gewesen. »Gasförmige Blausäure an ein

Opfer heranzubringen, ist für den Mörder ein recht gefährliches Unternehmen.« Auch die Vermutung, Seefeldt habe seine Opfer durch Chloroform betäubt, gehöre ebenso ins Reich der Fabel wie die Behauptung, der Angeklagte habe die Kinder mit Fliegenpilzgift ermordet.

Prof. Müller-Hess weist darauf hin, es gebe keine naturwissenschaftlich begründeten Beweise, wie Seefeldt seine Opfer getötet habe. Deshalb helfe hier nur eine psychologische, eine sexualpathologische Deutung weiter. Wie ein Sexualmörder beim Töten vorgehe, hänge von seiner Persönlichkeitsstruktur ab. Sexualtäter töten, um dadurch ihre sexuelle Spannung abzubauen, weil sie das auf normale Weise nicht tun können. Ihren Opfern Gewalt anzutun, ihnen Qual und Schmerzen zuzufügen, bereite ihnen höchste sexuelle Lust. Kein Lustmörder töte mit Gift, denn er will schnell und brutal zum Ziel kommen. Er schlage mit dem Hammer zu, ersteche oder erwürge seine Opfer. Erst Gift herzustellen und es dann auf oft auch noch komplizierte Weise dem Opfer beizubringen, sei völlig untypisch für einen Lustmörder. Für Prof. Müller-Hess gibt es keinen Zweifel: Seefeldt habe alle zwölf Jungen erwürgt, die Kratzer am Hals des Opfers Gustav Thomas wiesen darauf hin. Hier sei ein infantiler Lustmörder am Werk gewesen.

Allein diese drei Gutachten zeigen die Hilflosigkeit ihrer Verfasser. Sie widersprechen einander nicht nur, auch aus den Widersprüchen läßt sich keine einleuchtende Synthese gewinnen. Da Beweise fehlen, greifen die Gutachter zu Hypothesen, die aber bereits in sich selbst unlogisch sind. Wenn Dr. Pfrembter an eine Vergiftung glaubt, weil die Kinder wie friedlich schlafend dagelegen hätten, übersieht er, daß eine Blausäurevergiftung von kurzen heftigen Krämpfen begleitet wird, die eine entspannt friedliche Lage des Opfers ausschließen. Dasselbe gilt für die vermuteten Fliegenpilzvergiftungen. Diese gehen mit heftigen unkontrollierten Zuckungen und wilder Erregung einher. Eine friedliche Schlafstellung ist damit unvereinbar. Widerlegt wird Pfrembter außerdem auch durch die von Müller-Hess erwähnte Tatsache, daß Lustmörder nicht mit Gift töten.

Daß Prof. Müller-Hess jedoch überzeugt ist, die Kinder seien erwürgt worden, scheint ebenso unvorstellbar. Zwar können Würgemale unterschiedlich stark ausgeprägt sein. Aber nur bei einem einzigen der zwölf Toten, dem letzten, sind einige Kratzspuren am Hals gefunden worden, bei allen anderen fehlten Verletzungen am Hals. Dagegen ließe sich wiederum Dr. Pfrembters Vermutung zustimmen, die Kratzer am Hals seien entstanden, als Seefeldt Kopf und Hals des Jungen an sich zog, um Mundverkehr auszuüben.

Mehrdeutig sind auch die Hypothesen der Gutachter über Schlaf und Tod der Opfer. Die einen gehen davon aus, die Opfer seien erst betäubt, dann sexuell mißbraucht und schließlich getötet, die anderen, sie seien sofort vergiftet und dann als Leichen mißbraucht worden. Zusätzlich zu den Argumenten von Müller-Hess und Brüning, die eine Vergiftung ausschließen, wäre auch zu bedenken, daß der obdachlose und unstet wandernde Seefeldt kaum eine Möglichkeit gehabt hätte, ohne jegliche technischen Hilfsmittel Gifte herzustellen. Außerdem sind bei Seefeldts Festnahme keinerlei Gifte bei ihm gefunden worden.

Was also bleibt von diesen drei Hauptgutachten?

Außer einigen Details bleibt nichts.

Was ist nun wirklich geschehen? Bleibt das Rätsel um die Seefeldt-Morde für immer ungelöst?

Merkwürdigerweise ist kein Gutachter, kein Kriminalist, kein Richter, keiner der späteren Berichterstatter auf den wahrscheinlichen Tathergang gestoßen – obwohl ihn Seefeldt selbst, wenn auch leicht verschlüsselt, offenbart hat.

In einem Gespräch mit Obermedizinalrat Dr. Fischer verteidigte Seefeldt seine sexuellen Straftaten. Laut Protokoll sagte er: »Es liegt nicht am Geschlechtsteil, es liegt am Gehirn, das das Seelenleben bestimmt. Durch die Gedanken des Gehirns kommt erst die Wallung in das Geschlechtsteil, dann kann man schließlich nicht mehr dagegen an. Im Gehirn liegt der Fehler. Manche wissen nicht, wie sie dazu kommen, weil der Geist nicht in Ordnung ist. Wenn es dann über ihn kommt, kann er nicht zurück. Er würde durchs Feuer gehen. Dann ist man vollständig befangen. Das ist nicht mehr der Geschlechtstrieb, das kommt vom Gehirn aus. Was nun meine Person betrifft, so kommt es urplötzlich wie ein Funke ins Gehirn, der einen Gedanken bildet, und dieser zieht den Menschen wie ein Magnet mit so furchtbarer Kraft an sich, daß man alle Willenskraft verliert. Diese Kraft wirkt sich ins Riesige aus und macht den betreffenden Menschen mehr oder weniger willen- und kraftlos. Diese Macht überträgt sich auch auf den beteiligten Partner. Das ist so gewiß wie das Amen in der Kirche.«

Später ging er noch näher auf diese »Übertragung« ein: »Der Funke wird immer stärker, die Anziehungskraft zu dem anderen betreffenden Menschen ein unüberwindlicher Zwang. Meine Gedankenübertragung ist in diesem Augenblick so stark, daß der andere Beteiligte, wenigstens in den meisten Fällen, völlig in seinen Gedanken gefesselt und an mich gebunden ist. Schließlich kann der andere auch nicht mehr zurück. Der ist dann völlig in meine Person versunken.«

Manche Menschen, so erklärte Seefeldt, habe er durch seine Gedankenübertragung so gefesselt, daß sie immer wieder zu ihm zurückgekehrt seien.

Während des Prozesses rief Seefeldt den Journalisten zu: »Ich habe eine seltsame Kraft in mir, meine Herren. Woher ich die Kraft habe, weiß ich nicht. Ich kann Menschen an einen Ort fesseln, nur durch Blicke.« Als der Oberstaatsanwalt Seefeldt fragte, ob er hypnotisieren könne, antwortete er: »Ich kann durch Gedanken andere beeinflussen, sie zentrieren. Das ist eine geheime unsichtbare Kraft.«

Die friedliche Schlafstellung der Toten spricht gegen eine von krampfhaften Zuckungen begleitete Blausäure- oder Fliegenpilzvergiftung. Die fehlenden Würgemale am Hals von elf Opfern schließen ein Erwürgen aus.

Aber alles spricht dafür, daß Seefeldt seine Opfer in hypnotischen Schlaf versetzt und sie in diesem Zustand sexuell mißbraucht hat, wahrscheinlich durch den von ihm so häufig ausgeübten Oralsex. Alles spricht für Hypnose: »Der Gedanke, der Menschen anzieht wie ein Magnet ... Die unbeschreibliche Kraft, die sich auf den beteiligten Partner überträgt und ihn an einen Ort fesselt ... der andere kann nicht mehr zurück.«

Aber Hypnose tötet doch nicht!

Sie endet nicht tödlich, wenn der Hypnotiseur den Hypnotisierten wieder in den Wachzustand zurückholt. »Die Beendigung der Hypnose«, so schreibt Prof. Dr. G. Klumbies, »beginnt mit der Desuggestion. Man nimmt alle noch bestehenden Suggestionen zurück, bis man zuletzt auch wieder die Augen öffnen läßt. Bei mangelhafter Desuggestion können störende Nachwirkungen für viele Stunden bestehen bleiben.«

Störungen – aber auch die wären nicht tödlich. Tödlich würden sie erst unter ganz bestimmten Umständen.

Niemandem ist damals aufgefallen, daß die Kinder (mit einer Ausnahme) in kühlen und kalten Monaten zu Tode gekommen sind. Ein Kind im Januar, zwei im Februar, je eins im März und April, vier im Oktober, zwei im November.

Über Erfrierungen schreibt der prominente Gerichtsmediziner Prof. Dr. Prokop: »Die weniger kalten Monate ... stehen hinsichtlich der Kältetodopfer gleichwertig neben den kalten Monaten.« Kinder seien besonders unterkühlungsgefährdet. Bereits der Abfall der Körpertemperatur auf 29 Grad könne tödlich sein. Tod durch Unterkühlung sei »als eine Art innerer Erstickung mit Aufhören der Gewebsatmung und Erliegen des Atemzentrums aufzufassen«.

Im Seefeldt-Prozeß hatte Prof. Müller-Hess darauf hingewiesen, daß einige Leichen Erstickungsanzeichen aufgewiesen hätten. Darauf hatte er ja dann seine Hypothese gegründet, die Kinder wären erwürgt worden – obwohl es keine Würgemale gab. Nun, bei Kenntnis der Vorgänge des Erfrierungstodes, lassen sich jene Erstickungsanzeichen durchaus mit Erfrierungstod erklären.

Selbst daß eines der Opfer im Juni starb, widerlegt diese Annahme nicht. Die Gerichtsmedizin hat auch schon über Erfrierungstod im Sommer berichtet.

So ließe sich also der Tathergang, in sich logisch, naturwissenschaftlich gesichert und durch Andeutungen des Täters begründet, folgendermaßen darstellen: Seefeldt tötete nur in den kühleren und kalten Monaten. Er versetzte seine Opfer in hypnotischen Schlaf, beging dann an ihnen sexuelle Handlungen, brachte ihre Kleidung wieder in Ordnung, konnte oder wollte sie nicht wieder aus dem Schlaf erwecken und ließ sie im Wald, auf dem Erdboden liegend, zurück. Sie starben an Unterkühlung.

Und der Täter konnte auf dem Ruhekissen des guten Gewissens erklären: »Ich habe kein Kind umgebracht.« Seine Opfer lebten ja noch, als er sie verließ. So war die Hypnose für Seefeldt auch ein Mittel zur absoluten Kontrolle über seine Opfer, Beweis seiner gottähnlichen Macht.

Scheint nun, mehr als ein halbes Jahrhundert später, geklärt zu sein, wie Seefeldt seine Opfer tötete, bleibt die Frage nach dem Motiv weiterhin offen.

Prof. Dr. J. Lange erklärte damals: »Es ist ganz gleichgültig, ob für seine Morde sexuelle Triebfedern entscheidend waren oder nicht.«

Während Prof. Müller-Hess in Seefeldt einen sexuellen Triebtäter, einen infantilen Lustmörder sah, widersprach Prof. Lange dem Tiefenpsychologen Müller-Hess und bezeichnete Seefeldt einfach als einen gemütskalten Psychopathen: »Seefeldt mordete offenbar ganz kühl und besonnen, vermutlich, um Zeugen aus der Welt zu schaffen.« Seefeldts Mordmotiv sei also die Verschleierung seiner Sexualdelikte gewesen. Er sei ein echter Serienmörder: »Auf den ersten Mord folgt offenbar eine längere Pause, vielleicht auch noch auf den nächsten. Aber dann schließen sich die Morde serienweise aneinander. Nichts ändert sich mehr als die Virtuosität der Ausführung. Entscheidend ist, daß bei diesen Menschen mit der ersten Wiederholung des Mordes Scheu vor der Vernichtung mitmenschlichen Lebens überhaupt nicht mehr besteht.« Lange fügte hinzu: »Daß Menschen, die, wie das Heer der schweren Psychopathen, schon durch die Geburt geschlagen sind, auch noch besonders schwer dafür bestraft werden«, sei bitter, aber im Interesse der Gemeinschaft notwendig.

Mit diesen bedauernden Worten rechtfertigte Lange das für die Justiz der Nazizeit selbstverständliche Todesurteil.

Erich Ebermayer, einer der späteren Berichterstatter, erwähnt das grotesk-makabre politische Nachspiel des Schweriner Seefeldt-Prozesses. Kriminalisten wie Gutachter hofften auch nach Beendigung des Prozesses, die Vollstreckung des Todesurteils könnte hinausgeschoben werden. Sie waren der Meinung, es wären noch längst nicht alle Verbrechen Seefeldts aufgeklärt. Doch die *Gestapo* bestand auf unverzüglicher Hinrichtung. Sie ließ sich Seefeldt wegen »kommunistischer Agententätigkeit« (!) ausliefern und unterzog ihn grausamer Folter. Sie veröffentlichte danach folgende Mitteilung: »Im Zuge der Vernehmung, die in bezug auf seine politische Tätigkeit negativ verlief, legte Seefeldt ein umfassendes Geständnis ab. Er gestand außer den gerichtlich bereits festgestellten zwölf Morden eine große Anzahl weiterer Knabenmorde und Verbrechen. Ebenso gestand er, die Tötung der Knaben mit einem von ihm selbst zubereiteten Gift vorgenommen zu haben. Er führte diese Herstellung seines Giftes vor.«

Seefeldt hatte einen Sud von Fliegenpilzen gebraut. Ebermayer bemerkt dazu: »Ein alter Hund, dem man eine stärkere Dosis vorsetzte, fraß sie und fühlte sich bestens.«

Kriminalrat Lobbes soll damals den Bericht der Gestapo als »Gestapo-Alberei« kommentiert haben.

Bleibt nun der Seefeldt-Fall letzten Endes doch ein Rätsel, weil sein Motiv nicht geklärt werden konnte? Möglicherweise hat er die Kinder im Wald sterben lassen, um sie als Zeugen auszuschalten. Warum aber hat er so viele andere Zeugen seiner Sexualdelikte nicht getötet? Hat er die Kinder im Wald sexuell mißbraucht oder sie nur entblößt und bei ihrem Anblick masturbiert wie in anderen Fällen auch?

Seefeldt will nicht in das übliche Bild eines Lustmörders passen, der würgend, schlagend, oder stechend zum Orgasmus kommt. Er geht behutsam, oft bedachtsam, geruhsam ans Werk, nach einem – so makaber das klingt – fast zärtlichen Ritus.

Es ist daher wohl verfehlt, wenn Prof. Lange Seefeldt einen »typischen Lustmörder« nannte. Fragwürdig bleibt auch Langes Behauptung, Seefeldts Verbrechen erklärten sich aus dem Erbgut seiner »hypersexuellen dirnenhaften Mutter«. Es muß daran erinnert werden, daß Seefeldt im Alter von etwa zwölf Jahren selbst zu homosexuellen Handlungen verführt worden ist – was seine spätere Sexualität sicherlich mitgeprägt hat. Nach einer kurzzeitigen heterosexuellen Beziehung kehrte er immer wieder zu homosexuellen Handlungen mit Minderjährigen zurück – eine infantile Regression, ein Rückfall in die eigene Kindheit, ein Verharren in der vorpubertären, aber sexuell schon gereizten Entwicklungsphase. Eine Unfähigkeit, erwachsen zu werden, eine immerwährende Selbstbespiegelung im kindlichen Sexualobjekt.

Seefeldt selbst hatte die von Prof. Lange vermutete Erbanlage einer »Hypersexualität« in Frage gestellt, als er sagte, schuld an seinen Taten sei »nicht das Geschlechtsteil, sondern das Gehirn. Durch die Gedanken des Gehirns kommt erst das Geschlechtsteil in Wallung.« Sexualität beginnt im Kopf, ist zuerst Vorstellung, dann Handlung. In der Kindheit geprägt, verfestigen sich die Vorstellungen durch Wiederholung der Handlungen, gewinnen eine eigene Gesetzlichkeit: »Dann kann man schließlich nicht mehr dagegen an. Dann entzündet sich die Patrone von selbst.«

Das aber ist die Frage, an der sich auch heute noch die Geister scheiden. Konnte sich ein Täter wie Seefeldt dem Druck seiner perversen Vorstellungen und Erwartungen entziehen und ihre Realisierung verhindern? Oder waren sie so übermächtig, »daß man alle Willenskraft verliert«? Die Gutachter meinten, er sei für seine Verbrechen voll verantwortlich, denn er habe nachweislich von seinem Vorhaben abgelassen, wenn er Gefahr witterte. Seine Willenskraft sei also stark genug gewesen, um seinem Verlangen zu widerstehen.

1923 hat Seefeldt nachgewiesenermaßen seinen ersten, 1935 seinen letzten Mord begangen – wie viele Kinder er in diesen zwölf Jahren insgesamt getötet hat, blieb ungeklärt. Es sollen viel mehr gewesen sein. Daß er so lange Zeit unentdeckt morden konnte, ist wohl zuerst seinem raffinierten *modus operandi* zuzuschreiben. Der Tod der Kinder wurde für einen natürlichen Tod gehalten, so daß die bei Mord selbstverständliche Tiefenprüfung des Todesfalles unterblieb.

Seefeldt ließ die Leichen in einsamen Waldverstecken zurück, so daß sie oft erst längere Zeit nach ihrem Tode gefunden wurden. Der Zustand der Leichen erschwerte es zusätzlich, die Todesursache festzustellen.

Die Dezentralisation der Polizeibehörden und ihre mangelhafte Koordination ließ erst viel zu spät einen Zusammenhang zwischen den einzelnen Todesfällen erkennen und die Fahndung nach einem Serienmörder aufnehmen.

Seefeldt kam mehrmals wegen Sittlichkeitsdelikten vor Gericht, als er längst schon gemordet hatte. Die Justizbehörde erkannte mangels schlampiger Ermittlung Seefeldt nicht als Wiederholungstäter, er kam mit kurzzeitigen Strafen davon und konnte nach Freilassung weiter morden.

Sexuelle Aufklärung war im prüden Nazistaat weitgehend ein Tabu. Das schloß auch die öffentliche Diskussion und die Warnung vor Sexualverbrechern ein. Seefeldts Opfer waren zugleich auch Opfer ihrer eigenen gesellschaftlich bedingten Arglosigkeit.

Nach einer Meldung der Nachrichtenagentur SAD vom 2. 8. 1996 sind im belgischen Ferienort Blankenberge zwei Frauen spurlos verschwunden, nachdem der »Magier« Rasti Rostelli sie hypnotisiert und nicht wieder fachgerecht aus dem hypnotischen Schlaf geweckt hatte.

Der Grenzgänger

Auf dem Leipziger Hauptbahnhof endet der Zug aus der erzgebirgischen Stadt Marienberg. Rudolf Pleil und Karl Hoffmann müssen hier umsteigen. Sie wollen über Halle nach Magdeburg weiterfahren.

Es ist ein kalter Tag Ende März 1946. Der Bahnhof zeigt

noch immer die Spuren des Krieges. Wann der Anschlußzug eingesetzt wird, weiß niemand. Die ungeheizten Züge verkehren unregelmäßig, denn die Strecken sind eingleisig, seit nach Kriegsende der zweite Schienenstrang abgebaut und als Reparationsleistung in die Sowjetunion geliefert werden mußte.

Frierend gehen Pleil und Hoffmann zwischen den Reisenden, die auf den Anschlußzug warten, zwischen Koffern, Rucksäcken, Bündeln, Fahrrädern hindurch. Der große Bahnhof ist ein Spiegel der Zeit. Als sei das ganze Volk auf Reisen: Männer in Soldatenmänteln, die aus der Kriegsgefangenschaft heimkehren. Ausgebombte aus dem Westen, die nach ihrer Umsiedlung in die östlichen Provinzen wieder in ihre Heimat fahren. Flüchtlinge, die sich woanders ein besseres Leben erwarten. Frauen, die in den Dörfern Wäsche oder Schmuck gegen Mehl und Kartoffeln tauschen wollen. Den ganzen Bahnsteig entlang: eine in dumpfem Schweigen verharrende Masse, die ergeben wartet, bis der nächste Zug sie ihrem Ziel näher bringt.

Pleil und Hoffmann üben sich in Geduld. Sie haben es nicht eilig, sie sind auf Dienstreise, und kehren sie morgen nicht zurück, dann übermorgen. Der Betrieb, für den sie als Einkäufer arbeiten, kann unter den chaotischen Verkehrsbedingungen die Reisezeit sowieso nicht kontrollieren.

Die beiden Einkäufer, den fünfunddreißigjährigen Hoffmann und den schlanken, wendigen zweiundzwanzigjährigen Pleil, verbindet mehr miteinander als nur die Tätigkeit im selben Betrieb. Beide waren nach Kriegsende als Hilfspolizisten eingesetzt gewesen. Beide sind verheiratet, und beide sind stets auf sexuelle Abenteuer mit anderen

Frauen aus. Frauen – das ist zwischen den beiden das Hauptthema.

Endlich wird die Einfahrt des Zuges nach Magdeburg angekündigt. Die starre Masse der Wartenden kommt in Bewegung. Die Leute ergreifen ihr Gepäck und blicken gespannt dem herankriechenden Zug entgegen. Unter Fluchen, Drängen, Schieben vollzieht sich die Eroberung des Zuges.

Pleil und Hoffmann haben nur jeder eine Tasche bei sich. Von Gepäck unbelastet, dringen sie rasch in einen Wagen ein und erlangen sogar noch Sitzplätze.

Die Fahrt dauert endlos. Immer wieder hält der Zug auf offener Strecke an, um einen Gegenzug vorbeizulassen. Träge gleitet die Märzlandschaft vorüber. Pleil hängt seinen Gedanken nach, angestaute Wut zerfrißt ihn. Gestern nacht, vor der Abreise, hatte er noch mit seiner Frau schlafen wollen. Und wieder, wie schon so oft in letzter Zeit, hatte sie sich verweigert. Mit immer dem gleichen Vorwurf: er sei zu brutal und tue ihr weh. Sie will es einfach nicht begreifen, daß er nur dann zur Befriedigung kommt, wenn er sie dabei quält, bis sie vor Schmerzen stöhnt. Sie will es einfach nicht begreifen! Und überhaupt! Auch die anderen Weiber, die er auf Dienstreise aufreißt, verhalten sich ebenso zimperlich, wenn er sie entsprechend seinen Wünschen zu bearbeiten beginnt. Bearbeiten – er grinst bei diesem Wort in sich hinein, es klingt so schön harmlos. Sie wollen nicht bearbeitet werden. Und er steht auf und steht da, ein Schlappschwanz, ein Ritter von der traurigen Gestalt. Bleibt dann als einzige Entspannung nur die Selbstbedienung wie in alten Zeiten, als er noch zur See fuhr.

Pleil schnauft. Hoffmann blickt ihn belustigt an. »Wieder mal Zoff mit deiner Alten?«

»Immer dasselbe«, murmelt Pleil.

Hoffmann kennt Pleils Frust. Als echtem Kumpel hat sich Pleil dem Älteren schon mehrmals anvertraut: Immer wieder eine angemacht und immer wieder zurückgewiesen, wenn er auf seine Art zur Sache kommen wollte.

»Hör mal«, erwidert Hoffmann, »du fällst mir allmählich auf die Nerven. Sei doch endlich mal konsequent. Wenn du keine findest, die still hält, mußt du eben eine still machen!«

Daran hat Pleil in letzter Zeit schon selber oft gedacht. Er ist erleichtert, daß Hoffmann es ebenso sieht wie er. »Würdest du mir dabei helfen?« fragt er flüsternd.

»Fragt sich, wie du dir das vorstellst.«

Pleil blickt sich um. Der Mann neben ihm schnarcht, die Frauen gegenüber, neben Hoffmann, schwatzen. Die Leute, die in den Gängen stehen, haben ihre eigenen Probleme. Pleil beugt sich vor und schildert mit gedämpfter Stimme Hoffmann seinen noch ganz vagen Plan: Was geschehen soll, sollte im Niemandsland geschehen. Und geschehen sollte es an einem Niemand. Das alles zusammen mache den Plan todsicher.

Hoffmann stimmt zu.

Ort und Objekt der Tat sind somit festgelegt. Nun müssen die Rollen verteilt werden. Hoffmann denkt sich das so: Die Tat soll ihm materiellen und Pleil sexuellen Gewinn bringen.

Pleil ist einverstanden. Wie schnell ein Schattenplan Farbe und Gestalt bekommt. »Und womit soll es geschehen, Karl?«

»Was gerade zur Hand ist. Hammer oder Beil oder auch nur ein Stein. Zur Not habe ich immer noch mein Messer dabei.« Hoffmann meint seine Waffe, die er als ehemaliger Fallschirmjäger aus dem Krieg mitgebracht hat.

Der Plan scheint nun fixiert. Als Pleil drängt, ihn noch detaillierter festzulegen, wehrt Hoffmann ab. »Ein zu genauer Plan kann leichter scheitern, beim geringsten Zufall, der vorher nicht bedacht worden ist. Die Einzelheiten müssen wir der jeweiligen Situation überlassen.«

Am nächsten Tag erledigen die beiden ihre eigentlichen Dienstaufträge. Am übernächsten Tag fahren sie von Magdeburg über Oschersleben bis an die Zonengrenze unweit von Osterwieck. Hier liegt das Waldgebiet des Fallstein, nördlich des Fallstein eine Bruchlandschaft, die sich über die Zonengrenze hinweg bis zum Bruch von Roklum in der englischen Zone hinzieht. Hier, in der stillen unwegsamen Einöde, wollen Pleil und Hoffmann ihren ersten Mord proben.

Zu dieser Zeit, ein Jahr nach Kriegsende, ist die Grenze zwischen der Sowjetzone und den Westzonen noch durchlässig. Legal kann die Zonengrenze nicht überschritten werden. An der Grenze enden alle Straßen vor dem Schlagbaum und alle Züge auf dem Grenzbahnhof. Wer – aus welcher Richtung auch immer – über die Grenze will, muß den Zug verlassen und sie zu Fuß überqueren. Das Chaos der Kriegs- und Nachkriegszeit hat in Deutschland eine neue Völkerwanderung hervorgebracht. Deutsche Soldaten kehren aus der alliierten Kriegsgefangenschaft in die Ostzone, andere aus sowjetischer Gefangenschaft in die Westzonen zurück. Flüchtlinge und Ausgebombte wechseln von Ost nach West, von West nach Ost. Frauen suchen ihre Männer, Männer ihre Frauen, Eltern ihre Kinder. So mußte sich zwangsläufig eine neue Art von Grenzverkehr herausbilden, über die »grüne Grenze«. Noch ist diese nicht durch Stacheldraht und elektrischen Strom und ein ausgeklügeltes Kontrollsystem auf östlicher Seite abgedichtet. Sie ist noch durchlässig. Trotzdem sucht jeder die Unannehmlichkeiten einer Festnahme und Vernehmung zu vermeiden und über Schleichwege die Grenze zu passieren. Wer aber kennt schon die Wege durch die Wälder, wer will schon in die Irre gehen und sich unversehens dort wiederfinden, wo er den geheimen Gang begonnen hat? Man sucht sich also einen ortskundigen Schlepper, einen Grenzgänger, der einen, natürlich gegen Bezahlung, sicher über die Grenze bringt. Ein einträgliches Geschäft für die Grenzgänger, jemanden auf die andere Seite zu bringen. Noch einträglicher: seinen Kunden auf die Seite zu bringen und sich seine Habe anzueignen. Das ist für den Mörder ziemlich gefahrlos, wenn die Opfer alleinstehende Menschen sind, die niemand vermißt. Oder die etwas zu verbergen haben. Oder auf der Flucht sind.

Pleil und Hoffmann fahren zur Zonengrenze, weil sie als Grenzgänger ihre Pläne verwirklichen wollen. Jeder von beiden verspricht sich dabei seinen persönlichen Gewinn.

Es ist Sonnabend, der 23. März 1946, gegen 18 Uhr. Bald wird es dunkel. Seit Stunden durchstreifen sie das Sumpfgebiet. Schlammige Wege, überschwemmte Wiesen, Stille, nur ein Windstoß fährt manchmal durchs trockene Schilf. Mißmutig trotten die beiden durch die Ödnis. Die karge Brotration ist längst aufgezehrt. Und da ist auch noch der andere Hunger, der sie quält. Der Hunger nach einem Opfer, das sie bisher vergeblich gesucht haben.

Sie beschließen, ihre Pirsch abzubrechen. Sie wissen nicht genau, wo sie sind, diesseits der Grenze noch oder schon in der englischen Zone. Sie sind selber fremd hier. Wie auch immer, zurück in südlicher Richtung, nach Osterwieck.

In diesem Augenblick erscheint aus einer Wegbiegung eine Frau und kommt auf sie zu. Sie trägt schwer an einem Rucksack, kein Zweifel, sie will über die Grenze.

Ein spätes Jagdglück.

Sie gehen der Frau entgegen. Grüßen freundlich, fragen nach dem Wohin. Sie will in die englische Zone. Aber von dort kommen Sie doch, lacht Hoffmann, Sie haben sich verlaufen. Ob die Herren den Weg kennen, fragt sie ängstlich, es wird ja schon finster. Natürlich wollen die Herren ihr helfen. Sie taxieren die Frau. Fünfunddreißig vielleicht, nicht hübsch, nicht häßlich, etwas unförmig durch die dicke Kleidung, manche tragen zwei Mäntel übereinander. Und erschöpft vom vergeblichen Marsch. Die beiden verständigen sich mit einem kurzen Blick. Für jeden etwas: es ist ein Weib, und es hat Gepäck.

Hoffmann sagt, er kenne eine Abkürzung, in einer Viertelstunde wären sie über die Grenze. Die Frau ist froh, daß ihr Irrweg so bald endet. Hoffmann und die Frau gehen voran, Pleil folgt ihnen.

Pleil muß nun bald handeln, bevor es ganz dunkel wird. Er ist jetzt ganz dicht hinter den beiden, hört die Frau erzählen, warum sie in die andere Zone will, tastet nach dem Beil in der Aktentasche, fühlt Erregung, weil der ersehnte

Augenblick so nahe ist. Und spürt zugleich Angst, seine Erwartung könnte enttäuscht werden, durch irgendeinen dummen Fehler. Schließlich ist es sein erster Mord. Aber Hoffmann hat ja noch sein Fallschirmjäger-Messer, beruhigt er sich. Er nimmt das Beil und schlägt dessen stumpfe Seite der Frau auf den Kopf. Ein zweiter Hieb folgt. Die Frau bricht lautlos zusammen. Er wendet sie auf den Rücken und spaltet ihr mit der Schneide des Beils das Gesicht.

Hoffmann zerrt der Toten den Rucksack von den Schultern und durchforscht seinen Inhalt.

Pleil kniet neben der Leiche nieder, öffnet ihr den Mantel, reißt das Kleid auf, die Unterwäsche und krallt seine Finger in Unterleib und Brüste. Und bekommt sofort die erwartete Ejakulation.

»Zufrieden?« fragt Hoffmann.

Pleil ist befriedigt, Hoffmann jedoch enttäuscht. Der Rucksack enthält nur Wäsche. Hoffmann hatte sich reichere Beute versprochen.

Sie werfen die Leiche in einen Graben.

Pleil atmet erleichtert auf. So einfach ist ein Mord. Sein Plan hat sich bewährt. So werden sie es jetzt immer machen. Er streckt Hoffmann die Hand entgegen: »Danke für deinen Beistand. Wir sollten jetzt einen Schwur ablegen, Karl: einander niemals zu verraten.«

Hoffmann ergreift die Hand: »Niemals, Rudolf.«

*

In diesem Jahr kommt der Sommer sonnig und heiß, in schärfstem Kontrast zu den Ruinen in den Städten, dem

Hunger, der Heimatlosigkeit, der Hoffnung von Millionen Menschen. Auch Pleil kann sich der schönen Jahreszeit nicht recht erfreuen. Mehrere epileptische Anfälle hatten sich mit den gewohnten Vorzeichen angekündigt. Kopfdruck und Schwindelgefühl hatten ihm tagelang die Arbeit erschwert, Depressionen ihn übellaunig gemacht und die erhöhte Reizbarkeit zum Streit mit seiner Frau geführt. In diesem Zustand steigert die geringste Unstimmigkeit seine Aggressivität, was sich auch in seinen sexuellen Forderungen ausdrückt. Die Folge ist, daß sich seine Frau noch entschiedener seinen brutalen Praktiken widersetzt. Seine Impotenz verfestigt sich. Er gibt seiner Frau die Schuld daran und kann aus diesem Teufelskreis von Aggression und Impotenz nicht mehr heraus. Er will seine Stimmung durch Alkohol aufhellen und gerät dabei noch tiefer in Frustration.

Manchmal aber, wenn er allein ist oder eingepfercht in überfüllte Eisenbahnwaggons, drängt sich ein Bild in seine Erinnerung: die einsame Landschaft der Wälder und Sumpfwiesen und mitten auf dem Weg die Tote. Das Bild erfüllt ihn mit innerer Ruhe. Und erregt ihn zugleich, weckt das Verlangen, es wieder in die Wirklichkeit zurückzuholen. Es ist wie die Alkoholsucht. Bald vergeht kein Tag mehr, da ihn das Bild nicht zur Rückkehr ruft, zur Rückkehr in die Wildnis mit der blutigen willenlosen Leiche.

Am Wochenende Mitte Juli hält er dem Verlangen nicht mehr stand. Am Dienstag, dem 16. Juli, verbindet er eine Dienstreise mit der Fahrt an die Zonengrenze, diesmal an der Südseite des Harzes.

Er fährt bis Ellrich und geht zu Fuß nach Walkenried,

das bereits in der englischen Zone liegt. Diesmal ist Pleil allein. Er will sich beweisen, daß er niemanden braucht, der ihm hilft, zum Hochgenuß zu gelangen. Sein erster Mord war nicht schwieriger gewesen, als eine Mücke auf der Hand zu erschlagen. Er ist als Täter nie verdächtigt worden. Einen Niemand töten im Niemandsland, das ist der perfekte Plan für perfekte Lust.

In Walkenried spricht er eine junge Frau mit Koffer an. Sie will von West nach Ost und sucht tatsächlich einen Grenzführer. Pleil verspricht ihr, sie sicher über die Grenze zu bringen. Sie machen sich auf den Weg. Pleil führt sie am Zisterzienserkloster vorbei. Die Ruine erweckt in seiner Begleiterin ein Gefühl von Traurigkeit. Sie sei ganz allein auf der Welt, sagt sie, und möchte am liebsten tot sein.

Dazu könne er ihr verhelfen, sagt Pleil lachend.

Jetzt lacht sie auch. Dazu sei nun doch noch etwas Zeit.

Und ahnt nicht, wie wenig Zeit ihr nur noch bleibt. Und wie nahe sie dem Himmelreich ist. Das Waldgebiet, in dem ihre Zeit endet, heißt Himmelreich. Hier, auf einer von hohen Bäumen umgebenen Lichtung, schlägt Pleil vor, eine Rast einzulegen. Sie setzen sich ins Gras. Unbemerkt zieht Pleil einen Hammer aus der Tasche, tritt hinter die Frau und schlägt ihr den Hammer auf den Kopf. Bevor er nochmals zuschlagen kann, springt die junge Frau schreiend auf und versucht davonzulaufen. Pleil holt sie ein, wirft sie nieder. Sie schlägt um sich, ruft um Hilfe, gräbt ihre Finger in seinen Hals. Pleil sieht, wie ihr das Blut aus der Kopfwunde rinnt. Er bekommt einen Orgasmus.

Nun könnte er von ihr ablassen, ihr das Leben schenken. Das will er nicht. Er will mehr. Er will sein Lustgefühl wiederholen. Er greift nach dem Hammer und tötet sie mit mehreren Schlägen.

Was ihm seine Frau verweigerte, tut er nun mit der Leiche. Er mißhandelt sie in rasender Wut und hat erneut eine Ejakulation.

Dann steht er auf, durchwühlt den Koffer, entnimmt ihm eine Decke und breitet sie über die Tote.

Das erregende Erlebnis hat ihn müde gemacht. Er legt sich neben die Leiche. Insekten summen um ihn herum. Er schlummert sofort ein.

Nach erfrischendem Schlaf erwacht er, ergreift den Koffer und verschwindet im Dämmer des Himmelreiches.

*

Vier Wochen sind seit Pleils zweitem Mord vergangen. Er fühlt sich sicher, er hat diese gefahrlose neue Methode gefunden, zu höchstem sexuellen Genuß zu gelangen. Jetzt ist Mitte August. Hoffmann giert nach großer Beute. Er hat kürzlich seine Frau verlassen und ist zu seiner Geliebten gezogen. Der muß er etwas bieten. Er schlägt Pleil vor, wieder jemanden umzubringen. Diesmal einen Mann, vielleicht einen Schwarzhändler, der viel Geld mit sich führt. Pleil ist einverstanden: »Aber keinen Mann! Ich bin doch nicht schwul! Schließlich will ich auch meinen Spaß dabei haben!« Hoffmann gibt nach. »Na schön, eine Frau. Und wer legt sie diesmal um?«

»Jetzt bist du einmal dran.«

Dieser Mord spielt sich nicht vor der romantischen Kulisse des Gebirgswaldes ab, sondern hinter dem Güterbahnhof der oberfränkischen Stadt Hof im Zonenrandgebiet. Auch diese Stadt ist Durchgangsstation für Pendler zwischen Ost und West. In der Bahnhofsgaststätte entdecken Pleil und Hoffmann eine etwa fünfundzwanzigjährige Frau, die ihnen für ihr Vorhaben geeignet erscheint. Sie setzen sich zu ihr an den Tisch. Während Hoffmann mit ihr plaudert, trinkt sich Pleil mit reichlich Alkohol Mut an.

Nach Einbruch der Dunkelheit schlägt Hoffmann vor, die Gaststätte zu verlassen und sich Zimmer zur Übernachtung zu suchen. Die junge Frau schließt sich ihnen an.

Hinter dem Güterbahnhof schlägt ihr Hoffmann den Griff des Fallschirmjäger-Messers auf den Kopf. Sie fällt lautlos um. Weitere Hiebe und Stiche machen sie bewußtlos. Nun ist Pleil an der Reihe. Seine Manipulationen am Körper der Sterbenden bringen ihn rasch ans ersehnte Ziel. Als er sich zufrieden erhebt, tötet Hoffmann die junge Frau mit einem tiefen Halsschnitt. Er schneidet ihr einen Finger ab, denn der Ring daran läßt sich nicht anders abziehen. Er nimmt auch das Gepäck des Opfers an sich.

In den nächsten Monaten bleiben die beiden Mörder weiterhin aktiv. Zwischen Vienenburg im Norden und Walkenried im Süden, fast immer auf westlichem Gebiet nahe der Zonengrenze, verläuft ihre blutige Spur. Im Dezember schließt sich ein anderer junger Sachse, der achtzehnjährige Arbeiter Konrad Schüssler, dem Mörderpaar an. Pleil hat ihn zufällig kennengelernt. Er will den hübschen Jungen als Lockvogel für weibliche Opfer benutzen. Manchmal arbeiten die Täter zu dritt, manchmal zu zweit. Ihr *modus operandi* ist gleichförmig. Entweder erschlägt

Pleil die Frauen, oder Hoffmann ersticht sie mit dem Messer. Einmal, wenige Tage vor Weihnachten, fordert auch Pleil neben dem sexuellen einen materiellen Gewinn. Er eignet sich den Mantel einer Toten und eine in ihrem Koffer gefundene Puppe an. Den Mantel legt er seiner Frau, die Puppe seiner Tochter auf den Weihnachtstisch.

Im März 1947 töten Pleil und Hoffmann zum ersten Mal an der Zonengrenze bei Zorge eine junge Frau auf dem Gebiet der Ostzone. Nachdem sich Pleil an der Bewußtlosen seinen Orgasmus verschafft hat, schneidet Hoffmann ihr den Kopf ab. Hoffmann, so heißt es im Bericht von Dr. Wolfgang Ullrich, »nahm diesen Kopf neben den erbeuteten Kleidungs- und Wäschestücken des Mädchens mit sich. Mit der einen Hand hielt er an den Haaren den Frauenkopf, während aus dem Halsstumpf noch Blut tropfte, und mit der anderen die Kleidungsstücke. Den Kopf warf Hoffmann auf das Gebiet der britischen Zone, während der Rumpf auf russischem Besatzungsgebiet lag.«

Am Sonntag, dem 13. April, mietet ein zweiundfünfzigjähriger Hamburger Kaufmann Pleil als Grenzführer in die sowjetische Zone an. Noch auf westlichem Gebiet erschlägt Pleil den Mann mit einem Beil und raubt ihn aus. Dann fährt er heim nach Marienberg. Unruhig verbringt er die nächsten Tage. Er plant einen weiteren Mord in dieser Gegend, fährt dorthin zurück und wird verhaftet.

Bei seiner Vernehmung gesteht er sofort, den Kaufmann getötet zu haben. Er behauptet, der Mann hätte ihn beschimpft, weil er sich mit ihm verirrt hatte. Aus Zorn über die Beleidigungen habe er den Mann erschlagen. Das Gericht verurteilt Pleil wegen Totschlags und schweren

Raubes zu zwölf Jahren Zuchthaus und verfügt, Pleil anschließend in eine Heil- und Pflegeanstalt zu verbringen.

Über Pleils Haftzeit gibt es widersprüchliche Berichte. Nach einer Information von E. Wieczorek, Erstem Kriminalhauptkommissar a.D., bezichtigte sich Pleil bereits 1947 in Briefen an die Kriminalpolizei, noch andere Morde begangen zu haben. Die Kriminalpolizei nahm die Selbstbezichtigung nicht ernst, weil Pleil sie danach widerrief. Nach dem Bericht von Dr. Ullrich, dem ich hier weitgehend gefolgt bin, gestand Pleil erst 1949 während einer psychiatrischen Untersuchung seinen ersten Mord im Bruch bei Mattierzoll und später auch die anderen Verbrechen, die er allein oder mit seinen Komplizen begangen hatte.

Hoffmann wurde in der Ostzone verhaftet und an die westdeutsche Justiz ausgeliefert, Schüssler bei Rückkehr aus der Fremdenlegion in Hamburg festgenommen.

Eine neue Verhandlung wurde anberaumt und Pleil 1950 u. a. des neunfachen, Hoffmann des sechsfachen und Schüssler des zweifachen Mordes schuldig gesprochen. Alle drei erhielten eine lebenslängliche Freiheitsstrafe.

1958 erhängte sich Pleil in der Zelle.

Pleil war ein Triebtäter, der nur durch Blut und Mord zu sexueller Befriedigung gelangte. Dieses Hauptmotiv verband sich zeitweise mit Raub. Daß er manche Leichen beraubte, könnte zwei Gründe gehabt haben. Einmal war es bloße Habgier. Zum anderen gab es bei Pleil wie bei einigen anderen Triebtätern dafür auch das Motiv des Fetischismus. Ein dem Opfer gehörender Gegenstand oder Körperteil wird aufbewahrt und erinnert den Täter ständig wieder an seine Tat. Pleil behielt blutige Wäschestücke bei sich, deren Anblick ihn sexuell erregte.

Pleils Sadismus trat, im Unterschied zu anderen Lustmördern, erst verhältnismäßig spät zutage. Pleil wuchs in ungeordneten familiären Verhältnissen auf. Sein Vater besaß einen kleinen Laden und betätigte sich nebenbei als Schmuggler im deutsch-tschechischen Grenzgebiet. Rudolf mußte sich daran beteiligen. Schon als Kind war er kontaktfreudig, aber jähzornig, wenn er die geforderte Anerkennung von anderen Kindern nicht erhielt. Wie seine Schwester litt Pleil an angeborener Epilepsie. Mit vierzehn Jahren hatte er erste homosexuelle und heterosexuelle Erlebnisse. Die Angst vor seinem trunksüchtigen Vater trieb ihn früh aus dem Haus. Er fuhr zur See, wurde dann aber wegen seiner Epilepsie für seefahrtuntauglich erklärt. Die Krankheit bewahrte ihn vor dem Kriegsdienst. Er arbeitete dann als Kellner im Marienberger Ratskeller. Da im Nazideutschland Erbkranke – zu denen man auch die Epileptiker rechnete – unfruchtbar gemacht wurden, sollte auch Pleil 1945 sterilisiert werden, aber dazu kam es wegen des nahen Kriegsendes nicht mehr. Pleil heiratete und wurde im Mai 1945 in Zöblitz als Hilfspolizist eingestellt. Als Waffe erhielt er ein Kleinkalibergewehr.

Eines Tages nahm er zwei Plünderer fest, wobei sich ein Schuß löste und einen der Plünderer an der Hüfte verletzte. Pleil untersuchte die Wunde und verband sie. Der Mann stöhnte vor Schmerz. Pleil schlug ihn ins Gesicht und bekam dabei einen Orgasmus.

Diese überraschende Erfahrung, angesichts eines nackten blutigen Körpers und durch Schläge sexuelles Lustgefühl zu erzielen, bestimmte die weitere Entwicklung von

Pleils Perversion. Er »erlernte« eine vollkommenere Form der Lust, als es ihm die Selbstbefriedigung und der normale Geschlechtsverkehr boten. Er begann, seiner Frau durch brutale Manipulationen während des Beischlafs Schmerzen zuzufügen. Aber auch das führte selten zum gewünschten Erfolg, zumal sich seine Frau meistens dagegen wehrte.

So begann sich Pleil in der Phantasie auszumalen, was ihm die Wirklichkeit vorenthielt. Die Bilder eines nackten blutigen Körpers, der widerstandslos seine sadistischen Manipulationen duldete, nahmen überhand, bis er sie, ermutigt durch seinen Kumpan Hoffmann, in den Grenzwäldern zu verwirklichen begann. Von Mord zu Mord steigerte sich Pleils Erfolgserlebnis. Und der Erfolg verfestigte seinen Zwang zu morden. Der Psychologe v. Hentig schreibt, impotente Sexualtäter seien »aggressiv bis zur Besinnungslosigkeit. Ihre aufgedämmte Spannung entlädt sich im Orgasmus einer motorischen Explosion.«

War der solchen blutigen Zwängen gehorchende Pleil für seine Taten verantwortlich zu machen? Pleil war Epileptiker. Es gibt epileptische Dämmerzustände, in denen die Kranken gewalttätig werden oder Brandstiftung oder Sexualverbrechen begehen. Danach erinnern sie sich nicht mehr daran. Die Psychiater bestätigten Pleil eine leichte angeborene Epilepsie. Das Gericht anerkannte bei einem der Morde, daß Pleil ihn in einem solchen epileptischen Dämmerzustand begangen hatte und dafür nicht verantwortlich sei. Da Pleil jedoch die anderen Morde in allen Einzelheiten schilderte und auch die Tatorte genau beschreiben konnte, war dafür kein solcher Dämmerzustand anzunehmen.

Die Psychiater bezeichneten Pleils Sexualität als abnorm, nicht aber als krank. Als Sadist habe er durch Gewalttaten die höchste Form sexueller Befriedigung gesucht. Einem unwiderstehlichen Zwang sei er dabei nicht unterworfen gewesen. Mehrmals habe er seine Absicht zu töten nicht verwirklicht.

Dennoch, so berichtet Dr. Ullrich, hätten beide psychiatrischen Sachverständigen Pleil verminderte Zurechnungsfähigkeit nach § *51 II StGB* zuerkannt. Doch das Schwurgericht habe weder eine zur Zeit der Tat vorliegende Bewußtseinsstörung noch eine erheblich krankhafte Störung der Geistestätigkeit feststellen können.

Vor Gericht hatte sich Pleil mehrmals als »bester Totmacher Deutschlands« bezeichnet und sich dieses Wort auch auf seine Jacke aufgenäht. Er soll sogar gebeten haben, als Scharfrichter tätig werden zu dürfen. Wie Kürten und andere Serienmörder sprach auch Pleil voller Stolz über seine Verbrechen, bedeuteten sie für ihn doch die Verwirklichung seiner – wenn auch pervertierten – Persönlichkeit.

Die Frage, ob Pleil unter anderen gesellschaftlichen und politischen Bedingungen, wie sie kurz nach dem Krieg herrschten, ebenfalls zum Serienmörder geworden wäre, ist nicht zu beantworten. Auch bei ihm bleibt offen, was in seiner Person anlagebedingt, was erworben, erlernt worden ist. Ein psychisch gesunder Mensch hätte beim Verbinden eines Verletzten keinen Orgasmus bekommen. Das Erworbene, Erlernte kann sich immer nur auf einem dafür vorbereiteten psychischen Untergrund entfalten.

Der Fall Pleil erscheint wie ein klassisches Beispiel dafür, wie sich subjektive Gründe und Motivationen mit objektiven Verhältnissen verbinden und dann einander bedingen. Ohne Zweifel haben das Chaos der Kriegs- und Nachkriegszeit, die Errichtung von Grenzen mitten in einem Land und die Flüchtlingsbewegung Pleils Mordtaten begünstigt. Er nutzte die Spaltung Deutschlands aus, die die Strafverfolgung von Verbrechen erschwerte. Das Bild der Leiche, deren Rumpf in der Ostzone, deren Kopf in der Westzone lag, zeigt diese Situation anschaulicher als jede historische Erörterung. Aber diese Verhältnisse sind natürlich nicht allein verantwortlich. Die sadistische Triebrichtung seiner Sexualität hätte Pleil zu anderen Zeiten wahrscheinlich ebenfalls zu Zwangsvorstellungen und ihrer blutigen Verwirklichung geführt.

Er war ein Grenzgänger. Er überschritt Grenzen, in der Kindheit als Schmuggler, im Mannesalter als Mörder.

Das Raubtier

Das ist die Geschichte des Jürgen Bartsch, der als Kleinkind »Goldjunge« genannt wurde und zwanzig Jahre später sich selbst als Raubtier bezeichnete. Ein liebenswertes, sanftes, braves Kind, das zu einem grausamen Serienmörder wird – das Rätsel dieses Verfalls kann wohl beschrieben, aber kaum begreiflich gemacht werden.

Der 8. Mai 1966 ist Muttertag. An diesem Sonntag will die Fleischersfrau Bartsch aus Langenberg, einem Ort zwischen Essen und Wuppertal, ihre Mutter besuchen. Zusammen mit ihrem zwanzigjährigen Adoptivsohn Jürgen fährt sie mit dem Wagen nach Essen, wo ihre Mutter wohnt. Jürgen ist ein kräftiger junger Mann mit dunklem Haar, dichten Augenbrauen und melancholischem Blick.

Er begleitet seine Adoptivmutter gern zu ihrer Mutter, denn er hat als Kind jahrelang bei der Großmutter gelebt.

Nach dem Nachmittagskaffee erklärt Jürgen, er wolle ins Kino gehen. Gegen 20 Uhr werde er wieder da sein, um mit der Mutter nach Langenberg heimzufahren.

Aber Jürgen hat nicht die Absicht, sich ins Kino zu setzen. Als er an den Anschlagsäulen gelesen hatte, daß heute in Essen-Schonnebeck eine Kirmes stattfindet, stand für ihn sofort fest, dort sein Vergnügen zu suchen.

Vor neun Monaten, im August vergangenen Jahres, hatte er zum letzten Mal eine Kirmes besucht. Doch als dann alle Zeitungen sein Foto veröffentlichten – es zeigte, wie er mit einem Jungen im Auto-Scooter fuhr –, hatte er es nicht mehr gewagt, sich auf einem Rummelplatz zu zeigen. Aber heute wird ihn nichts und niemand davon abhalten, sich ins Menschengewimmel zu mischen und einen Jungen aufzureißen.

Aufzureißen. Er lächelt vor sich hin. Aufreißen, das trifft es genau, wörtlich sozusagen. Jürgen, der Aufreißer.

Er winkt einem Taxi zu, steigt aber schon ein ganzes Stück vor dem Kirmesplatz aus. Vorsicht ist geboten, der Taxifahrer könnte sich später an ihn erinnern.

Stunden vergehen, angenehme Stunden des Witterns, des Anschleichens, des Absicherns. Genuß schon an sich. Dann, im Gedränge am Auto-Scooter, erblickt er vier Jungen, die allein zu sein scheinen. Er schätzt sie auf sechs bis sieben Jahre. Aber das wird nichts, die sind mir zu jung. Babys fast noch. Er sieht sie nackt vor sich. Schöne zarte Haut zwar, doch für meine Zwecke noch nicht zu gebrauchen. Weitergehen, weitersuchen, ermuntert er sich, heute muß es klappen, ich werde sonst wahnsinnig. Es – muß – heute – klappen!

Da tritt noch ein Junge zu den vier Freunden. Zwölf könnte er sein. Bartsch spürt freudige Wallung. Der und kein anderer. Jetzt nicht zögern.

Er geht zur Kasse, kauft eine Handvoll Chips. Schlendert hin zu den fünf Jungen und stellt sich neben den ältesten. Fragt freundlich, ob sie gern Auto-Scooter fahren. Blöde Frage, natürlich würden sie gern fahren, sie haben aber kein Geld mehr. Bartsch verteilt die Chips an die vier kleinen Jungen. Den Zwölfjährigen lädt er ein, zusammen mit ihm zu fahren.

Der Junge heißt Manfred Graßmann und ist elf Jahre. Er wirkt gutmütig und gutgläubig. Bartsch spürt, mit dem wird er leichtes Spiel haben. Nach mehreren Runden verlassen sie die Fahrbahn. Mit geheimnisvoller Stimme vertraut Bartsch dem Jungen an, er sei Detektiv und brauche seine Hilfe. Dafür wolle er ihm fünfzig Mark geben. Er läßt Manfred den Geldschein sehen, und Manfred sagt begeistert zu. Bartsch fordert ihn auf, den anderen Jungen – zwei von ihnen sind seine jüngeren Brüder – nichts zu verraten. Als die vier dann heimkehren wollen und Manfred auffordern, mit ihnen zu kommen, sagt er, er wolle noch etwas bei dem »Onkel« bleiben.

Nun allein mit Manfred, erklärt Bartsch, jetzt beginne das Abenteuer. Zuerst begeben sich beide in eine Gaststätte. Während Manfred eine Limonade trinkt, bestellt Bartsch telefonisch ein Taxi.

Sie lassen sich in einen Essener Vorort bringen. Dort steigen sie aus und nehmen ein anderes Taxi. »Damit unsere Verfolger unsere Spur verlieren!« flüstert Bartsch dem Jungen zu. Als Ziel gibt Bartsch Langenberg-Bonsfeld an.

Auf der Fahrt zeigt sich Bartsch schweigsam. Manfred respektiert das, schließlich sind sie in geheimer Mission unterwegs. Während sie durch die abendlichen Straßen fahren, gibt sich Bartsch angenehmen Vorstellungen hin – Erinnerungen an seine letzte Tat vor einem Dreivierteljahr. Auch damals hatte er sein Opfer auf einer Kirmes gefunden: den zwölfjährigen Ulrich Kahlweiß. Der Name hat sich in sein Gedächtnis eingebrannt. Vom Bildschirm, von Plakaten, aus den Zeitungen hatte ihn der Name des vermißten Jungen immer wieder angesprungen. Und mit ihm sein eigenes Bild. Irgend jemand hatte ihn zufällig gefilmt, als er mit Ulrich Auto-Scooter fuhr. Längst war sich die Polizei klar, daß Ulrich Kahlweiß ermordet worden war. Wer aber war der junge Mann, der neben ihm im Auto gesessen hatte? Der Mörder? Es waren aufregende Wochen für Bartsch. Der ganze Filmausschnitt wurde mehrmals im Fernsehen und in den Lichtspieltheatern gezeigt. Selbst im eigenen Briefkasten fand Bartsch eine Postwurfsendung mit seinem Konterfei und seiner Personenbeschreibung. Von allen Anschlagsäulen blickte ihn sein Fahndungsfoto an. Verschwommen glücklicherweise, unscharf, das war seine Rettung. Niemand erkannte ihn wieder, nicht seine Eltern, nicht sein Freund. Wochen, Monate vergingen, die Bilder verschwanden und mit ihnen das öffentliche Interesse. Neue Verbrechen verdrängten die Erinnerung an Ulrich Kahlweiß, der noch immer unentdeckt in seinem Grab liegt. Und noch heute abend wird er einen Nachbarn erhalten. Meinen Gesamtplan, denkt Bartsch zufrieden, realisiere ich von Mal zu Mal besser. Seit fünf Jahren sucht er diesen Plan durch immer neue erregende Einzelheiten zu vervollkommnen. So wie ein Maler das Gemälde zuerst in Umrissen entwirft und vom Prozeß der Schöpfung zu immer reicheren Details angeregt wird, so hat Bartschs Phantasie im Laufe der Jahre das ursprünglich grobe Handlungsmuster verfeinert und die Handlung selbst wiederum seine Phantasie beflügelt. Und er drang in eine neue, nie gekannte Welt vor: in die Welt höchster Lust. Der Eingang in diese Welt bleibt anderen Menschen verborgen, nur er kennt das Tor. Es heißt: Macht. Macht durch Gewalt gegen Machtlose. Er hat es erprobt, und das Tor hat sich geöffnet. Er ist mächtiger gewesen als seine Opfer, weil er sie sorgfältig ausgewählt hat. Sie müssen ihm körperlich unterlegen sein. Sie müssen jünger sein als er, aber auch nicht zu jung. Sie sollen noch eine zarte Haut haben, aber ihre Genitalien sollen schon entwickelt sein und ihn in Erregung versetzen.

Sein erstes Opfer entsprach diesem Ideal noch nicht, der Junge war erst acht Jahre alt. Die beiden nächsten Opfer waren dreizehn, das ist das Alter, das er am meisten schätzt. Der neben ihm, dieser Manfred, bleibt auch noch ein wenig hinter seiner Wunschvorstellung zurück, aber er wird das Beste daraus machen ...

Bartsch tastet nach seiner Umhängetasche. Was er braucht, ist darin: das Messer, die Rasierklingen, Stricke, Zündhölzer, Kerzen. Es wird alles nach Plan verlaufen.

Auch jetzt, als das Taxi sie in Langenberg-Bonsfeld absetzt, handelt Bartsch nach bewährtem Muster. Er bestellt erneut ein Taxi, das ihn in einer halben Stunde hier abholen soll.

Er nimmt Manfred an der Hand. »Jetzt wird es ernst, Manfred. Jetzt kommt gleich der große Augenblick.«

»Was denn?« fragt der Junge ebenso gespannt wie arglos.

»Wir müssen etwas suchen, das die Verbrecher versteckt haben.«

»Einen Schatz?«

»Geld. Geldräuber haben es hier vergraben. Wir müssen es finden.«

Mit Bäumen und Gesträuch bewachsenes Felsgestein zieht sich am Rand der Straße entlang. Vor einem Loch im Schiefergestein hält Bartsch an. »Wir gehen jetzt in eine Höhle hinein. Sie stammt noch aus der Kriegszeit. War mal ein Luftschutzbunker.«

»Luftschutzbunker?« fragt Manfred verständnislos.

»Wenn feindliche Flieger ins Ruhrgebiet einflogen, flüchteten die Bewohner Langenbergs in den Stollen. Da waren sie sicher vor Bomben, verstehst du?«

Der Stolleneingang ist kaum einen Meter hoch. Bartsch schiebt Manfred in die Öffnung hinein und folgt ihm.

»Das ist aber finster«, flüstert Manfred.

Bartsch entzündet eine Kerze und geht voran. Manfred hält sich, wenn auch etwas zögernd jetzt, dicht hinter ihm.

»Angst?«

Der Junge verneint tapfer. Aber etwas umheimlich ist ihm schon zumute. Der aus dem Schiefergestein herausgesprengte Stollen ist niedrig und wirkt mit seinen Kanten und Nischen bizarr. Steinbrocken versperren mehrmals den Weg.

Bartsch hastet wie blind vorwärts. Er ist jetzt nicht

mehr in diesem verfallenen Bunker. Er ist in die andere Welt eingedrungen, die wie ein Horrorfilm vor ihm abzulaufen beginnt, in zerfetzten ekstatischen Bildern. Und die wollen nicht Bild bleiben, die wollen wirklich werden, lebendig, greifbar. Bartschs Schritte werden immer schneller, Manfred kann ihm kaum folgen. Bald öffnen sich die Wände, ein Seitenstollen zweigt hier ab.

Bartsch bleibt stehen und stellt die Kerze auf einen Felsvorsprung.

Manfred atmet auf, endlich sind sie am Ziel.

»Zieh dich aus!« fordert Bartsch.

Manfred blickt ihn erstaunt an: »Warum denn?«

»Ausziehen!« brüllt Bartsch. Seine Augen glitzern kalt.

Noch glaubt der Junge, das gehöre vielleicht zu seinem Auftrag, das Geldversteck zu suchen. »Aber es ist so kalt«, wendet er ein.

Bartsch schlägt ihm die Faust ins Gesicht. Manfred schreit auf, taumelt. Bartsch reißt ihm die Jacke herunter, das Hemd, die Hose, trommelt mit den Fäusten auf Manfred ein, bis das Kind zusammenbricht. Zieht ihm dann auch Schuhe und Strümpfe aus. Hebt den Fuß, tritt gegen den nackten Körper, gegen Brust und Bauch und an den Kopf.

Manfred wimmert erstickt, ruft nach seiner Mutter. Und weiß nicht, daß seine Schmerzenslaute die Vernichtungswut seines Peinigers noch steigern. Ein Trommelfeuer von Tritten prasselt auf ihn nieder.

Dann läßt Bartsch plötzlich von seinem Opfer ab und bindet ihm mit einem Strick die Hände zusammen. Hastig wirft er nun selbst seine Kleidung ab, wälzt sich auf den

Bauch des Jungen, wendet das blutige Bündel um und versucht Afterverkehr. Das mißlingt. Er dreht sein Opfer wieder auf den Rücken und mißhandelt seine Genitalien.

Denkt plötzlich: Eine halbe Stunde vorbei. Das Taxi wartet.

Er kleidet sich an, fesselt Manfreds Beine, bindet ihn an einem Balken fest und verläßt den Stollen. Der Taxifahrer erwartet ihn schon. »Bißchen spät dran, Jürgen«, sagt er. Er kennt Jürgen, das ist doch der Sohn des Fleischermeisters aus dem gleichen Ort.

»Wohin, Jürgen?«

»Nach Essen, zur Großmutter. Beeilen Sie sich bitte.«

»Immer mit der Ruhe, Jürgen.« Während der Fahrt bittet Bartsch den Fahrer um einen Lappen, seine Schuhe sind schmutzig. »Bin durch den Wald gelaufen.«

Gegen 21 Uhr, eine Stunde später als versprochen, trifft Bartsch bei Mutter und Großmutter ein. Vorwurfsvolle Fragen beantwortet er mit eleganten Lügen. Die Mutter drängt zur Heimkehr. In seinem Wagen fährt Bartsch mit der Mutter nach Hause. Er geht bald zu Bett und stellt zuvor den Wecker ein, der ihn gegen Mitternacht ruft. Bartsch kleidet sich an, verläßt unbemerkt das Haus und geht zum Stollen, leichtfüßig, frohe Erwartung beflügelt ihn. Er wird seinen Plan zu einem grandiosen Ende bringen.

Er kriecht durch den Eingang und entzündet wieder eine Kerze. Als er bei seinem Opfer ankommt, sieht er befriedigt, daß es noch lebt. Vor Kälte zitternd, voller Schmerzen wimmernd, fleht Manfred, ihn doch endlich freizulassen.

Ja, antwortet Bartsch, er werde ihn jetzt freilassen. Wieder entkleidet er sich, blickt ernst auf sein Opfer hinab und entzündet mehrere Kerzen, die er auf eine Felskante stellt.

»Romantisch, nicht wahr?« ruft er entzückt. Er löst Manfreds Fesseln und befiehlt ihm, aufzustehen. Der Junge erhebt sich taumelnd. Bartsch richtet ein Schlachtermesser auf seine Brust und fordert, daß Manfred vor seinen Augen hin und her laufe und tanze. Schlägt plötzlich wieder auf ihn ein, schleudert ihn zu Boden. Durchtrennt ihm mit dem Messer die Sehne des linken Kniegelenks. Vergeblich versucht Manfred sich zu erheben und davonzulaufen. Bartsch belustigt sich an seiner Hilflosigkeit. Das Wimmern des Kindes erregt ihn, er sticht ihm das Messer tief in den Rücken. Treibt ihn mit Schlägen erneut empor, bis er tot zusammenbricht.

Bartsch starrt auf die Leiche im Flackerschein der Kerzen. Er nimmt erneut das Schlachtermesser, setzt die Spitze am Hals des Toten an und schneidet am Brustbein entlang erst den Brustkorb auf, dann den Bauch bis hinunter zum Schambein. Gewaltsam reißt er den zertrennten Leib auseinander, zerrt die Lunge heraus, das Herz, die Därme. Wendet sich dann den Genitalien zu, fühlt neue schwellende Spannung. Zerschneidet Penis und Scrotum und onaniert dabei in rauschhafter Raserei.

Noch einmal betrachtet er sein Werk, füllt dann die herausgerissenen Organe wieder in die Leibeshöhle, zieht die Leiche in den Seitenstollen und bedeckt sie mit Geröll.

Er hat seinen Gesamtplan ohne Störung verwirklicht.

Als er die Höhle verläßt und zu Hause ankommt, ist es

drei Uhr. Im Badezimmer reinigt er sich, legt sich zu Bett und schläft sofort ein.

*

In den nächsten Wochen verfolgt Bartsch gespannt, wie die Jagd nach ihm erneut beginnt. Die Polizei hat nun einen Zusammenhang zwischen seinen beiden letzten Morden erkannt. Wiederum erscheint das Bild, das bereits nach dem Verschwinden von Ulrich Kahlweiß veröffentlicht worden war, in Zeitungen, auf Plakaten, im Fernsehen. Wiederum kann er sich selber auf einem der Hunderttausende von Handzetteln betrachten, die in diesen Tagen im Ruhrgebiet verteilt werden.

Tag um Tag vergeht. Bartschs Angst, er könnte doch noch identifiziert werden, schwindet allmählich. Niemand verdächtigt ihn. Niemand kennt das Grab seiner Opfer. Er ist zu schlau gewesen, zu vorsichtig, und wenn er im Laden des Vaters Fleisch und Wurst verkauft, ist er zu höflich, zu freundlich, als daß ihn jemand für einen Kindermörder halten könnte. Leichtsinnig will er aber trotzdem nicht werden und mit dem nächsten Mord warten. Er befriedigt sich bei seinen zwei Freunden, denen er jedesmal fünfzig Mark für ihre Dienstleistung bezahlt.

Sechs Wochen später schon hat er die homosexuelle Routine satt, es drängt ihn nach neuem blutigem Reiz. Natürlich, so sagt sich Bartsch, dürfen auch die Morde nicht zur Routine werden, das würde auf die Dauer langweilig und verminderte das Vergnügen. Ich sollte die Jungen nicht erst ausweiden, wenn sie schon tot sind. Sollte sie bei noch lebendigem Leibe aufschneiden. Nicht zu tief am Anfang, damit sie mir nicht gleich wegsterben. Ja, bei lebendigem Leib! Noch mehr Angst unter meinen Händen, noch mehr Stöhnen und Geschrei. Und ich der Allmächtige. Das wäre echt geil.

Vorgestellt, vorgenommen. Am Sonnabend, dem 18. Juni 1966, streift Bartsch durch Wuppertal-Elberfeld auf der Suche nach einem Opfer.

Es beginnt heftig zu regnen. Schon fürchtet er, sein Vorhaben könnte scheitern. Da erblickt er in einem Hauseingang einen Jungen, der sich hier zum Schutz vor dem Regen untergestellt hat. Bartsch bleibt neben ihm stehen, taxiert ihn. Genau der richtige, stellt er zufrieden fest. Der Junge wird etwa vierzehn sein. Sieht ihn nackt und gefesselt vor sich liegen ...

Kein Zurück mehr nun, die erektierende Vorstellung fordert Verwirklichung.

Ein Gespräch ist schnell begonnen. Bartsch sagt, er sei Versicherungsdetektiv und auf der Suche nach Diamanten, die ein Betrüger versteckt habe. Wenn ihm der Junge dabei helfe, würde er ihm fünfzig Mark dafür zahlen. Für Peter Freese, so heißt der Fünfzehnjährige, sind fünfzig Mark viel Geld. Bereitwillig sagt er zu.

In einer Gaststätte spendiert ihm Bartsch einen Imbiß und bestellt währenddem ein Taxi. Auch diesmal wechselt er unterwegs wieder den Mietwagen und läßt sich mit seinem Opfer nahe dem Stolleneingang absetzen.

Hier, so erklärt Bartsch, seien die Diamanten verborgen.

Im Kerzenschein führt Bartsch den Jungen bis zur Einmündung des Seitenstollens. Auch wenn Bartsch heute einen noch grausameren Horrorfilm verwirklichen will als bisher – der Anfang wiederholt sich nach bewährtem Muster. Bartsch zwingt Peter mit Schlägen und Fußtritten, sich zu entkleiden, reißt ihm in der Erregung die Unterwäsche vom Leib, wirft ihn nieder, würgt ihn, tritt ihm in die Hoden, versucht – wiederum vergeblich – Afterverkehr, dreht ihm Arme und Beine nach hinten und fesselt sie aneinander. Mit eingebogenem Rücken liegt Peter wehrlos auf dem Boden. Bartsch versetzt ihm erneut Tritte und Schläge und onaniert dabei.

Für den Augenblick befriedigt, unterbricht Bartsch die Folter. Er verläßt sein Opfer und kündigt ihm an, wenn er nachts zurückkehre, werde er ihn töten. In der Erwartung, heute nacht den Höhepunkt der Schlächterei vor sich zu haben, kehrt er heim. Er ißt mit den Eltern Abendbrot und sieht sich einen Fernsehfilm an. Dann stellt er den Wecker ein und legt sich zur Ruhe.

Pünktlich um Mitternacht geweckt, schleicht er sich zum Stollen, entzündet eine Kerze und eilt zu seinem Opfer, das er noch lebend vorzufinden hofft. Er will es ja lebend aufschneiden.

An der Einmündung des Seitenstollens angelangt, stellt er bestürzt fest, daß der Junge verschwunden ist. Wütend und voller Angst durchstreift er die Gänge der Höhle – vergebens. Peter ist entkommen.

*

Bald nachdem Bartsch Peter Freese gefesselt zurückgelassen hatte, hatte der Junge trotz seiner Schmerzen noch die Kraft gehabt, sich bis zur Kerze hinzuwälzen und an ihrer Flamme das Verbindungsseil zwischen den Fuß- und

Handfesseln durchzubrennen. Auch die Fußfesseln hatte er auf diese Weise gelöst, die Hände jedoch nicht befreien können. Mühsam hatte er sich erhoben, sich die Hose angezogen und die Höhle verlassen.

Halbnackt, mit gefesselten Händen, war er ins nächste Haus gegangen und hatte um Hilfe gebeten.

Die Leute benachrichtigten die Polizei. Anfangs wollen die Polizisten nicht glauben, was ihnen Peter erzählt. Sie vermuten einen Streit zwischen Homosexuellen. Aber die zahlreichen Verletzungen – Unterblutungen an Kopf, Schultern, Gliedmaßen – und die Brandwunden an den Händen überzeugen sie schließlich von seiner Geschichte. Freese wird ins Krankenhaus gebracht und am nächsten Tag erneut vernommen.

Auch die Kriminalbeamten nehmen Freeses Bericht anfangs skeptisch auf. Er erbietet sich, mit ihnen zum Tatort zu gehen. Die Kriminalisten sind nun bereit, die Höhle zu besichtigen.

Im Schein einer Taschenlampe betreten sie den Stollen. Schon die ersten Entdeckungen sind alarmierend: ein halbverwester menschlicher Finger, Knochen, Kinderschuhe, unter einem Balken Teile einer Kinderleiche.

Eine Sonderkommission der Mordkommission Essen, die noch immer über den vor Wochen verschwundenen Manfred Graßmann ermittelt, übernimmt noch am selben Abend die weitere Untersuchung. Die Stollenanlage wird gründlich überprüft und in den nächsten Tagen der Boden Meter um Meter umgegraben.

Gefunden werden die Überreste von vier Kinderleichen, versteckt unter Balken, Schiefergeröll und Erde.

Der Rechtsmediziner Prof. Dr. Reh und der Dentologe

Dr. Schübel übernehmen die schwierige Aufgabe, die Leichen zu identifizieren. In ihrem Bericht heißt es u. a.:

»Eine teils zerstückelte und ausgeweidete Kinderleiche in stark verfaultem und von Fliegenmaden zerfressenem Zustand ... Die Leiche völlig unkenntlich ... Die Bekleidungsstücke noch in der gleichen Nacht von den Eltern als die des seit sechs Wochen vermißten Manfred Graßmann anerkannt ... Das Gebiß identifizierte der behandelnde Zahnarzt.« Die Todesursache sei nicht mehr sicher feststellbar. Die Leiche sei nach dem Tode mit einem scharfen Werkzeug zerstückelt worden. »Im Grundwasser einer zugeschaufelten Grube ... Teile von zwei zerstückelten, übereinander geschichteten Leichen gefunden.« Es sind die Leichen der ein Jahr zuvor ermordeten Jungen Ulrich Kahlweiß (12) und Rudolf Fuchs (13). Eine vierte Leiche, vollständig skelettiert, gehört einem jüngeren Kind. Es wird als der achtjährige Klaus Jung identifiziert, der bereits vor vier Jahren verschwunden war.

Kriminaloberrat Günther Bauer berichtet: »An Hand der Leichen- und Bekleidungsreste konnte festgestellt werden, daß in dem Stollen vier Kinder getötet worden waren. Es waren dies die Kinder, die in den Jahren von 1962 bis 1966 von Kirmesplätzen – in einem Fall während einer Reise – verschwunden waren und über deren Verbleib trotz aller in großem Rahmen durchgeführten Ermittlungsmaßnahmen nichts festgestellt werden konnte.«

Die Kriminalhauptstelle Düsseldorf übernimmt unter Leitung von Kriminalhauptkommissar Hinrichs die weitere Ermittlung.

Noch hat die Mordkommission keinen Verdächtigen. Alle Spuren, alle Hinweise aus der Bevölkerung, die die

Polizei bei der Untersuchung der früheren Vermißtenfälle erhielt, hatten sich als nutzlos erwiesen und waren auch jetzt nicht brauchbar. So scheint die Kripo vor einer wahren Sisyphusarbeit zu stehen.

Aber bereits zwei Tage nach dem Leichenfund präsentiert ein Bürger aus Langenberg der Polizei den Mörder mit Namen und Adresse. Der Mann hatte die Presseberichte über die Bluttaten im Langenberger Luftschutzstollen gelesen, ebenso die Aussage des Peter Freese, der dem Mörder entkommen war. Auch bei seinem eigenen Sohn Frank hatte diese Höhle einmal eine Rolle gespielt. Das war vor fünf Jahren gewesen, sein Sohn war damals elf und vom vierzehnjährigen Sohn des Fleischermeisters Bartsch in die Höhle gelockt worden. Bartsch hatte versprochen, ihm eine Wehrmachtspistole zu schenken, die er im Stollen gefunden habe. Bartsch hatte dann eine Kerze entzündet, ihn mit einer Schreckschußpistole bedroht, geschlagen und gezwungen, sich zu entkleiden. Er hatte sich darauf an dem Jungen sexuell vergangen und ihm befohlen, nichts zu verraten, sonst würde er ihn töten. Frank hatte seinen Eltern trotzdem erzählt, was ihm widerfahren war, doch aus Scham die sexuelle Mißhandlung verschwiegen. Franks Vater hatte der Polizei den Vorfall angezeigt, die Polizei hatte jedoch die Ermittlung eingestellt, weil Bartsch behauptete, es sei nur eine harmlose Balgerei gewesen.

An all das erinnert sich Franks Vater, als er die Berichte über das Geschehen im Luftschutzstollen liest. Er teilt der Polizei seinen Verdacht mit, der gesuchte Mörder könnte Jürgen Bartsch aus Langenberg sein. Da Franks ehemalige Aussage aktenkundig geworden und eine gewisse

Übereinstimmung mit der Aussage Freeses unverkennbar war, geht die Mordkommission dem Verdacht nach. Sie vernimmt Bartsch.

Nach anfänglichem Leugnen gesteht Bartsch, vier Jungen ermordet zu haben. »Wohl nur in ganz seltenen Fällen der Kriminalgeschichte«, bemerkte dazu Kriminaloberrat Bauer, »gab es einen Täter, der nunmehr so rückhaltlos über seine Taten, seine Gedanken, seine Motive und seine Pläne sich offenbarte.«

Ganz so selten ist die Geständnisbereitschaft eines Täters allerdings nicht, zumindest nicht bei den Lustmördern. Der gleiche Drang nach Selbstdarstellung findet sich bei Dahmer, bei Kürten, bei Tschikatilo. Wenn sie über ihre Taten berichten, genießen sie noch einmal die Lust, die sie dabei empfunden hatten. Da die meisten Triebtäter ein gestörtes Selbstwertgefühl haben, bereitet es ihnen eine perverse Befriedigung, als Ungeheuer – so hoffen sie – staunende, mit Entsetzen gemischte Aufmerksamkeit zu erregen. So sprach Bartsch selbst davon, daß in ihm ein Raubtier wohne, das nicht aufhören könne zu morden.

Auch wenn Alice Miller meint, daß das Leben eines solchen Ungeheuers die konsequente Folge seiner Kindheit sei – das Rätsel, wie aus dem »Goldkind« Jürgen ein Serienmörder werden konnte, läßt sich auch aus seiner Biographie nicht befriedigend lösen. Keime seiner sadistischen Triebe werden zwar hier und da sichtbar, wachsen aus einigen problematischen sozialen Bedingungen, sind aber daraus allein nicht erklärbar.

Jürgen ist unehelich 1946 in Essen geboren. Kurz nach seiner Geburt starb die Mutter an Tuberkulose. Die Fleischersfrau Bartsch hatte das Kind in der Klinik gesehen und sich sofort in den herzigen Jungen verliebt. Ihre Ehe war kinderlos. Sie und ihr Mann adoptierten Jürgen, er erhielt den Familiennamen Bartsch. Die Adoptiveltern erfüllten Jürgen alle Wünsche. Die »Affenliebe« der Mutter glich eine gewisse Strenge des Vaters aus. Das Hauptinteresse der Eltern galt dem Geschäft. Arbeit von früh bis nachts nahm ihre ganze Kraft in Anspruch. Für das Kind blieb kaum Zeit. Deshalb nahm die Großmutter Jürgen tagsüber auf. ..

Mit vier Jahren kam er in den Kindergarten, mit Beginn des fünften Schuljahres in ein Heim, von dem aus er die Schule besuchte. Der Elfjährige litt unter dem Leben im Heim. Er fühlte sich abgeschoben, ohne Zuhause. Mit zwölf schickten ihn die Eltern auf ein Internat mit angegliederter Schule. Der freundliche, etwas schüchterne Junge hatte Heimweh. Seiner Lehrerin sagte er einmal, er vermisse die Mutter. Mehrmals verließ er heimlich das Internat und lief nach Langenberg zurück. Aber nun waren die Eltern auch noch mit Hausbau beschäftigt und schickten ihn wieder ins Internat zurück. Mit vierzehn erkrankte er schwer an einer Infektion, die die graue Rückenmarksubstanz, aber auch die Hirnnerven befällt.

Die Krankheit schien ihn verändert zu haben. Er hatte keine Lust mehr zu lernen, hielt sich meist für sich allein und litt zugleich unter seiner Einsamkeit. Er las viel, meist Abenteuerhefte. Da er sich für Waffen interessierte, schaffte er sich mehrere Schreckschußpistolen an.

Schließlich hatten die Eltern ein Einsehen und nahmen ihn wieder zu sich. Wie auch immer Krankheit und Pubertät das »Goldkind« innerlich verändert haben mochten, den Eltern fiel es nicht auf. Jürgen hatte mit der achten Klasse die Schulzeit beendet, und für den Vater war es selbstverständlich, daß Jürgen einmal das Geschäft übernahm. Der Junge war auch bereit, eine Fleischerlehre zu beginnen, die er mit der Gesellenprüfung abschloß. Während und nach Abschluß der Lehre arbeitete er im väterlichen Geschäft. Da er das Schlachten der Tiere verabscheute, beschäftigte ihn der Vater im Laden als Verkäufer. Jürgen war gegenüber der Kundschaft locker und fröhlich.

Niemand ahnte, daß der Siebzehnjährige schon längst ein düsteres Doppelleben führte und in einer zerteilten Welt lebte. Die eine, die Welt der Eltern, die bieder-bürgerliche, die gewinnorientierte, die familiäre, in der die Mutter den Neunzehnjährigen noch selber badet – und die andere Welt, die Welt seiner Phantasien, in der er etwas sucht, was ihm nach seiner Meinung das Leben bisher versagt hat, die Welt unerfüllter Wünsche, die seit der Pubertät immer mehr sexuelle Gestalt angenommen hatten.

Nein, niemand ahnte, daß der Achtzehnjährige, der dem Essener »Magischen Zirkel« als Mitglied angehörte und im Tanzkurs ein beliebter Tänzer war, nicht nur zahlreiche Sexualverbrechen begangen, sondern schon mehrere Kinder ermordet hatte.

Bei den meisten Triebtätern sucht das existentielle Unbefriedigtsein Befriedigung in hypertrophierter Sexualität. Sie ist der Lebensbereich, der Lust statt Frust, Macht statt Ohnmacht, Selbstbestätigung statt Selbstzweifel zu bieten vermag – sofern der Sexualtrieb sich hemmungslos durchsetzt. Triebtäter haben im allgemeinen keinen stärkeren Sexualtrieb als andere Menschen auch. Ihre gewalttätige Sexualität erscheint meist als aggressive Rache für erlittene Demütigung. Diese Demütigung kann selbst sexueller Natur, kann aber auch durch andere widrige Lebenserfahrungen bedingt sein. Bartsch wurde mit acht Jahren von einem älteren Jungen sexuell mißbraucht. Von Anfang an zeigt sich die homosexuelle Prägung seiner Sexualität. Mit vierzehn hatte er erste homosexuelle Beziehungen zu Gleichaltrigen. Er bezahlte sie meist für ihre Dienste, das Geld stahl er aus der Ladenkasse. Aber zur gleichen Zeit lockte er schon Jüngere in den Stollen, schlug sie, zwang sie unter Drohungen zum Sex. Schließlich wurden die Morde zum Höhepunkt seiner sexuell ausgerichteten Machtgier.

Läßt sich nun die sadistische Perversion seiner Sexualität als »logische Folge seiner Kindheit, als verzweifelter Ausweg aus seiner ausweglosen Situation« (Alice Miller) erklären? Waren Bartschs Kindheit und Jugend ausweglos? Objektiv gesehen überhaupt nicht, im Unterschied zu Tausenden anderer, die trotzdem nicht zu sadistischen Mördern wurden. Auswegloser aber vielleicht für ein sensibles Kind, das ein geordnetes Zuhause, das die Fürsorge der Mutter mehr braucht als andere, das stärker von Heimweh gequält wird, das schwerer Kontakt zu anderen Kindern findet. Sind hier Verletzungen, Demütigungen entstanden? Bartsch selbst behauptet es: »Es gibt wenige Eltern, die ihr Kind so sehr liebten, so sehr ins Herz geschlossen haben. Doch die richtige, die helfende Liebe, die ein Kind braucht, die konnten sie mir nicht geben.« Liegen hier die Wurzeln seiner Enttäuschung? Hat ihn die Einsamkeit im Internat zum Einzelgänger gemacht oder war umgekehrt die Einsamkeit die Folge seines Isolationsdranges? Hat die erste sexuelle Erfahrung des Achtjährigen ein Trauma hinterlassen, das verdrängt wurde?

Bartsch hat sich dazu nicht geäußert. Hat ihn der Schlachterberuf verroht? Das ist schwer vorstellbar, denn er brachte es nicht fertig, Tiere zu schlachten: »Sie blickten mich immer so treuherzig an.«

Bartsch selbst machte Kindheit und Jugend nicht für seine Verbrechen verantwortlich: »Auch nach einer langen Haftstrafe könnte ich meine abartige Veranlagung nicht eindämmen.«

Er sieht sich als Opfer eines Zwanges, der ihn beherrschte, seine Taten als Zwangshandlung. Und bestätigt, was heute als das eigentliche Wesen sexuell ausgerichteter Serienmörder gilt: Ihre Taten sind in Mord umgesetzte Zwangsvorstellungen. Die Zwangsvorstellung ist ein beherrschender Bewußtseinsinhalt, so heißt es in *Wahrigs Deutschem Wörterbuch*, der den an Zwangserscheinungen Leidenden gegen seinen Willen überwältigt. Und nach Eugen Bleulers *Lehrbuch der Psychiatrie* liegen Zwangsneurosen vor, wenn sich »dem Kranken wider seinen Willen, wie aus Zwang, gewisse Ideen, Antriebe ... aufdrängen.«

»Es hat bis heute nicht aufgehört«, schreibt Bartsch nach der Verhaftung seinen Eltern, »es hat nicht aufgehört, der Drang, das Verlangen, das Begehren, das alles ist nach wie vor da.«

Eine Zwangsvorstellung, die eine Zwangshandlung fordert, die wiederum neue Zwangsvorstellungen gebiert – dieser Teufelskreis hat sich nach Bartschs eigener Aussage in Jahren herausgebildet, und zwar in der Pubertät. Seine Gewaltphantasien manifestierten sich von Anfang an sexuell. Als der vierzehnjährige Jürgen Bartsch mit seinem Freund Detlef aus dem Internat ausriß, um nach Hause zurückzukehren, liefen sie an einem Bahndamm entlang. Bartsch spürte den Drang, zusammen mit Detlef zu onanieren, war sich aber unsicher, ob der Freund zustimmen würde. Da verfiel er auf den Gedanken, ihn vor den nächsten Zug zu stoßen und sich dann an der willenlosen Leiche sexuell zu betätigen. Er setzte diese Vorstellung auch in die Tat um, doch Detlef konnte den tödlichen Stoß auf die Gleise im letzten Augenblick abfangen.

Als nächstes begann Bartsch, kleinere Jungen zu schlagen und zu entblößen. Dabei empfand er sexuelle Befriedigung. Der Konnex zwischen Gewalt und sexuellem Lustgewinn war hergestellt. Da Wiederholung die Lust mindert, suchte Bartsch sie durch immer raffiniertere Brutalität zu steigern. Bartsch berichtete ungeschminkt, wie sich dieser Teufelskreis von Gewaltphantasie und Gewalttat verfestigte: »Ich hab immer noch die Höhle zwischen. Ich will immer Kerzen mitnehmen, keine Taschenlampe. Das ist bei mir so wie bei manchen Eheleuten, die brauchen rotes Licht. Das ist wegen der Stimmung. Außerdem sieht jemand, der ausgezogen ist, bei Taschenlampenlicht verhältnismäßig unappetitlicher aus als bei Kerzen. Ich würde das Kind ausziehen, mit Gewalt wieder, weil ich es immer schön empfunden habe, das Kind selbst auszuziehen. Es müßte schon schreien. Wenn ich es dann geschlagen hätte, würde ich es hinlegen, schon eher hinschmeißen. Ich würde mich heute auch dabei selbst ausziehen, dann würde ich onanieren. Es wäre mir lieber, wenn das Kind noch nicht so weit entwickelt ist. Ich würde auch am Geschlechtsteil spielen, auch Afterverkehr versuchen, auch mal brutal sein, bis es wimmert. Das gehört dazu. Dann nochmal schlagen, dann fesseln an Armen und Beinen und dann zusammen. Weil man dann überhaupt keine Bewegungsfreiheit hat. Dann möchte ich, daß das Kind zappelt. Dann würde ich anfangen zu schneiden, knebeln würde ich nicht, denn das Schreien würde ich gern hören.«

Bartsch beschrieb dann in Einzelheiten, wie er sein Opfer zerschneiden und daß er dabei seinen Phantasievorstellungen so weit wie nur möglich folgen würde. Die Zerstückelung seines Opfers, betonte er, »gehörte auch noch zum Sexuellen. Sexuell war ich dabei immer innerlich erregt.«

Die hier nur angedeuteten Einzelheiten seines »Gesamtplanes« suchte er also in die Realität umzusetzen.

Nun ist der Plan das eine, seine Verwirklichung ein anderes. Der Schüttelreim *Ratschlag an einen Butler* rät: »Wenn du zu deinem Lord mußt / bezähme deine Mordlust.« Jeder Mensch kann in eine Situation geraten, in der er aus Zorn oder Enttäuschung äußert: »Ich könnte dich umbringen!« Damit reagiert er sich verbal ab. Der Serienmörder aber entwickelt nicht nur kontinuierlich eine ganze Strategie des Mordes, er zögert auch nicht, sie auszuführen. Und hier beginnt für den »normalen« Menschen das Unbegreifliche: wie und wann die Phantasie den Kopf verläßt und in die Hände überspringt, also der Gedanke zur Tat wird. Denn, so sagte der psychiatrische Gutachter Dr. Bresser, »was sich in diesen Äußerungen darstellt, ist ein ungeheuerliches Phänomen, welches sich nicht mit sonst üblichen Begriffen etikettieren, sondern nur annäherungsweise begrifflich umschreiben läßt. Jürgen Bartsch sagte sicher mit Recht von sich selbst: ›Ich bin von Natur aus überhaupt sehr weich veranlagt.‹ Dennoch – und das ist eben das Eigenartige perverser Triebentfaltungen – hat sich der mit durchaus sadistischen Zügen geprägte Tötungstrieb durchgesetzt.«

Aber wie denn nur konnte sich der Tötungstrieb gegen die »weiche Natur« durchsetzen? Wann überschritt er die Grenzlinie zwischen Gedanken und Tat? Das scheint mir das eigentliche Rätsel bei den Serienmördern zu sein. Und immer wieder die Frage: Sind sie frei in der Entscheidung, diese Grenze zu überschreiten, oder unterliegen sie dabei einem Zwang, der die freie Selbstbestimmung ausschließt? Als der bekannte Verhaltensforscher und Psychologe Prof. J. Eysenck gefragt wurde, ob der Mensch einen freien Willen besitze und demnach für sein Handeln verantwortlich sei, antwortete er, mit dem Begriff der Willensfreiheit könne er nichts anfangen: »Entweder ist etwas ererbt oder erlernt.«

Ererbt, das heißt, eine Veranlagung ist in der Persönlichkeit genetisch programmiert, also biologisch verankert. So läßt sich heute beispielsweise durch Hirnstrommessung feststellen, wie intensiv die Gefühle eines Menschen sind, demgemäß also auch nachweisen, daß es eine biologisch bedingte Gefühlsarmut gibt. Das Wort vom »eiskalten Killer« gibt dieser Tatsache bildhaften Ausdruck. Eine krankhaft erhöhte Aggressivität wird mit hormonellen Veränderungen in Zusammenhang gebracht. Auch Prof. O. Prokop, ein international anerkannter Chromosomenforscher und Rechtsmediziner, sieht die menschliche Aggressivität genetisch veranlagt. Eine Disposition zur Aggressivität – so zitiert M. P. Schaeffer Prof. Prokop – sei im Mosaik der menschlichen Chromosomen präformiert und nachweisbar.

Wäre damit ein Mensch unentrinnbar zum Verbrecher geboren? Eine genetisch bedingte Veranlagung, betont Prof. Eysenck, liefere den Menschen keineswegs einem unabwendbaren Schicksal aus. Denn der Mensch sei zugleich fähig zu lernen, d. h., aus Erfolg und Mißerfolg seiner Handlungen Schlußfolgerungen zu ziehen und sich zu einem sozial integrierten Wesen zu entwickeln. »Jeder Mensch«, so Eysenck, »ist als Baby zunächst völlig antisozial: Er würde alles tun, um seinen Willen ganz und sofort durchzusetzen. Erst durch Bestrafung und Belobigung lernt er, sich in eine Familie und dann in die Gesellschaft einzufügen.«

Dieser Sozialisierung können jedoch genetisch bestimmte Anlagen entgegenwirken, so wie umgekehrt genetisch bedingte Triebanomalien durch Hemmkräfte unterdrückt werden können, die die Menschheit im Lauf ihrer Entwicklung erworben und genetisch verankert hat.

Im Fall Bartsch läßt sich nachträglich – auch wenn man den damaligen Stand der Forschung berücksichtigt – über sein genetisches Erbe nichts sagen. Er selbst war davon überzeugt, daß sein Mordtrieb einer unglücklichen Veranlagung entsprang. Wohl aber wird die von Eysenck genannte andere Komponente einer Willensentscheidung, das Erlernen, bei Bartsch deutlich sichtbar. Er hatte gelernt, nicht nur seine Zwangsvorstellungen auszubauen, sondern sie auch ohne Gefahr für sich selbst in der Höhle zu verwirklichen. Auch auf Bartsch läßt sich die schon zitierte Erkenntnis des FBI-Psychologen Ressler anwenden: »Serienmörder fangen vorsichtig an und werden von Mal zu Mal kühner und schließlich zu wahren Mordmaschinen.« Sie lernen also sehr rasch, die Hemmschwelle für ihre Taten immer erfolgreicher zu überspringen. »Nach dem ersten Mal«, gestand Bartsch, »sind es schon weniger Gewissensbisse, und der Preis sinkt.«

Wenn Prof. Eysenck menschliches Handeln durch »Erbtes und Erlerntes« bestimmt sieht, läßt sich auch bei Bartsch diese Einheit von Veranlagung und sozialer Prägung finden. In seinem Gutachten nannte Dr. Bresser Bartsch einen Menschen mit einer abnormen Triebstruktur. Diese Triebstruktur sei homosexuell gerichtet: »Kaum eine Eigenschaft des Menschen kann wohl mit so großer Berechtigung als angeboren bezeichnet werden wie die Homosexualität.« Die Homosexualität sei natürlich nicht die Ursache seiner abwegigen Triebbefriedigung, sondern gebe ihr nur die Richtung, nämlich durch die Tötung von Jungen befriedigt zu werden. Bresser sah Bartschs Mordmotiv nicht nur rein sexuell bedingt. Bartsch habe aus einem Drang heraus gemordet, der in dieser Form fast einmalig sei. Bresser zitierte Bartsch: »Der einzige Grund zur Tötung der Kinder war für mich der, daß ich sie später nach der Tötung auseinanderschneiden wollte. Ich habe Stück für Stück die Eingeweide herausgenommen und betastet. Dann habe ich die Arme gelöst, das Geschlechtsteil abgeschnitten, das Fleisch von Armen und Beinen vollständig gelöst. Die Knochen der Arme und Beine habe ich an eine Stelle gelegt, während ich das Fleisch an einer anderen Stelle aufhäufte ... weil mir das aufgehäufte Fleisch eine besondere Erregung verschaffte. Natürlich habe ich diese Fleischstücke wieder eingehend befühlt und berochen. Dieses Zerteilen mag etwa anderthalb Stunden gedauert haben. Während der gesamten Zeit war ich in großer sexueller Erregung.«

Dr. Bresser faßte die vielgestaltige Motivation für Bartschs Lustmorde zusammen: »Bei Bartsch handelt es sich offensichtlich um einen sadistisch veranlagten, homosexuellen, pädophilen Triebverbrecher, bei dem auch gewisse Neigungen zur Nekrophilie und zum Fetischismus vorzuliegen scheinen ... Alle diese Ausdrücke dienen aber nur der Beschreibung. Weder der Ausdruck Sadismus noch die Begriffe Homosexualität, Pädophilie, Nekrophilie oder Fetischismus entsprechen einer psychologischen oder psychiatrischen Diagnose. Wir würden vielleicht allgemein von einem Tötungstrieb sprechen«.

Dr. Bresser warnte davor, Bartsch nur als brutalen Psychopathen anzusehen. »Er vermag durchaus sittlich zu empfinden und sein Tun selbst streng zu verurteilen.« Bartsch habe selbst die Ambivalenz in seinem Innern geschildert: »Wenn man so was an sich hat, dann will man und man will nicht. Aber ich konnte es doch nicht lassen, das ist ja die blöde Doppelschichtigkeit.« Bartsch sagte, sein Trieb überfalle ihn wie ein Raubtier. Er hätte deshalb niemals aufhören können zu morden. Dieser Widerspruch, seine Taten als Verbrechen zu werten und sie dennoch fortzusetzen, veranlaßte den Gutachter zu folgendem Urteil: »Er besitzt das, was wir Gemüt nennen. Seine willentliche Steuerung schlug lediglich unter dem Einfluß der ihn weitgehend beherrschenden Triebimpulse um, stellte sich ganz in den Dienst der wohlbedachten Tatausführung und entzog sich dem Einfluß des besseren Ich.« Durch seine aggressiven und sadistischen Phantasien hätte Bartsch seine erhebliche Affektstärke kaum steuern können. Im Widerspruch dazu sagte Dr. Bresser dann jedoch, trotzdem sei Bartsch seinem Trieb nicht willenlos ausgeliefert gewesen: »Vielmehr war er in jeder Situation in der Lage, sein Verhalten rationell zu steuern.« Er unterbrach die Folter, um heimzukehren, legte Pausen ein, als die Polizei nach ihm fahndete.

Triebe steuerbar oder nicht? Willensentscheidung frei oder unfrei? Bartsch voll verantwortlich oder nicht? Diese Fragen stellten sich naturgemäß beim Gerichtsprozeß. Die psychiatrischen Gutachter nannten Bartsch voll verantwortlich für seine Taten. Er wurde am 15. Dezember 1967 als gefährlicher Gewohnheitsverbrecher zu lebenslänglicher Freiheitsstrafe verurteilt.

Der Widerspruch zwischen den traditionsgebundenen Verfechtern der menschlichen Willensfreiheit und den naturwissenschaftlich orientierten Kritikern dieses Dogmas kam in den Worten des Gerichtsvorsitzenden zum Ausdruck, die er zum Schluß an Bartsch richtete: »Vielleicht kommt einmal der Zeitpunkt in Ihrem Leben – der Herrgott möge Sie dabei unterstützen –, daß Sie Ihren Trieb zügeln können, was Sie bisher nicht konnten.«

Konnte Bartsch seinen Trieb nicht zügeln, weil dieser stärker war als sein Wille? Warum wurde er dann dafür verantwortlich gemacht? Oder konnte er ihn nicht zügeln, weil er es nicht wollte, weil er seine Lust höher setzte als das Leben anderer Menschen?

*

Ein zweiter Prozeß revidierte das Lebenslänglich-Urteil auf zehn Jahre Jugendstrafe und Einweisung in eine Heilanstalt.

»Der Prozeß ist zu Ende«, schrieb damals Kriminalhauptkommissar Hinrichs. »Bleibt aber nicht ein Rätsel um diesen Jürgen Bartsch? Wer wollte sagen, daß es jemals zu lösen sein wird? Vielleicht helfen künftige wissenschaftliche Erkenntnisse weiter, vielleicht hilft Bartsch selbst, es eines Tages zu lösen.«

Und Bartsch versuchte, es auf seine Weise zu lösen. Er beantragte seine Kastration. Bei der Operation wurde das Narkosemittel falsch dosiert. Bartsch verstarb an Herzversagen und Atemlähmung

Der Fall Bartsch löste seinerzeit in der Bundesrepublik tiefe Bestürzung aus. Wie war es möglich, fragte Kriminaloberrat Bauer, daß in der dichtestbevölkerten Gegend Europas, im Ruhrgebiet, fünf Jahre lang ein anfänglich fünfzehnjähriger Lehrling einem reißenden Wolf gleich durch die Straßen zog, um Kinder zu verschleppen, die er nachts töten wollte?

Wie andere Triebtäter war auch Bartsch nicht durch die Ermittlungstätigkeit der Polizei, sondern durch eigene Unvorsichtigkeit entlarvt worden. Dabei ist es unwichtig, diese Unvorsichtigkeit als unbewußten »Selbstverrat« zu deuten, denn Bartsch hatte geäußert, er hätte es nicht mehr lange ausgehalten, weiter zu morden.

Nicht die Polizei hat den Triebtäter gestellt, sondern ein nachdenklicher Bürger. Bei der Suche nach den vermißten Kindern hatte die Polizei zwar eine gigantische Fahndung eingeleitet, aber keine brauchbaren Hinweise erhalten. Kriminaloberrat Bauer kritisierte, daß die Überprüfung von Vermißtenmeldungen nicht landesweit koordiniert wurde. So konnte anfangs kein Zusammenhang zwischen ähnlichen Umständen bei der Entführung der Kinder hergestellt werden, der auf einen Serienmörder hingedeutet hätte.

Die Leichen der Vermißten waren nicht aufgefunden worden. Gerade an der Leiche aber läßt sich viel über den Tathergang und den Täter ablesen.

Erschwert wurde die Ermittlung auch, weil Bartsch nicht als Sexualstraftäter erfaßt war. Die Jungen, die Bartsch sexuell mißbraucht hatte, hatten aus Angst oder Scham geschwiegen. So erschien Bartsch in keiner Kartei der einschlägig Vorbestraften und geriet daher nicht in Verdacht.

Kriminalhauptkommissar Hinrichs kam deshalb zu der Überzeugung, selbst bei kritischster Betrachtung sei der Polizei kein Versäumnis vorzuwerfen.

Kriminaloberrat Bauer ging jedoch bei der Verteidigung der Polizei etwas zu weit, wenn er schrieb: »Ferner haben wir alle, Fachleute und Laien, kaum mehr an die Existenz solcher Menschen wie Jürgen Bartsch geglaubt. Die Fachwelt hatte die Erfahrungen früherer Jahrhunderte und auch der letzten Jahrzehnte nicht mehr gegenwärtig, so die Taten der Massenmörder Seefeldt, Denke, Haarmann und Kürten, von denen die jüngeren unter uns nur noch die Namen, nicht aber mehr die Taten kennen. Zudem war man nicht darauf vorbereitet, mit derartigen Morden durch Jugendliche oder halbe Kinder zu rechnen.«

Hatte die bundesrepublikanische Polizei, die schon damals mit explosiv anwachsender Kriminalität – auch der Jugendkriminalität – konfrontiert war, wirklich ein solches Bild einer heilen Welt?

Während sich die Polizei für ihre Mißerfolge rechtfertigte, sparte sie nicht mit Schuldzuweisungen an andere. Die Bevölkerung sei nicht wachsam gegenüber ersten Anzeichen gewesen. Bartsch hätte den Taxifahrern auffallen müssen, die ihn und seine Opfer transportiert hatten. Der Vater Franks, des ersten Opfers von Bartsch, hätte den Täter früher identifizieren sollen. Eltern hätten ihre Kinder zu mehr Mißtrauen gegenüber Fremden erziehen müssen. Mitschuld an den letzten Morden wurde auch einem katholischen Kaplan zugesprochen, dem Bartsch seinen ersten Mord gebeichtet hatte. Der Kaplan hätte Bartsch dazu bewegen sollen, von weiteren Morden abzusehen.

Bartsch selbst hat, wie die meisten Triebtäter, seine Verbrechen nicht nur äußerst kaltblütig durchgeführt, sondern sie auch sorgfältig vorbereitet und danach die Spuren verwischt. Der stille und scheinbar sozial angepaßte junge Mann tarnte sich auch meisterhaft vor seinen Eltern. Sie merkten nicht, daß er nächtelang das Haus verließ, um seinen sexuellen Unternehmungen nachzugehen, daß er kräftig in die Ladenkasse griff, um die Dienstleistungen seiner homosexuellen Freunde zu bezahlen. Es gelang ihm immer wieder, unbeobachtet mit seinen Opfern in die Mordhöhle zu gelangen. Er suchte sich körperlich schwächere Opfer und zwang die überlebenden zu schweigen. Er verstand es, die Opfer mit Versprechungen an sich zu locken.

*

Wie bei Kürten, bei Dahmer, bei Tschikatilo stellt sich am Schluß die bittere Frage: Warum so viel Aufwand, um hinter die Maske der Serienmörder zu blicken, wenn es denn so ist, wie der amerikanische Kriminologe Ressler sagte: »Es gibt keine Erklärung für das Böse«?

Selbst wenn es keine Erklärung gäbe, so wohnt doch das Böse mitten unter uns. Und wenn wir ganz tief in uns hineinhorchen, so wohnt es auch in uns, immer bereit, aus der Tiefe des Unbewußten emporzusteigen. Vor dieser Selbsterkenntnis schrecken wir zurück, weigern uns, wie Schiller schrieb, einen solchen Zusammenhang auch nur zu ahnen: »Wir sehen den Unglücklichen, der doch Mensch war wie wir, für ein Geschöpf fremder Gattung an und sind weit entfernt, eine Ähnlichkeit auch nur zu träumen.«

Nachwort

Für Leser, die sich über diesen Bericht hinaus für weitere Details der geschilderten Fälle interessieren, verweise ich auf die Autoren, denen ich Material für mein Buch verdanke. So berichteten R.A. Stemmle über Petiot, Joyce Egginton über Marybeth Tinning, Peter Conradi und Richard Lourie über Tschikatilo, Michael Reynolds über Aileen Wuornos, Robert J. Dvorak, Lisa Holewa und Lionel Dahmer über Jeffrey Dahmer, W. Gay und O. Steiner über Kürten, Erich Ebermayer über Seefeldt.

Die Psychologen, Gerichtsmediziner und Kriminalisten, deren Berichte ich der zeitgenössischen kriminologischen Fachliteratur entnahm, werden in den einzelnen Fällen benannt.

Ferner benutzte ich Abhandlungen über Aggression und Sexualverbrechen u. a. von Johann Glatzel, v. Hentig, Richard Herbartz, Alice Miller, Paul Plaut, Theodor Reik, Robert K. Ressler und Tom Shachtman, J.P. de River und das verdienstvolle Werk von Max Pierre Schaeffer über Triebtäter.

Wie kommt ein Mensch dazu, scheinbar ohne Motiv in Serie zu morden, sich bestialisch an seinen Opfern zu vergehen und gar ihr Fleisch zu essen? Diese erstmalig gesammelten Fallstudien liefern eine fundierte und weitgehend vollständige Typologie des Serienmörders aus allen Teilen der Welt. Vorgestellt werden Täter, die, abstoßend und faszinierend zugleich, mitten unter uns leben und berühmt-berüchtigte Filme wie »Das Schweigen der Lämmer«, »Copykill«, »Sieben« oder »Psycho« inspirierten. Unter Berücksichtigung neuer soziologischer und kriminalpsychologischer Forschungen dokumentieren Peter und Julia Murakami die zentralen Elemente einer unfassbaren Verbrechensart. Mit vielen Querverweisen, großem Index und umfangreichen Literaturangaben.

Peter & Julia Murakami

Lexikon der Serienmörder

450 Fallstudien einer pathologischen Tötungsart

Originalausgabe

Econ | ULLSTEIN | List

S15

Der Arzt ist die Hoffnung der Kranken, ihn umgibt eine geradezu mystische Aura: Von Prof. Dr. Ferdinand Sauerbruch bis zu »emergency room« - Ärzte sind Heldenfiguren, die Zuversicht und Optimismus ausstrahlen und Leben retten - in der Realität wie auch in der Fiktion. Hans Pfeiffer zeigt in seinem Buch die Kehrseite des ärztlichen Ruhms und berichtet vom Mißbrauch der Macht über Leben und Tod. Er hat 14 authentische Kriminalfälle gesammelt und dokumentiert, in denen angesehene Ärzte skrupellos gemordet haben. Sie räumten Menschen aus Geldgier, sexuellem Trieb oder anderen niederen Beweggründen aus dem Weg. Eine äußerst spannende Sammlung der spektakulärsten Arzt-Morde.

Hans Pfeiffer

Der hippokratische Verrat

Mörderische Ärzte

Ein Tatsachenbericht

Econon | Ullstein | List

Militzke *mobile*

Ingrid Hahnfeld
Niemandskinder
Roman

160 Seiten · Softcover
ISBN 3-86189-182-4
22,00 DM · 11,25 Euro

Hans Pfeiffer
Sieben Tote brauchen einen Mörder
Roman

160 Seiten · Softcover
ISBN 3-86189-183-2
22,00 DM · 11,25 Euro

Rüdiger Schneider
Pandoras Schatten
Roman

224 Seiten · Softcover
ISBN 3-86189-181-6
24,00 DM · 12,30 Euro

Tilo Ballien
Die KlonFarm
Thriller

192 Seiten· Softcover
ISBN 3-86189-185-9
22,00 DM · 11,25 Euro

Wolfgang Schüler
Narbengesicht
Roman nach einer Idee von Edgar Wallace

224 Seiten · Softcover
ISBN 3-86189-184-0
24,00 DM · 12,30 Euro

Militzke Verlag